金 學 叢 書
第二輯 30

吳 敢
胡衍南 霍現俊
主編

金學索引（下編）

吳敢 編著

臺灣 學ㄆ書局 印行

金學索引（下編）

總目次

金學叢書第二輯序 …………………………………………………… I

壹、論文索引（1901-2013） ………………………………………… 1

貳、論著索引（1925-2013） ……………………………………… 249

參、博碩士論文索引（1979-2013） ……………………………… 273

肆、學會索引：中國《金瓶梅》學會與中國《金瓶梅》研究會（籌） … 289

伍、學刊索引：《金瓶梅研究》編輯出版志略 ………………… 311

陸、會議索引：中國召開的全國與國際《金瓶梅》學術會議 ………… 323

後　記 ………………………………………………………………… 479

金學索引（下編）

下編目次

貳、論著索引（1925-2013）······················· 249

凡　例·· 249

參、博碩士論文索引（1979-2013）·················· 273

肆、學會索引：中國《金瓶梅》學會與中國《金瓶梅》研究會（籌）··· 289

一、中國《金瓶梅》學會····························· 289

二、中國《金瓶梅》研究會（籌）····················· 292

附錄一：〈關於組成中國《金瓶梅》學會籌備委員會的意見〉 294

附錄二：〈中國《金瓶梅》學會章程〉················· 295

附錄三：〈中國《金瓶梅》學會工作報告〉············· 297

附錄四：〈中國《金瓶梅》學會工作報告〉············· 302

附錄五：中國《金瓶梅》研究會（籌）工作報告········· 304

附錄六：中國《金瓶梅》研究會（籌）工作報告········· 306

附錄七：關於《金瓶梅》研究的地方組織··············· 309

伍、學刊索引：《金瓶梅研究》編輯出版志略············· 311

陸、會議索引：中國召開的全國與國際《金瓶梅》學術會議········· 323

一、首屆全國《金瓶梅》學術討論會··················· 323

二、第二屆全國《金瓶梅》學術討論會················· 325

三、第三屆全國《金瓶梅》學術討論會················· 326

四、首屆國際《金瓶梅》學術討論會 …………………………………………… 326

五、第四屆全國《金瓶梅》學術討論會 ………………………………………… 330

六、第五屆全國《金瓶梅》學術討論會 ………………………………………… 332

七、第二屆國際《金瓶梅》學術討論會 ………………………………………… 333

八、第六屆全國《金瓶梅》學術討論會 ………………………………………… 334

九、第三屆國際《金瓶梅》學術討論會 ………………………………………… 334

十、第四屆國際《金瓶梅》學術討論會 ………………………………………… 336

十一、第五屆國際《金瓶梅》學術討論會 ……………………………………… 338

十二、第七屆全國《金瓶梅》學術討論會 ……………………………………… 339

十三、第六屆國際《金瓶梅》學術討論會 ……………………………………… 340

十四、第七屆國際《金瓶梅》學術討論會 ……………………………………… 341

十五、第八屆國際《金瓶梅》學術討論會（2012臺灣《金瓶梅》國際學術研討會）‥ 342

十六、第九屆國際《金瓶梅》學術討論會 ……………………………………… 344

附錄一：首屆全國《金瓶梅》學術討論會與會人員名單 ……………………… 345

附錄二：首屆《金瓶梅》學術討論會在徐州召開 ……………………………… 346

附錄三：第二屆全國《金瓶梅》學術討論會與會人員名單 …………………… 349

附錄四：第二屆《金瓶梅》學術討論會述評 …………………………………… 351

附錄五：第三屆全國《金瓶梅》學術討論會與會人員名單 …………………… 353

附錄六：全國第三屆《金瓶梅》學術討論會綜述 ……………………………… 354

附錄七：首屆國際《金瓶梅》學術討論會籌委會第一次會議與會人員名單 ………… 358

附錄八：首屆國際《金瓶梅》學術討論會工作機構及人員名單 ……………… 359

附錄九：首屆國際《金瓶梅》學術討論會與會人員名單 ……………………… 360

附錄十：首屆國際《金瓶梅》學術討論會論文目錄 …………………………… 362

附錄十一：首屆國際《金瓶梅》學術討論會大會發言名單 …………………… 365

附錄十二：首屆國際《金瓶梅》學術討論會分組名單 ………………………… 367

附錄十三：首屆國際《金瓶梅》學術討論會閉幕詞 …………………………… 369

附錄十四：國際《金瓶梅》學術討論會綜述 …………………………………… 369

附錄十五：第四屆全國《金瓶梅》學術討論會籌備會議紀要 ………………… 375

附錄十六：第四屆全國《金瓶梅》學術討論會與會人員名單 ………………… 376

附錄十七：第四屆全國《金瓶梅》學術討論會綜述 …………………………… 378

附錄十八：第五屆全國《金瓶梅》學術討論會回執人員名單 ………………… 380

附錄十九：中華全國第五次《金瓶梅》學術討論會紀要…………………………………… 383

附錄二十：第二屆國際《金瓶梅》學術討論會籌委會第一次會議紀要…………… 388

附錄二十一：第二屆國際《金瓶梅》學術討論會組織委員會名單………………… 389

附錄二十二：第二屆國際《金瓶梅》學術討論會與會人員名單…………………… 389

附錄二十三：第二屆國際《金瓶梅》學術討論會綜述……………………………… 391

附錄二十四：第六屆全國《金瓶梅》學術討論會與會人員名單…………………… 396

附錄二十五：求實求是，搞學術不搞騙術
　　　　——第六屆全國《金瓶梅》學術討論會側記………………………… 397

附錄二十六：第三屆國際《金瓶梅》學術討論會與會人員名單…………………… 400

附錄二十七：臨清市承辦第三屆國際《金瓶梅》學術討論會
　　　　組織委員會組成人員名單………………………………………………… 400

附錄二十八：「第四屆國際《金瓶梅》學術討論會山東五蓮協商籌備會」
　　　　會議紀要……………………………………………………………………… 401

附錄二十九：第四屆（五蓮）國際《金瓶梅》學術討論會與會人員名單 ……… 402

附錄三十：第四屆國際《金瓶梅》學術討論會綜述………………………………… 404

附錄三十一：第五屆國際《金瓶梅》學術討論會與會人員名單…………………… 408

附錄三十二：《金瓶梅》研究史上的新起點
　　　　——第五屆國際《金瓶梅》學術研討會綜述………………………… 409

附錄三十三：第七屆全國《金瓶梅》學術討論會與會人員名單…………………… 417

附錄三十四：正視內困，回應外擾，期待金學事業中興繁榮
　　　　——在第七屆全國《金瓶梅》學術討論會閉幕式上的會議小結………… 418

附錄三十五：第七屆（嶧城）全國《金瓶梅》學術研討會綜述…………………… 421

附錄三十六：第六屆國際《金瓶梅》學術討論會與會人員名單…………………… 426

附錄三十七：開創金學新時代
　　　　——在第六屆（臨清）國際《金瓶梅》學術討論會閉幕式上的會議小結 ……… 427

附錄三十八：第六屆國際《金瓶梅》學術討論會綜述……………………………… 434

附錄三十九：第七屆國際《金瓶梅》學術討論會與會人員名單…………………… 440

附錄四十：將《金瓶梅》研究推向新的層面
　　　　——在第七屆（清河）國際《金瓶梅》學術討論會閉幕式上的會議小結 ……… 441

附錄四十一：第七屆國際（清河）《金瓶梅》研討會綜述………………………… 447

附錄四十二：第八屆國際《金瓶梅》學術討論會與會學者名單…………………… 455

附錄四十三：第八屆國際（臺灣）《金瓶梅》研討會綜述………………………… 456

附錄四十四：第九屆國際《金瓶梅》學術討論會與會人員名單 ………………………… 464

附錄四十五：金學萬歲
　　　──在第九屆（五蓮）國際《金瓶梅》學術討論會閉幕式上的會議小結 ……… 466

附錄四十六：第九屆（五蓮）國際《金瓶梅》研討會綜述 ………………………… 472

後　記 …………………………………………………………………………… 479

貳、論著索引（1925-2013）

凡　例

一、所收係 1925-2013 年中國出版之《金瓶梅》研究論著。國外出版之中外文論著皆未收入。

二、所收論著涵蓋《金瓶梅》之文本研究、文化研究、續書研究、文獻研究等學術著作，不包括對《金瓶梅》及其續書加工改編之藝術創作，亦不包括對《金瓶梅》原著的翻譯與校注整理。

三、每部論著均說明其著（編）者、出版單位、出版時間，必要時注明版次。

四、論著排列以出版時間先後為序。

五、論著再版，仍用原書書名者，列入同一條目；更名再版者，按出版時間分列，於敘錄中說明。

1.　《紅樓夢》抉微
　　闞鐸著。天津大公報館 1925 年 4 月鉛印本。遼寧古籍出版社 1997 年 1 月增訂再版，更名為《紅樓夢與金瓶梅之關係》，長江、胡曉校點。

2.　瓶外卮言
　　姚靈犀編著。天津書局 1940 年 8 月。天津市古籍書店 1989 年 11 月。南開大學出版社 2013 年 4 月，陶慕寧整理。臺北獨立作家出版社 2013 年 9 月，蔡登山編。

3.　《金瓶梅》畫傳
　　南宮生著，張光宇畫。香港文苑書店 1952 年 1 月。

4.　《金瓶梅》簡說
　　南宮生著。香港大源書局 1961 年。

5.　《金瓶梅》研究論集
　　吳晗等著。香港華夏出版社 1967 年。

6.　《金瓶梅》與王世貞——著作年代及其社會背景

吳晗等著。香港南天書業公司 1967 年。臺北河洛圖書出版社 1978 年 5 月。

7. 閒話《金瓶梅》

東郭先生著。臺北石室出版公司 1977 年 1 月，1978 年 2 月再版。北嶽文藝出版社 1990 年 1 月。臺灣宋氏照遠出版社 1996 年 5 月，更名為《金瓶梅研究》，署名劉師古。

8. 《金瓶梅》的藝術

孫述宇著。臺北時報文化出版公司 1978 年 2 月一版，1979 年 11 月三版，1982 年 10 月五版。香港明報出版部 1983 年。全文於 1986 年收入石昌渝、尹恭弘編選的《臺港金瓶梅研究論文選》。

9. 《金瓶梅》探原

魏子雲著。臺北巨流圖書公司 1979 年 4 月。

10. 《金瓶梅》考證

朱星著。百花文藝出版社 1980 年 10 月。臺北木鐸出版社 1983 年 9 月。

11. 《金瓶梅詞話》注釋

魏子雲著。臺灣增你智書局 1980 年 12 月一版（第 1-2 冊），1981 年 5 月一版（第 3 冊），全三冊。臺灣學生書局 1984 年 12 月再版。中州古籍出版社 1987 年 7 月少量刪削了一些條目後分上下冊重印出版，1988 年 12 月又出增訂本，附錄了姚靈犀《瓶外卮言》。

12. 一月皇帝的悲劇

魏子雲著。自行抽印，1981 年 2 月。後附錄於《金瓶梅的問世與演變》。

13. 《金瓶梅》編年紀事

魏子雲著。自行抽印，臺北巨流圖書公司經銷，1981 年 7 月。

14. 《金瓶梅》的問世與演變

魏子雲著。臺北時報文化出版事業公司 1981 年 8 月。

15. 笑笑生傳記資料

朱傳譽主編。臺灣天一出版社 1981 年 12 月。

16. 《金瓶梅》審探

魏子雲著。臺灣商務印書館 1982 年 6 月。

17. 《紅樓夢》與《金瓶梅》

孫遜、陳詔著。寧夏人民出版社 1982 年 8 月。

18. 《金瓶梅》劄記

魏子雲著。臺北巨流圖書公司 1983 年 12 月。

19. 《金瓶梅》新證

　　張遠芬著。齊魯書社 1984 年 1 月。

20. 《金瓶梅》考證與研究

　　蔡國梁著。陝西人民出版社 1984 年 7 月。

21. 《金瓶梅》研究

　　《復旦學報》編輯部編。復旦大學出版社 1984 年 12 月。

22. 論《金瓶梅》

　　吳晗、鄭振鐸等著。胡文彬、張慶善選編。文化藝術出版社 1984 年 12 月。

23. 《金瓶梅》原貌探索

　　魏子雲著。臺灣學生書局 1985 年 12 月。

24. 《金瓶梅》資料彙編

　　朱一玄編。南開大學出版社 1985 年 10 月初版，2002 年 6 月新版。

25. 《金瓶梅》資料彙編

　　侯忠義、王汝梅編。北京大學出版社 1985 年 12 月一版，1986 年 9 月增訂。

26. 明清小說探幽——明人、清人、今人評《金瓶梅》

　　蔡國梁著。浙江文藝出版社 1985 年 12 月。

27. 臺港《金瓶梅》研究論文選

　　石昌渝、尹恭弘編。江蘇古籍出版社 1986 年 1 月。

28. 張竹坡評點《金瓶梅》輯錄

　　陳昌恆整理。華中師範大學出版社 1986 年 3 月。

29. 《金瓶梅》成書與版本研究

　　劉輝著。遼寧人民出版社 1986 年 6 月。

30. 《金瓶梅》評注

　　蔡國梁選編。灘江出版社 1986 年 8 月。

31. 《金瓶梅》資料匯錄

　　方銘編。黃山書社 1986 年 9 月。

32. 《金瓶梅》人物論

　　孟超著。光明日報出版社 1986 年 10 月。

33. 《金瓶梅》書錄

　　胡文彬編著。遼寧人民出版社 1986 年 10 月。

34. 《金瓶梅》論集

　　徐朔方、劉輝編。人民文學出版社 1986 年 11 月。

35. 《金瓶梅》漫話

　　黃霖著。學林出版社 1986 年 12 月。

36. 《金瓶梅》研究資料彙編（上編）——序跋、論評、插圖

　　魏子雲主編。臺灣天一出版社 1987 年 1 月。

37. 小說《金瓶梅》

　　魏子雲著。臺灣學生書局 1988 年 2 月。

38. 《金瓶梅》的世界

　　胡文彬編。北方文藝出版社 1987 年 2 月。

39. 《金瓶梅》資料彙編

　　黃霖編。中華書局 1987 年 3 月。

40. 《金瓶梅》新探

　　周鈞韜著。百花文藝出版社 1987 年 4 月。

41. 《金瓶梅》評點家張竹坡年譜

　　吳敢著。遼寧人民出版社 1987 年 7 月。

42. 《金瓶梅》西方論文集

　　徐朔方編選校閱，沈亨壽等翻譯。上海古籍出版社 1987 年 7 月。

43. 張竹坡與《金瓶梅》

　　吳敢著。百花文藝出版社 1987 年 9 月。

44. 從《金瓶梅》到《紅樓夢》

　　徐君慧著。廣西人民出版社 1987 年 10 月。

45. 《金瓶梅》的思想和藝術

　　吳紅、胡邦煒著。巴蜀書社 1987 年 10 月。

46. 《金瓶梅》人物藝術論

　　高越峰著。齊魯書社 1987 年 10 月。

47. 《金瓶梅》論稿

　　鄭慶山著。遼寧人民出版社 1987 年 11 月。

48. 《金瓶梅》研究集

　　杜維沫、劉輝編。齊魯書社 1988 年 1 月。

49. 論《金瓶梅》的成書及其它

　　徐朔方著。齊魯書社 1988 年 1 月。

50. 《金瓶梅》作者之謎——《金瓶梅》考論第一輯

　　葉桂桐等著，聊城《水滸》《金瓶梅》研究學會編。寧夏人民出版社 1988 年 5 月。

51. 李先芳與《金瓶梅》——《金瓶梅》考論第二輯
   葉桂桐、閻增山著，聊城《水滸》《金瓶梅》研究學會編。寧夏人民出版社 1988 年 5 月。

52. 《金瓶梅》作者李開先考
   卜鍵著。甘肅人民出版社 1988 年 6 月。

53. 話說《金瓶梅》
   王行之著。浙江文藝出版社 1988 年 7 月。

54. 《金瓶梅》與金聖歎
   高明誠著。臺灣水牛圖書出版事業有限公司 1988 年 7 月。

55. 《金瓶梅》人物譜
   石昌渝、尹恭弘著。江蘇古籍出版社 1988 年 8 月。

56. 《金瓶梅》的幽隱探照
   魏子雲著。臺灣學生書局 1988 年 10 月。

57. 《金瓶梅》俚語俗諺
   李布青著。寶文堂書店 1988 年 10 月。

58. 《金瓶梅》外傳
   劉巽達、馮沛齡編。上海文藝出版社 1988 年 10 月版。臺灣可築書房 1992 年 3 月版，更名為《金瓶梅傳奇》，署曹晉傑等編。黑龍江人民出版社 1993 年版，更名為《金瓶梅別傳》，署曹晉傑、朱步樓著。臺灣林鬱文化事業有限公司 1999 年版，更名為《金瓶梅軼事》，署曹晉傑等編。

59. 《金瓶梅》詞典
   王利器主編。吉林文史出版社 1988 年 11 月。

60. 漫話《金瓶梅》
   孫遜、周楞伽著。上海古籍出版社 1988 年 12 月。

61. 西門慶與潘金蓮——《金瓶梅詞話》主人公及其他
   劉烈著。黑龍江教育出版社 1988 年 12 月。

62. 《金瓶梅》鑒賞辭典
   石昌渝主編。北京師範大學出版社 1989 年 5 月。

63. 《金瓶梅》研究資料彙編（下編）——《金瓶梅》第五十二回至五十八回之比勘與解說
   魏子雲主編。臺灣天一出版社 1989 年 5 月。

64. 《金瓶梅》劇曲品探

蔡敦勇著。江蘇文藝出版社 1989 年 6 月。

65. 金瓶梅學刊（試刊號）

中國《金瓶梅》學會編印。蘇徐出准字（1989）第 6 號，1989 年 6 月。

66. 《金瓶梅》之謎

劉輝、楊揚主編。書目文獻出版社 1989 年 6 月。

67. 《金瓶梅》考論

黃霖著。遼寧人民出版社 1989 年 10 月。

68. 日本研究《金瓶梅》論文集

黃霖、王國安編譯。齊魯書社 1989 年 10 月。

69. 李開先傳略

卜鍵著。中國戲劇出版社 1989 年 11 月。

70. 《金瓶梅》及其作者探秘

魯歌、馬征著。華嶽文藝出版社 1989 年 12 月。

71. 金瓶風月話

牧惠著。中華書局香港有限公司 1989 年。江蘇古籍出版社 1992 年 1 月。百花文藝
出版社 1999 年 1 月再版，更名為《金瓶插梅》。

72. 《金瓶梅》鑒賞辭典

上海市紅樓夢學會、上海師範大學文學研究所編。上海古籍出版社 1990 年 1 月。

73. 《金瓶梅》的傳說

鍾敬文主編，葉桂桐、宋培憲編。南海出版公司 1990 年 10 月。臺灣林鬱文化事業
有限公司 1995 年版，署鍾敬文、許鈺編。

74. 《金瓶梅》的傳說（之二）

鍾敬文主編，王一奇、葉桂桐編。南海出版公司 1990 年 12 月。臺灣林鬱文化事業
有限公司 1995 年版，署鍾敬文、許鈺編。

75. 《金瓶梅》——中國文化發展的一個斷面

陳東有著。花城出版社 1990 年 4 月。

76. 潘金蓮別傳

陳德來選編。浙江文藝出版社 1990 年 4 月。

77. 《金瓶梅》《紅樓夢》縱橫談

沈天佑著。北京大學出版社 1990 年 5 月。

78. 說不盡的《金瓶梅》

甯宗一著。天津社會科學院出版社 1990 年 5 月。

79. 《金瓶梅》知識問答

俞志文編著。華嶽文藝出版社 1990 年 6 月。

80. 《金瓶梅》人物掠影

孔繁華編著。中州古籍出版社 1990 年 6 月。

81. 《金瓶梅》探謎與藝術賞析

周鈞韜著。吉林文史出版社 1990 年 8 月。

82. 《金瓶梅》藝術論

周中明著。臺灣貫雅文化事業有限公司 1990 年 8 月。廣東教育出版社 1992 年 10
月。臺灣里仁書局 2001 年。

83. 《金瓶梅》散論

魏子雲著。臺灣商務印書館 1990 年 9 月。

84. 《金瓶梅》鑒賞

周鈞韜編著。南京出版社 1990 年 9 月。

85. 《金瓶梅》探索

王汝梅著。吉林大學出版社 1990 年 9 月。

86. 金瓶梅研究（第一輯）

中國《金瓶梅》學會編。江蘇古籍出版社 1990 年 9 月。

87. 閒話《金瓶梅》

周雙利著。內蒙古人民出版社 1990 年 9 月。

88. 《金瓶梅》注評

毛德彪、朱俊亭評注。廣西人民出版社 1990 年 11 月。

89. 《金瓶梅》縱橫談

張林著。廣西人民出版社 1990 年 12 月。

90. 《金瓶梅》資料續編（1919-1949）

周鈞韜編。北京大學出版社 1991 年 1 月。

91. 《金瓶梅》素材來源

周鈞韜著。中州古籍出版社 1991 年 2 月。

92. 《金瓶梅》詞典

白維國編。中華書局 1991 年 3 月；白維國編著。線裝書局 2005 年。

93. 《金瓶梅》及其他

包振南、寇曉偉、張小影編選。吉林文史出版社 1991 年 3 月。

94. 《金瓶梅》詩詞解析

孟昭連著。吉林文史出版社 1991 年 4 月。

95. 國際《金瓶梅》研究集刊（第一集）

王利器主編。成都出版社 1991 年 7 月。

96. 《金瓶梅》人物大全

魯歌、馬征著。吉林文史出版社 1991 年 7 月。

97. 金瓶梅研究（第二輯）

中國《金瓶梅》學會編。江蘇古籍出版社 1991 年 7 月。

98. 《金瓶梅》藝術世界

吉林大學中國文化研究所編。吉林大學出版社 1991 年 7 月。

99. 我與《金瓶梅》——海峽兩岸學人自述

周鈞韜、魯歌主編。成都出版社 1991 年 7 月。

100. 《金瓶梅》的女性世界

孔繁華著。中州古籍出版社 1991 年 8 月。

101. 《金瓶梅》新論

李時人著。學林出版社 1991 年 8 月。

102. 《金瓶梅》大辭典

黃霖主編。巴蜀書社 1991 年 10 月。

103. 《金瓶梅》價值論

王啟忠著。上海文藝出版社 1991 年 10 月。

104. 《金瓶梅》中的佛蹤道影

王景琳、徐匋著。文化藝術出版社 1991 年 11 月。

105. 《金瓶梅》人物正傳

葉桂桐、宋培憲編著。南海出版公司 1991 年 12 月。

106. 《金瓶梅》縱橫談

魯歌、馬征著。北京燕山出版社 1992 年 2 月。

107. 《金瓶梅》方言俗語匯釋

李申著。北京師範學院出版社 1992 年 3 月。

108. 《金瓶梅》論集

劉輝著。臺灣貫雅文化事業有限公司 1992 年 3 月。

109. 《金瓶梅》平議

于承武著。文津出版社 1992 年 3 月。

110. 譯注評析《金瓶梅》詩選

舟揮帆著。湖南文藝出版社 1992 年 3 月。

111.《金瓶梅》三女性透視

　　羅德榮著。天津大學出版社 1992 年 4 月。

112.《金瓶梅》飲食大觀

　　邵萬寬、章國超著。江蘇人民出版社 1992 年 4 月。

113.《金瓶梅》對小說美學的貢獻

　　甯宗一、羅德榮主編。天津社會科學院出版社 1992 年 5 月。

114.《金瓶梅》俚俗難詞解

　　張惠英著。社會科學文獻出版社 1992 年 6 月。

115.金瓶梅研究（第三輯）

　　中國《金瓶梅》學會編。江蘇古籍出版社 1992 年 6 月。

116.《金瓶梅》與中國文化

　　田秉鍔著。江蘇文藝出版社 1992 年 6 月。

117.臨清與《金瓶梅》

　　臨清《金瓶梅》學會編。山東聊城地區新聞出版局 1992 年 6 月。

118.明代《金瓶梅》史料詮釋

　　魏子雲著。臺灣貫雅文化事業有限公司 1992 年 6 月。

119.《金瓶梅》賞析

　　張業敏選析。廣西教育出版社 1992 年 8 月。臺灣古今文化事業有限公司 1993 年，
　　更名為《雙姝怨對金瓶梅──金瓶梅作品賞析》。

120.《金瓶梅》人物悲劇論

　　王志武著。陝西人民教育出版社 1992 年 9 月。

121.《金瓶梅》的藝術美

　　張業敏著。教育科學出版社 1992 年 10 月。

122.笑笑生的《金瓶梅》

　　章培恒、卜建林著。遼寧教育出版社 1992 年 10 月。

123.《金瓶梅》文化研究

　　陳東有著。臺灣貫雅文化事業有限公司 1992 年 11 月。

124.《金瓶梅》描繪的世俗人間

　　張國風著。書目文獻出版社 1992 年 12 月。

125.瓶中審丑──《金瓶梅》「色」之批判

　　李健中著。臺灣文史哲出版社 1992 年 12 月。

126. 吳以徐《金瓶梅》百圖

    吳以徐繪著。香港香江出版有限公司 1992 年。

127. 《金瓶梅》風俗談

    蕭夢、屈仁著。中原農民出版社 1993 年 3 月。

128. 《金瓶梅》探心錄

    鄭天剛著。文化藝術出版社 1993 年 3 月。

129. 《金瓶梅》中的青樓與妓女

    陶慕寧著。文化藝術出版社 1993 年 3 月。

130. 《金瓶梅》中商人形象透視

    躍進著。文化藝術出版社 1993 年 3 月。

131. 《金瓶梅》書話

    傅憎享、楊愛群著。遼寧人民出版社 1993 年 4 月。

132. 謝榛研究

    李慶立著。齊魯書社 1993 年 6 月。

133. 金瓶梅研究（第四輯）

    中國《金瓶梅》學會編。江蘇古籍出版社 1993 年 7 月。

134. 《金瓶梅》與《漂亮朋友》及其他

    黃宗建著。中國書籍出版社 1993 年 7 月。

135. 《金瓶梅》隱語揭秘

    傅憎享著。百花文藝出版社 1993 年 9 月。

136. 《金瓶梅》研究二十年

    魏子雲著。臺灣商務印書館 1993 年 10 月。

137. 《金瓶梅》六十題

    陳詔著。上海書店 1993 年 12 月。

138. 《金瓶梅》與《紅樓夢》人物比較

    馮子禮著。南京出版社 1993 年 12 月。

139. 《金瓶梅》小百科

    甯宗一、彌松頤、劉國輝主編。文化藝術出版社 1993 年。

140. 《金瓶梅》詩詞文化鑒析

    陳東有著。巴蜀書社 1994 年 2 月。

141. 《金瓶梅》概說

    孫遜、詹丹著。上海古籍出版社 1994 年 3 月。

142. 金瓶梅研究（第五輯）

中國《金瓶梅》學會編。遼瀋書社 1994 年 4 月。

143. 《金瓶梅》和屠隆

鄭閏著。學林出版社 1994 年 5 月。

144. 《金瓶梅》趣談

張士魁編著。中國旅遊出版社 1994 年 5 月。

145. 市井風月話金瓶

邱勝威、王仁銘著。華中理工大學出版社 1994 年 5 月。臺灣亞太圖書出版社 1995 年，更名為《笑笑生話金瓶——市井風月》。臺灣雲龍出版社 1999 年，更名為《解讀金瓶梅》。臺灣雲龍出版社 2000 年，更名為《解讀金瓶梅：市井風月》。

146. 《金瓶梅》中的懸案

馬征著。四川人民出版社 1994 年 6 月。

147. 馮夢龍・《金瓶梅》・張竹坡

陳昌恆著。武漢出版社 1994 年 9 月。

148. 《金瓶梅》女性世界

王汝梅、李文煥、仲懷民主編。北方婦女兒童出版社 1994 年 10 月。

149. 戲說《金瓶梅》

何香久著。時代文藝出版社 1994 年 10 月。

150. 《金瓶梅》與中國文化

何香久著。河北人民出版社 1995 年 2 月。

151. 金學

王年双著。臺灣復文圖書出版社 1995 年 2 月。

152. 《金瓶梅》與經商管理藝術

邱紹雄著。中國經濟出版社 1995 年 8 月。

153. 《金瓶梅》飲食譜

胡德榮等編。經濟日報出版社 1995 年 9 月。

154. 笑笑生・《金瓶梅》

魯越、文慶主編。濟南出版社 1995 年 9 月。本書為《中國文學大師與文學名著》總 12 冊中的第 7 冊。

155. 《金瓶梅》人物世界探論

陳桂聲著。珠海出版社 1995 年 12 月。

156. 《金瓶梅》語詞溯源

鮑延毅著。華夏出版社 1996 年 4 月。

157. 《金瓶梅》人性論

田秉鍔著。學林出版社 1996 年 5 月。

158. 紅顏禍水——《水滸傳》《金瓶梅》女性形象的文化思考

王宜庭著。百花文藝出版社 1996 年 6 月。

159. 《金瓶梅》語音研究

張鴻魁著。齊魯書社 1996 年 8 月。

160. 《金瓶梅》與北京

丁朗著。中國社會出版社 1996 年 11 月。

161. 《金瓶梅》與晚明社會經濟

南矩容著。寧夏人民出版社 1996 年 12 月。

162. 人欲的解放——明清社會經濟變遷與大眾審美

陳東有著。江西高校出版社 1996 年。

163. 《紅樓夢》與《金瓶梅》之關係

張慶善、于景祥主編。遼寧古籍出版社 1997 年 1 月。此即闞鐸撰《紅樓夢抉微》增訂更名再版。

164. 《紅樓夢》《金瓶梅》新探

魯歌著。遠方出版社 1997 年 2 月。

165. 《金瓶梅》語言研究

潘攀著。武漢出版社 1997 年 2 月。

166. 世情與世相

尹恭弘著。華文出版社 1997 年 2 月，封面署名誤為伊恭宏。2001 年 5 月重印，更名為：《金瓶梅與晚明文化：金瓶梅作為「笑」書的文化考察》。

167. 《金瓶梅》文學語言研究

曹煒著。江蘇教育出版社 1997 年 7 月一版。暨南大學出版社 2004 年 9 月修訂版。

168. 世情寫真《金瓶梅》

陳維昭著。汕頭大學出版社 1997 年 7 月。

169. 說不盡的潘金蓮——潘金蓮形象的嬗變

魏崇新著。臺灣業強出版社 1997 年 8 月。

170. 《金瓶梅詞話》和明代口語詞彙語法研究

章一鳴著。上海古籍出版社 1997 年 9 月。

171. 人情空間——從《金瓶梅》到《紅樓夢》

何斯人編著。瀋陽出版社 1997 年。

172. 《金瓶梅》傳播史話──一部奇書在全世界的奇遇

何香久著。中國文聯出版公司 1998 年 1 月。

173. 名家解讀《金瓶梅》

盛源、北嬰選編。山東人民出版社 1998 年 1 月一版，2001 年 2 月二版，2009 年三版。

174. 《金瓶梅》的作者是誰

魏子雲著。臺灣商務印書館 1998 年 7 月。

175. 《金瓶梅》與佛道

余岢、解慶蘭著。北京燕山出版社 1998 年 7 月。

176. 《金瓶梅》研究序跋精選

孟進厚編。武漢出版社 1998 年 8 月。

177. 《金瓶梅》之佳餚與美色

鄭丞傑等著。臺灣九思出版社 1998 年 8 月。

178. 《金瓶梅》酒食文化研究

趙建民、李志剛主編。山東文化音像出版社 1998 年 9 月。

179. 丁耀亢研究──海峽兩岸丁耀亢學術研討會論文集

李增坡主編。中州古籍出版社 1998 年 10 月。

180. 《金瓶梅》

傅憎享、董文成著。春風文藝出版社 1999 年 1 月。

181. 《金瓶梅》說

張兵、張振華選編。江西教育出版社 1999 年 1 月。

182. 《金瓶梅》新解

霍現俊著。河北教育出版社 1999 年 1 月。

183. 《金瓶梅》新證

潘承玉著。黃山書社 1999 年 1 月。

184. 金聖歎·毛宗崗·張竹坡

王汝梅著。春風文藝出版社 1999 年 1 月。

185. 金瓶梅文化研究（二）

王平、李志剛、張廷興編。中國文聯出版社 1999 年 4 月。

186. 《金瓶梅》古今研究集成

朱一玄、王汝梅主編。延邊大學出版社 1999 年 6 月。此書迄今未見出版。

187. 金瓶梅研究（第六輯）

中國《金瓶梅》學會編。知識出版社 1999 年 6 月。

188. 《金瓶梅》女性文化導論

閻增山、楊春忠著。中國文聯出版社 1999 年 7 月。

189. 細說《金瓶梅》——飲食男女

臺灣九思出版社 1999 年。乃「健康自己找」叢書之 8。

190. 《金瓶梅》的四季養生

李家雄、李志剛合著。臺灣九思出版社 1999 年 8 月。乃「健康自己找」叢書之 11。

191. 《金瓶梅》中的歷史謎團與懸案

張丹、天舒編著。大眾文藝出版社 1999 年 8 月。

192. 《金瓶梅》中的男人與女人

晨曦、婧妍編著。大眾文藝出版社 1999 年 8 月。

193. 《金瓶梅》字典

張鴻魁編著。警官教育出版社 1999 年 8 月。

194. 《金瓶梅》與蘭陵笑笑生

王汝濤著。山東文藝出版社 1999 年 9 月。

195. 《金瓶梅》小考

陳詔著。上海書店出版社 1999 年 12 月。

196. 金學考論

許建平著。河北教育出版社 1999 年 12 月。

197. 《金瓶梅》妙語

傅憎享著。遼海出版社 2000 年 1 月。

198. 《金瓶梅》蘭陵笑笑生之謎

許志強著。中國文聯出版社 2000 年 5 月。

199. 《金瓶梅》之謎

管曙光編著。中州古籍出版社 2000 年 5 月。

200. 商風俗韻——《金瓶梅》中的女人們

曾慶雨、許建平著。雲南大學出版社 2000 年 6 月。

201. 《金瓶梅》解隱——作者、人物、情節

李洪政著。臺灣商務印書館 2000 年 8 月。

202. 漫話《金瓶梅》

孟昭連著。河北人民出版社 2000 年 8 月。

203. 絳樹兩歌——中國小說文體與文學精神

卜鍵著。中國廣播電視出版社 2000 年 9 月。

204. 金瓶梅文化研究（三）

王平、李志剛、張廷興編。華藝出版社 2000 年 9 月。

205. 《金瓶梅》奧秘探索

張清吉著。中州古籍出版社 2000 年 11 月。

206. 《金瓶梅》人物研究

朴正陽著。民族出版社 2000 年。

207. 《金瓶梅》女性服飾文化

張金蘭著。臺灣萬卷樓圖書有限公司 2001 年 3 月。

208. 《金瓶梅》與封建文化

牛貴琥著。人民文學出版社 2001 年 4 月。

209. 《金瓶梅》與《紅樓夢》

王乃驥著。臺灣里仁書局 2001 年 5 月。

210. 《紅樓夢》和《金瓶梅》中的建築

孟慶田著。青島出版社 2001 年 8 月。

211. 《金瓶梅》人物新論

程自信著。黃山書社 2001 年 11 月。

212. 《金瓶梅》的語言藝術

周中明著。臺灣里仁書局 2001 年。

213. 《金瓶梅詞話》特殊句式研究

吳錫根著。寧夏人民教育出版社 2001 年。

214. 俗世風情：話說《金瓶梅》

譚倫傑著。臺灣萬卷樓圖書有限公司 2001 年。

215. 《金瓶梅》也可以用來殺人：用智慧和 EQ 轉危為安的 62 則真言錄

林睿哲著。臺灣紅蜻蜓文化事業有限公司 2001 年。

216. 《金瓶梅》社會風俗

蔡國梁著。百花文藝出版社 2002 年 6 月。

217. 魯迅、胡適等解讀《金瓶梅》

張國星編。遼海出版社 2002 年 6 月。

218. 金瓶梅研究（第七輯）

中國《金瓶梅》學會編。知識出版社 2002 年 9 月。

219. 《金瓶梅》發微

霍現俊著。中國社會科學出版社 2002 年 12 月。

220.《金瓶梅》的藝術世界

曹煒、甯宗一著。臺灣文史哲出版社 2002 年。

221.《金瓶梅》與豔情小說研究

王汝梅著。時代文藝出版社 2003 年 1 月。

222.《金瓶梅》作者對我說──穿越時空的對話

周靖竹著。上海人民出版社 2003 年 1 月。

223.秋水堂論《金瓶梅》

田曉菲著。天津人民出版社 2003 年 1 月一版，2005 年二版，2014 年再刷。

224.20 世紀《金瓶梅》研究史長編

吳敢著。文匯出版社 2003 年 1 月。

225.《金瓶梅》詩諺考釋

曹之翕著。甘肅教育出版社 2003 年 4 月。

226.《金瓶梅》語法研究

鄭劍平著。巴蜀書社 2003 年 5 月。

227.世情兒女：《金瓶梅》與民俗文化

何良昊著。黑龍江人民出版社 2003 年 5 月。

228.金瓶梅文化研究（四）

王平、李志剛、張廷興主編。中國戲劇出版社 2003 年 7 月。

229.《紅樓夢》《金瓶梅》比較論稿

方明光著。湖北教育出版社 2003 年 11 月。

230.《金瓶梅》人物

孟超著、張光宇畫。北京出版社 2003 年。

231.深耕《金瓶梅》卅年

魏子雲著。臺灣文史哲出版社 2003 年 12 月。

232.《金瓶梅》懸案解讀

馬征著。四川人民出版社 2004 年 8 月二版。

233.《金瓶梅詞話》校讀記

梅節校勘。北京圖書館出版社 2004 年 10 月。

234.蘭陵笑笑生與《金瓶梅》

王平著。山東文藝出版社 2004 年 10 月。

235.奇書四評

宋儉等編注。崇文書局 2004 年。

236. 飲食情色《金瓶梅》

胡衍南著。臺灣里仁書局 2004 年。

237. 審美心理自我描述：中國古代小說評點理論研究

陳昌恆著。加拿大楓華圖書公司 2004 年。

238. 《金瓶梅》中的上海方言研究

褚半農著。上海古籍出版社 2005 年 4 月。

239. 《金瓶梅》鑒賞辭典

孫遜主編。漢語大詞典出版社 2005 年 5 月。

240. 《金瓶梅》與欲

智喜君著。遼海出版社 2005 年 5 月。

241. 《金瓶梅》與徐州

李洪政著。中國礦業大學出版社 2005 年 6 月。

242. 論《金瓶梅》

葉桂桐著。中州古籍出版社 2005 年 9 月。

243. 黃霖說《金瓶梅》

黃霖著。中華書局 2005 年 9 月。大地出版社 2007 年。

244. 《金瓶梅》人名解詁

霍成武、霍現俊、霍文星著。河北人民出版社 2005 年 9 月。

245. 蕭鳴鳳與《金瓶梅》

盛鴻郎著。百花文藝出版社 2005 年 9 月。

246. 金瓶梅研究（第八輯）

中國《金瓶梅》研究會（籌）編。中國文史出版社 2005 年 12 月。

247. 讀《金瓶梅》談經營之道：西門慶的經營管理法則

鍾國興等編著。經濟管理出版社 2005 年。

248. 小說三論：《紅樓夢》人物衝突論、《三國演義》人物競爭論、《金瓶梅》人物悲劇論

王志武著。陝西人民教育出版社 2005 年。

249. 管理向西門慶學習——破解《金瓶梅》密碼

馮成略著。經濟管理出版社 2006 年 1 月。

250. 《金瓶梅》之謎

馬征著。中國廣播電視出版社 2006 年 4 月。

251. 致命的狂歡——石鐘揚說《金瓶梅》：品讀潘金蓮與西門慶
　　　石鐘揚著。陝西人民出版 2006 年 6 月。

252. 《金瓶梅》清河方言考
　　　許超著。中國文聯出版社 2006 年 9 月。

253. 另一隻眼看《金瓶梅》
　　　黃強著。中國文學出版社 2006 年 9 月。

254. 名家眼中的《金瓶梅》
　　　魯迅、鄭振鐸等著。文化藝術出版社 2006 年 9 月。

255. 《金瓶梅詞話》語法研究
　　　許仰民著。中華書局 2006 年 11 月。

256. 戴敦邦繪《金瓶梅》人物譜
　　　戴敦邦繪、劉心武評。作家出版社 2006 年。

257. 《金瓶梅》傳奇：蘭陵笑笑生秘史
　　　房文齋著。東方出版社 2006 年。

258. 《金瓶梅》商學院
　　　李子劍著。臺灣易富文化有限公司 2006 年。

259. 劉心武評《金瓶梅》人物譜
　　　劉心武評、戴敦邦繪。作家出版社 2006 年。

260. 《金瓶梅》餘穗
　　　魏子雲著。臺灣里仁書局 2007 年 1 月。

261. 王汝梅解讀《金瓶梅》
　　　王汝梅著。時代文藝出版社 2007 年 1 月。

262. 《金瓶梅》飲食譜
　　　邵萬寬、章國超著。山東畫報出版社 2007 年 2 月。

263. 細述《金瓶梅》
　　　楊鴻儒著。東方出版社 2007 年 3 月。

264. 《金瓶梅》新論
　　　黃吉昌著。中國社會科學出版社 2007 年 4 月。

265. 金瓶梅文化研究（五）
　　　王平、程冠軍主編。群言出版社 2007 年 5 月。

266. 金學視點：情感與亞文化
　　　陳家楨、周淑芳著。中國三峽出版社 2007 年 5 月。

267. 漫說《金瓶梅》
　　詹丹、孫遜著。人民文學出版社 2007 年 8 月。

268. 食貨《金瓶梅》：從吃飯穿衣看晚明人性
　　侯會著。廣西師範大學出版社 2007 年 8 月。

269. 插圖本點評《金瓶梅》
　　傅光明主編。山東畫報出版社 2007 年 9 月。

270. 讀《金瓶梅》品明朝社會
　　梅朝榮著。武漢大學出版社 2007 年 10 月。

271. 雪夜煮酒話金瓶：《金瓶梅》方家譚
　　章培恒、劉心武等著。團結出版社 2007 年 11 月。

272. 話說《金瓶梅》
　　張國風著。廣西師範大學出版社 2007 年 12 月。

273. 《金瓶梅》方俗難詞辨釋
　　劉敬林著。線裝書局 2008 年 1 月。

274. 瓶梅閒筆硯：梅節金學文存
　　梅節著。北京圖書館出版社 2008 年 2 月。

275. 《金瓶梅》與臨清：第六屆國際《金瓶梅》學術討論會論文集
　　黃霖、杜明德主編。齊魯書社 2008 年 6 月。

276. 悟讀《金瓶梅》——中國作家別解古典小說
　　古耜編。京華出版社 2008 年 6 月。

277. 《金瓶梅》與運河名城臨清
　　馬魯奎主編。香港天馬出版有限公司 2008 年 7 月。

278. 《金瓶梅》鑒賞辭典
　　黃霖、張兵、楊彬編著。上海辭書出版社 2008 年 8 月。

279. 甯宗一講《金瓶梅》
　　甯宗一著。天津古籍出版社 2008 年 8 月。

280. 《金瓶梅》講演錄
　　黃霖著。廣西師範大學出版社 2008 年 10 月。

281. 《金瓶梅》典評
　　陳清華著。陝西師範大學出版社 2008 年 10 月。

282. 人性的倒影：《金瓶梅》人物與晚明中國
　　石鐘揚著。陝西人民出版社 2008 年 12 月。

283. 沒有臨清就沒有《金瓶梅》

政協臨清市委員會編。中國文史出版社 2008 年。

284. 《金瓶梅》閑譚

陳桂聲著。中國文史出版社 2009 年 1 月。

285. 《金瓶梅》到《紅樓夢》：明清長篇世情小說研究

胡衍南著。臺灣里仁書局 2009 年 2 月。

286. 張竹坡與《金瓶梅》研究

吳敢著。文物出版社 2009 年 2 月。

287. 金瓶梅研究（第九輯）

中國《金瓶梅》研究會（籌）編。齊魯書社 2009 年 3 月。

288. 梁羽生閑說《金瓶梅》

梁羽生著、孫立川校編。香港天地圖書有限公司 2009 年 6 月。

289. 沒有神的所在：私房閱讀《金瓶梅》

侯文詠著。臺灣皇冠文化出版有限公司 2009 年 6 月。華文出版社 2010 年 4 月。

290. 《金瓶梅》與民俗

王祥林著。香港天馬出版有限公司 2009 年 9 月。

291. 留白：寫在《秋水堂論金瓶梅》之後

田曉菲著。天津人民出版社 2009 年。

292. 《金瓶梅》裡那些人那些事兒

丁朗著。團結出版社 2010 年 1 月。

293. 《金瓶梅》可以這樣讀

甯宗一著。中國文史出版社 2010 年 2 月。

294. 三個女人五張床——《金瓶梅》解密市井私人生活

王清和著。美國／香港明鏡出版社 2010 年 2 月。

295. 《金瓶梅》作者蔡榮名說

徐仁達、陳明達、趙頌平、夏吟著。美國國際作家書局 2010 年 3 月。

296. 《金瓶梅》文化新解

楊子華著。金城出版社 2010 年 6 月。

297. 《金瓶梅》藝術論要

霍現俊著。天津古籍出版社 2010 年 6 月。

298. 岱東五蓮柱史公丁惟寧傳

張傳生著。山東友誼出版社 2010 年 7 月。

299. 《金瓶梅》與清河：第七屆國際《金瓶梅》學術討論會論文集

　　黃霖、吳敢、趙傑主編。吉林大學出版社 2010 年 7 月。

300. 周鈞韜《金瓶梅》研究文集

　　周鈞韜著。吉林人民出版社 2010 年 8 月。

301. 許建平解說《金瓶梅》

　　許建平著。東方出版社 2010 年 10 月。

302. 《金瓶梅》中的情色男女

　　陳清華著。湖北長江出版集團・崇文書局 2010 年 12 月。

303. 搖落的風情——第一奇書《金瓶梅》繹解

　　卜鍵著。人民文學出版社 2011 年 1 月。

304. 窺破金瓶：吳閑雲新說《金瓶梅》

　　吳閑雲著。河南人民出版社 2011 年 2 月。

305. 真假冷熱《金瓶梅》

　　郭廷德著。山西春秋電子音像出版社 2011 年 2 月。

306. 《金瓶梅》：平凡人的宗教劇

　　孫述宇著。上海古籍出版社 2011 年 3 月。

307. 馬瑞芳趣話《金瓶梅》

　　馬瑞芳著。上海文藝出版社 2011 年 4 月。

308. 《金瓶梅》評點美學

　　賀根民著。中國戲劇出版社 2011 年 6 月。

309. 煙花春夢——《金瓶梅》中的愛與性

　　曹亞瑟著。上海書店出版社 2011 年 6 月。

310. 金瓶梅研究（第十輯）

　　中國《金瓶梅》研究會（籌）編。北京藝術與科學電子出版社 2011 年 7 月。

311. 《金瓶梅》百問

　　甯宗一、付善明著。文化藝術出版社 2011 年 7 月。

312. 《金瓶梅詞話》虛詞計量研究

　　曹煒著。暨南大學出版社 2011 年 8 月。

313. 崇禎本《金瓶梅》研究

　　楊彬著。文物出版時 2011 年 10 月。

314. 讀破《金瓶梅》

　　徐景洲著。浙江古籍出版社 2011 年 12 月。

315.《金瓶梅》劄記

　　梁軍著。東方出版社 2011 年 12 月。

316.話說張竹坡

　　吳敢著。江蘇人民出版社 2012 年 1 月。

317.《金瓶梅》新考

　　鄭慶山著。吉林大學出版社 2012 年 1 月。

318.《金瓶梅》原版文字揭秘

　　王夕河著。灕江出版社 2012 年 2 月。

319.《金瓶梅》《醒世姻緣傳》作者考證

　　陳明達著。中國文聯出版社 2012 年 3 月。

320.《金瓶梅》封建官場文化解讀

　　程良勝著。長江文藝出版社 2012 年 5 月。

321.王世貞與《金瓶梅》

　　許建平著。河南人民出版社 2012 年 7 月。

322.焚紅塵金瓶梅精華論

　　韓英珊著。作家出版社 2012 年 8 月。

323.《金瓶梅》藝術世界

　　楊子華著。浙江文藝出版社 2012 年 11 月。

324.劉心武評點《金瓶梅》

　　蘭陵笑笑生著、覃知飛校點、劉心武評點。灕江出版社 2012 年 11 月。

325.《金瓶梅》學術檔案

　　王煒編著。武漢大學出版社 2012 年 12 月。

326.茶餘酒後《金瓶梅》

　　鄭培凱著。上海書店出版社 2013 年 1 月。

327.《金瓶梅》風情譚

　　馬瑞芳著。商務印書館 2013 年 1 月。

328.明清家庭小說的時間研究——以《金瓶梅》《醒世姻緣傳》《林蘭香》《紅樓夢》
　　為對象

　　林偉淑著。臺北花木蘭文化出版社 2013 年 3 月。

329.2012 臺灣《金瓶梅》國際學術研討會論文集

　　陳益源主編。臺灣里仁書局 2013 年 4 月。

330.《金瓶梅》敘事形態研究

孫志剛著。中國社會科學出版社 2013 年 5 月。

331. 我用《金瓶梅》解《心經》

王少農著。當代世界出版社 2013 年 6 月。

332.《金瓶梅》《玉嬌麗》作者考證（續）

陳明達著。中國文聯出版社 2013 年 8 月。

333.《金瓶梅》與蘭陵文化研究

李漢舉著。山東人民出版社 2013 年 8 月。

334.《金瓶梅》文化研究（第六輯）

王平主編。中國文史出版社 2013 年 12 月。本書又名《金瓶梅與五蓮——第九屆（五蓮）國際《金瓶梅》學術研討會論文集》。

參、博碩士論文索引（1979-2013）

1979 年（碩 1）
從《金瓶梅》及《三言》《二拍》看明中葉江南地區之經濟發展
　　梁操雅著，香港大學碩士論文

1980 年（碩 1）
《金瓶梅》研究
　　鄺安民著，香港大學碩士論文

1982 年（碩 1）
論張竹坡關於文學典型的摹神說
　　陳昌恆著，孫子威、周偉民、彭立勳指導，華中師範大學碩士論文

1985 年（博 1 碩 1）
《金瓶梅》研究
　　葉桂桐著，蔣和森指導，中國社會科學院博士論文

《金瓶梅》背景研究
　　周慶塘著，吳宏一指導，臺灣大學碩士論文

1991 年（碩 1）
《續金瓶梅》研究
　　林雅鈴著，李田意指導，東海大學碩士論文

1995 年（博 1 碩 4）
世情小說之價值觀探論：以婚姻為定位的考察
　　陳翠英著，樂蘅軍、張亨指導，臺灣大學博士論文

張竹坡評點《金瓶梅》之小說理論
　　朴炫玡著，黃景進指導，政治大學碩士論文

《金瓶梅詞話》中的韻文研究

　　駱吉萍著，龔顯宗指導，臺灣中山大學碩士論文

《金瓶梅》服飾研究

　　涂蓉著，包銘新指導，中國紡織大學碩士論文

張竹坡評論《金瓶梅》人物研究

　　楊淑惠著，李三榮指導，高雄師範大學碩士論文

1997 年（碩 2）

《金瓶梅詞話》人物形象研究

　　莊文福著，皮述民指導，中國文化大學碩士論文

從婚姻、嫉妒、性欲看《金瓶梅》中的女性

　　馬琇芬著，龔顯宗指導，臺灣中山大學碩士論文

1998 年（碩 1）

戲曲中的潘金蓮研究——以京昆為主要討論對象

　　洪慧容著，王安祈指導，中國文化大學碩士論文

1999 年（博 1 碩 3）

《金瓶梅詞話》中的句型及語法語義特點

　　王明華著，祝鴻熹指導，浙江大學博士論文

《金瓶梅》的稱謂系統

　　杜豔青著，吳慶峰指導，山東師範大學碩士論文

《金瓶梅詞話》量詞研究

　　李愛民著，吳慶峰指導，山東師範大學碩士論文

淺談《金瓶梅》中的民俗描寫

　　劉雲開著，劉孝嚴指導，東北師範大學碩士論文

2000 年（博 1 碩 4）

四大奇書變容考析

　　洪濤著，黃兆傑指導，香港大學博士論文

天使與妖女——從女權主義文學批評看海絲特與潘金蓮

　　顧建敏著，李尚武指導，西南師範大學碩士論文

生命價值的肯定與生命悲劇的感悟：《金瓶梅詞話》思想價值論

　　　孫開東著，徐振貴指導，曲阜師範大學碩士論文

在人欲和天理之間——《金瓶梅》女性主義解讀

　　　田華著，李天道指導，四川師範大學碩士論文

《金瓶梅》女性服飾文化研究

　　　張金蘭著，陳錦釗指導，政治大學碩士論文

2001 年（博 1 碩 2）

食、色交歡的文本——《金瓶梅》飲食文化與性愛文化研究

　　　胡衍南著，胡萬川指導，臺灣清華大學博士論文

《金瓶梅詞話》之原型研究

　　　洪正玲著，楊昌年指導，臺灣師範大學碩士論文

《金瓶梅》中婦女內心世界研究：欲望與現實之間的掙扎

　　　全恩淑著，胡萬川指導，臺灣清華大學碩士論文

2002 年（博 1 碩 3）

《金瓶梅詞話》語法研究

　　　曹煒著，蔡鏡浩指導，上海師範大學博士論文

《金瓶梅詞話》反問句研究

　　　葉建軍著，侯蘭笙指導，西北師範大學碩士論文

《金瓶梅》意象論

　　　常金蓮著，杜貴晨指導，曲阜師範大學碩士論文

《金瓶梅》與《紅樓夢》敘事藝術比較

　　　張軍著，徐洪火指導，西南師範大學、西南大學碩士論文

2003 年（博 1 碩 6）

《金瓶梅》詮評史研究——以萬曆到民初為範圍

　　　李梁淑著，柯慶明指導，臺灣大學博士論文

從《金瓶梅》看晚明放縱習氣的負面性

　　　魏豔君著，謝真元指導，重慶師範大學碩士論文

論《金瓶梅》中西門慶形象的心理描寫

　　　黃廷富著，劉孝嚴指導，東北師範大學碩士論文

傷時勸世　生新續奇——《續金瓶梅》價值重估

　　　張振國著，王恒展指導，山東師範大學碩士論文

明清長篇世情小說中的笑話研究——以《金瓶梅》《姑妄言》《紅樓夢》為中心之考察

　　　陳克嫻著，葉國良指導，花蓮師範學院碩士論文

從成長背景探索《金瓶梅》婦女心理與行為

　　　藍桂芳著，王年双指導，彰化師範大學碩士論文

《金瓶梅》鞋腳情色與文化研究

　　　李曉萍著，胡萬川指導，靜宜大學碩士論文

2004 年（博 1 碩 9）

《金瓶梅》藝術論要

　　　霍現俊著，張燕瑾指導，首都師範大學博士論文

《金瓶梅》人物心理描寫研究

　　　高飛燕著，陳桂聲指導，蘇州大學碩士論文

《金瓶梅》商業文化透析

　　　王偉著，王恒展指導，山東師範大學碩士論文

張竹坡敘事理論研究

　　　劉曉軍著，陳果安指導，湖南師範大學碩士論文

從《金瓶梅》看明代的商業社會

　　　黃麗萍著，王育濟指導，山東大學碩士論文

虛與實的相克、相生——對《三國演義》《水滸傳》《金瓶梅》《紅樓夢》這四部作品
　　　所體現的虛實觀念的辨析

　　　牛佳音著，郭英德指導，山東大學碩士論文

《金瓶梅詞話》第五十三至五十七回真偽考辨

　　　蔣朝軍著，劉益國指導，四川師範大學碩士論文

《金瓶梅詞話》情節結構動力研究

　　　劉辛著，郭英德、陳惠琴指導，北京師範大學碩士論文

《金瓶梅》王婆形象之塑造及其影響

　　　秦佳慧著，鄭阿財指導，中正大學碩士論文

《金瓶梅》的巫與巫術研究

　　　郭柳妙著，鄭志明指導，臺灣中山大學碩士論文

2005 年（博 1 碩 10）

說園——從《金瓶梅》到《紅樓夢》
　　　王佩琴著，胡萬川指導，臺灣清華大學博士論文

《金瓶梅》中的婚喪禮俗研究
　　　辛銀美著，范嘉晨指導，青島大學碩士論文
《金瓶梅》形象接受史論
　　　盧海英著，張人和指導，東北師範大學碩士論文
紅樓夢醒金瓶夜——《金瓶梅》中的「成人世界」與《紅樓夢》中的「少年世界」
　　　高姍著，陳引馳指導，復旦大學碩士論文
張竹坡、文龍《金瓶梅》人物批評比較研究
　　　賀根民著，闕真指導，廣西師範大學碩士論文
潘金蓮新論
　　　吳朝娟著，傅騰霄指導，深圳大學碩士論文
審美形態與文化差異——潘金蓮與白蘭・海絲特比較研究
　　　范玲娜著，代迅指導，西南師範大學碩士論文
論《金瓶梅》說散本對詞話本的修改
　　　孫萌著，謝真元指導，重慶師範大學碩士論文
《續金瓶梅》研究
　　　陳小林著，劉上生指導，湖南師範大學碩士論文
《金瓶梅》女性研究——以婚姻和性欲考察
　　　郭美玲著，龔顯宗指導，臺灣中山大學碩士論文
《金瓶梅》「男女偷情」主題研究
　　　梁欣芸著，謝明勳指導，中興大學碩士論文

2006 年（碩 23）
張竹坡小說評點的主體間性研究
　　　蔡靖芳著，趙春寧指導，廈門大學碩士論文
性、倫理、禁忌——《金瓶梅》與《洛麗塔》的比較
　　　劉琴著，劉久明指導，華中科技大學碩士論文
《金瓶梅》文學語言初探
　　　何來著，梁揚指導，廣西大學碩士論文
二十世紀《金瓶梅》傳播研究
　　　劉玉林著，王平指導，山東大學碩士論文

《金瓶梅》被動句式研究
　　　史在宏著，張能甫指導，四川師範大學碩士論文
《金瓶梅》詞話本和繡像本的比較研究
　　　菅永梅著，王恒展指導，山東師範大學碩士論文
齊魯文化視野下的《金瓶梅》
　　　劉洪強著，杜貴晨指導，山東師範大學碩士論文
天理與人欲鎖鏈的斷裂——由潘金蓮、鄧么姑和田小娥看女性「以情抗理」的命運悲劇
　　　崔玲著，王達敏指導，安徽大學碩士論文
《金瓶梅》兩性關係的文化闡釋
　　　黃吟珂著，陳惠琴指導，北京師範大學碩士論文
關於《金瓶梅》和《好色一代男》中的中日市民思想考察——以身分觀和愛情觀為中心
　　　鄧德花著，張曉希指導，天津外國語學院碩士論文
《金瓶梅》與《廢都》互文性研究
　　　朱慧琴著，趙憲章指導，南京大學碩士論文
《金瓶梅》與明代商品經濟
　　　周慧敏著，鞏本棟指導，南京大學碩士論文
《新刻繡像批評金瓶梅》插圖研究
　　　王慧著，皮道堅指導，華南師範大學碩士論文
《金瓶梅詞話》語氣詞研究
　　　呂文科著，侯蘭笙指導，西北師範大學碩士論文
《金瓶梅詞話》之兒尾詞研究
　　　林雅慧著，竺家寧指導，政治大學碩士論文
《金瓶梅》之喪俗研究
　　　袁浥珊著，韓碧琴指導，中興大學碩士論文
《金瓶梅》中西門慶之研究
　　　蕭慶餘著，江惜美指導，銘傳大學碩士論文
世情小說中的母親形象研究——以《金瓶梅》《醒世姻緣傳》《林蘭香》《歧路燈》《紅
　　　樓夢》為考察對象
　　　莫秀蓮著，王美秀、黃錦珠指導，雲林科技大學碩士論文
《金瓶梅》死亡主題研究
　　　洪慈彗著，王年双指導，彰化師範大學碩士論文
《金瓶梅》人物論

　　　潘嘉雯著，鄭明娳指導，玄奘大學碩士論文
張竹坡評點《金瓶梅》與脂硯齋評點《紅樓夢》之比較研究
　　　游千慧著，王三慶指導，成功大學碩士論文
從性別政治論《金瓶梅》淫婦的生存
　　　王碩慧著，龔顯宗指導，高雄師範大學碩士論文
從「性別文化」看《金瓶梅》中的「情」與「義」
　　　林淑慧著，高桂惠指導，臺北市立教育大學碩士論文

2007 年（博 1 碩 18）

《金瓶梅詞話》動詞語法研究
　　　李霞著，楊劍橋指導，復旦大學博士論文

《金瓶梅》《紅樓夢》詩詞曲比較
　　　韓亞楠著，胡勝指導，遼寧大學碩士論文
《金瓶梅》身體文化研究
　　　魏紅豔著，高益榮指導，陝西師範大學碩士論文
《金瓶梅》存在句研究
　　　王麗玲著，傅惠鈞指導，浙江師範大學碩士論文
《金瓶梅》女性群像描寫特點及其悲劇意義
　　　劉麗英著，付亞庶指導，東北師範大學碩士論文
鄉音無改識客來——《金瓶梅》魯南方音解讀
　　　周惠珍著，劉中富指導，山東師範大學碩士論文
風情世界——《金瓶梅》與世俗山東的文學敘事研究
　　　田德雲著，房福賢指導，山東師範大學碩士論文
《金瓶梅》介詞研究
　　　周四貴著，徐之明指導，貴州大學碩士論文
明中後期市鎮消費文化探析——以《金瓶梅》等世情小說為中心
　　　潘忠麗著，曹大為指導，山東大學碩士論文
《金瓶梅》中江浙一帶喪葬習俗考
　　　陳貴領著，寧俊紅指導，蘭州大學碩士論文
明清人對《金瓶梅》主旨的闡釋
　　　房瑩著，譚帆指導，華東師範大學碩士論文
拯救模式：潘金蓮形象的演進軌跡及其反思

陳競著，竺洪波指導，華東師範大學碩士論文
《金瓶梅》中的權威缺失研究
　　楊旭著，張永芳指導，瀋陽師範大學碩士論文
《金瓶梅》詞話本與崇禎本比較研究
　　熊岩著，譚邦和指導，華中師範大學碩士論文
性與死：《金瓶梅》的主題探討
　　王婷瑋著，許建昆指導，靜宜大學碩士論文
《金瓶梅》序跋資料研究
　　廖育瑩著，陳益源、蔡輝振指導，雲林科技大學碩士論文
《金瓶梅詞話》唱曲研究
　　余金蘭著，張繼光、康世昌指導，嘉義大學碩士論文
《金瓶梅》敘事藝術
　　鄭媛元著，黃慶聲指導，政治大學碩士論文
《金瓶梅》的敘事研究
　　林鶯如著，王年双指導，彰化師範大學碩士論文

2008 年（碩 17）
論《金瓶梅詞話》的性描寫與男性霸權意識
　　陳婷婷著，詹丹指導，上海師範大學碩士論文
論《金瓶梅》中的元宵節
　　張瑞著，詹丹指導，上海師範大學碩士論文
《續金瓶梅》「反清」主旨再探
　　姜克濱著，張慶民指導，首都師範大學碩士論文
論《金瓶梅》的語言修辭藝術
　　張愛軍著，易敏指導，北京師範大學碩士論文
《歧路燈》與《金瓶梅》比較研究
　　范芃蕊著，杜貴晨指導，山東師範大學碩士論文
論《金瓶梅詞話》中的宴飲描寫
　　賈海建著，劉相雨指導，曲阜師範大學碩士論文
《金瓶梅詞話》中的民間宗教研究
　　羅海波著，徐湘霖指導，四川師範大學碩士論文
《金瓶梅》連詞研究

孫懷芳著，馮春田指導，山東大學碩士論文
《金瓶梅詞話》詞彙研究
　　周忠元著，楊端志指導，山東大學碩士論文
《續金瓶梅》稱謂詞研究
　　李志奎著，吉發涵指導，山東大學碩士論文
以接受美學視角看張竹坡的《金瓶梅》評點
　　張馨月著，張羽指導，吉林大學碩士論文
張竹坡《金瓶梅》批評研究
　　楊楊著，趙建新指導，蘭州大學碩士論文
寄意於時俗──《金瓶梅》敘事問題論析
　　侯其強著，唐靭指導，廣西大學碩士論文
《金瓶梅》女性與家庭關係探微
　　朱星瑤著，胡元翎指導，黑龍江大學碩士論文
《金瓶梅》中的市民意識形態
　　黃維玲著，蘇志宏指導，西南交通大學碩士論文
論李桂姐
　　劉建惠著，徐大軍指導，杭州師範大學碩士論文
用性謀求生活──摩兒·法蘭德絲與潘金蓮
　　趙紹珍著，李達三指導，東吳大學碩士論文

2009 年（博 3 碩 19）
《金瓶梅》中的婚嫁禮俗研究
　　辛銀美著，于天池指導，北京師範大學博士論文
《金瓶梅》之身體感知與性別辯證：一個跨文本與漢字閱讀觀的建構
　　李欣倫著，康來新指導，中央大學博士論文
明清家庭小說的時間研究：以《金瓶梅》《醒世姻緣傳》《林蘭香》《紅樓夢》為對象
　　林偉淑著，廖棟樑指導，輔仁大學博士論文

《續金瓶梅》動詞重疊研究
　　李明霞著，楊端志指導，山東大學碩士論文
論《金瓶梅》的佛道文化觀
　　黃榮山著，苗懷明指導，南京大學碩士論文
明代社會生活畫卷的一頁──《金瓶梅》對道教的描寫

　　王志琴著，劉仲宇指導，華東師範大學碩士論文
《金瓶梅詞話》詞綴計量研究

　　高軍著，曹煒指導，蘇州大學碩士論文
文龍《金瓶梅》人物評點研究

　　冷雪梅著，張羽指導，吉林大學碩士論文
論《金瓶梅詞話》中的宗教描寫

　　蔡莉著，白顯鵬指導，內蒙古民族大學碩士論文
《金瓶梅》數理批評

　　趙莎莎著，杜貫晨指導，山東師範大學碩士論文
《金瓶梅》在明清時期的傳播與禁毀研究

　　高莎莎著，王慶雲指導，中國海洋大學碩士論文
欲望的放縱與懲戒──《金瓶梅》「欲望」問題的研究

　　劉旭峰著，馮文樓指導，陝西師範大學碩士論文
《金瓶梅詞話》副詞研究

　　張翠翠著，闞緒良指導，安徽大學碩士論文
《金瓶梅詞話》方位詞研究

　　董孝一著，徐之明指導，貴州大學碩士論文
情與欲的辯證：從《金瓶梅》到《紅樓夢》

　　張品著，胡衍南、陳葆文指導，淡江大學碩士論文
後設現象：《金瓶梅》續書書寫研究

　　鄭淑梅著，高桂惠指導，政治大學碩士論文
說圖──崇禎本《金瓶梅》繡像研究

　　曾鈺婷著，胡衍南指導，臺灣師範大學碩士論文
張竹坡批評《金瓶梅》之女性人物研究

　　葉恬儀著，胡衍南指導，臺灣師範大學碩士論文
《金瓶梅》西門慶商人形象研究

　　陳華英著，龔顯宗指導，臺灣中山大學碩士論文
《續金瓶梅》之身體研究

　　王明儀著，徐志平指導，中興大學碩士論文
《金瓶梅詞話》之詩詞研究

　　傅想容著，陳益源指導，成功大學碩士論文
《金瓶梅》之人性與去私論

　　　　劉文惠著，康來新指導，中央大學碩士論文

2010 年（博 2 碩 29）

《金瓶梅》詮釋史論

　　　　張明遠著，王平指導，山東大學博士論文

《金瓶梅》敘事形態研究

　　　　孫志剛著，張錦池指導，哈爾濱師範大學博士論文

潘金蓮和李瓶兒的比較研究

　　　　李曉慶著，范嘉晨指導，青島大學碩士論文

從《水滸傳》到《金瓶梅》的演變

　　　　于海洋著，范嘉晨指導，青島大學碩士論文

《金瓶梅》熟語研究

　　　　趙安香著，道爾吉指導，內蒙古大學碩士論文

《金瓶梅》夢幻描寫研究

　　　　張雪芹著，馬冀指導，內蒙古大學碩士論文

《金瓶梅》喪葬描寫研究

　　　　邵麗光著，李延年指導，內蒙古大學碩士論文

論《金瓶梅》的喜劇性描寫

　　　　董定一著，洛保生指導，河北大學碩士論文

從等效理論看《金瓶梅》中歇後語的英譯

　　　　劉競著，尹飛舟指導，湖南師範大學碩士論文

《金瓶梅詞話》動態助詞研究

　　　　楊曉芳著，王新華指導，山東大學碩士論文

《金瓶梅》美學思想研究

　　　　孫俊著，寇鵬程指導，西南大學碩士論文

《金瓶梅》作者徐渭說補證

　　　　全亮著，姚蓉指導，上海大學碩士論文

《金瓶梅》與《紅樓夢》讖語比較

　　　　劉英娣著，劉永良指導，內蒙古民族大學碩士論文

《金瓶梅》妻妾群像研究

　　　　肖峰旭著，陳惠琴指導，北京師範大學碩士論文

服飾與《金瓶梅》人物形象塑造

　　　王惠著，陳東有指導，南昌大學碩士論文
小說《金瓶梅》的音樂史料研究
　　　王英霞著，胡小滿指導，河北師範大學碩士論文
《金瓶梅》喪葬描寫研究
　　　邵麗光著，李延年指導，河北師範大學碩士論文
《金瓶梅》副詞研究
　　　余麗梅著，鄭劍平指導，西南科技大學碩士論文
孟玉樓形象還原解讀
　　　姚遠著，劉敬圻指導，黑龍江大學碩士論文
《金瓶梅》女性人物心理分析
　　　趙瑞昕著，孟昭連指導，南開大學碩士論文
《金瓶梅》稱謂詞研究
　　　李明敏著，李海英指導，山東師範大學碩士論文
《金瓶梅》程度副詞研究
　　　宋媛媛著，李海英指導，山東師範大學碩士論文
《金瓶梅詞話》「教、叫、交」兼語結構研究
　　　段虹宇著，李海英指導，山東師範大學碩士論文
現代漢語粘著短語標題研究
　　　張鑫平著，李海英指導，山東師範大學碩士論文
結構·反諷·理學——美國學者浦安迪研究明代四大奇書的新視角
　　　張潔著，顧偉列指導，華東師範大學碩士論文
《金瓶梅》中的權威缺失研究
　　　楊旭著，張永芳指導，瀋陽師範大學碩士論文
《金瓶梅詞話》稱數法研究
　　　吳慧敏著，崔山佳指導，浙江財經學院碩士論文
《金瓶梅》女性書寫服裝的禮教與情欲
　　　林慈君著，鄭靜宜、何兆華指導，輔仁大學碩士論文
金錢·性愛·孩子：《金瓶梅》的家庭關係研究
　　　張筱婉著，詹海雲指導，元智大學碩士論文
《金瓶梅詞話》之情欲研究
　　　許哲瑋著，鄭明娳指導，玄奘大學碩士論文
李翰祥之《金瓶梅》風月片系列研究

何思穎著，陳少紅指導，中文大學碩士論文

2011 年（碩 18）

《金瓶梅》詞話本和崇禎本語言比較研究

　　　劉雯著，汪維輝指導，南京大學碩士論文

薩德的《貞潔的厄運》和《金瓶梅》異同的比較

　　　王若凡著，鄭克魯指導，上海師範大學碩士論文

張竹坡《金瓶梅》評點研究

　　　田奇著，張進指導，陝西師範大學碩士論文

《金瓶梅》與《紅樓夢》關係探究

　　　金寒芽著，孫麗華指導，中國社會科學院碩士論文

《金瓶梅》趨向動詞研究

　　　張鑫平著，李海英指導，山東師範大學碩士論文

《金瓶梅》助詞研究

　　　裴錦玉著，鄭劍平指導，西南科技大學碩士論文

《金瓶梅》助動詞研究

　　　肖同姓著，鄭劍平指導，西南科技大學碩士論文

《金瓶梅》稱謂詞研究

　　　王琳著，鄭劍平指導，西南科技大學碩士論文

一分為三視域下的《金瓶梅》英譯研究

　　　齊林濤著，郭尚興指導，河南大學碩士論文

《金瓶梅詞話》士人形象研究

　　　關祥可著，張進德指導，河南大學碩士論文

張竹坡的小說美學觀

　　　高紅娟著，方紅梅指導，中南民族大學碩士論文

《水滸傳》《西遊記》《金瓶梅》《紅樓夢》語氣詞比較研究

　　　張冬著，戴昭銘指導，中南民族大學碩士論文

《金瓶梅》美學研究

　　　付善明著，孟昭連指導，南開大學碩士論文

女性主義視閾下的《金瓶梅》

　　　李婕著，孟昭連指導，南開大學碩士論文

《水滸傳》《西遊記》《金瓶梅》《紅樓夢》語氣詞比較研究

　　　　張冬著，戴昭銘指導，黑龍江大學碩士論文
文學作品中的倫理邊界問題探討
　　　　王雪舟著，李曉衡指導，南華大學碩士論文
《金瓶梅》奴婢形象研究
　　　　烏蘭其木格著，王引萍指導，北方民族大學碩士論文
《金瓶梅詞話》女性身體書寫析論——以西門慶妻妾為論述中心
　　　　沈心潔著，陳葆文指導，淡江大學碩士論文

2012 年（碩 26）

《金瓶梅》到《紅樓夢》的妾形象研究——以《金瓶梅》《醒世姻緣傳》《紅樓夢》為例
　　　　李亞東著，任明華指導，曲阜師範大學碩士論文
《金瓶梅》運河文化探析
　　　　趙菲菲著，楚愛華指導，曲阜師範大學碩士論文
《金瓶梅詞話》中的生日描寫研究
　　　　彭晶著，劉相雨指導，曲阜師範大學碩士論文
明清長篇世情小說交友問題研究——以《金瓶梅》《儒林外史》《歧路燈》為中心
　　　　周宋著，譚邦和指導，華中師範大學碩士論文
《金瓶梅》續書研究
　　　　陳智喻著，霍現俊指導，河北師範大學碩士論文
《金瓶梅》評點補筆研究——以繡像本評點和張竹坡評點為例
　　　　李開著，王人恩指導，集美大學碩士論文
明代章回小說中的告語類文體研究——以《三國演義》《金瓶梅》《封神演義》為例
　　　　羅維著，吳建國指導，湖南師範大學碩士論文
《新刻繡像批評金瓶梅》人物評點研究
　　　　程懂麗著，張進德指導，河南大學碩士論文
拉康理論與文學批評——以《金瓶梅》文本為分析對象
　　　　吳靄齡著，李平指導，上海師範大學碩士論文
張竹坡批評本《金瓶梅》性描寫的批評與刪節問題研究
　　　　陳冬瑩著，楊慶傑指導，汕頭大學碩士論文
《金瓶梅詞話》的明代服飾詞彙訓詁
　　　　丁豔芳著，陸錫興指導，南昌大學碩士論文
《金瓶梅詞話》述補結構研究

曹守平著，曹煒指導，蘇州大學碩士論文

明代社會真實的一頁——《金瓶梅》飲食文化研究

　　楊協姣著，陳桂聲指導，蘇州大學碩士論文

《金瓶梅》休閒文化研究

　　劉曉瑜著，葉新源指導，贛南師範學院碩士論文

《金瓶梅》妾婦形象研究

　　趙曉豔著，王引萍指導，北方民族大學碩士論文

庫恩和他的德譯《金瓶梅》

　　胡一帆著，衛茂平指導，上海外國語大學碩士論文

《金瓶梅》中的法律公案解讀

　　董文靜著，李振宇指導，江西農業大學碩士論文

概念隱喻框架下《金瓶梅》兩個英譯本對比研究

　　張雁著，溫秀穎指導，天津財經大學碩士論文

《金瓶梅》英譯本中陌生化翻譯研究

　　王穎著，溫秀穎指導，天津財經大學碩士論文

《金瓶梅》與《源氏物語》人物形象比較研究

　　賈舒穎著，黃毅指導，復旦大學碩士論文

基於語料庫的《金瓶梅》英譯本中明喻研究

　　張穎著，夏廷德指導，大連海事大學碩士論文

從《金瓶梅》看古代的金蓮文化

　　莊士慧著，陳弘昌指導，玄奘大學碩士論文

明代茶文化之研究——以《金瓶梅詞話》為中心之探討

　　范姜玉芬著，王成勉指導，中央大學碩士論文

張竹坡《皋鶴堂批評第一奇書金瓶梅》評點研究

　　洪鈴惠著，胡衍南指導，臺灣師範大學碩士論文

崇禎本《金瓶梅》回首詩詞功能研究

　　林玉惠著，胡衍南指導，臺灣師範大學碩士論文

《金瓶梅》中的物質文化與頹廢風格

　　呂怡秀著，郭玉雯指導，臺灣大學碩士論文

2013 年（碩 14）

《金瓶梅》在晚明的傳播與批評研究

龔秋蘋著，楊慶傑指導，汕頭大學碩士論文
《西廂記》對《金瓶梅》《紅樓夢》的影響研究
　　趙婕著，元鵬飛指導，河南大學碩士論文
詞話本《金瓶梅》回首詩詞功能研究
　　王丹著，霍現俊指導，河北師範大學碩士論文
《金瓶梅》與佛教
　　陳思著，吳建國指導，湖南師範大學碩士論文
論張竹坡對《金瓶梅》崇禎本評點的繼承與發展
　　戴義濤著，傅承洲指導，中央民族大學碩士論文
《金瓶梅》稱呼語研究
　　陳嘉著，馬洪海、傅惠鈞指導，浙江師範大學碩士論文
《金瓶梅詞話》三音詞研究
　　王煥彪著，聶志平指導，浙江師範大學碩士論文
潘金蓮形象演變與潘金蓮「話語」
　　王嬡著，姚秋霞指導，陝西理工學院碩士論文
《金瓶梅詞話》中的賦研究
　　蘇騰著，雷勇指導，陝西理工學院碩士論文
侯文詠《沒有神的所在——私房閱讀金瓶梅》研究
　　黃正南著，黃清順指導，中正大學碩士論文
古典小說《金瓶梅》改編至電影研究：以《新金瓶梅》影片為例
　　林慶塋著，蔡琰指導，政治大學碩士論文
《金瓶梅》研究在美國
　　郭筱涵著，李賢哲指導，雲林科技大學碩士論文
《金瓶梅》空間書寫中的性別權力關係
　　賴彥伶著，胡衍南指導，政治大學碩士論文
西方舌尖上的食色中國——析論《金瓶梅》兩譯者飲食翻譯策略
　　林卓君著，李根芳指導，臺灣師範大學碩士論文

肆、學會索引：中國《金瓶梅》學會與 中國《金瓶梅》研究會（籌）

一、中國《金瓶梅》學會

　　雖然 1985 年 6 月首屆全國《金瓶梅》學術討論會便已在徐州召開，其後又連年接續召開了兩屆全國會議，《金瓶梅》研究界也有不少動議成立中國《金瓶梅》學會者，但並未真正付諸實施。直至 1989 年籌辦首屆國際《金瓶梅》學術討論會，按當時國家規定，必須由群團申辦，這才將籌建中國《金瓶梅》學會事宜，與籌辦會議同步進行。1988 年 5 月 11 日在徐州召開了首屆國際《金瓶梅》學術討論會籌備委員會第一次會議，與會代表形成一個〈關於組成中國金瓶梅學會籌備委員會的意見〉（參見附錄一），以徐朔方、劉輝、吳敢、黃霖、孫遜、彭飛、周鈞韜、蔡敦勇、李榮德、袁世碩、孫言誠、甯宗一、邱思達、沈天佑、張俊、卜鍵、石昌渝、王汝梅、林辰、周中明、吳紅、張遠芬、及巨濤、閻志強為籌委會委員，吳敢為總聯絡人。

　　1989 年 6 月 14 日，首屆國際《金瓶梅》學術討論會開幕前夕，中國《金瓶梅》學會在江蘇省徐州市召開第一次會員代表大會，選舉學會工作人員，宣佈成立，並通過章程（參見附錄二）。中國《金瓶梅》學會掛靠在中國社會科學院，經中華人民共和國民政部社證字第 1167 號《社會團體登記證》批准，准予註冊登記，社團代碼為 50001165-4，在《人民日報》1992 年 12 月 10 日第 8 版公告。

　　中國《金瓶梅》學會第一屆理事會有理事 25 名：卜鍵、及巨濤、王汝梅、盧興基、甯宗一、田秉鍔、孫遜、孫言誠、劉輝、吳敢、邱鳴皋、沈天佑、林辰、羅德榮、陳詔、陳昌恆、周中明、周鈞韜、徐徹、袁世碩、張遠芬、黃霖、彭飛、蔡敦勇，選舉劉輝為會長，吳敢、黃霖、周鈞韜、王汝梅、張遠芬為副會長，吳敢兼秘書長，卜鍵、及巨濤為副秘書長，聘請王利器、馮其庸、吳組緗、吳曉鈴、徐朔方為顧問。

　　後來的事實證明，劉輝是很合適的會長人選。關於《金瓶梅》研究，劉輝與黃霖、王汝梅、梅節、甯宗一、白維國、卜鍵等一樣，是一位金學全才，他有一部會評會校原

著，二本專著，十幾本編著，三十多篇論文出版（發表），特別是其成書研究、版本研究、文龍研究等，被國內外公認為權威性著述；關於學會工作，他出席了中國召開的全部 10 次國際（內）《金瓶梅》學術研討會，幾乎每次會議他都自始至終參與了籌備與組織工作，並且以其粗獷、雄渾、剛正、機敏的風格，贏得絕大多數金學同仁的信賴與擁戴。

1990 年 10 月 20 日，借第四屆全國《金瓶梅》學術討論會在山東臨清召開之際，中國《金瓶梅》學會召開第一屆理事會第二次會議，劉輝主持會議，吳敢代表學會秘書處做工作報告。會議決定增補張榮楷為理事。

1992 年 6 月借第二屆國際《金瓶梅》學術討論會在山東棗莊召開之際，中國《金瓶梅》學會先是召開會長碰頭會，接著召開第一屆理事會第三次會議，劉輝主持會議，吳敢代表學會秘書處做工作報告，號召學會會員共襄盛舉。

1993 年 9 月 16 日，借第六屆全國《金瓶梅》學術討論會在浙江鄞縣召開之際，中國《金瓶梅》學會召開第一屆理事會第四次會議，劉輝主持會議，吳敢代表學會秘書處做工作報告（參見附錄三），形成會議紀要；並接著召開第二次會員代表大會，換屆選舉學會第二屆理事會理事 31 名：卜鍵、及巨濤、王汝梅、王啟忠、盧興基、甯宗一、白維國、孫遜、劉輝、呂紅、吳敢、沈天佑、李魯歌、張遠芬、張榮楷、林辰、羅德榮、陳詔、陳東有、陳昌恆、周中明、周鈞韜、周晶、苗壯、趙興勤、徐徹、袁世碩、黃霖、蕭欣橋、彭飛、蔡敦勇，選舉劉輝為會長，吳敢、黃霖為副會長，吳敢兼秘書長，卜鍵、及巨濤為副秘書長。隨即召開第二屆理事會第一次會議，並形成紀要。

1997 年 8 月 2 日，借第三屆（大同）國際《金瓶梅》學術討論會在山西大同召開之際，中國《金瓶梅》學會召開第二屆理事會第二次會議，劉輝主持會議，吳敢代表學會秘書處做工作報告。會議決定增補孔凡濤為副秘書長。

2000 年 10 月 22 日，借第四屆（五蓮）國際《金瓶梅》學術討論會在山東五蓮召開之際，中國《金瓶梅》學會召開第二屆理事會第三次會議，劉輝主持會議，吳敢代表學會秘書處做工作報告（參見附錄四）。會議決定進行會員重新登記，並擴大徵集《金瓶梅》研究資料，舉辦《金瓶梅》優秀研究成果評獎。

中國《金瓶梅》學會成立以後，成功地舉辦了 4 次國際《金瓶梅》學術討論會、3 次全國《金瓶梅》學術討論會，學會機關刊物《金瓶梅研究》連同《金瓶梅學刊》（試刊號）出版了 8 輯。

中國《金瓶梅》學會 1989-1995 年依託在吳敢任局長的徐州市文化局，1995-2003 年依託在吳敢任院長的徐州教育學院。

中國《金瓶梅》學會有會員近 300 人，是工作比較規範、活動比較正常、成效比較突出的學術類國家一級學會。

2002 年 4 月 30 日，學會秘書處發出〈中國《金瓶梅》學會工作簡報〉，向會員通報第四屆（五蓮）國際《金瓶梅》學術討論會以來工作情況。

2002 年 5 月 9-11 日，中國《金瓶梅》學會、山東省郵政局、臨沂市政府在臨沂市召開「《金瓶梅》郵票選題論證會」，徐朔方、袁世碩、程毅中、甯宗一、沈天佑、劉輝、吳敢、王汝梅、杜維沫、王麗娜、楊揚、王平、孫秋克、王汝濤、孔凡濤作為專家出席會議，國家郵政局郵資票品管理司發行處處長鄧慧國、山東省郵政局局長徐建洲、臨沂市市長李群等近 50 人與會。會議就《金瓶梅》郵票選題可行性展開論證，初步確定了 1 套 14 枚郵票的表現內容，並提出郵票發行時間建議。與會專家聯合簽署了一份〈關於 2003 年發行《金瓶梅》題材郵票的建議書〉，會同有關文件上報郵政部。該郵票後來雖暫未獲批准，但不失為一次《金瓶梅》文化活動的有益嘗試。

2000 年 10 月第四屆（五蓮）國際《金瓶梅》學術討論會之後，中國《金瓶梅》學會即與雲南昆明、山西太原、江蘇徐州、上海等方面聯繫，計畫於 2003 年召開第五屆國際《金瓶梅》學術討論會。

昆明師專中文系、雲南民族學院文學與新聞傳播學院、玉溪師院中文系與中國《金瓶梅》學會最後達成協議，擬共同舉辦該次會議。2003 年 1 月，吳敢借去昆明公幹之際，會同昆明師專孫秋克、雲南民院曾慶雨，對昆明的會議地點進行了實地考察。

2003 年 4 月 1 日，中國《金瓶梅》學會發出「關於召開第五屆（昆明）國際《金瓶梅》學術討論會的預備通知」，確定於 2003 年 10 月 11-14 日召開該次會議。截至 2003 年 7 月 1 日，共收到回執 78 份，其中海外 7 份。

因為「非典」，經劉輝、黃霖、吳敢、孫秋克等電話協商決定，會議延期至 2004 年適當時間召開，並以學會名義發出第二次預備通知。

2002 年下半年，學會接到民政部通知，要求在 2003 年上半年完成社團重新登記。學會秘書處立即著手此項工作，很快按要求完成資產審計和書面申請。經民政部有關人員審查，僅缺少掛靠單位的一紙證明。但這成了一大難題。學會原掛靠單位因為學會主要負責人均非該單位人員，以及其它社會性原因，不再出具證明。劉輝、黃霖、吳敢均曾多次面請或電請或函請有關人員幫助運作；孔凡濤兩次晉京，請學會在京理事、會員，尤其是中國社會科學院的理事共同疏通，均未獲結果。劉輝、黃霖、吳敢商議決定轉找其它路徑。按民政部要求，掛靠單位必須是部級單位。於是劉輝向其主管部門——新聞出版署申請掛靠。因為劉輝重病在身，黃霖、吳敢又是「非典」不能進京，此事遂遭擱置。

不料，2003 年 6 月 6 日，民政部發出 41 號公告，宣佈取消中國《金瓶梅》學會等 63 個社團開展活動的資格。這無異於一聲悶雷，在學會內部以及社會上引起強烈的反

響。《晨報週刊》《中華讀書報》等新聞媒體因此做出相關報道。中國《金瓶梅》學會被註銷的過程誠如上述，學會主要工作人員雖然經過相當努力，客觀上也確實無力回天，但這仍是一件十分遺憾的事情，學會負責人和學會秘書處向原本會全體理事和會員，表示由衷的歉意。

二、中國《金瓶梅》研究會（籌）

2004 年 1 月 16 日原中國《金瓶梅》學會會長劉輝因病不幸逝世。經黃霖、吳敢協商，仿社會通列，2004 年 2 月 26 日以原學會秘書處名義，發函給各位理事，建議以「中國《金瓶梅》研究會（籌）」名義暫行工作，並由黃霖任籌委會主任、吳敢任籌委會副主任兼秘書長。該建議獲得原學會第二屆理事會的一致同意。

經過努力，復旦大學同意作為研究會掛靠單位，並於2004年4月8日以復旦文〔2004〕2 號檔，上報民政部。民政部接文後堅持要教育部簽署意見。黃霖、吳敢因此於 2004 年 7 月 16 日在北京會齊，先後去教育部、民政部彙報。目前中國《金瓶梅》研究會正在申辦登記的過程之中，在未准予登記之前，暫以籌備委員會名義開展工作。

關於第五屆國際《金瓶梅》學術討論會，因為昆明方面院校調整與人事變動，已不再可能承辦會議。經黃霖與河南大學有關人員聯繫，該次會議遂決定改在開封召開。2005 年 1 月 13 日，黃霖、吳敢、陳維昭專程前去河南大學，落實會議籌辦相關事宜，決定會議由河南大學、復旦大學、徐州師範大學、中國《金瓶梅》研究會（籌）共同舉辦，並於 2005 年 2 月 15 日和 2005 年 5 月 10 日先後兩次發出邀請函。

2005 年 9 月 16-19 日第五屆國際《金瓶梅》學術討論會在河南大學如期召開，與會 60 餘人，提交論文 40 多篇。

2005 年 9 月 17 日晚，中國《金瓶梅》研究會籌備委員會召開了第一次全體委員會議，決心繼承中國《金瓶梅》學會和全體金學同人共同開創的金學事業，把《金瓶梅》研究推向一個新的境界和層面！

第一次全委會決定，聘馮其庸、徐朔方、魏子雲、梅節、甯宗一、盧興基、沈天佑、袁世碩、杜維沫、林辰、陳詔、王汝梅、許繼善、傅憎享等 14 人為顧問，以卜鍵、馬征、王平、白維國、葉桂桐、孫遜、孫秋克、許建平、何香久、吳敢、李魯歌、張遠芬、張鴻魁、張進德、張蕊青、楊緒容、杜明德、羅德榮、陳東有、陳昌恆、陳維昭、陳益源、周中明、周晶、苗壯、趙興勤、黃霖、曾慶雨、蕭欣橋、翟綱緒、潘承玉、霍現俊等 32 人為籌委會委員（即以後中國《金瓶梅》研究會理事），黃霖為主任委員（即會長），吳敢、王平、陳東有、何香久為副主任委員（即副會長），吳敢為秘書長（兼），陳維昭為副秘

書長。

開封會後，中國《金瓶梅》研究會（籌）秘書處即著手編輯《金瓶梅研究》第八輯，並由中國文史出版社於 2005 年 12 月出版。

2007 年 5 月 11-13 日，由中國《金瓶梅》研究會（籌）與山東省《金瓶梅》文化委員會、棗莊市嶧城區人民政府聯合主辦的第七屆（嶧城）全國《金瓶梅》學術討論會，在棗莊市貴泉大酒店召開。與會 80 餘人，提交論文 50 多篇。

2007 年 5 月 12 日晚，中國《金瓶梅》研究會（籌）在貴泉大酒店召開了第一屆理事會第二次會議，黃霖主持會議，吳敢代表秘書處做工作報告。會議梳理內困，審視外擾，求同存異，集思廣益，使中國金學界達到了空前的團結與振奮。會議決定第六屆國際《金瓶梅》學術討論會於 2008 年 7 月在山東省臨清市舉辦。

2008 年 3 月 31 日黃霖、吳敢、王平應潘志義（苟洞）之邀，參加黃山市三涵《金瓶梅》研究所揭牌儀式暨《金瓶梅》與徽文化座談會，會間，黃、吳、王代表中國《金瓶梅》研究會（籌），與黃山市徽州區、黃山市社聯協商，計畫於 2009 年春夏間，在黃山召開第七屆國際《金瓶梅》學術討論會，後因故未果。

2008 年 7 月 10-14 日，由中國《金瓶梅》研究會（籌）與山東省臨清市政協聯合主辦的第六屆（臨清）國際《金瓶梅》學術討論會，在臨清市臨清賓館召開。與會 120 餘人，提交論文近百篇。

2008 年 7 月 10 日晚，中國《金瓶梅》研究會（籌）在臨清賓館召開了第一屆理事會第三次會議，黃霖主持會議，吳敢代表秘書處做工作報告（參見附錄五）。

臨清會後，中國《金瓶梅》研究會（籌）秘書處與臨清市政協即著手編輯《金瓶梅研究》第九輯，並由齊魯書社 2009 年 3 月出版。

2010 年 8 月 20-22 日，由中國《金瓶梅》研究會（籌）與河北省清河縣政協聯合主辦的第七屆（清河）國際《金瓶梅》學術討論會，在清河縣清河賓館召開。與會 120 餘人，提交論文近百篇。

清河會後，中國《金瓶梅》研究會（籌）秘書處與清河縣政協即著手編輯《金瓶梅研究》第十輯，並由北京藝術與科學電子出版社 2011 年 7 月出版。

2010 年 8 月 20 日晚，中國《金瓶梅》研究會（籌）在清河賓館召開了第一屆理事會第四次會議，黃霖主持會議，吳敢代表秘書處做工作報告。會議決定增補卜鍵、陳益源、陳維昭、許建平、張進德、霍現俊為副會長，洪濤、趙傑、石鐘揚、孟昭連、胡金望、王枝忠、董國炎、杜貴晨、王立、王進駒、傅承洲、吳波、張文德、史小軍、楊國玉、徐永斌、黃強為理事，霍現俊為副秘書長（兼）。

2012 年 8 月 24-27 日，由成功大學人文社會科學中心主辦，臺灣國家圖書館漢學研

究中心、臺灣師範大學國文系、中正大學圖書館、復旦大學中國古代文學研究中心合辦，中正大學文學院中文系、成功大學文學院中文系、中國《金瓶梅》研究會（籌）協辦之「《金瓶梅》國際學術討論會」（第八屆國際《金瓶梅》學術討論會）在臺北國家圖書館隆重開幕，並中轉嘉義中正大學，至臺南成功大學閉幕。與會人員先後達四五百人，提交論文近 50 篇。

　　2012 年 8 月 24 日晚，中國《金瓶梅》研究會（籌）在臺北市劍潭海外青年活動中心召開了第一屆理事會第五次會議，黃霖主持會議，討論了 2013 年在中國大陸台兒莊或開封或上海召開第九屆國際《金瓶梅》學術討論會相關事宜。

　　2013 年 5 月 11-14 日，由中國《金瓶梅》研究會與五蓮縣與山東省《金瓶梅》文化委員會主辦、五蓮山旅遊風景區管委會協辦的第九屆（五蓮）國際《金瓶梅》學術討論會，在五蓮縣飛天賓館召開。與會 130 餘人，提交論文 80 多篇。

　　2013 年 5 月 11 日晚，中國《金瓶梅》研究會（籌）在五蓮飛天賓館召開了第一屆理事會第六次會議，黃霖主持會議，吳敢代表秘書處做工作報告（參見附錄六）。會議決定增補徐志平、胡衍南、李志宏、范麗敏、李志剛、張傳生、王昊、高淮生、謝定均、齊慧源、程小青、王增斌、馮子禮、張弦生、高振中、甘振波、褚半農為理事。如此則中國《金瓶梅》研究會（籌）現有會長 1 人、副會長 10 人、理事 66 人、顧問 10 人。

　　關於《金瓶梅》研究的地方組織，參見附錄七。

附錄一：〈關於組成中國《金瓶梅》學會籌備委員會的意見〉

　　近幾年來，我國學術界對《金瓶梅》的研究，已有突破性的進展。繼首屆（1985）、二屆（1986）全國《金瓶梅》學術討論會在江蘇徐州召開後，隨著研究領域的不斷拓寬和學術探討的不斷深入，一支成果卓著的《金瓶梅》研究隊伍業已形成。目前，第三屆全國《金瓶梅》學術討論會擬於今年 10 月上旬在江蘇某地舉辦；受國內外學術界的委託，首屆國際《金瓶梅》學術討論會定期於 1989 年 6 月 15 至 20 日在我國江蘇徐州召開。面對這一新的研究局面並考慮到對外文化交流的需要，在首屆國際《金瓶梅》學術討論會籌委會第一次會議上，經各方代表公議並一致通過，決定組成中國《金瓶梅》學會籌備委員會，茲將有關意見通報如下：

　　一、隨著《金瓶梅》研究的深入發展、研究隊伍的日益擴大，國內金學界原有的「一會一聚」的組織聯絡方式已不適應新的研究形勢。為有效地組織學術活動、及時交流學術成果、廣泛團結研究隊伍、提高整體研究水準並促進國際間的學術交往，成立全國金學界的統一學術組織——中國《金瓶梅》學會已勢在必行。

二、為使學會的各項籌備工作能夠積極而穩妥地展開，首屆國際《金瓶梅》學術討論會籌備委員會推舉國內具有一定學術代表性的專家、學者若干人組成中國《金瓶梅》學會籌備委員會（下簡稱「學會籌委會」）。學會籌委會組成後，先由各地籌委在學術界廣泛聽取關於成立學會的意見、建議，以此為工作基礎，在第三屆全國《金瓶梅》學術討論會期間將充分討論、匯總成章，報呈國家有關部門審批。中國《金瓶梅》學會擬於首屆國際《金瓶梅》學術討論會召開之時正式成立。

三、鑒於中國《金瓶梅》學會應是一個具有廣泛代表性的全國範圍的學術組織，籌備工作也較為複雜，為適應這一特點並便於籌備工作的展開，經各方代表認真磋商，建議由徐朔方、黃霖、孫遜、彭飛、周鈞韜、蔡敦勇、李榮德、袁世碩、孫言誠、甯宗一、邱思達、劉輝、沈天佑、張俊、卜鍵、石昌渝、王汝梅、林辰、周中明、吳紅、張遠芬、吳敢、及巨濤、閻志強等同志組成學會籌委會。本著自願的原則，學會籌委會在徵得上述籌委的個人意見後，即可進入工作。上述本次會議對學會籌委會組成及有關工作的意見，請各位籌委於 6 月 30 日前回復學會籌委會聯絡處（連絡人：江蘇省徐州市文化局吳敢）。

四、按國家有關外事工作程式的要求，在徵得學會籌委會多數籌委的同意後，首屆國際《金瓶梅》學術討論會由學會籌委會主辦並委託東道主徐州市的部分籌委承辦。

首屆國際《金瓶梅》學術討論會籌備委員會第一次會議與會代表：

王汝梅	劉 輝	石昌渝	卜 鍵	張國星	孫言誠	張遠芬
吳 敢	及巨濤	田秉鍔	閻志強	邱鳴皋	周鈞韜	蔡敦勇
李榮德	周 琳	彭 飛	黃玉仁			

一九八八年五月十一日

附錄二：〈中國《金瓶梅》學會章程〉

一、宗旨

本會是由中國當代《金瓶梅》研究者自願組成的民間學術團體。其宗旨是在中華人民共和國憲法規定的範圍內，團結全國《金瓶梅》研究者，通過有關《金瓶梅》學術活動，推進對中國古典小說、古典文學乃至古代文化的深入研究，以期對中華民族在新時代的文化發展做出應有的貢獻。

二、任務

1. 宣導會員自覺學習並掌握辯證唯物主義及歷史唯物主義，確定愛國、民主、科學的世界觀。

2. 堅持百花齊放、百家爭鳴、學術民主及為社會主義、為人民服務的原則，積極組

織會員開展對《金瓶梅》這一文化現象的嚴肅而系統的研究。

3. 以適度的間隔，有針對性地舉辦全國《金瓶梅》學術討論會或專題座談會，交流研究成果，探討有關問題。

4. 與海外《金瓶梅》研究者保持經常的聯繫，並在適當時機、地點，參與舉辦國際《金瓶梅》學術交流活動。

5. 辦好《金瓶梅學刊》，為會員及其它《金瓶梅》研究者提供發表研究成果的基地。

6. 設立國際《金瓶梅》資料中心，為《金瓶梅》研究者提供學術服務。

7. 積極介紹、推廣會員的研究成果。

8. 保護會員的合法權益不受侵害。

9. 開展多種形式的符合會員願望的有益活動。

三、會員

1. 資格

凡從事《金瓶梅》研究工作，公開發表論文兩篇以上，承認本會章程，由本人申請並附上論文，經會員二人介紹，在理事會或會長會議上討論並通過，方可為本會會員。

2. 權利

本會會員在學會組織機構變動時，有選舉權與被選舉權。

有參加本會舉辦之學術活動與獲取本會編印資料之權利。

有對本會工作提出建議、批評之權利。

3. 義務

本會會員須執行本會章程；

支持本會工作，完成本會分配之任務；

積極向本會資料中心提供個人研究成果及有關學術資料。

本會會員有退會的自由。

凡違反本會章程，或實際上已不宜繼續留在本會者，由理事會討論決定後勸退。

四、組織

1. 本會最高權力機構為會員代表大會。會員代表大會休會期間，由會員代表大會選舉出的理事組成理事會，代行會員代表大會職能。

2. 本會根據需要，聘請德高望重者擔任本會之顧問或名譽會長。

3. 本會理事由會員代表大會選舉產生，任期四年。特殊時期，可由理事會向會長會議提出理事增減事宜，並提請下屆會員代表大會予以承認，理事會以推選方式確定會長一人，副會長若干人，秘書長一人（由副會長兼任），副秘書長若干人。學會設立秘書處處理本會日常工作。

五、經費

本會將通過多種途徑籌措《金瓶梅》研究基金。

六、其它

本會章程未盡事宜，由理事會討論處理。

附錄三：〈中國《金瓶梅》學會工作報告〉

在改革開放的時代精神鼓舞下，自 20 世紀 80 年代初，我國學術界對明代長篇白話小說《金瓶梅》的研究，走過了一條打破禁區、多方展開、深入發展的道路；海外漢學界亦造成了全球性的研討熱點。中國《金瓶梅》學會作為全國性的專題學術團體，得到海內外金學研究者的關心支持，得到國家有關部門和相關的地方政府、企事業單位的督導扶持，學會理事會認真履行職責，積極投入工作，為推動《金瓶梅》研究與相關學術交流活動的有效展開和健康發展做出了貢獻。現將學會第一屆理事會四年來的工作報告如下，請各位代表審議。

一、學會的成立和國家民政部的正式核准登記

受海內外《金瓶梅》研究者的委託，徐州市文化局、江蘇省社科院文學所等單位，在成功地組織舉辦了第一（1985）、二（1986）、三（1988）屆全國《金瓶梅》學術討論會後，開始籌辦首屆國際《金瓶梅》學術討論會。在籌辦過程中，國家有關部門要求會議應以學術團體名義舉辦；當時《金瓶梅》研究的進一步深化，也孕育著一個全國性的專題學術團體。因此，中國《金瓶梅》學會借首屆國際《金瓶梅》學術討論會在江蘇徐州召開之機，於 1989 年 6 月 14 日正式成立。

在學會成立大會上，經來自全國各地的代表討論與協商，通過了學會章程，推選出具有學術及地區代表性的專家學者 25 人組成的學會第一屆理事會；又由理事會推舉出會長一人、副會長五人、秘書長（兼）一人、副秘書長二人，形成了學會執行領導機構。

學會成立不久，恰逢全國社會團體重新登記。學會在積極開展正常的學術研究與交流活動的同時，向國家有關部門提出了准予重新登記的申請，並按申請程式逐項落實，逐級呈報。1992 年 2 月，中國社會科學院呈文國家民政部，認定中國《金瓶梅》學會符合國家《社會團體登記管理條例》之規定，請予批准登記。國家民政部經審核，認為本學會具備全國性學術團體的標準與條件，隨即向學會發放了有關登記文表。

1992 年 9 月 8 日，國家民政部部長崔乃夫正式簽發了准予中國《金瓶梅》學會註冊登記的全國性學術團體登記證。12 月 10 日，民政部社團登記公告（第七號）在《人民日報》發佈，中國《金瓶梅》學會登記證號為 1167，至此，中國《金瓶梅》學會作為全國

性學術團體，具備了完全的法律地位。

二、學術研究與學術交流活動

1. 舉辦首屆國際《金瓶梅》學術研討會

學會成立後，隨即於 1989 年 6 月 15 日至 20 日主辦了首屆國際《金瓶梅》學術討論會。出席會議的海內外研究者百餘人，提交論文 70 餘篇；研究論題涉及金學的各個領域並取得新的突破與進展，成為金學界前所未有的大盛會。

會議期間，學會還組織了「金瓶梅題材戲曲展演」「泥人張《金瓶梅》大型彩塑展」等文化交流活動，拓寬了專業研究者的視野，使金學具有了社會文化學的意義。

2. 積極參與海峽兩岸明清小說金陵研討會

1990 年 2 月，在由江蘇省社科院文學所、江蘇省明清小說研究中心、徐州市文化局等單位舉辦的「海峽兩岸明清小說金陵研討會」上，由於學會負責人的積極組織和部分會員的認真參與，使得金學首次成為海峽兩岸學者間的正式會議交流論題，並引起與會者的濃厚興趣，擴大了金學的影響。

會議期間，學會還組織了兩岸金學家的歡聚與專題交流等活動，聯絡感情，商定交流項目及具體計畫，取得了良好效果。

3. 舉辦第四屆全國《金瓶梅》學術討論會

首屆國際會上，學會為籌辦第四屆全國會議進行了廣泛聯絡與具體商討。鑒於山東聊城、臨清的有關領導和專家在「《金瓶梅》與運河文化」「《金瓶梅》產生的歷史地理背景」等研究論題上所作出的努力，以及為會議的召開所創造的良好條件，第四屆全國《金瓶梅》學術討論會於 1990 年 10 月在山東省臨清市召開。

大會共收到學術論文 60 多篇，全國百餘名專家彙聚一堂，共同就《金瓶梅》的歷史地理背景、《金瓶梅》與運河文化等論題進行深入細緻地研討，並對書中涉及的若干地理問題進行了實地考察，取得可貴的成果。

臨清會議為金學界首次具有專題色彩的學術會議，標誌著金學研究向科學化、專業化發展的進程。

4. 參與籌辦第五屆全國《金瓶梅》學術討論會

1991 年 8 月 6 日至 10 日，受學會委託，由吉林大學等 10 餘家單位籌辦的全國第五屆《金瓶梅》學術討論會在吉林省長春市召開。大會收到學術論文近百篇，百餘名專家學者對《金瓶梅》進行深入研討，為將於 1992 年在山東棗莊召開的第二屆國際《金瓶梅》學術討論會作了學術上的準備。

5. 參與籌辦第二屆國際《金瓶梅》學術討論會

為了推動金學進一步深入發展，為了滿足海內外金學研究者的團聚要求，在學會和

山東省棗莊市共同籌辦下，第二屆國際《金瓶梅》學術討論會於 1992 年 6 月 15 日至 20
日在山東省棗莊市召開。此前，學會做了一系列準備工作，如確定會議地點，審定會議
論文，商定會議的舉辦宗旨、學術主題、日程及生活安排等。其間，曾兩次以《籌備會
議紀要》的形式向海內外學術界通報有關情況，徵集籌辦意見。棗莊會議共收到學術論
文 70 餘篇，反映出金學研究出現了海內外共同促進與提高的新格局。

6. 籌辦第六屆全國《金瓶梅》學術討論會

棗莊會議期間，學會審議並接受了鄞縣人民政府和寧波師範學院的建議，決定於
1993 年 9 月在寧波鄞縣舉辦第六屆全國《金瓶梅》學術討論會。其後，學會主要負責人
和秘書處工作人員兩次赴寧波鄞縣，與當地有關部門和領導商談會議的具體事宜。可以
預見，在寧波鄞縣黨政領導的關心和會議組委會的努力下，來自全國各地的《金瓶梅》
研究者將會集在一個良好的學術環境中，為促進金學的大繁榮、大發展做出新的貢獻。

三、創辦金學專業刊物——《金瓶梅研究》

為了促進金學的發展，為日益增多的研究者及研究成果提供一塊專業園地，學會把
創辦《金瓶梅學刊》作為重要的學術任務，並傾注了相當的精力與財力。在首屆國際會
召開期間，學會籌委會就曾印了《金瓶梅學刊》（試刊號），以展示研究陣容、徵求辦刊
方略、鍛煉編輯隊伍。學會正式成立後，即行組建了《學刊》編委會並設立了編輯部，
隨後又積極聯繫出刊單位，因考慮到學會及《學刊》編輯部均依託在徐州市文化局，而
學會又與江蘇古籍出版社有著良好的合作基礎，經學會與出版社議定，《學刊》定名為
《金瓶梅研究》，由學會主辦，江蘇古籍出版社出版。

《金瓶梅研究》為學會專業性年刊，現已出版四輯。發表會員及海內外研究者具有學
術代表性的論文 91 篇，計 100 萬字。在編輯方針上，《金瓶梅研究》注重發表具有新材
料、新思維、新觀點的文章，並考慮到不同的研究領域或論題，力求把學術的嚴肅性和
成果的多樣性結合起來。在發行上，《金瓶梅研究》採用向學會會員、海內外研究機構
免費贈送的方式，以便及時交流並共用學術成果，受到各方面的讚賞。

四、整頓組織，搞好會員登記

學會成立時，首批發展會員 87 名。隨著研究隊伍的不斷壯大，經學會理事會審議批
准，現已有會員 207 人。為了純潔學會這一專業學術團體，遵照社會團體管理法規，於
1991 年起，著手整頓組織，搞好學會的重新登記工作，清理不合格的會員。其中《成都
晚報》記者吳紅，擅自盜用中國《金瓶梅》學會的名義私自印行《金瓶梅詞話》牟取私
利，違反了國家法律，也違反了學會章程。1991 年 10 月，經學會理事會研究決定，將
其開除出會。

五、學會日常工作的開展

　　學會除積極關注會員的研究動向和研究成果外，還注意與會員保持必要的聯繫，通報所知情況。為了給會員提供進行正常學術交流活動和查閱有關資料的便利，學會編印了《金學研究者通訊錄》，統一印製並正在辦理《學會會員證》。

　　學會注重與海外金學研究者聯絡，多次接待國外來訪學者。首屆國際會後，學會及時向未能與會的海外研究者寄發了會議論文及有關材料、物品，受到普遍讚譽。學會、學刊及國際《金瓶梅》資料中心還與海外部分研究者、學術刊物建立了經常性的學術交流關係。

　　國際《金瓶梅》資料中心自 1989 年創建以來，克服了經費、收藏條件等困難，始終堅持正常的搜集材料、分類編目和聯絡交流工作。現已收藏有關版本和研究專著 300 餘部，期刊及散頁資料 4000 餘份。資料中心於 1990 年 6 月正式開放，現已接待來訪學者 1000 多人次。

　　學會理事會基本可以結合學術研討會同步舉行，本屆理事會已召開了 3 次會議，有效地行使了職權。

六、學會經費收支情況

　　為了保證學會工作的正常開展和專業學刊的陸續出版，學會在籌措經費、計畫開支等方面，也做出了艱苦的努力。

　　在國家不撥款、不補貼的情況下，四年來，學會通過徵集社會有識之士的贊助，共籌集資金 111187.86 元，開會、出刊、辦公支出 92978.12 元，尚餘 18209.74 元。

　　學會把有限的財力投入到刊物出版和學術交流活動上，廣求薄收，開源節流，度日艱難。為根本改變經費嚴重緊缺局面，學會正積極籌辦第三產業，並希望全體會員出計獻策，引路搭橋，為學會開創新的財源。

七、關於學會《章程》的修改建議

　　本會《章程》自 1989 年 6 月 14 日由會員大會通過生效後，對明確學會的宗旨和任務，發揮會員和學會組織機構的作用，保證金學研究的健康發展等方面，發揮了積極的作用。隨著社會形勢的變化，並考慮到學會工作的特點，建議對以下條款進行修改：

　　1. 由於學會籌措資金不易，僅靠《章程》第五款第一條所規定的「依託單位在文化研究經費中撥款補貼」和第二條所規定的「通過多種途徑籌措《金瓶梅》研究基金」來解決經費來源，是不敷使用的。建議在第五款「經濟來源」中，增設第 3 條：「通過學會秘書處開辦的第三產業創收補貼」。

　　2. 由於本會會員散佈於全國各地，而由學會直接主辦或參與籌辦的大規模學術研討活動又不能定期舉行，所以《章程》第六款第一條所規定的「會員大會每四年舉辦一次」也不夠嚴謹。建議修改為：「會員大會原則上每四年舉辦一次，特殊情況下，可提前或

推遲舉辦。」

3.由於本會理事分佈區域甚廣，且大多負擔有繁重的工作職責，召集會議也屬不易。建議在《章程》第六款第一條後增加以下文字：緊急會務問題，可由會長、副會長、秘書長辦公會議處理，並在下一次理事會上補充通過。

4.為保證學會組織的嚴肅性，建議在第 10 款第 4 條後增加以下文字：嚴重違章者，可由理事會討論決定，開除其出會，並向全體會員及有關部門通告。

八、回顧與展望

《金瓶梅》是我國文學發展史上的一部里程碑式的重要作品，作為世界文學名著亦是全人類所共有的寶貴文化遺產。自問世以來，《金瓶梅》不僅對中國文化的發展影響深遠，而且對中國哲學、美學、社會學等學科的深入研究都提供了極為珍貴的資料，具有多角度、全方位的研究價值。值得重視的是，金學已成為國際性的專門學科，無論是作品本身還是對於作者及其所處歷史時代的研究，相對於其它中國古典文學名著都有著非同一般的意義。

我們欣喜地看到，近幾年國內的《金瓶梅》研究，進入了注重新材料、注重理性思維、注重文化蘊含的新階段，研究深度和整體水準，都有了顯著提高。不同研究學科的學者加入金學隊伍，為金學開了新生面，而作家、藝術家的熱心借鑑、據以改編和再創造，又使《金瓶梅》化生出奇異的當代文化色彩，為研究者提供了新的命題；出版家持續不減的出書興趣，使得《金瓶梅》的多種版本得以重新問世；各類研究專著、資料彙編大量湧現，可謂成果斐然。這一不斷升溫的《金瓶梅》熱，既有社會變化的內在動力，也與眾多研究者辛勤勞動有著直接的關係。

但我們應該清醒地看到，在所謂的《金瓶梅》熱中，也隱伏著一些令人不安的因素，如：有一些臨時拼湊、率意編撰的「金學專著」，影響了金學的嚴肅性和得之不易的學術聲譽，令人遺憾不已。一些不法之徒，又利用社會獵奇心理，大量非法盜印《金瓶梅》，並投入黑市，以牟暴利，已對圖書市場和民眾閱讀心理形成了危害。國內一些單位以工作需要為由，非法從境外進口了相當數量的《金瓶梅》，也為正常的《金瓶梅》研究和有關版本的出版帶來了困難。最近，國家新聞出版署已採取措施，嚴加制止《金瓶梅》原著在國內的出版與從境外進口。《金瓶梅》研究是一個極為嚴肅的學術領域，在這一領域裡，提倡辛勤耕耘的文風，提倡為弘揚民族優秀文化而不懈努力的精神，任何以贏利為目的，任何有損於社會健康心理的行為，都應受到嚴正的譴責！

中國《金瓶梅》學會是古代文學研究領域少數能夠卓有成效正常活動的國家級學術團體之一，宣導培育求實求是的學風與團結奮進的會風是學會的宗旨，辦好學刊、開好研討會是學會的工作目標。

學會成立四年來，本屆理事會及其工作人員一貫堅持以服務於學術界和研究者為宗旨，做了一些力所能及的工作，但相對於金學這一方興未艾的大學問、大事業而言，仍有許多不盡人意之處。展望未來，我們寄希望於新一屆理事會及全體會員的一如既往的監督與指導、關心與支持；同時，也衷心祝願金學界和海內外研究者取得新的成果與突破。

中國《金瓶梅》學會秘書處

1993 年 9 月

附錄四：〈中國《金瓶梅》學會工作報告〉

世紀之交，中國《金瓶梅》學會在新世紀曙光即將來臨的金秋十月，迎來了國內舉辦的第十次學術會議、20 世紀末最後一次盛會——第四屆（五蓮）國際《金瓶梅》學術討論會。

自 20 世紀 80 年代以來，中國學術界對明代長篇白話小說《金瓶梅》的研究，走過了一條打破禁區、多方開展、深入發展的道路；海外漢學界亦造成了全球性的研討熱點。中國《金瓶梅》學會自 1989 年 6 月 14 日成立以來，作為國家一級學術團體，得到海內外金學研究者的關心支持，得到國家有關部門和相關的地方政府、企事業單位的督導扶持，學會理事會和學會秘書處秉承學會成立宗旨，認真履行職責，積極投入工作，截至 1999 年底，分別在徐州、揚州、臨清、長春、棗莊、鄞縣、大同等地成功地舉辦了六屆全國《金瓶梅》學術討論會、三屆國際《金瓶梅》學術討論會，為推動《金瓶梅》研究與相關學術交流活動的有效展開和健康發展做出了努力。現將學會第二屆理事會秘書處 1997-2000 年的工作報告如下，請予審議。

一、舉辦第三屆國際《金瓶梅》學術討論會。為了進一步推動金學研究的深入發展，滿足海內外《金瓶梅》研究者的團聚要求，在學會和山西大同高等專科學校的共同籌辦下，第三屆國際《金瓶梅》學術討論會於 1997 年 7 月 30 日至 8 月 3 日在山西省大同市成功召開，海內外與會代表近 70 人，收到學術論文 30 餘篇。

二、編輯出版《金瓶梅研究》第六輯。大同會議之後，學刊編委會從會議交流論文和其它來稿中遴選 20 篇論文 20 萬字，編輯為《金瓶梅研究》第六輯，交由知識出版社於 1999 年 6 月出版。

三、籌辦第四屆國際《金瓶梅》學術討論會。大同會議以後，學會即著手下一次會議的設想。1999 年經與雲南有關方面協商，本擬於昆明召開一次會議，後因故作罷。2000 年 6 月 15 日，學會發出預備通知，擬於 2000 年 11 月在徐州召開第四屆國際《金瓶梅》

討論會。共發出會議預備通知 130 餘份，收到回執 62 份，其中海外 10 人，大陸 52 人。2000 年 7 月底山東省五蓮縣人民政府向學會發出邀請函，邀請學會在五蓮舉辦第四屆國際《金瓶梅》學術討論會。學會會長劉輝一行於 8 月 14 日前往五蓮考察，並於 8 月 15 日召開第四屆國際《金瓶梅》學術討論會五蓮協商籌備會議，學會會長劉輝，學會副秘書長及巨濤、孔凡濤，山東大學王平，臨清市史志辦杜明德，山東五蓮縣委副書記何子孔，縣政府副縣長劉祥亮，縣政府辦公室主任董福增、副主任秦緒堯等參加了協商會。經過與會人員充分協商決定：第四屆國際《金瓶梅》學術討論會由中國《金瓶梅》學會、山東大學、山東省五蓮縣人民政府共同主辦，會議地點在山東省五蓮縣山城賓館，會議日期定為 10 月 23 日至 10 月 25 日。會議成立籌委會，劉輝任籌委會主任，吳敢、黃霖、劉祥亮、王平為副主任，卜鍵、及巨濤、孔凡濤、李志剛、董福增、秦緒堯等為籌委會委員。為便於開展各項籌備工作，籌委會責成中國《金瓶梅》學會組成學術組，五蓮縣人民政府組成接待組、宣傳組、保衛組、衛生組等，分頭具體落實各項會務事宜。2000 年 8 月 20 日學會發出第四屆（五蓮）國際《金瓶梅》學術討論會正式通知，計邀請海內代表 100 人，海外代表 20 人，回執者海內（山東以外）60 人，海外 12 人，開列論文題目 43 篇，寄交論文提要 30 篇，因故不能出席而致函祝賀者有徐朔方、鄧紹基、沈天佑、蕭欣橋、周晶、蔡敦勇、孟進厚、林辰、王啟忠、陳昌恆、宋謀瑒、許繼善、邱鳴皋、張俊、李靈年、陸大偉、荒木猛、大冢秀高、黃慕鈞、胡湘生等，孟進厚贊助學會 1000 元，黃慕鈞向大會提交圖書 120 冊等。

四、學會在本次會議的主要任務：

1. 回顧《金瓶梅》研究歷程，展望《金瓶梅》研究前景，交流《金瓶梅》研究新見。

2. 進行會員重新登記。根據國家民政部關於整頓社會團體的精神，學會擬對會員進行重新登記（見另文）。

3. 徵集《金瓶梅》研究資料。為全面展現新時期以來《金瓶梅》研究的成果，反映國內外《金瓶梅》研究的發展及現狀，建立起完備的《金瓶梅》研究資料系統，中國《金瓶梅》學會與國際《金瓶梅》資料中心擬向海內外《金瓶梅》研究者徵集《金瓶梅》研究資料（見另文）。

4. 進行優秀《金瓶梅》研究成果評獎。為了展示中國《金瓶梅》學會會員新時期的學術成果，學會擬開展優秀《金瓶梅》研究成果評獎。優秀《金瓶梅》研究成果評獎委員會建議名單為：顧問馮其庸、徐朔方、袁世碩，主任劉輝，副主任黃霖、吳敢，委員：卜鍵、及巨濤、王汝梅、甯宗一、張遠芬、陳昌恆（見另文）。

《金瓶梅》研究已成為國際性的專門學科。中國《金瓶梅》學會是古代文學領域少數能夠卓有成效正常活動的國家級學術團體之一，吸引了一大批《金瓶梅》研究者為弘揚

民族優秀文化而不懈努力。宣導培育求實求是的學風與團結奮進的會風是學會的宗旨，辦好學刊、開好研討會是學會的工作目標。在 21 世紀鐘聲即將敲響的前夕，我們誠摯地希望，廣大《金瓶梅》研究者團結一致，加強交流，以嶄新的姿態把中國金學推向一個新的高峰。

中國《金瓶梅》學會秘書處
2000 年 10 月

附錄五：中國《金瓶梅》研究會（籌）工作報告

一、2005 年以來中國《金瓶梅》研究會（籌）活動情況回顧

2005 年 9 月 17 日晚，在河南開封，中國《金瓶梅》研究會籌備委員會召開了第一次全體委員會議（即第一屆理事會第一次會議），決心繼承原中國《金瓶梅》學會和全體金學同人共同開創的金學事業，把《金瓶梅》研究推向一個新的境界和層面。

第一次全委會決定，聘馮其庸、徐朔方、魏子雲、梅節、甯宗一、盧興基、沈天佑、袁世碩、杜維沫、林辰、陳詔、王汝梅、許繼善、傅憎享等 14 人為顧問，以卜鍵、馬征、王平、白維國、葉桂桐、孫遜、孫秋克、許建平、何香久、吳敢、李魯歌、張遠芬、張鴻魁、張進德、張蕊青、楊緒容、杜明德、羅德榮、陳東有、陳昌恆、陳維昭、陳益源、周中明、周晶、苗壯、趙興勤、黃霖、曾慶雨、蕭欣橋、翟綱緒、潘承玉、霍現俊等 31 人為籌委會委員（即以後中國《金瓶梅》研究會理事），黃霖為主任委員（即會長），吳敢、王平、陳東有、何香久為副主任委員（即副會長），吳敢為秘書長（兼），陳維昭為副秘書長。

中國《金瓶梅》研究會（籌）一成立，便與復旦大學、河南大學、徐州師範大學一起成功主辦了在河南開封召開的第五屆國際《金瓶梅》學術討論會（2005 年 9 月 16-19 日）。

2006 年 9 月，中國《金瓶梅》研究會（籌）與山東省金瓶梅文化委員會、山東省棗莊市嶧城區協商，決定共同主辦第七屆全國《金瓶梅》學術討論會，並於 2007 年 5 月 11-13 日在嶧城如期召開，圓滿結束。2007 年 5 月 12 日晚，召開了中國《金瓶梅》研究會（籌）第一屆理事會第二次會議。

2008 年 3 月 31 日黃霖、吳敢、王平應潘志義（苟洞）之邀，參加黃山市三涵《金瓶梅研究所揭牌儀式暨《金瓶梅》與徽文化座談會，會間，黃、吳、王代表中國《金瓶梅》研究會（籌），與黃山市徽州區、黃山市社聯協商，計畫於 2009 年春夏間，在黃山召開第七屆國際《金瓶梅》學術討論會。

在棗莊第七屆全國《金瓶梅》學術討論會期間，臨清市政府委託杜明德，向中國《金

瓶梅》研究會（籌）遞交了「關於申辦 2008 年第六屆國際《金瓶梅》學術討論會」的報告。中國《金瓶梅》研究會（籌）第一屆理事會第二次會議，一致同意在臨清召開該次會議，中國《金瓶梅》研究會（籌）遂於 2007 年 5 月 16 日正式回復臨清市政府。

2007 年 10 月 11-12 日，在臨清市召開了本次會議籌備會議。中國《金瓶梅》研究會（籌）出席會議的有黃霖、吳敢、王平、何香久、陳維昭、許建平、霍現俊等七人（甯宗一因另有活動未能出席），臨清市出席會議的有市政協主席唐峰偉、副市長馬衛紅、市政協副主席馬兆瑞、市政協秘書長王宗文、臨清市史志辦主任杜明德。會議就召開第六屆國際《金瓶梅》學術討論會有關事宜達成一致意見。現在，本次會議如期舉辦。

二、中國《金瓶梅》研究會（籌）有沒有需要增補的委員（理事），如胡金望（漳州師範學院科研處處長、教授）、王枝忠（福州大學中文系主任、教授）、石鐘揚（南京財經大學新聞系教授）、王進駒（暨南大學中文系教授）、楊國玉（河北工程學院社會科學部副教授）、王增斌（太原大學中文系教授）、董國炎（揚州大學文學院教授）、王立（大連大學文學院教授）、洪濤（香港城市大學中文系教授）、潘志義（黃山市三涵《金瓶梅》研究所所長）、黃強（江蘇電視台副研究員）等？請予討論。

三、陳益源在棗莊會議期間召開的中國《金瓶梅》研究會（籌）第一屆理事會第二次會議上，以及在大會發言中，均曾講到適當時機想在臺灣開一次金學會。他現在是臺灣成功大學中文系主任，本次會議前曾與吳敢聯繫，擬於 2010 年前後召開一次會議，請討論確定。

四、學會（研究會）機關刊物《金瓶梅研究》自 1990 年 9 月至 2005 年 12 月已經出版 8 輯，發表各類論文 177 篇。另外，原中國《金瓶梅》學會還編輯出版（江蘇省內部准印書號）了一期「獻給首屆國際《金瓶梅》學術討論會」的《金瓶梅學刊》（創刊號），發表論文 23 篇；原中國《金瓶梅》學會國際《金瓶梅》資料中心還編輯有一集《國際金瓶梅研究集刊》（王利器主編，成都出版社 1990 年 12 月），發表論文 30 篇。以後如何編輯出版？請予研究。

五、關於《金瓶梅》的影視創作攝製。《金瓶梅》的改編，雖然依託《金瓶梅》改寫或生發的小說不在少數，選取《金瓶梅》中數人或一事編劇上演的戲劇已有多部，創作在手的 40 集的、30 集的、20 集的電視連續劇腳本早在多年以前已經完成，好幾位著名導演躍躍欲試，有的甚至已經搭設出執導框架，但《金瓶梅》題材的影視製作迄無實現。其原因，不但官方有一些規定，即民間也是期望與疑慮並存，而金學界鼓吹呼籲者雖是多數，主張觀望等待的也占有不小的比例。香港的多部《金瓶梅》題材電影（如《金瓶風月》《金瓶雙豔》等），雖然使影壇累計出了六個「潘金蓮」（分別為李香蘭、張仲文、胡錦、汪萍、王祖賢、王思懿所演），但因為多係三級片，常使大陸同行談「金」色變。以至

於《中國演員報》拿出半版篇幅討論「《金瓶梅》怎麼拍才安全」，其題前提要說：「《金瓶梅》小說的種種光環，為將要拍攝的《金瓶梅》電視連續劇賦予了很可能擁有最火爆的市場賣點；但是，如何有分寸地把握駕馭萬眾矚目的性筆尺度，更加令人特別關注和深沉思考。」其實，題材並無禁區，影視界一拍再拍的《紅樓夢》，不也有寫實模擬的性描寫文字？崑劇界一演再演的《牡丹亭》，不也有活靈活現的性渲染詞句？《金瓶梅》既然是一部如此偉大的作品，金學既然是一門如此輝煌的顯學，應當說，有必要也有能力更有可能寫好拍好《金瓶梅》影視劇，21世紀應不再是這一題材領域的空白！建議中國《金瓶梅》研究會（籌）牽總號召相關師友，組成強大創作班子，用二、三年時間，拿出電視連續劇《金瓶梅》與電影《金瓶梅》的劇本力作；同時，會同有關影視製作單位，同期運作《金瓶梅》影視的申批與攝製事宜。

六、建議中國《金瓶梅》研究會（籌）與上海電視台《文化中國》欄目合作開講《金瓶梅》。金學存在有兩個嚴重的不相應：一是專家認識與民眾認識嚴重不相應。一方面，金學同仁在金學圈內津津樂道，高度評價；另一方面，廣大民眾在社會上談金色變，好奇有餘，知解甚少。二是學術地位與文化地位嚴重不相應。一方面，《金瓶梅》研究與其它學科分支一樣，在學術界實際擁有同等的地位；另一方面，《金瓶梅》的出版發行、影視製作等，又受到諸多限制。這種專家認識與民眾認識的脫節、學術地位與文化地位的失衡，固然有諸多社會原因，非金學界所能左右，但金學同仁亦非一籌莫展，無事可做。有一些可以縫合專家認識與民眾認識、溝通學術地位與文化地位的工作，金學同仁應當奔走呼籲，競相參與。譬如，電視講座，央視《百家講壇》走紅以後，地方台蜂擁而上，形成洶湧澎湃的學術普及、文化通俗的潮流。對於《金瓶梅》選題，儘管央視尚在猶豫，地方台如上海電視台《文化中國》欄目，即有意開講。不容置疑，易中天、于丹等人開創的文史現代評話，成為通俗文化大潮的潮頭。但其缺乏學術分量，亦是不爭的事實。中國《金瓶梅》研究會（籌）可以商請金學同仁，組織盛大陣容，以「群英會話說《金瓶梅》」為題，利用電視、網絡，開闢學術普及新的途徑。

中國《金瓶梅》研究會（籌）秘書處
2008年7月

附錄六：中國《金瓶梅》研究會（籌）工作報告

中國《金瓶梅》研究會（籌）2005年9月17日在河南開封成立以來，每次全國或國際《金瓶梅》學術討論會召開期間，都召開了理事會，本次會議為一屆六次會議。現將秘書處工作報告如下，請予審議！

一、去年臺灣會議之後，即著手聯繫本次會議的召開。因為在中國大陸有兩三年沒有召開研討會了，所以下決心今年要開成會議。黃霖會長，王平、張進德副會長，石鐘揚理事，張傳生（山東電力報社社長）、李志剛先生等都做出很大努力。當時第一方案擬於南京財經大學召開，為此石鐘揚理事多為聯商，有望成議，黃霖會長與我已經確定前去南京助石鐘揚先生一臂之力，後因故作罷。於是張進德副會長轉而與河南大學校方聯繫，已經基本獲准；黃霖會長也作好與明代文學學會年會合併在上海召開的準備。正在此時，王平副會長、張傳生社長、李志剛先生與五蓮方面達成協議，因此而有本次會議的召開。為確保本次會議成功舉辦，經與五蓮方面協商，2013 年 3 月 14-15 日在五蓮召開了一次籌備會議，遲玉國（五蓮縣委常委、副縣長、五蓮山旅遊風景區黨工委書記）、李本亭（五蓮山旅遊風景區管委會副主任）、周海金（五蓮山旅遊風景區管委會幹部）與會，黃霖會長、張進德副會長因故未能成行，吳敢、王平、陳維昭、霍現俊、李志剛受黃霖會長委託出席會議。

二、2005 年 9 月 17 日，在河南開封，中國《金瓶梅》研究會籌備委員會召開了第一次全體委員會議（即第一屆理事會第一次會議），決定聘馮其庸、徐朔方、魏子雲、梅節、甯宗一、盧興基、沈天佑、袁世碩、杜維沫、林辰、陳詔、王汝梅、許繼善、傅憎享等14 人為顧問，以卜鍵、馬征、王平、白維國、葉桂桐、孫遜、孫秋克、許建平、何香久、吳敢、李魯歌、張遠芬、張鴻魁、張進德、張蕊青、楊緒容、杜明德、羅德榮、陳東有、陳昌恆、陳維昭、陳益源、周中明、周晶、苗壯、趙興勤、黃霖、曾慶雨、蕭欣橋、翟綱緒、潘承玉、霍現俊等 32 人為理事，黃霖為會長，吳敢、王平、陳東有、何香久為副會長，吳敢為秘書長（兼），陳維昭為副秘書長。

2010 年 8 月 20 日，在河北清河，中國《金瓶梅》研究會（籌）召開了第一屆理事會第四次會議，決定增補卜鍵、陳益源、陳維昭、許建平、張進德、霍現俊為副會長，洪濤、趙傑、石鐘揚、孟昭連、胡金望、王枝忠、董國炎、杜貴晨、王立、王進駒、傅承洲、吳波、張文德、史小軍、楊國玉、徐永斌、黃強為理事，霍現俊為副秘書長（兼）。

中國《金瓶梅》研究會（籌）至此有會長 1 人、副會長 10 人、理事 49 人、顧問 10人。

為推進《金瓶梅》研究，廣攬研究精英，完成學術梯隊建設和學術陣容搭配，中國《金瓶梅》研究會（籌）的領導團隊仍需加強。建議增選徐志平、胡衍南、李志宏、范麗敏、李志剛、張傳生、王昊、高淮生、謝定均、齊慧源、程小青、王增斌、馮子禮、張弦生、高振中、甘振波、褚半農為理事。

如此則中國《金瓶梅》研究會（籌）現有會長 1 人、副會長 10 人、理事 66 人、顧問 10 人。

　　三、學會（研究會）機關刊物《金瓶梅研究》自1990年9月至2011年7月已經出版10輯，發表各類論文236篇。另外，原中國《金瓶梅》學會還編輯出版（江蘇省內部准印書號）了一期「獻給首屆國際《金瓶梅》學術討論會」的《金瓶梅學刊》（創刊號），發表論文23篇；原中國《金瓶梅》學會國際金瓶梅資料中心還編輯有一集《國際金瓶梅研究集刊》（王利器主編，成都出版社1990年12月），發表論文30篇。另外，還會同臨清市政協編輯出版有一冊《金瓶梅與臨清——第六屆國際金瓶梅學術討論會論文集》（黃霖、杜明德主編），收錄論文45篇；會同清河縣政協編輯出版有一冊《金瓶梅與清河——第七屆國際金瓶梅學術討論會論文集》（黃霖、吳敢、趙傑主編），收錄論文44篇；第八屆（臺灣）國際《金瓶梅》學術討論會後，陳益源副會長也主編出版有《2012臺灣《金瓶梅》國際學術研討會論文集》，收錄論文34篇。《金瓶梅學刊》《金瓶梅研究》1-8輯的編輯出版，吳敢、劉輝、及巨濤等用力甚勤；《金瓶梅研究》9、10兩輯的編輯出版，由杜明德、趙傑、霍現俊等運作操辦。隨同會議出版學刊的做法本來就是無奈之舉，而我已退休十年，很難再承擔學刊出版費用。本次會議之後應當編輯出版《金瓶梅研究》第十一輯，如何編輯出版？

　　四、20世紀80年代以來，不少報刊曾經開設有「《金瓶梅》研究」專欄（版），譬如《徐州工程學院學報》開設「《金瓶梅》研究」專欄，吳敢主編，自2007年第3期至2010年第6期，共10個專欄，發表論文31篇。《環渤海作家報》（《環渤海文化報》）開設「《金瓶梅》研究專版」，黃霖主編，何香久主辦，自2007年8月至2012年6月，共30個專版，發表論文100篇。各位下午已經聽到《河南理工大學學報》主編謝定均先生的發言，該刊在校方的有力支持下，有意自2003年第二期起開辦「金學論壇」，優稿優酬，擬著力創建名欄名刊，我幫助該刊擬了一個今明兩年約稿方案。第一輯由黃霖、侯忠義、高淮生與我打頭，將於近月重頭推出。謹請各位師友按約賜稿，廣為關注，幫助該刊辦好這一金學陣地！

　　五、關於《金瓶梅》研究史，1995年高雄復文圖書出版社出版的王年双《金學》，2003年文匯出版社出版的拙著《20世紀金瓶梅研究史長編》與即將出版的拙著《金瓶梅研究史》之外，另有不少師友發表了很多單篇論文。以學案形式研究金學史，也是一條可行的路徑。各位下午已經聽到中國礦業大學文法學院高淮生教授的發言，高淮生先生繼《紅學學案》（第一輯）出版以後，擬撰述《金學學案》。《金學學案》第一輯擬撰寫黃霖、劉輝、魏子雲、梅節、甯宗一、王汝梅、吳敢、周鈞韜、許建平、霍現俊十篇專章，請相關師友予以參助！

　　六、關於《金瓶梅》的影視創作攝製。《金瓶梅》既然是一部如此偉大的作品，金學既然是一門如此輝煌的顯學，應當說，有必要也有能力更有可能寫好拍好《金瓶梅》

影視劇，21 世紀應不再是這一題材領域的空白！徐州市圖書館譚楚子先生提交本會的 50 集電視連續劇《金瓶梅》，是一個具有較好框架、頗具修訂餘地的本子，建議中國《金瓶梅》研究會（籌）給予相當的重視，牽總號召相關師友，會同有關影視製作單位，同期運作《金瓶梅》影視的申批與攝製事宜。

七、中國《金瓶梅》研究會（籌）成立以來，已經成功舉辦了 1 次全國會議（第七屆全國《金瓶梅》學術討論會）、5 次國際會議（第 5-9 屆國際《金瓶梅》學術討論會），編輯出版了學刊《金瓶梅研究》3 輯和相關論文集 3 部，像其前身中國《金瓶梅》學會一樣，是團結比較廣泛、工作比較規範、活動比較正常、成效比較突出的學術類國家（准）一級學會。中共十八大一個重要信息是群團設立程式的簡化，我們應該利用這一有利時機，儘快正式成立中國《金瓶梅》研究會。為了這一目標的實現，研究會應當更為規範有效的工作。舉辦會議，出版學刊，暢通聯絡管道，建立學術檔案，均要堅持不懈，精益求精。利用學術會議召開理事會，應當成為慣例。去年臺灣金會因為是流動召開，而且臺灣與大陸開會有諸多形制的不同，中國《金瓶梅》研究會（籌）一屆五次理事會就開得較為隨意潦草，而這不利於學會建設，不利於學術發展，需要改變回歸。

八、建議學術會議每兩年左右召開一次，河南理工大學有意承辦第十屆國際《金瓶梅》學術討論會，河南大學也保留召開該次會議的機會，該次會議是否安排在 2015 年更為合適？《河南理工大學學報·金學論壇》屆時已經出版十輯，應該產生了相當影響，而該校位於雲台山下，風景秀麗，也具有很大的號召力。

中國《金瓶梅》研究會（籌）秘書處
2013 年 5 月

附錄七：關於《金瓶梅》研究的地方組織

山東省民俗學會於 1999 年 4 月內設有一個《金瓶梅》文化委員會，該委員會實際上是山東省《金瓶梅》學會，該會成立前後已成功舉辦了兩屆山東省《金瓶梅》文化研討會。該會還參與籌辦了第四屆（五蓮）國際金瓶梅學術討論會，聯合主辦了第七屆（嶧城）全國《金瓶梅》學術討論會，並編輯出版了 6 輯《金瓶梅文化研究》。山東省聊城地區 1987 年 7 月 15 日成立有《水滸》與《金瓶梅》研究學會，1990 年 9 月 17 日在原學會基礎之上，分開成立了東昌《金瓶梅》學會與聊城地區《水滸》學會。東昌《金瓶梅》學會成立同時，召開有一次聊城地區《金瓶梅》學術討論會。隨後即參與組織召開了第四屆全國《金瓶梅》學術討論會和第二屆山東省《金瓶梅》文化研討會。山東省臨清市也成立有《金瓶梅》研究會，該會具體承辦了第四屆全國《金瓶梅》學術討論會。山西省

亦擬組建山西省《金瓶梅》學會，並於 1993 年 4 月成立籌委會，當時劉輝代表中國《金瓶梅》學會前去祝賀。安徽省黃山市潘志義（苟洞）所組建之三涵《金瓶梅》研究所於 2008 年 3 月 31 日揭牌，黃霖、吳敢、王平應邀出席揭牌儀式暨《金瓶梅》與徽文化座談會。中國《金瓶梅》學會按照國家規定不設分會，但上述學會、研究所與中國《金瓶梅》學會均保持有良好的合作關係。

伍、學刊索引：
《金瓶梅研究》編輯出版志略

　　中國《金瓶梅》學會於 1989 年 6 月 14 日在江蘇省徐州市成立，當時編輯一冊《金瓶梅學刊》（試刊號），以蘇徐出准字（1989）第 6 號印刷 500 冊，作為「獻給首屆國際《金瓶梅》學術討論會」的場刊，在會上交流。該刊由中國《金瓶梅》學會編印，會長劉輝為主編，副會長吳敢、黃霖為副主編，聘請馮其庸、辛原、徐朔方為顧問，以卜鍵、丁肅、及巨濤、王汝梅、盧興基、甯宗一、田秉鍔、孫遜、劉輝、吳紅、吳敢、沈天佑、杜維沫、林辰、陳詔、周中明、周鈞韜、袁世碩、黃霖、蔡敦勇組成編委會，編輯部主任為及巨濤、田秉鍔。該刊由馮其庸題簽，徐州市文化局出資，吳敢籌畫，劉輝審定，收文 23 篇，其目錄為：

發刊詞（徐朔方）

說不盡的《金瓶梅》──「金學思辨錄」之一（甯宗一）

《金瓶梅》的歷史命運與現實評價──之一：非淫書辨（劉輝）

《金瓶梅‧小說與戲曲》序（馮其庸）

《金瓶梅》原為詞話考（徐扶明）

關於《金瓶梅》崇禎本的若干問題（黃霖）

從兩處更改看《金瓶梅》的成書時間（孫遜）

《金瓶梅》中的歷史事件（周鈞韜）

《金瓶梅》諷喻萬曆宮闈事件嗎？──與臺灣學者魏子雲先生商榷（陳詔）

《金瓶梅》與中國酒文化（田秉鍔）

《金瓶梅》與儺戲（彭飛）

更新觀念，獨創奇格──論《金瓶梅》作者的藝術構思（周中明）

論《金瓶梅》研究中的「封建說」（張兵）

一個罕見的女性世界──兼及《金瓶梅》的道德與美學思考（呂紅）

道德化與非道德化──論《金瓶梅》的典型觀（孟昭連）

《金瓶梅》的文學風貌與張竹坡的「市井文字」說（吳敢）

論《金瓶梅》的藝術構思（鄧星雨）

《金瓶梅》藝術技巧的一些探索（美·浦安迪著，沈亨壽譯）

《金瓶梅》性文化意識的闡述（吳紅）

張竹坡的《金瓶梅》人物論（俞為民）

一個發人深思的悲劇人物——潘金蓮（沈天佑）

一個有朦朧覺醒意識的女性——論《金瓶梅》中的孟玉樓形象（楊虹）

被金錢關係扭曲了的市儈靈魂——論《金瓶梅》中的王六兒（孔繁華）

1989 年 6 月首屆國際《金瓶梅》學術討論會會後，中國《金瓶梅》學會即與江蘇古籍出版社聯繫出版《金瓶梅學刊》事宜，因為一時很難批准為期刊，遂以《金瓶梅研究》名義不定期出版。當時計議每年一期，儘量與《金瓶梅》會議同步。該書由中國《金瓶梅》學會編，江蘇古籍出版社出版。第 1-7 輯主編、副主編與《金瓶梅學刊》（試刊號）相同，顧問與編委有所調整，顧問為王利器、馮其庸、吳曉鈴、吳組緗、徐朔方，編委為卜鍵、孔繁華、及巨濤、王汝梅、甯宗一、盧興基、田秉鍔、孫遜、劉輝、杜維沫、陸國斌、陳詔、吳紅、吳敢、林辰、周中明、周鈞韜、袁世碩、梅節、黃霖、蔡敦勇、魏子雲。

《金瓶梅研究》第一輯，江蘇古籍出版社 1990 年 9 月出版，責任編輯馮保善，收文 15 篇，其目錄為：

前言（徐朔方）

回顧與瞻望——《金瓶梅》研究十年（劉輝）

《金瓶梅》：小說家的小說——「金學」思辨錄之二（甯宗一）

關於《金瓶梅》崇禎本的若干問題（黃霖）

《金瓶梅》成書的上限（梅節）

從兩處更改看《金瓶梅》的成書時間（孫遜）

《金瓶梅》這五回（魏子雲）

關於《金瓶梅》抄本的問題——敬覆魏子雲先生（陳毓羆）

《金瓶梅》諷喻萬曆宮闈事件嗎？——與臺灣學者魏子雲先生商榷（陳詔）

《金瓶梅詞話》中歌曲的索引（美·柯麗德）

《金瓶梅》與中國酒文化（田秉鍔）

明清傳播媒介研究——以《金瓶梅》為例（朱傳譽）

中國十六世紀的社會與《金瓶梅》的悲劇主題——論《金瓶梅》之二（盧興基）

《金瓶梅》藝術技巧的一些探索（美·浦安迪著，沈亨壽譯）

《金瓶梅》的文學風貌與張竹坡的「市井文字」說（吳敢）

　　《金瓶梅研究》第二輯，江蘇古籍出版社 1991 年 7 月出版，責任編輯馮保善。本輯與第三輯以及巨濤、田秉鍔、蔡敦勇為常務編委。該輯收文 17 篇，其目錄為：

《金瓶梅詞話》引用宋元平話的探索——《金瓶梅詞話》研究之一（吳曉鈴）

《金瓶梅》與話本（程毅中）

《金瓶梅》與儺戲（彭飛）

《金瓶梅》原為詞話考（徐扶明）

《金瓶梅》作者之謎何以難解（蔡敦勇）

《金瓶梅》非「集體創作」（美·浦安迪）

再論《金瓶梅詞話》的成書（鄧瑞瓊）

《金瓶梅》寫作年代及其它——致陳詔（魏子雲）

論《金瓶梅》研究中的「封建說」（張兵）

論《金瓶梅》語言模式與「山東方言說」（孟憲章）

《金瓶梅》與明清小說對一夫多妻制之異議（美·馬克夢）

從《金瓶梅》看明代市民的宗教崇拜（屈小玲）

情愛在歷史的長河中變遷——關於《金瓶梅》與中國性文化軌跡的對話之一（周琳）

世風的澆漓與生命的懲戒——《金瓶梅》情節進程的剖析（卜鍵）

從尋找到謀殺——「潘金蓮命運之軌跡」的探究（羅德榮）

風塵尚有真情在——論韓愛姐（孔繁華）

張竹坡的《金瓶梅》結構論（俞為民）

　　《金瓶梅研究》第三輯，江蘇古籍出版社 1992 年 6 月出版，責任編輯馮保善。自本輯起吳紅不再擔任編委。該輯收文 20 篇，其目錄為：

《金瓶梅詞話》與寶卷（王利器）

試論《金瓶梅》對《儒林外史》和《歧路燈》的影響（陳美林）

《金瓶梅》與公案文學（美·陸大偉）

略論《金瓶梅詞話》小說文化學的研究（陳昌恆）

《金瓶梅》宗教文字思辨錄（張士魁）

《金瓶梅》裡的夢（王志超）

《金瓶梅》和佛、道意識（余岢）

《金瓶梅》魯音徵實（傅憎享）

抗爭與迷失——「潘金蓮命運軌跡」系列探究之二（羅德榮）

論潘金蓮性格生成的文化因素（葉桂桐、宋培憲）

《金瓶梅》「淫婦」形象平議（沈新林）

清初文壇巨匠、藝苑畸人——簡談張竹坡與黃仲則（王進珊）

論潘金蓮性格生成的文化審視（田秉鍔）

文龍的《金瓶梅》典型論（孫蓉蓉）

「詞話」辨正——《金瓶梅》成書研究中一個謎團的析解（卜鍵）

欣欣子屠本畯考釋（鄭閏）

新發現的《新刻金瓶梅奇書》本殘葉（朱恒夫）

《金瓶梅》早期史料信息研究（馬征、魯歌）

《續金瓶梅》的思想與藝術（周鈞韜）

提高「金」學，普及「金學」——讀《金瓶梅之謎》（陳遼）

《金瓶梅研究》第四輯，江蘇古籍出版社 1993 年 7 月出版，責任編輯馮保善。本輯為第二屆國際《金瓶梅》學術討論會專輯，以劉輝、吳敢、蔡敦勇為常務編委。自本輯起陸國斌不再擔任編委，增吳小平為編委。該輯收文 20 篇，補白 5 處，其目錄為：

《金瓶梅》與《玉閨紅》（劉輝）

《東遊記》與《金瓶梅》（薛亮）

從《金瓶梅》到《紅樓夢》——尋找小說史的一段軌跡（盧興基）

《情史類略》與《金瓶梅》（陳昌恆）

從《遊仙窟》到《金瓶梅》——觀照《金瓶梅》一個閃光點（朱捷）

再論《金瓶梅》評論中的溢美傾向——與甯宗一同志商榷（宋謀瑒）

論《金瓶梅》現象（周續賡）

一種沒有出路的市民文化——讀《金瓶梅》的劄記和散想（孫競昊）

《金瓶梅》與中國古代哲學初探（周琳）

《金瓶梅詞話》相面斷語考辨（陳東有）

逐潮踏浪——《金瓶梅》女性論（王鴻蘆）

《金瓶梅》的突破與失落——《金瓶梅》性描寫的文化批判（呂紅）

《金瓶梅》談巫（高潮）

論《金瓶梅》的「大小說」觀念（孟昭連）

《金瓶梅》話本內證（傅憎享）

關於崇禎本《金瓶梅》各回的篇頭詩詞（日・荒木猛）

中國傳統小說中說唱文學的非寫實性引用——《金瓶梅詞話》的模型及其影響（美・陸大偉）

《金瓶梅》在越南（陳益源）

初刻《金瓶梅詞話》係廿卷本考（丁朗）

第二屆國際《金瓶梅》學術討論會綜述（辛文）

補白：

纏足始於何時？——金蓮小考之一（天涯）

《金瓶梅》裡的酒具（張群）

纏足風靡的原因——金蓮小考之二（天涯）

《金瓶梅》與六安茶（張群）

禁纏之勢不可阻擋——金蓮小考之三（天涯）

中國《金瓶梅》學會沒有經費來源，《金瓶梅研究》1-4 輯每輯印數 2000 冊，由中國《金瓶梅》學會依託單位徐州市文化局資助出版。因為學會理事徐徹出任遼瀋書社總編輯，《金瓶梅研究》第五輯便改由遼瀋書社 1994 年 4 月出版，徐州市文化局出資印製。自本輯起吳小平、田秉鍔不再擔任編委，增徐徹為編委，以徐徹、及巨濤為編輯部主任。該輯由馮其庸題簽，責任編輯張文德、李建，收文 19 篇，其目錄為：

《金瓶梅》文化論綱（王啟忠）

《金瓶梅詞話》對理學和宗教的選擇（陳東有）

評介《金瓶梅》應該實事求是——答張兵先生（周中明）

陳經濟人物形象淺析（劉文學、趙冰瑞）

從詩詞創作角度來談《金瓶梅》的作者（潘慎、翟綱緒）

再談《金瓶梅》的作者是王稚登（魯歌）

從安忱治河推斷《金瓶梅》的成書與作者——兼與梅節先生商榷（盧興基）

《金瓶梅》的問答題（魏子雲）

從套用竄改《懷春雅集》詩文看《金瓶梅詞話》的作者（梅節）

《懷春雅集》考（陳益源）

《金瓶梅》中清河縣地理位置考辨（許建平）

《金瓶梅》中的雁北方言——兼與魯語說商榷（馬永勝、姚力芸）

《金瓶梅》美語發微（傅憎享）

《金瓶梅》請帖考（潘建國）

評梅節先生重校本《金瓶梅》（陳遼）

《金瓶梅》在韓國（韓·金宰民）

文章千古事，得失寸心知（劉輝）

不平而鳴（黃霖）

源潛流細冷泉水，根深蒂固飛來峰——我與金瓶梅研究（吳敢）

《金瓶梅研究》第五輯另有一個非馮其庸先生題簽的版本，係印刷廠誤作而成，裝釘

至 100 冊時始被發現更正，但已部分流入人手。因此，該輯有兩個版本，一個印數 1000 冊，一個印數 100 冊，而有馮其庸題簽的為正版。

因為吳敢 1995 年初調離徐州市文化局，學會經費與學刊人手愈覺困難。劉輝所在中國大百科全書出版社（知識出版社）願意接續出版《金瓶梅研究》，第 6、7 兩輯便由知識出版社出版。第六輯 1999 年 6 月出版，傅憎享、蔣成德為特約編輯，印數 1000 冊。自本輯起徐徹不再擔任編委。該輯收文 20 篇，其目錄為：

回歸文本：21 世紀《金瓶梅》研究走勢臆測（甯宗一）

《金瓶梅》文學估值與明清世情小說之流變（王增斌）

評《金瓶梅》「崇尚現世享樂」說（周中明）

論《金瓶梅詞話》的敘述結構（梅挺秀）

《金瓶梅詞話》的「敘事結構」能說明什麼？——再論《金瓶梅》的成書兼與梅節先生商榷（孟昭連）

嬉笑怒罵，亦俚亦雅——讀《金瓶梅》第四十八回劄記（劉輝）

西門慶為什麼沒做地主——《金瓶梅》中的社會經濟問題（陳東有）

再談《金瓶梅》的作者問題（潘慎）

《金瓶梅》作者賈夢龍新論——與魯歌、劉娜商榷（許志強）

《金瓶梅》卷帙與版本之謎（葉桂桐）

佛道教描寫與《金瓶梅》成書時代新探（潘承玉）

一連串的亂點鴛鴦譜（宋謀瑒）

欲的雙向呈示——論《金瓶梅》兩個世界的深層意蘊和文化內涵（許振東）

戒淫與誨淫——《金瓶梅》性描寫解析（朱貴琥）

《金瓶梅》中的欲與情（梁歸智）

《金瓶梅》難解隱語正解（傅憎享）

《金瓶梅詞話》中的「同素異序」詞與「逆序結構」詞（鮑延毅）

別一種審美意趣的追求——談《續金瓶梅》（羅德榮）

張竹坡家世及生平資料的發現（許建平）

中國禁毀小說在韓國的流傳（韓·崔溶澈）

該輯〈張竹坡家世及生平資料的發現〉一文作者為許振東，誤署為許建平。該輯書名沒有用馮其庸先生題簽。

《金瓶梅研究》第七輯，知識出版社 2002 年 9 月一版，責任編輯楊小凱，特約編輯孔凡濤，印數 700 冊。自該輯起封面均為馮其庸題簽。該輯收文 20 篇，其目錄為：

再論《金瓶梅》（徐朔方）

《金瓶梅》成書再探（梅節）

《金瓶梅》研究的新起點（楊國玉）

《金瓶梅》中的敘述者和隱含作者（楊彬）

論《金瓶梅》的結構方法與思想層面（張錦池）

《金瓶梅》是一部政治歷史小說（陳詔）

《金瓶梅詞話》道德說教中的哲學命題（陳東有）

從《金瓶梅》看中國傳統社會文化中女性的整體失落（閻增山）

《金瓶梅》小說人名小議（傅憎享）

時曲與潘金蓮形象（孫秋克）

淺論蘭陵笑笑生對李瓶兒的筆下情（黃瑞珍）

究竟是封建惡霸還是市民英雄（董文成）

西門慶的帝王相（黃強）

《金瓶梅》（詞話）的語言（魏子雲）

《金瓶梅》辭書釋義補正（鮑延毅）

從《金瓶梅》看明代的紡織技術（胡湘生）

福斯塔夫－西門慶與社會風俗畫卷（齊慧源）

明清人解讀《金瓶梅》（張進德）

《會評會校金瓶梅》再版後記（劉輝）

《金瓶梅》研究的組織與活動（吳敢）

中國《金瓶梅》學會 2003 年 6 月 6 日被民政部註銷。後幾經曲折，成立了中國《金瓶梅》研究會籌備委員會。因此，《金瓶梅研究》第 8-10 輯由中國《金瓶梅》研究會（籌）編，黃霖為主編，吳敢、王平、陳東有、何香久為副主編，卜鍵、王汝梅、甯宗一、許建平、盧興基、孫遜、杜維沫、陳詔、陳益源、陳維昭、張進德、林辰、趙興勤、梅節、霍現俊為編委。

《金瓶梅研究》第八輯，由徐州市張伯英藝術館資助，中國文史出版社 2005 年 12 月出版。該輯印數 1000 冊，收文 39 篇，其目錄為：

悼念劉輝　推進金學（黃霖）

這就是劉輝——劉輝先生周年祭（吳敢）

老友劉輝的最後日子（卜鍵）

憶劉輝先生（陳昌恆）

劉輝先生印象（孫秋克）

悼念劉輝同志，做好金學研究（許繼善）

《金瓶梅》的構思——從《水滸傳》到《金瓶梅》（日·川島優子）

從明代歷史人物看《金瓶梅詞話》所反映的時代（霍現俊）

胡宗憲平倭事與《金瓶梅》及《水滸傳》之關係考——《金瓶梅》作者徐渭說新論
（二）（胡令毅、邢慧玲）

論《山中一夕話》的增訂者笑笑先生是徐渭（胡令毅、邢慧玲）

與陳大康先生討論《金瓶梅》作者說（吳敢、任淑紅）

驚人的發現，還是心造的幻影——《金瓶梅》作者王宷說質疑（張文德、呂靖波）

從《金瓶梅》的民俗與語言看其故事發生地（王平）

《金瓶梅詞話》與傳統倫理的錯軌（趙興勤、趙韡）

《金瓶梅》解語微言（傅憎享）

《金瓶梅》行用方言探原（楊國玉）

《金瓶梅》詞語釋義糾誤（甘振波）

關於《金瓶梅》作者的圖例和方言小考（許志強）

「臨岐」是個記音詞（褚半農）

不同凡響的藝術塑造——再論西門慶這個新興商人（盧興基）

商品經濟衝擊下封建宗法關係的惡性膨脹——論西門慶的假親戚（齊慧源）

西門慶精神生活的文化特徵（胡金望、張燕榮）

論西門慶文本內界形象的他視角差異性（曾慶雨）

《金瓶梅》中貨幣現象與審美價值的邏輯走向（許建平）

歲時節日在《金瓶梅》中的敘事意義（魏遠征）

《金瓶梅》中的女子內衣（黃強）

《西門慶房屋》辨證（韓曉）

《金瓶梅》中的語讖探微（康俊平）

《金瓶梅》中的夢境描寫（智清清）

晏公廟考——答臺灣魏子雲先生（陳詔）

緬鈴的文化蘊涵——《金瓶梅》校讀劄記（王汝梅）

《金瓶梅詞話》考劄（孫秋克）

論《野叟曝言》對《金瓶梅》的仿擬和改造（王進駒）

「尊情觀」與崇禎本《金瓶梅》批評（楊彬）

關於文龍的《金瓶梅》批評（程小青）

《綜合學術本金瓶梅》整理記要（何香久）

「金學」事業和知識分子的學術良知——讀吳敢先生《20 世紀金瓶梅研究史長編》

（霍現俊）

《金瓶梅》研究史上的新起點——第五屆國際《金瓶梅》學術研討會綜述（張進德）

原中國《金瓶梅》學會被註銷經過與中國《金瓶梅》研究會籌備情況（吳敢）

《金瓶梅研究》第九輯，由山東省臨清市政協資助，杜明德承當編務，齊魯書社 2009 年 3 月出版。該輯為第六屆（臨清）國際《金瓶梅》學術討論會專輯，印數不清。該輯收文 23 篇，其目錄為：

卷頭語——沒有臨清就沒有《金瓶梅》（黃霖）

《臨清州志》與《金瓶梅》研究中的幾個問題（許建平）

「偉大也要人懂」——重讀《金瓶梅》斷想（甯宗一）

《金瓶梅》「獨罪財色」新解（傅承洲）

論《金瓶梅》的「罪財」敘述及其審美類型（李桂奎）

論《金瓶梅》敘事建構的思維特徵（曾慶雨）

《金瓶梅》敘事時間第五年的張力結構（鄭鐵生）

從崇禎本評語看《金瓶梅》的心學淵源（楊緒容）

從眉批形態試論崇禎本《金瓶梅》各版本之間的關係（楊彬）

也論〈別頭巾文〉（胡令毅）

《金瓶梅》情欲描寫的文學價值批評（張明遠）

《金瓶梅》家庭婚姻簡論（齊慧源）

孰更疏離女性主義視角：《金瓶梅》乎？抑《紅樓夢》乎？（譚楚子）

生命的狂歡——《金瓶梅》的文化心理解讀（王軍明）

任醫官——一個走了形的醫生形象（彭浩霏）

《金瓶梅》戲曲演出芻議（史春燕）

《金瓶梅》與《群音類選》（石豔梅）

《金瓶梅詞話》中的茶具（熊敏）

關於《金瓶梅》德文譯本和「梅」的譯名問題（李士勳）

金瓶梅研究中的新思維（黃強）

開創金學新時代——在第六屆（臨清）國際《金瓶梅》學術討論會閉幕式上的總結（吳敢）

第六屆（臨清）國際《金瓶梅》學術討論會綜述（杜明德）

《金瓶梅》研究資料索引（2000-2008）（王雪雲）

《金瓶梅研究》第九輯也有兩個版本，一個署名中國《金瓶梅》學會編，已經流入市場，發現問題後改署中國《金瓶梅》研究會（籌）編，是為正版。

　　《金瓶梅研究》第十輯，由河北省清河縣政協資助，趙傑承當編務，北京藝術與科學電子出版社 2011 年 7 月出版。本輯編委卜鍵、陳益源、陳維昭、許建平、張進德、霍現俊轉為副主編。該輯為第七屆（清河）國際《金瓶梅》學術討論會專輯，印數 1000 冊。該輯收文 38 篇，其目錄為：

在第七屆（清河）國際《金瓶梅》學術討論會開幕式上的致詞（鄧紹基）

第七屆（清河）國際《金瓶梅》學術討論會開幕詞（黃霖）

將《金瓶梅》研究推向新的層面——第七屆（清河）國際《金瓶梅》學術討論會閉幕詞（吳敢）

第七屆國際（清河）《金瓶梅》學術討論會綜述（霍現俊）

《金瓶梅》研討會花絮（許志強）

《金瓶梅》研究方法論之反思（甯宗一）

《金瓶梅》評點本的整理與出版——筆者參加基礎性研究工作的回顧（王汝梅）

論《金瓶梅》建國前傳播與接受的價值取向（王平）

10 年「金學」的回顧與展望（張進德、關祥可）

二十世紀韓國《金瓶梅》翻譯及傳播（韓·崔溶澈、禹春姬）

文獻計量學視野下 2000-2008 年中國大陸金瓶梅研究學術生態與走向分析（上）（譚楚子）

論韓國梨花女子大學所藏的《皋鶴堂批評第一奇書金瓶梅》（韓·宋真榮）

《金瓶梅》所用底本究竟是哪種《水滸傳》——與黃霖先生、劉世德先生商榷（張傑）

老舍、艾支頓與《金瓶梅》（高振中）

追蹤「南海愛日老人」——關於〈《續金瓶梅》序〉的考證（楊國玉）

明代小說研究和《金瓶梅》的作者問題（胡令毅）

徐渭自己說：《金瓶梅》作者不是他（盛鴻郎）

《金瓶梅》的憂患：經濟崛起，文化衰微（許建平）

《金瓶梅》的經典意義（馮仲平）

《金瓶梅》影射文化及影射說新探（許志強）

乾坤天地間欲望男女之永恆博弈——論《金瓶梅》身體政治男權構建與市井女性對其解構顛覆（譚楚子）

惡之花：《金瓶梅》中的性歧變（付善明）

物欲與裸婚——嫁妝對《金瓶梅》女性命運的影響（黃強）

神聖的解構與重建——《金瓶梅》與《紅樓夢》宗教書寫之異同（陳國學）

論《金瓶梅詞話》中喪葬敘述對晚明社會的世情關照（房麗豔）

論《金瓶梅》關於親屬制度的書寫 （韓希明）

御夫術的藝術精神——男權主義下的潘金蓮 （石鐘揚）

傾斜的主體意識——吳月娘人物形象淺論 （王軍明）

從王招宣府看《金瓶梅》的構思 （程小青、王枝忠）

真檮方言與金瓶梅 （甘振波）

亦和甘振波先生商榷《金瓶梅詞話》中的吳語 （褚半農）

「苦孝說」發覆 （王昊）

談張竹坡批評《金瓶梅》的孟玉樓為作者「自喻」說 （王進駒）

《金瓶梅詞話》徵引詩詞考辨 （陳益源、傅想容）

《金瓶梅》中清河古城考略 （趙傑）

《金瓶梅》續書《金屋夢》若干問題摭議 （郭浩帆）

30 年《金瓶梅》及其研究書錄 （高振中）

評霍現俊教授的《金瓶梅藝術論要》 （張同勝）

自 1989 年 6 月至 2011 年 7 月，22 年間，《金瓶梅研究》編輯出版 11 輯，發文 259 篇。

中國《金瓶梅》學會與國際《金瓶梅》資料中心還主辦有《國際金瓶梅研究集刊》。該刊僅出一集，王利器任主編，吳敢、譚繼和、吳紅、及巨濤、田秉鍔任副主編，聘請周谷城題簽，徐朔方、馮其庸、李希凡、吳曉鈴、韓南、清水茂、劉輝、魏子雲、崔學文為顧問，小野忍、大塚秀高、王利器、王汝梅、王麗娜、田秉鍔、甯宗一、盧興基、及巨濤、朱傳譽、何滿子、吳紅、李福清、杜維沫、沈天佑、周鈞韜、孫述宇、黃霖、梅節、浦安迪、雷威安、譚繼和為編委。該刊由成都出版社於 1991 年 7 月出版，共發表 8 個國家 （地區） 學者的論文 30 篇，23.6 萬字。

此外，山東省民俗學會《金瓶梅》文化委員會編輯出版有《金瓶梅文化研究》不定期刊物，已出版 6 輯，第 1 輯時名為《金瓶梅酒食文化研究》，由山東音像出版社於 1998 年 9 月出版。該集係「'98 景陽崗《金瓶梅》酒食文化研討會」論文結集，趙建民、李志剛主編，刊登論文 29 篇，31.3 萬字。第 2 輯由中國文聯出版社於 1999 年 4 月出版，王平、李志剛、張廷興編，刊登論文 50 篇，40 萬字。該輯係提交「山東省《金瓶梅》文化委員會成立暨第二屆《金瓶梅》文化研討會」的論文結集。第 3 輯由華藝出版社於 2000 年 9 月出版，仍由王平、李志剛、張廷興編，刊登論文 56 篇，48.4 萬字。該輯係提交「第四屆 （五蓮） 國際《金瓶梅》學術討論會」的山東代表的論文結集。袁世碩為第 3 輯作序，說「山東省應當成為『金學』研究的一個基地，力爭每年舉辦一次學術活動，出版一本論文集」。第 4 輯由中國戲劇出版社 2003 年 7 月出版，王平、李志剛、張廷興

主編，刊登論文 55 篇，43 萬字。第 5 輯由群言出版社於 2007 年 5 月出版，王平、程冠軍主編，刊登論文 44 篇，47 萬字。該輯係第七屆（嶧城）全國《金瓶梅》學術討論會論文集。第六輯由中國文史出版社於 2013 年 12 月出版，王平主編，刊登論文 82 篇，104.5 萬字。該輯係第九屆（五蓮）國際《金瓶梅》學術討論會論文集。

山東省聊城《水滸》《金瓶梅》研究學會編有《金瓶梅作者之謎——金瓶梅考論第一輯》《李先芳與金瓶梅——金瓶梅考論第二輯》，由寧夏人民出版社於 1988 年 5 月出版。前者收入聊城地區 10 位學人的論文 22 篇，後者由葉桂桐、閻增山撰。另山東省聊城地區社會科學聯合會機關刊物《光嶽論壇》1990 年第 4 期即為「《金瓶梅》《水滸》研究專輯」，實際是《金瓶梅》研究專輯，發表論文 25 篇。

《徐州教育學院學報》1989 年第二期為「《金瓶梅》研究專號」，發表論文 10 篇。

河北省清河縣中國《金瓶梅》文化研究基地主辦之《金瓶梅論壇》（試刊號），2010 年 8 月出版，為第七屆國際《金瓶梅》學術討論會專輯，發表論文 13 篇。

還有一些報刊辦有專欄、專版，譬如《徐州工程學院學報》開設「《金瓶梅》研究」專欄，吳敢主編，自 2007 年第 3 期至 2010 年第 6 期，共 10 個專欄，發表論文 31 篇。《環渤海作家報》（《環渤海文化報》）開設「《金瓶梅》研究專版」，黃霖主編，何香久主辦，自 2007 年 8 月以來，共 30 個專版，發表論文 100 篇。

陸、會議索引：中國召開的全國與國際
《金瓶梅》學術會議

1985 年 6 月在徐州，1986 年 10 月在徐州，1988 年 11 月在揚州，1989 年 6 月在徐州，1990 年 10 月在臨清，1991 年 8 月在長春，1992 年 6 月在棗莊，1993 年 9 月在鄞縣，1997 年 7 月在大同，2000 年 10 月在五蓮，2005 年 9 月在開封，2007 年 5 月在棗莊，2008 年 7 月在臨清，2010 年 8 月在清河，2012 年 8 月在臺灣，2013 年 5 月在五蓮，中國已經召開了 16 次《金瓶梅》學術討論會。其中全國會議 7 次，國際會議 9 次。而 1985 年首屆全國會議，1989 年首屆國際會議，1992 年第二屆國際會議，1993 年第六屆全國會議，2000 年第四屆國際會議，2005 年第五屆國際會議，2010 年第七屆國際會議，2012 年第八屆國際會議，是意義非常的會議。1985 年會議篳路藍縷，1989 年會議推廣擴展，1992 年會議名副其實，1993 年會議換屆選舉，2000 年會議回顧思考，2005 年會議中興重起，2010 年會議發展壯大，2012 年會議兩岸合辦，均令人感慨萬千，記憶猶新。

一、首屆全國《金瓶梅》學術討論會

1985 年 6 月 8-12 日在中國江蘇省徐州市舉行。由徐州市文化局、江蘇省社會科學院文學所、江蘇省明清小說研究會、徐州市文聯、徐州師範學院中文系、徐州日報社聯合主辦。會議籌備組由徐州市文聯原黨組書記辛原任組長，徐州市文化局副局長吳敢、江蘇省社科院文學所副所長周鈞韜任副組長，歐陽健（江蘇省明清小說研究會）、王旭（徐州師範學院中文系）、孫敦修（徐州日報社）、張遠芬（徐州教育學院）為組員，吳敢兼任秘書長，具體負責日常籌辦事務。會議由江蘇省明清小說研究會、江蘇省社科院文學所於1985 年 3 月 30 日發出預約請柬，由會議籌備組於 1985 年 5 月 10 日發出正式邀請書。發預約請柬時，會議名稱為「張竹坡與《金瓶梅》學術討論會」，發正式請柬時，會議定名為「首屆《金瓶梅》學術討論會」。會議實到人員 74 人（參見附錄一），來自全國14 個省市。未能到會而寫來賀信的有：徐朔方、林辰、黃霖、朱一玄、沈天佑、葉朗、陳熙中、盧興基、杜維沫、王麗娜、袁世碩、鄭雲波、蔡國梁、王永健、黃進德、任訪

秋、陳翔華、陳玉璞、王立興等。6 月 7 日晚，江蘇省委常委、徐州市委書記孫家正，徐州市委常委、宣傳部長張豔等到會議住處（南郊賓館）看望到會人員。開幕式在徐州市電影公司試片室舉行，由辛原主持，吳敢報告籌備情況，周鈞韜致開幕詞，侯德潤（徐州師範學院院長）、劉輝講話。其後的幾次大會分別由周鈞韜、吳敢、王中恩（徐州日報總編輯）主持，劉輝、歐陽健、王汝梅、李靈年則分別召集小組討論。6 月 11 日晚，徐州市市長何賦碩、徐州師院院長侯德潤等設宴招待與會人員。

吳敢在向大會報告籌備情況時說：「十一屆三中全會以來，為了交流研究成果，開拓研究領域，動員研究力量，推動研究發展，準確地公允地評價這部在其出現不久就被稱為『四大奇書』之一的歷史名著，挖掘和發揮這部號稱『第一奇書』的明代長篇白話小說在今天的欣賞價值與借鑒意義，全國的《金瓶梅》研究者，都很希望有一次聚會的機會。這種願望開始在小範圍內醞釀，北京的、江蘇的、東北的、上海的和其它地區的一些研究者先後動議，經過聯絡，終於獲得全國各地研究者的贊同。近幾年來，江蘇省和徐州市對《金瓶梅》與張竹坡的研究，取得引人矚目的成績，《徐州師範學院學報》《大風》雜誌成為發表《金瓶梅》研究成果的重要陣地。今年，是張竹坡誕生 315 周年，張竹坡評點《金瓶梅》暨《第一奇書》刊行 290 周年。因此，全國《金瓶梅》研究者多希望會議在徐州舉行」。本次會議的籌備，辛原、吳敢、周鈞韜、杜維沫、劉輝、王汝梅等付出較大的努力。

會議收到論文 22 篇。有近 20 位研究者在大會發言。光明日報、文匯報、新民晚報以及江蘇省、徐州市的一些報紙與《文學遺產》《徐州師範學院學報》《文藝界》《青年評論家》等一些刊物，先後報道了本次會議。《徐州師範學院學報》1985 年第二期載有孔繁華所撰會議綜述（參見附錄二）。

本次會議召開前一個月，人民文學出版社排印出版了刪節本《金瓶梅詞話》。該書當時內部發行，本次會議與會人員是當然的發行對象，會議秘書處遂發放購書證，會內會外購書踴躍，累計售贈書 140 部。

會議期間，徐州國畫院、江蘇省梆子劇團、江蘇省柳琴劇團等為會議專門組織了一次書畫文藝晚會，可謂絲竹慢奏，翰墨立揮，極一時之盛。湖南教育學院講師俞潤泉即席口占七絕七首，傳為佳話。

會議即將結束，與會人員意猶未盡，6 月 12 日上午大會間隙，辛原、吳敢、劉輝、周鈞韜、王汝梅、張遠芬、王旭、胡文彬、侯忠義、張國星等商計，建議組成全國第二屆《金瓶梅》學術討論會籌委會，以徐朔方、袁世碩、王汝梅、劉輝、吳新雷、黃霖、杜維沫、吳敢、孫遜、沈天佑、胡文彬、張遠芬、周鈞韜、辛原等為委員，由吳敢、胡文彬、張遠芬、周晶、馬美信、張國星、及巨濤組成秘書處，吳敢為秘書長。

　　這是中國召開的第一次《金瓶梅》學術討論會。其開創意義，不言而喻；其深遠影響，莫可估量。全國政協原副主席孫家正當時看望與會人員時說：「在徐州召開這次會議，我一則以喜，一則以憂」。這在當時是極具見地、極見睿智、極暖人心的一句話。時過境遷，今已見喜無憂，然金學同仁言及此語，仍然感奮良多。

二、第二屆全國《金瓶梅》學術討論會

　　1986 年 10 月 21-25 日在中國江蘇省徐州市舉行。由徐州市文化局、江蘇省明清小說研究會、江蘇省社會科學院文學所、徐州師範學院中文系、《徐州師範學院學報》編輯部、徐州教育學院、徐州市社科聯、徐州日報社、徐州市文學工作者協會聯合主辦。1985 年 11 月 30 日會議籌委會秘書處發出邀請，1986 年 1 月 10-15 日在徐州市召開了第二屆《金瓶梅》學術討論會籌委會暨《金瓶梅詞典》編務會。辛原、吳敢、丁蕭、邱鳴皋、張遠芬、劉輝、王汝梅、杜維沫、袁閭琨、徐徹、周晶、趙洪林、張學峰、及巨濤、趙興勤、李申、張愛民、于盛庭、縱山等與會。1986 年 5 月 15 日會議籌委會發出預備通知。1986 年 9 月 10 日會議籌委會發出正式通知。本次會議期間，於 1986 年 10 月 18-28 日舉辦了一期《金瓶梅》專題講習班。會議籌委會亦於 1986 年 5 月 15 日發出預備通知，於 1986 年 9 月 15 日發出正式通知。會議實到人員 177 人（參見附錄三），來自全國 21 個省市，其中講習班學員 61 人，日本學者 1 人（池本義男）、美國留學生 1 人（陸大偉）。未能到會而寫來賀信的有：何滿子、章培恒、徐扶明、陳昌恆、王立興、鄭慶山、黃霖、馬美信、蔡國梁、宋常立、魯德才、段習之、苗壯、沈天佑、王永寬等。會議期間，吳敢具體負責會議會務，張遠芬、及巨濤具體負責學習班事務。開幕式由周鈞韜主持，吳敢致歡迎詞，劉輝致開幕詞。其後的幾次大會分別由閻志強、丁蕭、司雲勝、張遠芬、吳敢主持。周續賡、李時人、劉俊田、趙興勤、卜鍵、孔繁華則分別召集小組討論。10 月 24 日晚，徐州市副市長蕭樹平等設宴招待與會人員。為學習班講學的專家有劉輝、袁世碩、周中明、周鈞韜、甯宗一、徐朔方、王麗娜、王利器、胡文彬、盧興基、杜維沫、王汝梅、張遠芬等。

　　人文版刪節排印本《金瓶梅詞話》，作為教材，在學習班銷售使用。會議內外，仍多有購求者，累計售贈書 160 部。

　　本次會議的一個特點是新聞出版界代表較多，24 日晚因此集中宴請了一次，辛原、丁愛華、吳敢、張遠芬、及巨濤主陪，出席宴會的有劉輝（中國大百科出版社），林辰、楊愛群（春風文藝出版社），胡文彬（人民出版社），杜維沫（人民文學出版社），徐栢榮、邱思達（百花文藝出版社），趙洪林（吉林文史出版社），袁閭琨、徐徹、常晶（遼寧人民出版社），

任篤行、周晶（齊魯書社），張國星（《文學評論》編輯部）等。

會議收到論文 36 篇。有 20 餘位研究者在大會發言。《社會科學戰線》、文論報等對會議作了較為詳備的報道。《社會科學戰線》1987 年第二期載有林之滿所撰會議綜述（參見附錄四）。

連續兩年兩次全國《金瓶梅》學術討論會召開前後，在徐州出現空前的《金瓶梅》熱情，逐步形成一個《金瓶梅》研究群體，使徐州成為《金瓶梅》研究的基地與中心之一。

三、第三屆全國《金瓶梅》學術討論會

1988 年 11 月 10-14 日在中國江蘇省揚州市舉行。由江蘇省社科院明清小說研究中心，吉林大學中國文化研究所，北京大學出版社，齊魯書社，吉林文史出版社，遼寧人民出版社，江蘇省明清小說研究會，徐州市文化局，吉林省藝術研究所，大連市明清小說研究中心，山東省聊城《水滸》《金瓶梅》研究會，揚州市哲學社會科學聯合會聯合主辦。1988 年 9 月 25 日發出請柬。會議實到人員 76 人（參見附錄五），來自全國 14 個省市。

開幕式在揚州市石塔賓館舉行，江蘇省委宣傳部原副部長陳超、中國藝術研究院副院長馮其庸、揚州師範學院院長、揚州市副市長等先後講話。徐朔方、魯歌、傅憎享、陳詔、周鈞韜、高洪鈞、王汝梅、張兵、田秉鍔、劉紹智、林文山、羅德榮、陳桂生、鍾明奇、石麟、周中明、劉輝、甯宗一、吳紅、歐陽健、卜鍵、張鴻魁、朱捷、及巨濤、李時人、孔繁華等在大會發言。文匯報、徐州日報等報紙，《社會科學戰線》《明清小說研究》等刊物，均報道了本次會議。《明清小說研究》1989 年第二期載有一土所撰會議綜述（參見附錄六）。

與會代表對徐州市在 1985、1986 兩年成功地組織了兩屆全國《金瓶梅》學術討論會，以及對擬在 1989 年召開的首屆國際《金瓶梅》學術討論會的積極籌備，表示滿意和感謝。

四、首屆國際《金瓶梅》學術討論會

1989 年 6 月 15-19 日在中國江蘇省徐州市舉行。由中國《金瓶梅》學會主辦，徐州市文化局、徐州市人民政府外事辦公室、徐州市社聯、徐州市文聯、徐州教育學院、徐州日報社、徐州市廣播電視局、徐州師範學院承辦。

本次會議的籌備動議，早在第二屆全國《金瓶梅》學術討論會召開期間就已產生。

當時國內不少學人認為，鑒於徐州市擁有一個成果卓著的《金瓶梅》研究群體，並相繼舉辦過首屆、二屆全國《金瓶梅》學術討論會，作為《金瓶梅》研究與交流的基地，已在國內外產生了積極而廣泛的影響，主張會議由徐州方面出面籌備。1988 年 2 月 8 日徐州市文化局、徐州市外辦、徐州市社聯、徐州市文聯、徐州教育學院、徐州日報社遂以徐文〔88〕第 7 號文，向江蘇省文化廳上報「關於籌辦首屆國際《金瓶梅》學術討論會的請示」。1988 年 2 月 10 日上述六家又以徐文〔88〕第 8 號文，向徐州市委、市政府上報「關於籌辦首屆國際《金瓶梅》學術討論會需撥專款的請示」。徐州市人民政府辦公室主任茅家瑾 3 月 1 目簽署意見：「請王希龍副市長閱示」，王希龍 3 月 12 日批示：「經費在 89 年安排」。徐州市前述六家於是籌備成立首屆國際《金瓶梅》學術討論會籌備委員會，並於 1988 年 4 月 1 日發出邀請，籲請部分國內《金瓶梅》研究者，到徐州召開籌委會第一次會議。江蘇省文化廳則認為會議規格較高，影響較大，應由徐州市人民政府向省政府報批。徐州市政府遂於 1988 年 4 月 29 日以徐政報〔1988〕30 號文，向江蘇省人民政府上報「關於承辦首屆國際金瓶梅學術討論會的請示」。省政府辦公廳 5 月 3 日隨即批交省文化廳、省外辦提出意見。5 月 9 日省文化廳以蘇文外〔88〕第 40 號文，向省政府辦公廳回報了「關於在徐州市舉辦首屆國際《金瓶梅》學術討論會的意見」。5 月 11 日省外辦以蘇外接〔88〕251 號文，向省政府呈報了「關於在徐州舉辦首屆國際《金瓶梅》學術討論會的意見」。6 月 1 日省政府副秘書長許京安做出批示，6 月 20 江蘇省副省長楊詠沂做出批示，均同意由省文化廳報國家文化部批示。6 月 3 日許、楊批示的辦文單分發省委宣傳部、省文化廳、省外辦、徐州市政府。6 月 8 日，徐州市人民政府副市長王希龍、秘書長邵元亮、辦公室副主任許太學、外辦主任韓文斗、文化局長吳敢閱知。同日，省文化廳以蘇文外〔88〕第 43 號文，向文化部上報「關於在徐州市舉辦首屆國際《金瓶梅》學術討論會的請示」。8 月 11 日，文化部在與外交部會簽了江蘇省文化廳的請示之後，以文外字〔88〕第 711 號文，向江蘇省文化廳下發了「關於同意在徐州市舉辦首屆國際《金瓶梅》學術討論會的批復」。

在此期間，1988 年 5 月 9-10 日首屆國際《金瓶梅》學術討論會籌委會第一次會議在徐州召開。鑒於文化部的批復中提到會議以學術單位名義舉辦為宜，首屆國際《金瓶梅》學術討論會的籌備工作遂與中國《金瓶梅》學會的籌建工作同步進行。這次會議與會代表 28 人（參見附錄七），形成了「關於組成中國金瓶梅學會籌備委員會的意見」。

籌委會決心將首屆國際《金瓶梅》學術討論會開成一流的會議，一切工作無微不至、精益求精、不厭其煩。承辦單位為此付出了艱辛的努力，尤其是徐州市文化局，抽調大批優秀幹部和精幹人員，投入籌備工作。會議前夕，籌備工作機構依例轉為會務工作機構（參見附錄八）。

　　1989 年 5 月 25 日籌委會向徐州市委、市政府上報「關於首屆國際《金瓶梅》學術討論會籌備情況的彙報」。1989 年 6 月 9 日下午吳敢向徐州市政府常務會議彙報國際《金瓶梅》會議籌備情況。6 月 10 日，吳敢在向徐州市委常委會彙報省文化工作會議精神同時，也就國際《金瓶梅》會議籌備情況做了說明。6 月 13 日，經市政府同意，市文化局、外辦制定「關於首屆國際《金瓶梅》學術討論的接待計畫」。

　　1988 年 8 月 10 日籌委會向海外代表發出預備通知，1989 年 1 月 1 日向國內代表發出預備通知，同日，向海外代表發出補充通知。1989 年 4 月 15 日籌委會發出正式通知。通知發出以後，國內代表爭相與會，國外代表踴躍回執，一時收發繁忙，令人振奮。截止 1989 年 6 月 4 日，海外代表已有近 10 個國家（地區）30 餘人可準時到會，如日本的清水茂、尾上兼英、大冢秀高、日下翠、荒木猛、須藤洋一、鈴木陽一、池本義男，美國的芮效衛、浦安迪、馬克夢、史梅蕊、陸大偉、柯麗德、黃瓊璠，法國的雷威安、李治華，俄國的李福清，加拿大的米列娜，波蘭的胡佩芳，臺灣的魏子雲、朱傳譽，香港的梅節、蘇虜哲等。朱傳譽，梅節、芮效衛、胡佩芳、波多野太郎、魏子雲、柯麗德等還向籌委會提供了用作「《金瓶梅》版本及研究著作、資料展覽」的書刊。大冢秀高、史梅蕊、李福清、芮效衛、陸大偉、須藤洋一、柯麗德、鈴木陽一、浦安迪、清水茂、韓南、雷威安等並向籌委會提交了個人小傳。國內代表表示與會的更有 150 人之多，其中王利器、王進珊、張學峰、穆廣彬、及巨濤、陳詔、於鳳樹、傅憎享、張遠芬、張兵、朱一玄、陳昌恆、張惠英、劉輝、胡文彬、黃霖、陳東有、薛汕、郭豫適、吳敢、盧興基、田秉鍔、周鈞韜、徐朔方、鄭慶山、吳紅、胡邦煒、陳珏、葉桂桐、閻增山、袁世碩、魏子雲、馬征、魯歌、卜鍵、王麗娜、閻志強、呂紅、蔡敦勇等向籌委會提供了用作「《金瓶梅》版本及研究著作、資料展覽」的書刊。

　　因為眾所周知的原因，國外代表未能與會（僅池本義男一人意外到會）。國內代表則基本到會，會議實到人員 177 人（參見附錄九），其中提交個人小傳者 74 人。

　　會議收到論文或論文提要 101 篇（參見附錄十）。另外，中國《金瓶梅》學會（籌）編印有《金瓶梅學刊》（試刊號）；大會秘書處印有徐瑞潔、李苑編《金瓶梅版本及研究論著、資料目錄索引》；徐州市文化局編印有《徐州文化便覽》；朱傳譽、徐朔方、吳敢、卜鍵等還向與會代表贈送了文獻資料或個人著作。

　　6 月 13 日為國內代表報到時間。當晚在會議代表下榻處（南部賓館）召開大會籌委會最後一次會議，由吳敢通報大會與學會、學刊籌辦情況。

　　6 月 14 日為海外代表報到時間。同時，上午在會議主會場（市電影公司試片室）召開國內代表預備會暨中國《金瓶梅》學會成立大會，與會人員 108 人，吳敢代表學會籌委會、大會秘書處和徐州八家承辦單位作籌辦情況通報。會議選舉產生了學會理事會，以

及學會會長、副會長、秘書長，學刊主編、副主編、編委。

6月15日上午舉行大會開幕式，剛剛當選的中國《金瓶梅》學會會長劉輝主持會議，學會副會長兼秘書長吳敢作大會籌備情況彙報和學會選舉情況通報，學會顧問王利器致開幕詞，徐州市人民政府副市長王希龍致歡迎詞，江蘇省文化廳廳長王鴻致賀詞，學會副秘書長巨濤宣讀賀信賀電（李福清、華克生、夏志清、波多野太郎、陳慶浩、胡佩方、馬泰來等）。市委常委、宣傳部長孟慶華，學會顧問徐朔方，學會副會長黃霖、周鈞韜、王汝梅、張遠芬，大會領導小組成員辛原、邱鳴皋、陳德、陳雨時、郭以根、丁肅、吳椿、張昭、閆志強等在主席台就座。

會議安排了六次大會發言（參見附錄十一），二次分組討論（參見附錄十二）。

6月19日下午大會發言後為閉幕式，馮其庸（6月17日到會）代表中國《紅樓夢》學會致賀詞，並作為中國《金瓶梅》學會顧問，希望共同創建良好的會風和學風；接著正式通過「中國《金瓶梅》學會章程」；吳敢作大會小結；劉輝致閉幕詞（參見附錄十三）；王希龍致歡送詞。

6月19日晚，徐州市人民政府在友誼酒家宴請會議代表，孟慶華、王希龍等主陪。

代表們普通反映，本次會議的籌備與組織均堪稱一流。雖然本次會議留下了歷史的遺憾，雖然因此未能充分展示會議籌辦的層次，雖然會議在臨結束時也曾發生過不太愉快並且影響了後來的場面，但本次會議的籌辦，通過全體工作人員與全體與會人員的共同努力，確實顯示出可以稱得上空前絕後的很高的能力與水準，並且錘煉出一支精良的會務隊伍。

之所以如此評價本次會議，可以從會議文件的精細得到說明。中國《金瓶梅》學會章程（草案）、中國《金瓶梅》學會組織機構與工作人員建議名單、《金瓶梅學刊》創刊徵稿倡議、關於建立國際《金瓶梅》資料中心的倡議、中國《金瓶梅》學會會員登記表、首屆國際《金瓶梅》學術討論會日程表、會議注意事項、國內代表報到須知、簽到簿、返程車票預訂單、住宿一覽表、乘車一覽表、關於公佈「《金瓶梅》版本及研究著作、資料展覽」展品徵集結果的說明、會議代表通訊錄、會議代表小傳、論文目錄、大會發言建議名單、分組討論建議名單、宴會座次表、專場文藝演出節目單、專項書畫展覽目錄、書畫晚會專用信箋、工作機構與人員一覽表、專用名片夾、會徽、專用資料袋等，已經是殷殷實實、林林總總。這些還不包括大會工作人員內部使用的活動總表、車輛調度表、會務提綱、資料分發單、接送站表、參觀遊覽線路、開幕式程式、閉幕式程式等，外人看了簡直是眼花繚亂。

之所以如此評價本次會議，還可以從會議文藝活動的豐富多彩得到說明。如6月15日晚觀看了由江蘇省梆子劇團演出的徐州梆子戲《潘金蓮》（向自貢市川劇團學習劇目），

6月16日晚觀看了徐州市京劇團演出的新編京劇《金瓶二蓮》，6月17日晚觀看了豐縣小鳳凰梆子劇團演出的傳統折子戲專場，6月18日晚出席了馮曉舟家庭音樂會等。又如逸彤「泥人張《金瓶梅》彩塑展」、吳以徐「《金瓶梅》百圖選展」、宋德安「《金瓶梅》人物畫展」、李天池「《金瓶梅》印章選展」等，以及書畫交流活動、音樂舞蹈活動、兩漢文化參觀活動等，有與會人員說：這次會排得很滿、開得很累、過得很快、覺得很值。事隔多年以後，很多師友回憶起這次會議，仍然記憶猶新，交口稱讚。逸彤的《金瓶梅》彩塑後來到過不少地方展出，如2000年6月10-18日在新加坡國際會議與展覽中心參加新加坡國際書展的展出；又如2000年8月15-31日在新加坡同樂酒家的展出（同樂酒家還同時推出「金瓶梅宴」）等，均曾贏得廣泛好評。

齊魯書社1989年6月一版《新刻繡像批評金瓶梅》向本次會議提供200部，基本被與會人員購走。

新華社、文匯報、徐州日報、經濟新聞報等眾多新聞單位、報紙，《文學遺產》《徐州師範學院學報》等不少刊物，均多次或專題對本次會議、對中國《金瓶梅》學會做出報道。《徐州師範學院學報》1989年第四期載有孔繁華所撰會議綜述（參見附錄十四）。

五、第四屆全國《金瓶梅》學術討論會

1990年10月20-24日在中國山東省臨清市舉行。由中國《金瓶梅》學會、聊城師範學院、東昌《金瓶梅》學會、臨清市人民政府聯合主辦。

首屆國際《金瓶梅》學術討論會期間，中國《金瓶梅》學會副會長王汝梅有意在長春市舉辦本次會議。會後，學會即留意本次會議的籌備。後來，鑒於山東聊城、臨清在《金瓶梅》研究方面的努力和會議召開所具備的條件，決定本次會議改在臨清召開。

1990年1月和6月，先後在聊城、徐州召開了兩次籌備會議。尤其是6月會議（參見附錄十五），所到人員較多，開了整整一天，上午由劉輝主持，討論會議籌備事宜；下午由吳敢主持，討論學會、學刊工作。籌備會的召開有力地促進了本次會議的籌備，主辦單位遂於1990年9月1日發出正式通知。

會議實到人員135人（參見附錄十六），來自全國13個省市。

10月20日上午舉行開幕式，吳敢主持，東昌《金瓶梅》學會常務副會長、臨清《金瓶梅》學會會長張榮楷作籌備情況彙報；劉輝致開幕詞；臨清市副市長馬景瑞致歡迎詞；聊城地委副書記、副專員閻廷琛，聊城師院院長張明，中國《金瓶梅》學會顧問王利器先後講話。前述人員外，山東省顧問委員會常委孫恕之，政協聊城地區工委主任、東昌《金瓶梅》學會會長許繼善，聊城地委常委、宣傳部長、東昌《金瓶梅》學會名譽會長張

培儉，中國《金瓶梅》學會副會長王汝梅、張遠芬、周鈞韜，臨清市委書記王榮亭，聊城地區社科聯主席劉文學，清河縣委書記孫彥敏，臨清市政協主席許鴻海，臨清市委副書記劉洪友，遼寧人民出版社社長袁闔坤等在主席台就座。

21 日上午、22 日上午為大會發言，分別由張明、劉文學主持。21 日上午的大會，首先由吳敢作學會工作報告。21 日下午、24 日上午為分組討論，吳紅、陳東有、魯歌分別為小組召集人。會議期間，《金瓶梅研究》編輯部還向與會人員通報了辦刊情況。

本次會議有一項極有意義的文化活動應該多說上幾句。1990 年 6 月 28 日臨清《金瓶梅》學會決定舉行「天下第一奇書」徵下聯活動，並在當天的《中國青年報》上刊出上聯：奇天下，天下奇，天下奇書奇天下。後來共收到國內外應徵下聯 7800 餘條，經評選入選下聯為：絕千古，千古絕，千古絕唱絕千古。有趣的是，應徵此聯的竟有 235 人。最後只能以抽籤決定第一名 1 個，第二名 2 個，第三名 10 個。而第一名的獲得者竟然是內蒙古赤峰市一位從事飲餐業的農民個體戶。

本次會議刻意模仿首屆國際《金瓶梅》學術討論會，不僅資料類別、款式如此，而且同樣安排有五光十色的參觀考察、電視錄像、社火表演、文藝晚會、《金瓶梅》金石書畫展等。尤其令人稱道的是會議的就餐，可以說是五天之內餐不重店、席不重菜，特別是王寶玉、楊立傑研製的《金瓶梅》菜點，讓與會人員想像到《金瓶梅》書中當時的飲食風貌，典型地展現了臨清這座明清運河重鎮、古老商城的風采。

本次會議有兩位人物令與會人員肅然起敬。一位是許繼善，出版有好幾本詩文集，格律詩寫得相當工整，是名副其實的詩人，身居高位，禮賢下士，知人善任，沒有他的通解斡旋，便沒有本次臨清會議；一位是張榮楷，患有糖尿病、心臟病、高血壓綜合症，幹起活來卻不捨晝夜，是一個名副其實的拼命三郎，外王內聖，剛柔相濟，沒有他的通力經營，便沒有本次臨清會議。10 月 22 日晚，出席會議的中國《金瓶梅》學會負責人一起，向張榮楷就任的臨清市城管監察大隊贈送了一面「金學功臣」的錦旗。第六屆全國《金瓶梅》學術討論會後，1993 年 9 月 22 日張榮楷一行風塵僕僕驅車自寧波經徐州，與學會秘書處商議，決心於 1995 年 11 月在臨清承辦第三屆國際《金瓶梅》學術討論會，隨後即進行了積極的運作。不期張榮楷 1995 年 3 月 9 日病逝，學會致電弔唁，會議因此改地延期。

會議收到論文 40 餘篇，有近 20 位研究者在大會發言。《徐州師範學院學報》1990年第四期載有張文德所撰會議綜述（參見附錄十七）。

10 月 20 日晚，學會召開第一屆理事會第二次會議暨學刊編委（擴大）會議，劉輝主持，吳敢做工作報告。會議決定第五屆全國《金瓶梅》學術討論會在長春召開、第二屆國際《金瓶梅》學術討論會在棗莊召開。

六、第五屆全國《金瓶梅》學術討論會

1991 年 8 月 6-10 日在中國吉林省長春市舉行。由吉林大學、聊城師院、北京大學出版社、遼寧人民出版社、齊魯書社、浙江古籍出版社、吉林文史出版社、北方婦女兒童出版社、時代文藝出版社、遼瀋書社、吉林教育音像出版社聯合主辦，吉林大學科研處、吉林大學中國文化研究所、吉林大學中文系、吉林大學出版社承辦。

1990 年 12 月 10 日發出預備通知，此時參加籌辦的單位尚有長春出版社、臺灣天一出版社、香港懷天文化事業有限公司。1991 年 5 月 5 日發出正式通知。

會議籌備委員會由各籌辦單位負責人，中國《金瓶梅》學會會長、副會長，以及有關學者組成，吉林大學副校長劉中樹任主任，喻朝剛、李文煥、王汝梅任副主任。籌委會聘請吳組緗、吳曉鈴、張松如、徐朔方、王利器、徐中玉、霍松林、朱一玄、敏澤、馮其庸、李洵、蘇興、章培恒、袁世碩、魏子雲（臺灣）、梅節（香港）、劉柏青、陳遼、張明、穆廣彬、張學峰、張榮楷、楊牧之、馬良春、魏同賢、胡經之、許力以、林言椒、林辰、桑逢文、車書棟、于福金、李培森、梁植文、楊學忠等為籌委會顧問。大會期間會議成立領導小組，劉中樹為組長，喻朝剛、張明、張錫忠、李文煥、王汝梅、劉桂雲、曹德本、張軍、蘇志中、喬征勝、袁閭琨、徐徹、蕭欣橋、李亞彬、唐樹凡、左振坤、周航、徐吉征、魏克信、許仲、李軍、崔文獻、車向新、周鈞韜、孫言誠、周晶、蕭澄宇為組員。

與會人員據回執統計為 218 人（參見附錄十八）。來自中國、日本、美國、臺灣、香港等 5 個國家（地區），其中中國大陸來自 22 個省市。實際到會 150 餘人，其中包括日本學者 2 人、臺灣學者 7 人。

8 月 6 日上午在吉林大學逸夫圖書館報告廳舉行開幕式，由喻朝剛、張錫忠、李文煥主持，劉中樹致開幕詞，吉林省委宣傳部副部長許中田等講話。

8 月 6 日下午、8 月 7 日上午、8 月 9 日上午、8 月 9 日下午、8 月 10 日上午為大會發言，分別由袁閭琨、左振坤，徐吉征、車向新，孫言誠、李軍，李文煥、喬征勝，王汝梅、周鈞韜主持。8 月 7 日下午為小組討論。

會議收到專著 9 種、論文 97 篇。社科信息報等報紙，《徐州師範學院學報》《吉林大學學報》等刊物，報道了本次會議。《吉林大學學報》1991 年第六期載有滋陽所撰會議綜述（參見附錄十九）。

會議向與會人員出售有《新鐫繡像批評原本金瓶梅》，浙江古籍版每部 124 元，齊魯書社、香港三聯書店聯合版每部 308 元。

七、第二屆國際《金瓶梅》學術討論會

1992 年 6 月 15-20 日在中國山東省棗莊市舉行。由中國《金瓶梅》學會、棗莊市文化局、嶧城區人民政府聯合主辦。1991 年 1 月 26-27 日在棗莊召開了本次會議籌備委員會第一次會議（附錄二十）。山東省文化廳即以魯文外〔91〕第 13 號文上報國家文化部。1991 年 4 月 26 日文化部遂以文外函〔1991〕789 號文批復，同意舉辦本次會議。1991 年 8 月 15 日中國《金瓶梅》學會向會員發出通知，要求會員撰寫論文及提要，經籌委會學術委員會審議同意，方可與會。截止 1991 年 11 月底，收到論文或提要 70 餘份。1991 年 12 月 1-2 日學會在棗莊市嶧城區召開審稿會。1991 年 12 月 25 日籌委會發出預備通知。1992 年 3 月 12 日籌委會發出正式通知。大會正式召開期間，籌委會轉為組委會（參見附錄二十一）。

會議實到人員 158 人（參見附錄二十二），來自中國大陸 18 個省市，與日本、德國、法國、美國和港、臺地區。回執擬與會的國外人士尚有日本杏林大學教授村松暎、日本慶應大學文學部中國文學研究室非常勤講師蔣濮、韓國國光大學校中語中文科教授康泰權等多人。

6 月 15 日上午舉行開幕式，劉輝致開幕詞。德國維伯夫人、伯爾納夫人致祝詞，並向學會贈送《金瓶梅》奧托·祁拔與阿爾圖爾·祁拔兄弟的德譯本。臨清市《金瓶梅》學會等多家與萊頓大學漢學研究院 W. L. Idema 等多人寫信或發電祝賀。

會議期間學會也有活動。6 月 13 日下午，學會召開會長碰頭會，號召學會會員共襄盛舉。6 月 18 日晚，學會召開第一屆理事會第三次會議，劉輝主持，吳敢做工作報告。會議前夕，臨清市《金瓶梅》學會致函中國《金瓶梅》學會，正式申請第三屆國際《金瓶梅》學術討論會在臨清召開，並說「我市成立了文化、旅遊、資源開發領導小組，將以運河文化內涵為主內容恢復修建一些景區、景點，並已將『金園』（小說中的西門慶莊園）列為重點建設專案，加之配套的服務設施，預計二至三年的時間便會告竣」。好像後來「金園」建設沒有付諸實施，可能與張榮楷的去世有關。

6 月 18 日晚，大會內部放映了李翰祥帶來其編導的港片《金瓶風月》《金瓶雙豔》等電影。

會議收到論文一百餘篇。中國文化報、《徐州師範學院學報》等報刊做出報道。《徐州師範學院學報》1992 年第四期載有辛文所撰會議綜述（參見附錄二十三）。

八、第六屆全國《金瓶梅》學術討論會

　　1993 年 9 月 14-18 日在中國浙江省鄞縣舉行。由中國《金瓶梅》學會、寧波師範學院、鄞縣人民政府、寧波市文化局聯合主辦，鄞縣人民政府與寧波師範學院承辦。會議於 1992 年 11 月 28 日發出預備通知，其時會議名稱為「《金瓶梅》與屠隆國際學術研討會暨全國第六屆《金瓶梅》學術討論會」。1993 年 6 月 25 日大會組委會發出正式通知。

　　9 月 14 日上午在鄞縣東錢湖上海市總工會療養院多功能廳舉行開幕式。鄞縣副縣長華長慧主持，鄞縣縣委副書記潘姜成致歡迎詞，劉輝致開幕詞，寧波市副市長陳守義講話，中國藝術研究院紅樓夢研究所所長林冠夫、中國武俠小說學會副會長朱世滋致詞。9 月 14 日上午開幕式後、9 月 14 日下午、9 月 16 日上午為大會發言，分別由吳敢、卜鍵、黃霖主持。9 月 18 日下午在普陀山銀海飯店舉行閉幕式，黃霖主持，吳敢報告學會換屆選舉結果，劉輝致閉幕詞。

　　會議實到人員 68 人（參見附錄二十四），來自中國大陸 13 個省市與港臺地區。會議收到論文 20 多篇。

　　借本次會議召開之際，學會進行換屆選舉。9 月 14 日晚召開學會第一屆理事會第六次會議，到會理事 15 人，劉輝主持，會議審議了〈中國《金瓶梅》學會工作報告〉，推舉產生了第二屆理事會組成人員建議名單，討論通過了第二屆理事會選舉辦法，接納了 12 名新會員入會。9 月 16 日下午召開第二次會員代表大會，到會代表 59 人，會議由劉輝主持，吳敢做工作報告，選舉產生了第二屆理事會。9 月 16 日晚召開學會第二屆理事會第一次會議，到會理事 20 人，會議選舉劉輝為會長，吳敢、黃霖為副會長，並推舉出秘書長、副秘書長，還就學刊的編輯出版、學術活動的開展、學會經費的籌措和日常工作制度等事宜進行了討論。會議討論了山東省臨清市人民政府致學會的關於第三屆國際《金瓶梅》學術討論會在臨清召開的正式邀請函（臨政字〔1993〕10 號），並聽取理事張榮楷有關該次會議籌辦的說明，確定了該次會議於 1995 年 11 月在臨清舉辦的意向，並建議在 1994 年的適當時間，由學會與臨清市政府聯合召開一次籌備會議。

　　《徐州師範學院學報》1994 年第四期載有辛文所撰會議綜述〈實事求是，搞學術不搞欺騙〉（參見附錄二十五）。

九、第三屆國際《金瓶梅》學術討論會

　　1997 年 7 月 30 日至 8 月 3 日在中國山西省大同市舉行。由中國《金瓶梅》學會主辦，大同高等專科學校承辦，大同市節水辦、大同市稅務師事務所、渾源恒山酒廠、大

同城市客運管理處、大同供電公司協辦。會議成立領導組與秘書處，劉輝為組長，楊篤文為副組長，吳敢、卜鍵、閻鳳梧、殷憲、夏東輝、梅節、崔溶澈為組員；吳敢為秘書長，殷憲、翟綱緒為副秘書長。

7月30日上午在大同市電力賓館多功能廳舉行開幕式。吳敢主持，劉輝致開幕詞，大同高專校長楊篤文致歡迎詞，大同市政府副市長傅傑讓，山西省政協原副主席、山西大學教授姚奠中講話。前述人員外，在主席台就座的還有：大同市委常委、宣傳部長鄒玉義，大同市政協副主席、統戰部長李樂賢，大同市政協秘書長力高才，中國武俠文學學會會長、南開大學教授甯宗一，大同高專黨委書記殷憲，大同高專副校長夏東輝，山西省古典文學學會會長、山西大學教授閻鳳梧，大同市文化局局長李治國，大同市廣電局局長程曙，大同市節水辦主任池茂宏，大同市供電公司黨委書記、經理楊忠，大同市城市客運管理處處長王安和，香港夢梅館教授梅節，韓國高麗大學教授崔溶澈。

因故不能與會而致函祝賀者有：艾斐（山西省社科聯黨組書記、山西省文藝理論學會會長），王利器，馮其庸，黃霖，魏子雲（臺），盧興基，沈天佑，張俊，袁世碩，陳美林，林辰，王汝梅，蔡敦勇，陳益源（臺），孫立川（港），陸大偉（美），波多野太郎（日），尾上兼英（日），荒木猛（日），大冢秀高（日）等。

7月30上午開幕式後、7月30日下午、8月3日上午為大會發言，分別由吳敢、卜鍵、及巨濤主持，宋謀瑒、梅節、周中明、崔溶澈、閻鳳梧、陳東有，劉輝、殷憲、張遠芬、傅憎享、羅德榮、潘承玉、鮑廷毅、潘慎、葉桂桐、魯歌、孟進厚、黃強，孟昭連、趙興勤、許建平、牛貴琥等相繼發言。7月31日全天為分組討論，崔溶澈、傅憎享，苗壯、羅德榮，魯歌、陳東有分別為召集人。

8月3日上午大會發言後舉行閉幕式，楊篤文主持，劉輝致閉幕詞，殷憲講話，前述人員外，吳敢、梅節、崔溶澈等在主席台就座。

會議實到人員60人（參見附錄二十六），來自全國12個省市和香港（2人）、韓國（3人）。會議收到論文30多篇。

會期期間，7月31日晚，學會召開第二屆理事會第二次會議，劉輝主持，吳敢做工作報告。會議首先對學會顧問吳曉鈴先生、吳組緗先生和本屆理事張榮楷先生的逝世表示深切的哀悼！吳曉鈴與吳組緗先生對學會工作一向關心，積極指導並寄予殷切期望，吳曉鈴先生還以耋年之齡、久病之身參加了第二屆國際《金瓶梅》學術討論會；張榮楷理事則成功地組織了第四屆全國《金瓶梅》學術討論會，他們對中國《金瓶梅》研究事業做出了卓越的貢獻，將得到全體金學同仁的永遠懷念！

會議欣喜地看到，近幾年國內的《金瓶梅》研究，進入了注重新材料、注重理性思維、注重文化蘊含的新階段，研究深度和整體水準，都有了顯著提高，不同研究學科的

學者加入金學隊伍，為《金瓶梅》研究開了新生面；而作家、藝術家的熱心借鑒、據以改編和再創造，又使《金瓶梅》化生出奇異的當代文化色彩，為研究者提供了新的命題；出版家持續不減的出書興趣，使得《金瓶梅》的多種版本得以重新問世，各類研究專著、資料彙編大量湧現，可謂成果斐然。可以這樣認為：這一不斷升溫的「金瓶梅熱」，既有社會變化的內在動力，也與眾多研究者的辛勤勞動有著直接的關係。

本次會議原擬在山東臨清召開，後來因此成立有一個組織委員會（參見附錄二十七），並且於 1994 年 8 月在臨清召開了一次籌備工作會議，當時確定會期為 1996 年 6 月。遺憾的是張榮楷於 1995 年初不幸病逝，會議籌備工作遂告中斷。據悉，此後，山東聊城和臨清的金學同仁為促成會議，仍做了很多努力。學會負責人則多次與臨清市人民政府聯繫，學會並於 1995 年 10 月 5 日以中金秘字〔95〕6 號文致函臨清市委、市政府，但因為種種原因，終未能成議。

1996 年 7 月，大連召開第三屆國際明清小說研究會，與會金學同仁呼籲儘快召開會議，經學會會長會議決定，1997 年夏季在徐州召開第三屆國際《金瓶梅》會議，並隨後進入會議前期準備。

不久，大同高等專科學校提出申請，希望承辦第三屆國際《金瓶梅》學術討論會。1996 年 10 月，學會會長劉輝、副會長兼秘書長吳敢與大同高專校長楊篤文、中文系主任翟綱緒在北京會晤，遂決定會議改在大同召開。1997 年 3 月 10 日學會發出預備通知，計邀請海內代表 60 人，海外代表 33 人，回執者海內 40 人，海外 18 人；山西代表由大同高專單獨通知。1997 年 5 月 1 日，學會與大同高專在大同召開籌備會議，劉輝率員出席，會議進入實質性籌備階段。1997 年 5 月 8 日學會發出正式通知，計邀請海內代表 90 人，海外代表 20 人，回執者海內 40 人，海外 10 人，開列論文題目者 34 人，寄交論文提要者 23 人。

十、第四屆國際《金瓶梅》學術討論會

2000 年 10 月 23-25 日在中國山東省五蓮縣舉行。由中國《金瓶梅》學會、山東大學、五蓮縣人民政府聯合主辦，五蓮縣人民政府承辦。

世紀之交召開一次金學會議，對近二十年以至 20 世紀的《金瓶梅》研究，作一次成總的回顧與思考，是金學同仁近幾年的共同思路。學會從 1998 年起即入手本次會議的聯絡。本次會議原擬在雲南昆明舉辦，幾位金學熱心人為此做了不少工作，但最終未能成議。學會乃於 2000 年 6 月 15 日發出預備通知，擬定於 2000 年 11 月在江蘇徐州召開本次會議。預備通知發出 130 份，其中中國大陸 99 份，國外及港臺 31 份。2000 年 7 月底，

五蓮縣人民政府與山東大學致函學會，申請承辦本次會議。2000 年 8 月 15 日遂在五蓮召開協商籌備會議（參見附錄二十八）。會後，學會即復函五蓮縣與山東大學，同意其邀請，並將會議名稱確定為「第四屆（五蓮）國際《金瓶梅》學術討論會」。2000 年 8 月 20 日發出正式通知，國外及港臺 19 份，山東以外的中國大陸 80 份，由學會寄發；山東省 40 份，由五蓮縣與山東大學寄發。

10 月 23 日上午在五蓮縣政府招待所大禮堂舉行開幕式，吳敢主持，首先將本次會議的籌備情況做出報告，認為「五蓮縣委、縣政府，山東大學，山東省民俗學會《金瓶梅》文化委員會，特別是五蓮縣委副書記何子孔、五蓮縣副縣長劉祥亮、山東大學王平、山東省民俗學會《金瓶梅》文化委員會杜明德，以及中國《金瓶梅》學會劉輝、吳敢、及巨濤、孔凡濤等，對本次會議的成功舉辦做出了重要貢獻」。然後由劉輝致開幕詞，何子孔致歡迎詞，山東大學副校長徐顯明以及與會人員代表魏子雲、甯宗一分別致詞，張慶善代表中國《紅樓夢》學會、張國星代表《文學評論》、竺青代表《文學遺產》宣讀賀信。前述人員外，梅節、袁世碩、黃霖、崔溶澈、陳慶浩、王汝梅、魏同賢、陳美林、杜維沫、盧興基、傅憎享、李萬鵬、王平、陳詔、張錦池、及巨濤等在主席台就座。

山東省委宣傳部發來賀信祝賀。因故不能出席會議而致意祝賀的還有徐朔方、鄧紹基、沈天佑、蕭欣橋、周晶、蔡敦勇、孟進厚、林辰、王啟忠、陳昌恆、宋謀瑒、許繼善、邱鳴皋、張俊、李靈年、陸大偉（美）、荒木猛（日）、大塚秀高（日）、黃慕鈞（澳）等。

10 月 23 日上午開幕式後、10 月 23 日下午、10 月 25 日閉幕式前為大會發言，分別由黃霖、魏子雲，袁世碩、梅節，王汝梅、陳慶浩主持，袁世碩、吳敢、張清吉、丁其偉、梅節、張金蘭，魏子雲、黃霖、陳慶浩、王汝濤、黃瑞珍、陳東有、王汝梅、黃強、董文成，盧興基、陳益源、崔溶澈、何香久、張鴻魁、陳美林相繼發言。

10 月 24 日上午為小組討論，王汝梅、陳慶浩，袁世碩、何德隆，李萬鵬、崔溶澈分別為三個小組的召集人。

10 月 25 日下午大會發言後舉行閉幕式，劉祥亮主持；陽穀縣代表表態，意欲承辦下一屆金學會議；劉輝致閉幕詞。

會議實到人員 127 人（參見附錄二十九），來自 6 個國家地區，其中中國大陸 116 人，來自 14 個省市；國外與港臺 11 人。

會議收到論文題目 43 篇、論文提要 28 篇、論文 96 篇。

10 月 23 日晚，在五蓮縣政府招待所大禮堂，徐州市京劇團為會議演出邵美榮、李水蓮京劇折子戲專場，劇目依次為坐宮、天女散花、癡夢、穆柯寨。五蓮縣委書記黃金華等與觀。

　　10 月 22 日晚，學會召開二屆三次理事會，劉輝主持，吳敢做工作報告，會議決定進行優秀《金瓶梅》研究成果評獎、《金瓶梅》研究資料徵集與會員重新登記。

　　日照日報、《徐州教育學院學報》《河北建築科技學院學報》等報刊對本次會議作出報道或綜述。《徐州教育學院學報》2000 年第四期載有趙天為所撰會議綜述（參見附錄三十）。

十一、第五屆國際《金瓶梅》學術討論會

　　2000 年 10 月第四屆（五蓮）國際《金瓶梅》學術討論會之後，中國《金瓶梅》學會即與雲南昆明、山西太原、江蘇徐州、上海等方面聯繫，計畫於 2003 年前後召開第五屆國際《金瓶梅》學術討論會。

　　昆明師專中文系、雲南民族學院文學與新聞傳播學院、玉溪師院中文系與中國《金瓶梅》學會最後達成協議，擬共同舉辦該次會議。2003 年 1 月，吳敢借去昆明公幹之際，會同昆明師專孫秋克、雲南民院曾慶雨，還對昆明的會議地點進行了實地考察。

　　2003 年 4 月 1 日，中國《金瓶梅》學會發出「關於召開第五屆（昆明）國際《金瓶梅》學術討論會的預備通知」，確定於 2003 年 10 月 11-14 日召開該次會議。截至 2003 年 7 月 1 日，共收到回執 78 份，其中海外 7 份。

　　因為「非典」，經劉輝、黃霖、吳敢、孫秋克等電話協商決定，會議延期至 2004 年適當時間召開，學會因此於 2003 年 7 月 5 日發出第二次預備通知。

　　後來因為昆明方面院校調整與人事變動，已不再可能承辦會議。經黃霖與河南大學有關人員聯繫，第五屆國際《金瓶梅》學術討論會遂決定改在河南省開封市召開。2005 年 1 月 13 日黃霖、吳敢、陳維昭專程前去河南大學，與校長關愛和，文學院楊國安、張進德、曹炳建協商落實會議籌辦相關事宜，決定會議由河南大學、復旦大學、徐州師範大學、中國《金瓶梅》研究會（籌）共同舉辦，並於 2005 年 2 月 15 日和 2005 年 5 月 10 日先後發出兩封邀請函。2005 年 9 月 16-19 日第五屆國際《金瓶梅》學術討論會在河南大學如期召開，與會 70 人（參見附錄三十一），提交論文 40 多篇。未能到會而發來賀信者有：袁世碩、梅節、盧興基、杜維沫、王麗娜、傅憎享、周晶、陳東有。

　　9 月 16 日下午召開會議主辦單位聯席會，確定會議程式。9 月 17 日上午會議在河南大學新辦公樓一樓會議廳開幕，河南大學文學院院長張生漢主持，黃霖致開幕詞，河南大學副校長王發曾致辭，日·荒木猛講話，張進德講述會務，吳敢、趙興勤在主席台就座。合影後大會發言，王汝梅、日·鈴木陽一主持，曹炳建、日·藤原美樹、趙興勤、張進德、楊緒容、何香久發言。下午與 18 日上午分兩組討論，王平、陳維昭，許建平、

葉桂桐分別主持。18 日上午 10:00-12:00 為大會發言與閉幕式，吳敢主持，陳維昭、葉桂桐、曾慶雨、霍現俊發言，黃霖作會議總結。

2005 年 9 月 17 日晚，中國《金瓶梅》研究會籌備委員會召開第一次會議，黃霖主持會議，吳敢做「原中國《金瓶梅》學會被註銷經過與中國《金瓶梅》研究會籌備情況」（載《金瓶梅研究》第八輯）報告，陳詔、王汝梅、王平、何香久、陳維昭、葉桂桐、孫秋克、許建平、張進德、楊緒容、杜明德、趙興勤、曾慶雨、翟綱緒、霍現俊出席，選舉產生研究會工作人員，決心繼承原中國《金瓶梅》學會和全體金學同仁共同開創的金學事業，把《金瓶梅》研究推向一個新的境界和層面！根據中國礦業大學、徐州師範大學、徐州張伯英藝術館的申請，會議決定第六屆國際《金瓶梅》學術討論會於 2007 年在徐州市召開（後因故未果）。

《金瓶梅研究》第八輯刊載有張進德所撰會議綜述〈《金瓶梅》研究史上的新起點〉（參見附錄三十二，另載於《河南大學學報》2006 年第 1 期）。

十二、第七屆全國《金瓶梅》學術討論會

2007 年 5 月 11-13 日，由中國《金瓶梅》研究會（籌）與山東省民俗學會《金瓶梅》文化委員會、棗莊市嶧城區人民政府聯合主辦的第七屆（嶧城）全國《金瓶梅》學術討論會，在棗莊市貴泉大酒店召開。與會 80 人（參見附錄三十三），提交論文 50 多篇。

5 月 12 日上午會議開幕，嶧城區區長劉振學主持，嶧城區委書記孫欣亮致歡迎詞，黃霖致開幕詞，袁世碩、梅節、陳益源致辭，棗莊市委常委、宣傳部長周傑華、山東省委宣傳部副部長徐向紅講話，劉德龍（山東省社科聯黨組書記）、鈴木陽一、盧興基、馮成略、吳敢、王平、何香久、程冠軍、王廣部（嶧城區委副書記）、徐琰（嶧城區委常委、宣傳部長）與棗莊市、嶧城區相關負責人在主席台就座。合影後大會發言，盧興基、鈴木陽一主持，王汝梅、許志強、杜貴晨、何香久、王祥林、馮成略、程冠軍發言。12 日下午分組討論，霍現俊、孫秋克，董國炎、石鐘揚，王枝忠、王立分別主持。13 日下午大會發言，王汝梅、杜貴晨主持，袁世碩、潘慎、盧興基、董國炎、陳益源、張鴻魁、趙興勤、石鐘揚、譚楚子、史小軍發言。茶敘後舉行閉幕式，何香久主持，霍現俊、董國炎、王枝忠作小組討論情況綜述，吳敢以〈正視內困，回應外擾，期待金學事業中興繁榮〉（參見附錄三十四）為題做大會總結，王平致閉幕詞，黃霖、袁世碩、梅節、陳益源、王廣部、徐琰在主席台就座。

2007 年 5 月 12 日晚，中國《金瓶梅》研究會（籌）召開了第一屆理事會第二次會議，黃霖主持會議，吳敢做工作報告。會議梳理內困，審視外擾，求同存異，集思廣益，使

中國金學界達到了空前的團結與振奮。杜明德帶來臨清市人民政府 2007 年 5 月 9 日〈關於申辦 2008 年第六屆國際《金瓶梅》學術討論會的報告〉，會議逐決定第六屆國際《金瓶梅》學術討論會於 2008 年 7 月在山東省臨清市舉辦。

《明清小說研究》2007 年第二期載有王平撰寫之本次會議綜述（參見附錄三十五）。

十三、第六屆國際《金瓶梅》學術討論會

2007 年 10 月 12 日上午「第六屆國際《金瓶梅》學術討論會籌備會議」在臨清賓館召開，黃霖、吳敢、王平、何香久、陳維昭、許建平、霍現俊、杜明德、唐峰偉（臨清市政協主席）、馬衛紅（副市長）、馬兆瑞（政協副主席）、王宗文（政協秘書長）出席。經過充分討論，決定於 2008 年 7 月中下旬，在臨清召開第六屆國際《金瓶梅》學術討論會。會前將編輯會議論文集《金瓶梅與臨清》，由臨清市政協出資正式出版。會後將編輯《金瓶梅研究》第九輯，出版費亦由臨清市政協負責。

2008 年 7 月 10-14 日，由中國《金瓶梅》研究會（籌）與山東省臨清市政府、市政協聯合主辦的第六屆（臨清）國際《金瓶梅》學術討論會，在臨清市臨清賓館召開。與會 95 人（參見附錄三十六），提交論文近百篇。

7 月 11 日上午會議開幕，臨清市市長王建鵬主持，黃霖致開幕詞，臨清市委書記李吉增致歡迎詞，聊城市委常委、宣傳部長賈少勇致辭，陳東有、李志宏（臺灣師範大學副教授）、甯宗一、孟子敏（日本松山大學教授）講話，卜鍵、唐峰偉、賈豔華、何香久、張子明、吳敢、馬廣朋、李申、張明、王平、李汝山、趙金棟在主席台就座。合影後第一次大會學術交流，卜鍵、王汝梅主持，許建平、傅承洲、黃強、史小軍、李壽菊發言；第二次大會學術交流，王平、孫琴安主持，胡衍南、趙興勤、張進德、田中智行（日）發言。11 日下午也組織有兩場大會學術交流，第一場何香久、杜貴晨主持，楊緒容、孫秋克、王平、譚楚子、石鐘揚、李志宏、張鴻魁發言；第二場許建平、張鴻魁主持，杜貴晨、王立、楊國玉、孫琴安、霍現俊、郭泮溪發言。12 日上午與 13 日上午分三個組討論，由孫秋克、張鴻魁、孫琴安、葉桂桐，霍現俊、曾慶雨、孟子敏，張進德、田中智行、王立分別主持。13 日下午組織有一場大會學術交流，杜明德、趙興勤主持，曾慶雨、鄭鐵生、張蕊青、楚愛華、周文業發言，齊慧源、霍現俊、張進德作小組討論情況綜述。茶敘後舉行閉幕式，臨清市副市長馬廣朋主持，吳敢以〈開創金學新時代〉（參見附錄三十七）為題作會議總結，李吉增致閉幕詞，黃霖、王建鵬、唐峰偉、王平、何香久、張子明在主席台就座。

2008 年 7 月 10 日晚，中國《金瓶梅》研究會（籌）召開了第一屆理事會第三次會議，

黃霖主持會議，吳敢做工作報告。

《金瓶梅研究》第九輯刊載有杜明德撰寫之本次會議綜述（參見附錄三十八）。

十四、第七屆國際《金瓶梅》學術討論會

第六屆國際《金瓶梅》學術討論會召開期間，河北省清河縣政協副主席趙傑向研究會申辦第七屆國際《金瓶梅》學術討論會。會後何香久代表研究會隨同趙傑前往清河，與縣委、縣政府、縣政協具體商談會議具體事宜，形成共識。

2009 年 9 月 18-20 日，「第七屆國際《金瓶梅》學術討論會籌備會議」在清河賓館召開，吳敢、王平、何香久、陳維昭、霍現俊、任山景（縣政協主席）、馬鳳閣（副縣長）、宋奎近（縣政協副主席）、趙傑、劉石磊（縣政協副主席）、滕桂祥（原副縣長）、翁振君（邢台市政協副主席）、戴書軍（邢台市旅遊局局長）、劉順超（邢台市名城辦公室主任）、王福山（承德市文物局高工）等出席。經過充分討論，決定於 2008 年 8 月中下旬，在清河召開第七屆國際《金瓶梅》學術討論會。會前將編輯會議論文集《金瓶梅與清河》，由臨清市政協出資正式出版。會後將編輯《金瓶梅研究》第十輯，出版費亦由臨清市政協負責。籌備會還就清河縣「金瓶梅樂園」建設事宜作有諮詢。

2010 年 8 月 20-22 日，由中國《金瓶梅》研究會（籌）與河北省清河縣政協聯合主辦的第七屆（清河）國際《金瓶梅》學術討論會，在清河縣清河賓館召開。與會 116 人（通訊錄 98 人，參見附錄三十九），提交論文近百篇。

8 月 21 日上午會議開幕，清河縣縣長張萬雙主持，吳敢介紹主席台人員，黃霖致開幕詞，清河縣委書記冀東書致歡迎詞，鄧紹基、鈴木陽一（日）講話，鄭一民、崔溶澈（韓）、甯宗一、胡衍南、盧興基、王汝梅、胡令毅、王平、任山景在主席台就座。合影後第一次大會學術交流，王平、崔溶澈主持，趙傑、喬福錦、胡令毅、徐永明、鈴木陽一、王汝梅、韓・宋真榮、甯宗一發言。下午組織有兩場大會學術交流，第一場何香久、胡衍南主持，侯忠義、歐陽健、崔溶澈、王平、盧興基、張進德、石鐘揚發言；第二場王汝梅、顧春芳（日）主持，史小軍、張弦生、韓・趙冬梅、胡衍南、許建平、趙興勤、楊國玉、陳靖騰、潘慎發言。22 日下午分三個組討論，由許建平、鈴木陽一，張進德、宋真榮，霍現俊、胡令毅分別主持。茶敘後舉行閉幕式，趙傑主持，許建平、張進德、霍現俊作小組討論情況綜述，吳敢以〈將《金瓶梅》研究推向新的層面〉（參見附錄四十）為題致閉幕詞，張傳生代表五蓮縣致邀請詞。

2010 年 8 月 20 日晚，中國《金瓶梅》研究會（籌）召開了第一屆理事會第四次會議，黃霖主持會議，吳敢做工作報告。會議決定增補卜鍵、陳益源、陳維昭、許建平、張進

德、霍現俊為副會長，洪濤、趙傑、石鐘揚、孟昭連、胡金望、王枝忠、董國炎、杜貴晨、王立、王進駒、傅承洲、吳波、張文德、史小軍、楊國玉、徐永斌、黃強為理事，霍現俊為副秘書長（兼）。趙傑作本次會議籌備情況說明，霍現俊作《金瓶梅與清河》編輯情況說明，張傳生作 2011 年在五蓮召開第八屆國際《金瓶梅》學術討論會申請說明。會議還就在南京、黃岩、諸城、江西接續召開金學會議作有討論。

《金瓶梅研究》第十輯刊載有霍現俊撰寫之本次會議綜述（參見附錄四十一，另載於《明清小說研究》2010 年第 4 期）。

十五、第八屆國際《金瓶梅》學術討論會 （2012 臺灣《金瓶梅》國際學術研討會）

魏子雲先生在世時，曾多次希望能在臺灣召開金學會議。陳益源在第七屆（嶧城）全國《金瓶梅》學術討論會期間召開的中國《金瓶梅》研究會（籌）第一屆理事會第二次會議上，與在其後大會發言中，以及會後的聯繫中，亦均曾講到適當時機可在臺灣召開一次金學會議。這將是增進海峽兩岸乃至國際學術交流的一次盛會。

為能如願召開本次會議，陳益源運籌帷幄，厥功甚偉。2012 年 4 月 15 日陳益源隨「臺灣雲林縣水林鄉海峽兩岸『項王文化』交流與藝文展演活動」參訪團路經徐州，徐州市臺辦設宴歡迎，徐州市委副書記李榮啟主宴，席間與宴後，陳益源與吳敢就臺灣會議具體事宜作細緻商討。

本次會議成立有籌備委員會，籌備委員為曾淑賢（臺灣國家圖書館館長兼漢學研究中心主任）、俞小明（國家圖書館特藏組主任）、耿立群（漢學研究中心聯絡組組長）、陳國川（臺灣師範大學文學院院長）、高秋鳳（臺灣師範大學國文系主任）、林保淳（臺灣師範大學國文系教授）、鍾宗憲（臺灣師範大學國文系教授）、李志宏（臺灣師範大學國文系教授）、胡衍南（臺灣師範大學國文系教授）、王國羽（中正大學圖書館館長）、蔡素娟（中正大學文學院院長）、蔡榮婷（中正大學中文系主任）、黃錦珠（中正大學中文系教授）、黃煌輝（成功大學校長）、戴華（成功大學人文社會科學中心主任）、賴俊雄（成功大學文學院院長）、沈寶春（成功大學中文系主任）、王三慶（成功大學中文系特聘教授）、陳益源（成功大學人文社會科學中心副主任）、黃霖（復旦大學中國古代文學研究中心主任）、吳敢（中國《金瓶梅》研究會副會長兼秘書長）。

2012 年 8 月 24-27 日，由成功大學人文社會科學中心主辦，臺灣國家圖書館漢學研究中心、臺灣師範大學國文系、中正大學圖書館、復旦大學中國古代文學研究中心合辦，中正大學文學院中文系、成功大學文學院中文系、中國《金瓶梅》研究會協辦之「《金瓶梅》國際學術研討會」（第八屆國際《金瓶梅》學術討論會）在臺北國家圖書館隆重開幕，

並中轉嘉義中正大學，至臺南成功大學閉幕。與會學者 62 人（參見附錄四十二），提交論文近 50 篇。另外，臺北、嘉義、臺南三個會場均有與會學員，臺北會場 200 人，嘉義會場 92 人，臺南會場 50 人，總 342 人。

8 月 24 日上午會議開幕，陳益源、臺灣國家圖書館聯絡組組長耿立群主持。臺灣國家圖書館館長曾淑賢、臺灣師範大學國文系教授鍾宗憲與吳敢先後致辭。接著是「魏子雲教授寄贈友人書信、手稿暨相關文物捐贈儀式」，梅節、陳益源、黃霖、吳敢、王汝梅、張蕊青、張進德捐贈，魏子雲家屬代表魏至昌（長公子）列席，曾淑賢受捐並頒發感謝狀。然後是黃霖與梅節的「專題演講」。隨後組織了上午一場、下午兩場大會發言，分別由成功大學中文系特聘教授王三慶、中華民俗藝術基金會董事長林明德、中央大學中文系教授康來新主持；李壽菊、越南・阮南、王平、陳維昭，胡令毅（陳益源代）、張蕊青、王汝梅、鄭怡庭，李志宏、許建平、朱嘉雯、高桂惠發言；王三慶、林保淳，林明德、洪濤，康來新、鍾宗憲依次為特約討論人。隔日轉場嘉義中正大學，開幕式由陳益源、中正大學中文系教授黃錦珠主持。中正大學圖書館館長王國羽、成功大學人文社會科學中心主任戴華與張進德先後致辭。接著分 AB 兩處各組織了兩場大會發言，A 場分別由嘉義大學中文系教授朱鳳玉、中正大學中文系教授謝明勳主持；黃錦珠、劉淑娟、石鐘揚，王進駒、孫秋克、張文德發言；朱鳳玉、王瓊玲，謝明勳、黃錦珠依次為特約討論人。B 場分別由南華大學文學系教授鄭阿財、嘉義大學教務長徐志平主持；楊國玉、徐志平、謝明勳，傅想容、洪濤、崔溶澈發言；鄭阿財、王平，徐志平、陳俊啟依次為特約討論人。次日轉場臺南成功大學，開幕式由戴華主持；成功大學文學院副院長陳玉女、成功大學中文系主任沈寶春與霍現俊先後致辭；接著組織了上午兩場、下午三場大會發言，分別由中山大學中文系教授龔顯宗、高雄師範大學國文系教授顏美娟、臺南大學國文系主任林登順、王三慶主持；吳敢、曾慶雨，林雅玲、楊緒容、史小軍，陳玉女、杜明德（陳益源代）、范麗敏、胡衍南，霍現俊、趙興勤、張進德、程小青發言；崔溶澈、顏美娟、胡衍南、李壽菊、徐秀榮、高美華、李豔梅依次為特約討論人。最後舉行閉幕式，陳益源、吳敢主持，阮南、石鐘揚、陳維昭、孫秋克、張蕊青、胡衍南先後引言。

2012 年 8 月 24 日晚，中國《金瓶梅》研究會（籌）召開了第一屆理事會第五次會議，黃霖主持會議，討論了明年在中國大陸召開第九屆國際《金瓶梅》學術討論會事宜。

《中國文學研究》第二十輯（復旦大學出版社 2012 年 12 月一版）載有霍現俊撰寫之本次會議綜述（參見附錄四十三）。

十六、第九屆國際《金瓶梅》學術討論會

　　為召開本次會議，黃霖會長，吳敢、王平、張進德副會長，石鐘揚理事，張傳生、李志剛先生等都做出很大努力，最後經過王平、張傳生、李志剛的運作，會議確定在山東省五蓮縣召開。2013 年 3 月 14-15 日在五蓮山旅遊風景區管委會召開了一次籌備會議，吳敢、王平、陳維昭、霍現俊、李志剛、遲玉國、李本亭、周海金與會，籌備會商定了召開本次會議的主要原則問題。

　　山東省委宣傳部、日照市委、五蓮縣四套班子非常關心本次會議，2013 年 5 月 10 日晚山東省委常委、宣傳部長孫守剛，日照市委書記、市人大常委會主任楊軍，日照市委常委、秘書長王斌，日照市委常委、宣傳部長解世增，五蓮縣委書記、縣人大常委會主任馬強，五蓮縣委副書記、縣長杜江濤，五蓮縣委常委、副縣長、五蓮山旅遊風景區黨工委書記遲玉國等到會看望相關師友。

　　2013 年 5 月 11 日上午，由中國《金瓶梅》研究會（籌）、山東省《金瓶梅》文化委員會主辦，五蓮縣五蓮山旅遊風景區管委會協辦之第九屆（五蓮）國際《金瓶梅》學術討論會，在五蓮縣飛天賓館舉行開幕式，李存葆（中國作家協會副主席、解放軍藝術學院原副院長）、袁世碩（中國《金瓶梅》研究會顧問、山東大學終身教授）、黃霖、吳敢、馬強、郝善雙（五蓮縣政協主席）、林傑（五蓮縣委常委、縣紀委書記、縣委辦公室主任）、遲玉國在主席台就座，吳敢主持會議，馬強致歡迎詞，黃霖致開幕詞，專家代表袁世碩，港臺代表、中國《金瓶梅》研究會（籌）副會長、臺灣成功大學人文社會科學中心副主任陳益源，海外代表、日本神奈川大學副校長鈴木陽一，李存葆先後致辭。發來賀信的個人與單位為：中國《金瓶梅》研究會（籌）顧問、香港夢梅館主梅節，韓國高麗大學民族文化研究院院長崔溶澈，中國《紅樓夢》學會、中國水滸學會、山東省古代文學學會等。在第一二排設席卡就座的各位師友是：中國《金瓶梅》研究會（籌）副會長、山東省《金瓶梅》文化委員會會長、山東大學教授王平，中國《金瓶梅》研究會（籌）副會長、河北省滄州市政協副主席何香久，中國《金瓶梅》研究會（籌）副會長、上海交通大學古代典籍與中國文化研究中心主任許建平，中國《金瓶梅》研究會（籌）副會長、河南大學教授張進德，中國《金瓶梅》研究會（籌）副會長、河北師範大學教授霍現俊，海外代表、日本神奈川大學副校長鈴木陽一，港臺代表、臺灣成功大學人文社會科學中心副主任陳益源，中國《金瓶梅》研究會（籌）顧問、南開大學教授甯宗一，中國《金瓶梅》研究會（籌）顧問、吉林大學教授王汝梅，臺灣嘉義大學教務長徐志平，臺灣師範大學教授胡衍南，臺灣師範大學教授李志宏，北京大學教授侯忠義，福建師範大學教授歐陽健，原中國《金瓶梅》學會副會長、深圳市文聯研究員周鈞韜，徐州市政協副主席、江蘇師範大學教授

李申，中國《金瓶梅》研究會（籌）理事、揚州大學教授董國炎，山東電力報社原社長張傳生，中國《紅樓夢》學會副會長、中國藝術研究院《紅樓夢》研究所所長孫玉明。出席會議的還有各位金學同仁，以及俄羅斯、韓國留學生，總計 126 人（參見附錄四十四）。

　　5 月 11 日上午合影後組織第一次大會學術交流，何香久、鈴木陽一主持，甯宗一、王汝梅、侯忠義、歐陽健、周鈞韜、董國炎、徐志平發言；下午組織有兩場大會學術交流，第一場許建平、徐志平主持，黃霖、趙興勤、張弦生、王立、石鐘揚、楊國玉、范麗敏周文業發言；第二場張進德、胡衍南主持，馮子禮、李志宏、高淮生、謝定均、李申、孟昭連、張傳生、徐永斌、譚楚子發言；5 月 13 日閉幕式前組織第四次大會學術交流，霍現俊、李志宏主持，葉桂桐、王平、苟洞、周遠斌、張清吉、張同勝、褚半農、張義宏、高振中發言。

　　5 月 12 日下午、5 月 13 日上午分三個組討論，董國炎、張蕊青，徐永斌、曾慶雨，楊國玉、李桂奎分別為召集人。5 月 12 日下午同時召開了一個「五蓮旅遊文化產業開發座談會」，王平主持，研究會方面出席人員為王汝梅、何香久、周文業、孟昭連、鄭鐵生、鈴木陽一、陳靖騰、胡衍南、張廷興、曾慶雨、張蕊青、朱崇志、李志剛、張傳生、賀根民、李輝。5 月 12 日晚會議還組織了一次書畫交誼活動，山東大學教授周峰、南京財經大學教授石鐘揚、中國礦業大學教授高淮生等欣然命筆。

　　5 月 13 日下午大會交流後舉行閉幕式，王平主持，張蕊青、曾慶雨、李桂奎作小組討論情況彙報，吳敢以《金學萬歲》為題做學術總結（參見附錄四十五），杜江濤致閉幕詞。

　　5 月 11 日晚舉行中國《金瓶梅》研究會（籌）第一屆理事會第六次會議，黃霖主持會議，吳敢做工作報告，決定增補徐志平、胡衍南、李志宏、范麗敏、李志剛、張傳生、王昊、高淮生、謝定均、齊慧源、程小青、王增斌、馮子禮、張弦生、高振中、甘振波、褚半農為理事。如此，則中國《金瓶梅》研究會（籌）現有會長 1 人、副會長 10 人、理事 66 人、顧問 10 人。

　　《明清小說研究》2013 年第三期刊登有霍現俊、張國培撰寫之會議綜述（參見附錄四十六）。

附錄一：首屆全國《金瓶梅》學術討論會與會人員名單

　　鄭慶山，黑龍江克山師專講師；王汝梅，吉林大學中文系副教授；徐徹，遼寧人民出版社文史編輯室副主任；劉輝，中國大百科全書出版社副編審；張國星，人民文學出版社編輯；胡文彬，人民出版社編輯；劉俊田，中央民族學院副教授；喬征勝，北京大

學出版社；謝孟，中央電大；侯忠義，北京大學中文系；徐栢蓉，百花文藝出版社副社長；邱思達，百花文藝出版社編輯；孟昭連，南開大學中文系研究生；宋長立，天津師範大學中文系；張志春，花山文藝出版社副總編；周晶，齊魯書社編輯；姚奇，棗莊市文聯副主任；衛紹生，河南省社科院文學所；陳昌恆，中南民族學院中文系教研室主任；俞潤泉，湖南教育學院講師；陳詔，解放日報社編輯；孫遜，上海師範大學講師；張兵，復旦大學學報編輯；周中明，安徽大學中文系講師；吳偉斌，江蘇古籍出版社編輯；鄧瑞瓊，江蘇油田黨校；徐保衛，江蘇省社科聯編輯；車錫倫，揚州師範學院中文系講師；周鈞韜，江蘇省社科院文學所副所長、助研；歐陽健，江蘇省社科院文學所室主任；蕭相愷，江蘇省社科院文學所；王長友，江蘇省社科院文學所；張道奉，江蘇省銅山縣文化局局長；張信和，銅山縣漢王鄉醫院；辛原，徐州市文聯原黨組書記；劉振華，徐州市文聯副主席；陳德，徐州日報社副總編輯；徐楓，徐州日報記者；傅繼俊，徐州日報編輯；張盛榮，徐州日報編輯；李子豐，徐州市文化局副局長；吳敢，徐州市文化局副局長；鄧毓昆，徐州市文管會辦公室主任；露瑋，徐州市圖書館副館長；王守龍，徐州市圖書館；馬良書，徐州市戲曲研究室副主任；陳立柱，國家物資局《金屬回收》編輯部主編；陳有根，徐州師院學報編輯部副主任；孔繁華，徐州師院學報編輯；侯德潤，徐州師範學院院長、副教授；王進珊，徐州師院中文系教授；邱鳴皋，徐州師院中文系講師；王旭，徐州師院中文系副主任；葉維泗，徐州師院中文系講師；及巨濤，徐州師院中文系；鄧星雨，徐州師院中文系講師；趙興勤，徐州師院中文系；李時人，徐州師院中文系；于盛庭，徐州師院中文系；孫映逵，徐州師院中文系；張遠芬，徐州教育學院講師；田秉鍔，徐州教育學院講師；田耒，華東輸油管理局；李傑，徐州市話劇團演員；楊光，徐州市話劇團演員；郝正新，徐州市輕工公司；董治祥，徐州市輕工公司；徐行，徐州市圖書館；苗藝明，徐州市文化局；縱山，徐州市文化局；白雲升，徐州市文化局；陳曉棠，徐州市文化局；李瑞林，徐州日報社；傅守群，徐州市文聯；王化榮，徐州市文聯。

附錄二：首屆《金瓶梅》學術討論會在徐州召開

國內首屆《金瓶梅》學術討論會，於 1985 年 6 月 8 日至 12 日在徐州舉行。

這次會議是由江蘇省明清小說研究會、江蘇省社科院文學所、徐州師院中文系、徐州市文聯、徐州市文化局、《徐州日報》社共同發起的，並得到了徐州市委、市政府的大力支持。出席會議的專家和研究工作者近七十人，他們來自北京、上海、天津、湖南、河南、河北、黑龍江等十四省市的十六所高等院校、九家出版社，以及其他文化科研單

位。

與會同志一致認為，這次會議有兩個特點：一是本著「雙百」方針的精神，就《金瓶梅》的作者、成書經過、版本、思想、藝術以及歷代評點和研究方法等問題，展開了熱烈的討論，進行了認真的切磋，取得了可喜的收穫，真正體現了切實討論學術的宗旨；二是開得嚴肅認真，生動活潑，自始至終充滿著團結友好的氣氛，樹立了學術民主、以文會友、相待以善的良好學風。通過這次會議，交流了成果，開闊了眼界，增進了友誼，汲取了力量，為今後召開《金瓶梅》學術討論會，開了一個好的先例。

大會收到數十篇論文，部分同志在會上宣讀了一些具有較高學術價值的論文。劉輝的〈金瓶梅版本考〉、王汝梅的〈談滿文本金瓶梅序〉、張遠芬的〈魏著《金瓶梅詞話注釋》辨正〉、周中明的〈談金瓶梅的藝術特色〉、鄭慶山的〈金瓶梅所反映的明代經濟和社會生活〉、周鈞韜的〈現代中國的金瓶梅研究〉、胡文彬的〈金瓶梅在國外〉等，都受到與會同志的讚賞。

《金瓶梅》的作者問題，從《金瓶梅》問世後，三百多年來，一直是《金瓶梅》研究的一個重要問題，至今已有十幾種說法：李贄、王世貞、李開先、盧楠、湯顯祖、薛應旗、趙南星、馮惟敏、馮夢龍、沈德符、屠隆、賈三近等。在這次會上，此問題的研究又有了新的進展。王汝梅進一步論證了滿文本〈金瓶梅序〉提出的作者盧楠說，他根據屠本畯、謝肇淛、宋起鳳、和素等人的有關著作，參證王世貞《四部稿》、盧楠《蠛蠓集》以及小說成書的年代等，認為《金瓶梅詞話》有可能是盧楠在王世貞支持參與下，在民間流傳的說唱詞話材料的基礎上創作加工而成書。以武松打虎尋兄作引子，以民間詞話為素材，反映嘉靖時的社會現實，以宋之名寫明之實，直斥時事。劉輝認為崇禎本的最後改定者為李笠翁。與會同志一致認為，上述所有說法，都有或大或小的可能性，皆不應輕易加以否定，而應繼續分別探討下去，相信我們的勞動是會有收穫的。

關於《金瓶梅》的版本問題，劉輝經過考證，認為萬曆四十五年丁巳本即初刻本，在這之前不存在所謂「萬曆三十八年庚戌本」。現在傳世的《金瓶梅詞話》日本慈眼堂本、棲息堂本和北京圖書館藏本都不是萬曆四十五年的原刻本（日本大安株式會社 1963 年影印版行此書時，以慈眼堂本為初版本）。這三種本子卷首均標明「新刻金瓶梅詞話」，既曰「新刻」，可見應是根據萬曆四十五年本子翻刻或重印的。現在傳世的三種《金瓶梅詞話》萬曆丁巳本的翻刻或重印並非同一版本（人民文學出版社的點校說明則認為三者同版）。因為慈眼堂本和棲息堂本第五回末頁異版，可見這兩種不是同一版本。北圖本此回內容雖然全同慈眼堂本，但書中的圈點斷句並不全同，只要以兩本略加對校即可明白，可見兩者也不是同一版本。

對《金瓶梅》早期流傳的年代，周鈞韜通過對《袁中郎全集》《歇庵集》的仔細考

證，提出《金瓶梅》抄本傳世的最早時間是萬曆二十三年（1595）深秋。他認為美國學者韓南教授、臺灣學者魏子雲先生以及大陸一些學者提出的萬曆二十四年（1596）的說法是不正確的。他還考定了袁小修「從中郎真州」，見到半部《金瓶梅》抄本的時間為萬曆二十五年（1597），否定了雷威安等人的萬曆二十六年說法。

關於《金瓶梅》初刻本問世的年代問題，自魯迅先生 1924 年論定「萬曆庚戌（1610）吳中始有刻本」後，幾十年來已成定論。但是，魯迅沒有對《野獲編》中「馬仲良時権吳關」後「未幾時」見到刻本這個關鍵性的時間問題進行考證，從而導致錯誤的結論。近年臺灣學者魏子雲依據 1933 年刊的《吳縣誌》，考證馬仲良権吳關的時間是萬曆四十一年。周鈞韜依據康熙十二年（1673）的《滸墅關志》考證，馬仲良任滸墅關主事是在萬曆四十一年，因此《金瓶梅》初刻本問世只能在萬曆四十一年以後的「未幾時」，即萬曆四十五年冬至萬曆四十七年之間。于盛庭在〈《金瓶梅》初刻本的改定及其年代〉中，根據一些史料認為，《金瓶梅詞話》萬曆年丁巳刊本就是沈德符所謂「吳中懸之國門」的初刻本，付刻之前，它曾由馮夢龍改定過，而這次改定的時間在萬曆四十年到萬曆四十五年之間。

清代徐州人張竹坡是《金瓶梅》著名的評點者，他正確地評述了《金瓶梅》的重要價值，提出「第一奇書非淫書」的觀點，對後世影響頗大，但有關張竹坡的資料過去發現甚少。在這次會議上，吳敢提交了一組系列性論文，對張竹坡的家世、生平、思想、著述作了翔實的考證。大家認為，吳敢的令人信服的論證，是一項突破性的成果，將受到國內外金學界的重視。王汝梅在〈談滿文本金瓶梅序〉中認為，和素在張竹坡評本刊刻十二年後，以張評本為底本，刪去評語，譯成滿文，並寫了序言。他在序中，繼承和吸收了前人對《金瓶梅》批評的成果，稱《三國演義》《水滸》《西遊記》《金瓶梅》為四大奇書，而《金瓶梅》為四奇中之佼佼者。序中注意到此書寫世俗社會中普通人物，寫醜惡社會這一顯著特點。通過滿文序，把明末以來逐漸形成的對《金瓶梅》的這種基本看法傳播到滿族文人、臣僚以至宮廷中去，進一步確定了第一奇書的地位，促進了《金瓶梅》的流傳與研究，在小說批評史上做出了有益的貢獻。劉輝扼要地介紹了他對晚清小說評點家文龍評點《金瓶梅》的研究成果，認為文龍沒有按照張竹坡由「洩憤」歸結為「苦孝說」的路子走下去，認為此書「是殆嫉世病俗之心，意有所激、有所觸而為是書也」，視《金瓶梅》為整個「混濁世界」，擷取了《金瓶梅》主旨之要津。另外，文龍對《金瓶梅》是不是「淫書」「穢書」以及如何閱讀這部書，都做了比較全面、正確的回答，直到現在，對於指導讀者以正確的態度閱讀這部古典名著，尚有可資借鑒之處。

關於《金瓶梅》的思想和藝術價值，與會者認為：《金瓶梅》在中國長篇小說創作史上是一部里程碑式的著作。《金瓶梅詞話》雅俗兼備，正是長篇小說從傳奇到寫實，

從《水滸》之俗到《紅樓夢》之雅的中間橋樑。它的主題、人物、結構、語言和表現手法，都具有繼往開來的意義。它的現實主義藝術成就，它的典型人物的塑造，在中國小說史和中國古典小說美學領域中，都占有獨特的地位。此外，從《金瓶梅》中，人們還可以蠡測到明代後期社會的政治、經濟、文化、宗教、民俗等方面的情況，因而它不僅具有較高的文學藝術價值，而且具有重大的歷史認識價值。

同志們認為，人民文學出版社將刪節過的《金瓶梅詞話》印出一萬部在內部發行，這是一件令人高興的事情。自黨的十一屆三中全會以來，國內的《金瓶梅》研究取得了較大的成績，已發表論文百餘篇，出版研究專著和論文集近十部，近期還要有多篇文章和專集問世。隨著新書的發行，必將進一步推動對《金瓶梅》的研究，亦將會引起廣大讀者的重視。因此，《金瓶梅》研究者在進行學術探討的同時，還肩負著指導讀者正確理解和認識這部書的責任。在這部書中，雖然存在著過多的穢褻描寫，但經過了刪節清除的工作，再加以正確的閱讀指導，批判其糟粕，吸收其精華，相信會提高讀者的閱讀欣賞和批判鑒別能力的。

會上，大家還希望在時機成熟之後，能夠建立「中國《金瓶梅》學會」，以推動《金瓶梅》研究向縱深發展，並有利於加強國際合作與交流。

（孔繁華）

附錄三：第二屆全國《金瓶梅》學術討論會與會人員名單

劉輝，中國大百科全書出版社副編審、徐州師院中文系兼職教授；周續賡，北京師院中文系副教授；鄧長風，上海古籍出版社編輯；傅秋敏，上海藝術研究所助研；周中明，安徽大學中文系副教授；卜鍵，中國戲曲學院戲文系教研室主任；周鈞韜，江蘇省社會科學院文學所副所長；馮健民，江蘇省文化廳《影劇文摘報》社副主任；蔡敦勇，江蘇省文化藝術研究所；禹曉元，《山西文學》編輯部主任；劉潞生，長治市文化局辦公室副主任；林辰，春風文藝出版社編輯室主任；楊愛群，春風文藝出版社編輯；鄭學弢，蘇州大學中文系副教授；甯宗一，南開大學中文系副教授；陳桂生，南開大學中文系研究生；白維國，中國社科院語言所助研；張慶善，文化部文學藝術研究院助研；王毓林，北京語言學院助理資料員；胡文彬，人民出版社編輯；劉俊田，中央民族學院副教授；楊士毅，西南電子研究中心高級工程師；鄭雲波，南京工學院社科系副教授；魏崇新，陝西師大中文系研究生；杜維沫，人民文學出版社編審；邱思達，百花文藝出版社編輯；徐栢蓉，百花文藝出版社編審；朱世滋，文化部文化管理幹部學院講師；閻中英，首都圖書館社科部主任；竺青，中國人民大學分校；宋謀瑒，晉東南師專副教授；

李茂肅，山東師大副教授；郝浚，烏魯木齊教育學院講師；陳美林，南京師大教授；陳小杭，江蘇省電視台副主任；趙洪林，吉林文史出版社編輯；張學峰，陽穀縣文化局局長；周傳家，文化部文化管理幹部學院講師；朱捷，揚州市職業大學講師；吳紅，成都晚報社編輯；袁閭琨，遼寧人民出版社總編輯；徐徹，遼寧人民出版社編輯部主任；常晶，遼寧人民出版社助編；盛偉，蒲松齡研究所主編、助研；孟昭連，南開大學中文系研究生；敖堃，南開大學古籍所；李魯歌，西北大學中文系講師；李曉東，西北大學文化所博士生；車錫倫，揚州師院中文系副教授；馬仁可，四川省社會科學院文學所助研；徐朔方，杭州大學中文系教授；王汝梅，吉林大學中文系副教授；林之滿，《社會科學戰線》室主任、助研；李偉實，吉林省社科院助研；盧興基，中國社會科學院文學所《文學遺產》編輯部副主編、副編審；胡令遠，復旦大學中文系研究生；袁世碩，山東大學中文系教授；任篤行，齊魯書社；楊星映，重慶師院中文系教研室主任；張兵，復旦大學學報編輯；姜光斗，南通師專中文系主任、副教授；王利器，離休幹部、教授；王麗娜，北京圖書館副研；王鴻蘆，中州古籍出版社編輯；池本義男，日本大阪；陸大偉，南京大學中文系研究生；吳敢，徐州市文化局副局長；張遠芬，徐州教育學院中文科主任；及巨濤，徐州市劇目工作室副主任；張仲謀，徐州師院中文系；閻志強，徐州師院學報編輯；優義潔，徐州一中；鄧毓昆，徐州市文管會；于盛庭，徐州師院中文系；趙興勤，徐州師院中文系講師；王進珊，徐州師院中文系教授；冒炘，徐州師院學報編輯；孔繁華，徐州師院學報編輯；吳繼光，徐州師院學報編輯；吳耀忠，徐州師院圖書館原館長；叢雲姣，徐州市礦工報編輯；露瑋，徐州市圖書館副館長；王守龍，徐州市圖書館；董堯，銅山縣政協；洪濤，徐州師院；陳有根，徐州師院講師；夏凱晨，徐州博物館副館長；關鵬，徐州市社聯編輯；王恩清，徐州師院科研處講師；梅聖遠，徐州師院科研處處長、副教授；張林，徐州市二十二中；袁成蘭，徐州市文化局；傅繼俊，徐州日報社記者；張信和，銅山縣漢王醫院院長、主治醫師；陳建生，徐州師院中文系；周棉，徐州師院學報編輯部；葉維泗，徐州師院中文系講師；孫晨，徐州師院中文系講師；陳蘭，華東輸油管理局少年宮；劉振華，徐州市文聯副主席；齊慧源，徐州幼兒師範學校；田耒，華東輸油管理局編輯；丁肅，徐州市社聯副主席；孟憲章，徐州教育學院；田秉鍔，徐州教育學院；邱鳴皋，徐州師院中文系主任；鄭燕南，徐州師院學報編輯部；苗藝明，徐州市戲研室副主任；李愛民，徐州市圖書館；莫緒光，徐州市委宣傳部教衛科；朱琳，徐州市話劇團；縱山，徐州市劇目工作室；王盛雲，徐州市群眾藝術館；牟抒奇，徐州市文化局文化科；王貴增，徐州市劇目工作室；周傑，徐州市文化局。

附：《金瓶梅》專題講習班學員名單

鄭祥，佳木斯師專中文系講師；周雙利，內蒙古民族師院中文系主任、副教授；曾

振聲，孝感教育學院講師；米格智，河南師大中文系助教；焦庚順，邯鄲地區教育學院助教；錢立成，徽州師專中文系助教；劉孝存，徐州市電大；張登勤，徐州市電大；趙治中，麗水師專講師；呂立漢，麗水師專；袁麗英，徐州師專中文科；郭寶光，徐州市光華助劑廠；王繼安，徐州師專中文科；趙曉群，中國戲曲學院戲曲文學系；陸繼文，睢寧縣文化局創作組；柏文猛，鹽城師專中文科；李彥升，徐州市電子儀器廠；孫勇，鹽城教育學院；王恒展，山東師範大學中文系；沈春岩，葛洲壩水電工程學院；姚秋俠，漢中師範學院中文系；李嶺，洛陽師專中文系；楊豔梅，四平師範學院；孫永都，聊城師範學院中文系；劉中光，聊城師範學院中文系；張靖龍，溫州師院中文系；劉玉生，彭城大學中文系；傅清，聊城報社副總編；關修身，聊城地區文化局；董堯，銅山縣政協；薛家泰，邳縣文聯；馮台瑛，邳縣文聯；趙建新，蘭州大學中文系講師；華繼文，徐州市紡織工業公司；汪潤溟，徐州團結副食品廠工會；黎茂雄，武漢教育學院；陳德新，齊齊哈爾師院中文系；李正光，呂梁教育學院中文科主任；王子寬，福建師大中文系講師；鞠殿勳，哈爾濱教育學院中文系講師；沈旭元，本溪教育學院講師；孟進厚，鄖陽師專教務長、講師；陳誠，三明師專中文科助教；姜光斗，南通師專中文系主任、副教授；何林輝，台州師專中文系；楊國學，張掖師專中文系副主任、助教；王太閣，南陽師專中文科；齊百祥，南陽師專中文科講師；鄭繼嘉，鹽城教育學院；朱瑾，大同教育學院講師；崔銘，益陽師專；董慶祥，徐州市第三中學；史孝貴，棗莊師專副教授；魏崇新，陝西師範大學中文系研究生；劉河，貴陽師專講師；吳承烈，貴陽師專講師；賀善慶，徐州市電業局主任；駱嘉英，徐州市電業局秘書；劉榮弟，睢寧縣委宣傳部副部長；全澤榮，睢寧縣圖書館；石海田，河北省社科院文學所。

附錄四：第二屆《金瓶梅》學術討論會述評

繼 1985 年 6 月首次在徐州召開《金瓶梅》學術討論會，1986 年 10 月 21 日至 25 日在該市舉行了第二屆《金瓶梅》學術討論會。來自全國各地專家學者、《金瓶梅》研究者、愛好者一百餘人，提供了兩部研究《金瓶梅》著述和近四十餘篇論文。

《金瓶梅》不是一部淫書，是鞭撻醜惡、暴露封建社會黑暗的現實主義巨著。它的出現是中國小說史上劃時代的大事。這是對去年討論「淫書」與否的基本趨向的定性回答。

有人說，《金瓶梅》是一部輝煌的「黑色小說」，黑得出奇、黑得美。笑笑生以他特有的勇氣發現了醜，和盤托出這個黑暗的時代各個角落折射出青紫色光環的醜，表現了他勇敢的自由精神。較之晚出的曹雪芹的哭泣不同，笑笑生是吹著口哨俏奏、睥視他所生活的時代行將毀滅。作品不是美醜並存，不是以醜襯托美，只是寫醜，這是作者的

一大貢獻，是中國古代小說藝術的獨創。

　　有人從晚明社會文化思潮總體出發，對《金瓶梅》作了宏觀的分析，認為《金瓶梅》是十六世紀一部晚明社會風俗史。當時以王陽明「心學」為哲學支點的社會思潮深入到社會「心理－精神」文化的各個領域，從而在晚明形成了一場反悖於往古的思想文化運動。與之相適應的興起一個狂飆式的文學怒潮，《金瓶梅》就是這一怒潮的重要代表作之一。《金瓶梅》對時代經濟狀況作了客觀的展現；對社會風尚作了逼真的描寫；對社會心理作了深刻的揭示，留下了中國歷史上一個特殊悲劇時代的寫照。《金瓶梅》的出現是小說藝術對生活的一種回歸，是從藝術上對人、人性的一種肯定，在某種程度上也表現了小說家主體意識的覺醒，從而表現了中國古代小說長足的進步。

　　《金瓶梅》的研究領域正逐漸擴大和深入。有人對該書的諷刺藝術特色作了較全面的探討，指出《金瓶梅》開創以平常人、平常事、平常話來進行諷刺，異於晉、唐時期諷刺「不離於搜奇記逸」，也不同於《西遊補》《鍾馗捉鬼傳》等寓諷刺於奇幻之中，形成了它獨到的諷刺藝術顯著特色，影響及於《儒林外史》，是它的諷刺藝術達到現實主義高度的重要標誌。認清《金瓶梅》諷刺藝術，才能更全面、更透徹地瞭解它的思想意義和藝術特點，才能更深廣地挖掘它蘊藏的典型意義，才能全面、準確地評價它在中國小說史上的地位和影響，以及對今天文學創作的借鑒和啟迪作用。

　　有人提出，《金瓶梅》的出現是中國小說發展史上第三次大變革。它完全擺脫了傳奇、神魔題材的羈絆，把平凡而現實的世情生活作為審美對象，開拓了新的審美領域，改變了傳統的審美意識，自此以後，「百姓日用」，小民的飲食起居、喜怒哀樂成為小說戲曲的普遍題材，逐漸形成「世情小說」的巨大洪流。中國古代小說真正走上面對現實生活、反映普通人思想感情的現實主義道路；公然以赤裸裸的性描寫衝擊「存天理、滅人欲」的宋明理學，帶有強烈的人性解放色彩。

　　在《金瓶梅》的研究中，有人運用了許多新材料、新方法，拓展了思路，開闊了視野。如《如意君傳》〈八才子詞話序〉與《金瓶梅》的關係，《山中一席話》所露「補五回」的睨端等，正在深入地開掘著。有人運用「怪圈」說，提出《金瓶梅》中也存在美國數理學家道·霍夫斯塔特的「怪圈」（事物在某一等級系統中逐漸發展變化，結果又意外地回到原來開始地方；在矛盾中存在統一，有限中包括無限，相悖中表現著相同），它和哥德爾的數學理論、埃舍爾的繪畫、巴赫的音樂相通，存在著異質同構現象，即人物性格及其結構系統的定向形成模式，人物性格的發展及其結構形式，首尾相連組成了一個個奇特的「怪圈」，其中蘊藏著豐富的思想和藝術創造，分析這種「怪圈」有利於從更高層次把握《金瓶梅》的人物、思想和藝術。

　　有人用弗洛伊德學說分析了《金瓶梅》的性心理學，這是過去國內未曾涉足的。與

會者多數認為文學中性描寫是不可缺少的，但《金瓶梅》中性的描寫是一個失敗，因之給它帶來了毀譽並加的結果。有人也提到，晚明出現這種性行為粗俗的展覽是當時的社會文化現象，是時代的特徵。作為作品本身是不成功的，但是作為研究、認識晚明社會的腐敗糜爛是有意義的。也有人提出，社會對兩性關係的二重性，不同社會有不同的出發點和標準，《金瓶梅》的性描寫表現了對封建道統的反叛與入裡的諷刺，在醜惡與污穢的漩渦裡，我們將更加認識到：人類兩性之間的感情，應該充實美化人類社會生活的內容，使兩性關係昇華為一種藝術享受，是人類社會發展到更高階段，使人成為全面發展的人所不可缺少的。

王利器先生談到，有人說《詞話》出自嘉靖間一大名士之手的說法是站不住腳的。他認為，笑笑生、哈哈道人、欣欣子是一個人。作者名字的來源即是形容笑的，《金瓶梅》就是一部「笑」書，是出自書會中人之手。書會中人，上自官，下至妓，無所不通，無所不解，三教九流、五行八作都熟習。《詞話》保留了書會說書人的許多特點，每一回都是「詞曰」，是書會「流本」（古代江浙一帶說書人隨手攜帶、隨說隨用的本子）行式。

對方言、方音、慣用語、地名等也都有深入的考索研究。

總之，《金瓶梅》的研究在我國起步較晚，正方興未艾。近年來民主、團結、融洽、活躍的學術空氣給研究工作帶來了前所未有的生機，《金瓶梅詞話》刪節本的出版和即將與研究者見面的「會評本」與「第一奇書本」的新版問世，都是解放後我國學術界、出版界的大事，出現了一批有一定水準的專著和論文，與國外研究水準的差距正在縮小。

與會者一致認為要珍惜這個來之不易的安定團結的研究局面，多出成果，無愧於這部偉大作品，為 1988 年《金瓶梅》國際學術討論會的召開做出我們的貢獻。

（林之滿）

附錄五：第三屆全國《金瓶梅》學術討論會與會人員名單

聶鐵鋼，湖北省社會科學院副編審；羅德榮，天津大學人文系講師；甯宗一，南開大學東方藝術系教授；卜鍵，中國藝術研究院編輯；張國星，中國社會科學院《文學評論》編輯；石麟，湖北師院講師；及巨濤，徐州市文化局；田秉鍔，徐州教育學院講師；劉輝，中國大百科全書出版社教授；蔡敦勇，江蘇省文化藝術研究所副研究員；黃希堅，江蘇古籍出版社副編審；周鈞韜，江蘇省社科院文學所副所長、副研究員；張蕊青，江蘇省社科院文學所；林文山，《求是》雜誌社評論部主任；陳桂聲，蘇州大學中文系；盛思明，江蘇省社科院副院長；歐陽健，江蘇省社科院副研究員；王長友，江蘇省社科院助研；李靜，江蘇省社科聯助研；陳鸞，安徽文化週報社記者；林之滿，《社會科學

戰線》編輯部室主任；孔繁華，徐州師院學報編輯；徐栢蓉，百花文藝出版社編審；任少東，百花文藝出版社編輯；唐樹凡，吉林文史出版社編輯；車錫倫，揚州師院副教授；王汝梅，吉林大學中國文化研究所室主任、研究員；傅憎享，遼寧省社會科學院研究員；周中明，安徽大學中文系副教授；陳詔，解放日報社主任編輯；趙慶元，安徽師大副教授；葉桂桐，聊城師院講師；閻增山，聊城師院講師；張學峰，陽穀縣文化局局長；張鶴泉，聊城教育學院副教授；陳昌恆，華中師大出版社講師；石育良，湖北大學研究生；蘇建新，湖北大學研究生；王同書，江蘇省社科院助研；周琳，江蘇文藝出版社編輯；周光夏，浙江海寧一中一級教師；劉紹智，寧夏教育學院講師；張弦生，中州古籍出版社編輯；張鑫基，揚州市交通局編史辦副主編；陳超，江蘇省委宣傳部原副部長；張兵，復旦大學學報編輯；張鴻魁，山東省社科院文學所助研；林鑫，揚州職業大學講師；馮其庸，文化部文化藝術研究院副院長、教授；高洪鈞，天津師大副研究員；王志強，吉林大學研究生；鄭頌，吉林大學研究生；鍾明奇，蘇州大學研究生；張榮楷，臨清市城管局局長；王連洲，臨清市二輕局工程師；沈春岩，葛洲壩水電學院講師；喬征勝，北大出版社副編審；董皓，大連明清小說研究中心秘書長；薛鋒，揚州國畫院二級美術師；韋培春，揚州市社科聯副主席；孫德慶，揚州市社科聯秘書長；孫建成，揚州市社科聯副科長；謝連生，揚州市社科聯秘書；黃永年，揚州市國畫院；魯歌，西北大學中文系講師；馬征，四川省社會科學院文學所助研；朱捷，揚州市職大副教授；朱江，揚州博物館研究館員；李厚疆，揚州市國畫院；蕭欣橋，浙江古籍出版社副總編；徐朔方，杭州大學教授；王鴻蘆，中州古籍出版社副編審；吳紅，成都晚報社主任編輯；王麗華，江蘇省社科聯助研；于潤琦，中國作協現代文學館館員；劉世德，中國社科院文學所研究員。

附錄六：全國第三屆《金瓶梅》學術討論會綜述

由江蘇省社會科學院明清小說研究中心、吉林大學中國文化研究所、北京大學出版社、江蘇省明清小說研究會等十二家單位聯合主辦的全國第三屆《金瓶梅》學術討論會於 1988 年 11 月 10 日至 14 日在江蘇省揚州市石塔賓館舉行。來自全國各地的六十多名專家、學者出席了會議。會議總結了十年來《金瓶梅》研究的成就和經驗，就《金瓶梅》研究中的「瓶外學」（對作者、版本、成書過程、題材來源等的探索）和「瓶內學」（對作品思想、藝術的分析），展開了熱烈的討論。

「瓶外」研究是《金瓶梅》研究的基礎，在這次討論會上，專家們就此進行了交流和切磋。

　　魯歌在大會發言和提交的論文中說，《金瓶梅》的作者應是王穉登（1535-1614）。他既有《金瓶梅》抄本，又是蘭陵人，也是嘉靖間大名士、世廟時一巨公、王世貞門客。他和屠隆是朋友，後對屠的人品不滿；《金瓶梅》中嘲諷了屠的詩文、「才學」、「人品」與「渾家」。用其《全德記》《吳騷集》等和《金瓶梅》對照，可看出有大量相同或近似的語句、寫法、意境。《金瓶梅》動筆創作的時間是萬曆十九至二十年（1591-1592），最早在社會上出現是 1592 年，這時只有王宇泰與王穉登有抄本，而王宇泰是以重金購買的。1671 年冬或稍後，蘇州始有初刻本《金瓶梅》，付刻人可能是馮夢龍。初刻本問世後，又有《新刻金瓶梅詞話》，約刻於 1619 年，刻成於 1621（天啟元年）。這一新刻本是據作者草稿付刻的，且第一次披露了欣欣子序與廿公跋。欣欣子、廿公應是王穉登的密友曹子念，字以新（「新」諧「欣」，「念」同「廿」）。他是王世貞之甥，所以世傳王世貞家藏有全書。陳昌恆則認為，《金瓶梅》作者可能是馮夢龍。馮夢龍是「嘉靖間大名士」說的製造者。蘭陵笑笑生、欣欣子、東吳弄珠客、廿公都係馮夢龍的化名。馮夢龍創作《金瓶梅》可推測為三個階段：第一個階段為 1596 年前一兩年，此時的《金瓶梅傳》約為三十回；第二個階段為 1596 至 1614 年，此時的《金瓶梅傳》約為八十回；第三個階段為 1614 至 1617 年，此時馮夢龍將《金瓶梅傳》擴充為一百回，並將書名改為《金瓶梅詞話》。

　　傅憎享考察了《金瓶梅》的用字習慣，發現《金瓶梅》用字流俗率高，品位偏低，因而判定寫錄者不可能是大名士，連小名士也不是。文人創作有字斟句酌的習慣與時間的餘裕，而詞話本的用字卻不求正字，直錄鄉音，不依本字，同言異字。這些現象，乃是口述耳錄造成的。

　　關於《金瓶梅》的成書年代，目前有「嘉靖說」和「萬曆說」兩種意見相持不下。陳詔在會上論證了「嘉靖說」，理由是：從宏觀上去把握，《金瓶梅》中所寫的宋徽宗時期的朝政確實與明神宗時期有很多相似之處；從微觀上去觀察，《金瓶梅》一書所寫的社會生活細節，主要反映嘉靖時代的氣息。例如《金瓶梅》中寫到十幾個明代人，有正德、嘉靖時期的進士，而沒有一個萬曆進士。又如《金瓶梅》中寫到人物的服飾（包括襪、鞋、巾、帽、帶和紡織品），都明顯地帶有嘉靖時期的色彩；《金瓶梅》中寫得最多的金華酒，也在嘉靖時期最為出名，到萬曆時期卻逐漸被別的名酒所代替。《金瓶梅》中寫到蔡太師家的女樂跳「觀音舞」，也是萬曆以前貴族酒宴上欣賞的演出節目。

　　周鈞韜介紹了他探索《金瓶梅》創作素材來源取得的成果。他認為《金瓶梅》的創作素材大體上有五大來源：一、宋、明兩代的史料；二、《水滸傳》；三、話本、其它小說（包括文言小說）；四、雜劇、南戲、傳奇劇本；五、散曲、時調小曲。《金瓶梅》抄摘入書的以上五個方面的素材約有三百條上下。這一考證，前輩學者馮沅君，當代美

國學者韓南均做出了很大貢獻。但也有遺漏、失誤、粗疏之處。如韓南指出《金瓶梅》第四十七、四十八回抄了《百家公案全傳》中的〈港口漁翁〉，實際上應該是〈琴童代主人伸冤〉。周鈞韜指出，小說抄摘大量的前人作品入書時，其主題、情節、人物姓名大多作了「為我所用」的改造，而不是像《水滸傳》那樣將原為水滸的故事連綴成書。這既不同於藝人集體創作，也不同於《紅樓夢》那樣的文人創作。在中國小說發展史上，《金瓶梅》是一部從藝人集體創作向文人獨立創作發展的過渡形態的作品。

高洪鈞提出張竹坡評本《金瓶梅》實係金聖歎原批。張竹坡評《金瓶梅》時，年方二十六歲，不可能在十數天內寫成洋洋十數萬言的批評文字。有則書影上題「金聖歎批點」，框內右上方題「張竹坡原本」。張竹坡生在金聖歎死後九年（1166-1670），因此絕不會是金聖歎批點了張竹坡原本，而只能是相反。所謂張竹坡評本《金瓶梅》，實際是在金聖歎批點基礎上補綴成的。

王汝梅披露了張評康熙刊本《金瓶梅》全本的發現。以前，國內只見到吉林大學圖書館藏本和首都圖書館藏本，在卷首總評部分都缺〈凡例〉〈第一奇書非淫書論〉兩篇。新發現的一部完整的張評康熙本，卷首不缺〈凡例〉等兩篇，計六函三十六冊。此部張評康熙本的發現，使我們得見張評本原刊本完璧，這是《金瓶梅》研究史上令人興奮的重要發現。

對《金瓶梅》思想、藝術的分析是這次研討會的重點。對於《金瓶梅》思想內容的研究，這次討論會走出了以往的社會學分析的套路，進入了文化學、哲學、心理學的新層次。

張兵認為《金瓶梅》是一部集中表現人生欲望的作品。對色欲和財欲的追求，是小說的描寫重點。欣欣子的〈序〉就道出了全書的這一主旨，是我們理解《金瓶梅詞話》的一把金鑰匙。表現人欲的作品，在我國文學史上並不罕見，但《金瓶梅詞話》表現得如此強烈和集中，卻是那個時代的特定產物。倘和西方文藝復興時期的文學相比，小說對人生欲望的追求，又體現出利己的特色。人生欲望的追求，僅是一種人的物質上的利益與自然性、動物性的混合體，這缺乏與人的社會要求的緊密結合，小說中的人物都沒有強烈的創造社會新環境的理想和持久不懈的追求精神，這正是小說的最大不足。

劉紹智認為，《金瓶梅》文本是作者笑笑生心態的對應物。從小說文本中可以明顯看出理性評價和形象體系的錯位。笑笑生既對儒家傳統道德觀認同，又對人的感性欲求認同，這就使西門慶、潘金蓮等形象深深地留下了二律背反的印痕。由於作者生活的年代是封建社會遲滯的晚期，並出現了建立在無組織力量之上的假資本主義，於是使作者判斷的二律背反陷入二難境地，從而又導致了悲劇心理。《金瓶梅》的悲劇結構類似於西方二十世紀的荒誕派，類似於西方的西西弗斯，然而它又是深深根植於中國十六世紀

文化土壤之中的。笑笑生既不是有意展示醜和惡與鞭撻醜和惡，也不是借助醜和惡來引向美和善。在作者的心目中，世界原本如此。這就構成了《金瓶梅》藝術的核心力量。

田秉鍔從行為哲學的角度對《金瓶梅》進行探索，認為《三國演義》等是寫毀滅的書，而《金瓶梅》則是寫消耗的書。多元思想，多元行為，將一切傳統關係銹蝕、撕裂、瓦解、消融。舊體制擊碎了，它的殘渣碎片又不能有效地化合成為新體制，所以一切追求者面臨的均是舊世界的垃圾山、污水河。

《金瓶梅》中西門慶及其商業活動的描寫，是一個既有學術意義又有直接現實意義的話題。林文山認為，明朝是最黑暗最腐敗的一個皇朝，《金瓶梅》同當時許多小說從不同角度反映出它的腐朽性。其中的描寫，還反映了商人地位的提高和資本主義萌芽的產生。如西門慶把賺來的錢用於擴大經營而不是買田置產，孟玉樓對經商和借貸的言論，林太太與西門慶的勾搭。但是，它同時反映出中國封建主義有著一副強壯的胃口，善於同化一切異己力量。西門慶發財後很快就拜蔡京為乾爹而成為封建官僚，他由一般倒爺而發展成官倒。這反映商業資本的封建化過程，有助於我們研究封建社會延續的原因。

羅德榮對「新興商人悲劇」說提出商榷，認為《金瓶梅》不過是一部這樣的書：主要表現中國封建社會中的商人活動和他們的歷史命運；表現封建社會形態中的商品經濟空前發展，以及由此所引起的社會風尚與社會心理的重大變化；表現這些變化對以土地權力為基礎的舊的社會秩序、舊的社會風氣的動搖。他認為：在封建社會中，商業資本的獨立發展，並不意味著具有資本主義萌芽性質的商業的發展。西門慶所經營的商業，除絲綢品的販運貿易曾出現具有資本主義萌芽性質的微弱趨向外，無疑是封建經濟的附庸。西門慶所以暴發為擁有十萬家產的巨富，表面上看，不過是經商致富，但歸根結蒂，靠的是手中的封建權力。他的發達，應主要歸結為封建權力的惡性膨脹。

陳桂生分析了《金瓶梅》中「好貨好色」的男性形象，認為：人的欲望必須有一個合理的控制，縱欲肆志必將導致個人與社會的腐化墮落。我們從《金瓶梅》中所看到的，是中國封建社會中的男子們，在傳統思想文化的薰染以至毒害下，如何喪失了一個人所應有的進取心和創造性，從而使個人的欲望肆意氾濫。所以，人欲橫流並不是什麼人性的回歸，而是人性向獸性的倒退。

除了西門慶以外，人們還談到了潘金蓮、李瓶兒等。鍾明奇指出在西門府「女兒國」中，潘金蓮的淫蕩是無與倫比的。但至少在客觀上，她表現了對個性解放的強烈追求。對於潘金蓮現象的出現，我們不能用近距離太切近功利的眼光去看，而當遠距離放在歷史的望遠鏡中去觀察。在這裡我們選擇的並不是道德法庭，而是歷史的審判台。道德本身是後起的，是結果而不是原因。潘金蓮本人並非天生是淫的，她的「不道德」是對整個社會政治、經濟、倫理「不道德」的一種無意識抗爭。潘金蓮在歷史的坐標系上是作

為雙重的伴隨物而出現的。從縱的歷史眼光看，她是傳統的男性的附屬品與玩物，從橫的時代的眼光看，她又是商品經濟發展之後的副產品與犧牲品。

石麟分析了李瓶兒性格轉變的多重因素，指出李瓶兒對前面兩個丈夫是狠毒無情的，但進入西門慶家中以後，卻顯得那麼體貼溫柔。這種性格的轉變既非突然，又不悖於情理，符合她那種特定環境所規定的特殊心理。由獨持一家之主母降而為小妾，李瓶兒不得不低頭忍辱；由擁有資財到因孟浪行事而受制於人，李瓶兒不得不下氣相求；由肉欲之滿足到獨寵專房進而兩情殷殷，李瓶兒何必再去爭鋒？由倚子而貴到子夭而慟直至生命垂於旦夕，李瓶兒唯有泣命而已！時、勢、命、運，限制著李瓶兒，色、欲、情、寵，蒙昧著李瓶兒，使她在西門慶面前，徹底地交出了她的一切：金錢、歲月、肉體、感情，一直到整個生命。作者描寫這一人物的性格轉變時，是十分清醒的，是成功的。

關於《金瓶梅》的藝術，林文山提出，對《金瓶梅》的藝術水準，應在一定的歷史條件下來考察。作為一本開創性的描寫家庭生活的小說，《金瓶梅》的成就不可抹煞，把它貶為三流作品不妥。在人物塑造、語言、結構等方面，它都有很多精華，對《紅樓夢》的創作影響很明顯。對它的藝術成就，有大量的研究工作等待展開和深入。周中明提出，美國夏志清教授說《金瓶梅》結構零亂，只是看到了散文與韻文相間這種詞話文體的特徵，而沒有從總體上看到《金瓶梅》的藝術結構，在中國古代長篇小說發展上所作出的劃時代的重大貢獻：它使我國長篇小說的藝術結構，由故事型發展為人物性格型；由各個人物和故事的短篇連環型，發展為由主要人物的性格和命運貫穿全篇的有機整體型；由著重寫某一政治、軍事鬥爭的封閉型，發展為寫整個社會世情和人生情欲的開放型，由單純以男主人公為中心的單色結構，發展為以男女主人公並駕齊驅、經緯交織的雜色結構。因此，《金瓶梅》的結構儘管還存在局部性的缺陷，但從總體上看，它的結構以展現現實人生為核心，具有性格化、整體化和生活化的特色，達到了世界近代現實主義小說結構的最高層次。

在這次盛會上，著名專家與研究者馮其庸、徐朔方、劉輝、甯宗一、吳紅、歐陽健、卜鍵等也發表了許多精闢的見解，給與會同志很多啟發。

（一上）

附錄七：首屆國際《金瓶梅》學術討論會籌委會
第一次會議與會人員名單

王汝梅，吉林大學中國文化研究所研究室主任、副教授；李榮德，江蘇文藝出版社副總編；周琳，江蘇文藝出版社編輯；石昌渝，中國社會科學院文學所副研究員；黃玉

仁，萬縣師專副教授；張國星，中國社科院《文學評論》編輯部編輯；卜鍵，中國藝術
研究院《紅樓夢學刊》編輯部副主任；劉輝，中國大百科全書出版社教授；孫言誠，齊
魯書社副總編；周鈞韜，江蘇省社會科學院文學所副所長、副研究員；蔡敦勇，江蘇省
文化藝術研究所副研究員；彭飛，上海大學文學院副教授；吳敢，徐州市文化局局長；
及巨濤，徐州市文化局；辛原，徐州市文聯原黨組書記；郭以根，徐州市廣播電視局局
長；張昭，徐州市文聯黨組副書記、副主席；丁肅，徐州市社聯副主席；劉泗新，徐州
市外辦科長；邱鳴皋，徐州師範學院副院長；閻志強，徐州師範學院學報主編；張遠芬，
徐州教育學院副院長；田秉鍔，徐州教育學院副院長；苗藝明，徐州市文化藝術研究所
副所長；縱山，徐州市文化藝術研究所編劇；胡永明，徐州市文化局藝術科幹部；吳安
琳，徐州展覽館副書記；周傑，徐州市文化局司機。

附錄八：首屆國際《金瓶梅》學術討論會工作機構及人員名單

一、領導小組：

> 吳　敢　　陳　德　　陳雨時　　郭以根　　丁　肅　　張遠芬　　辛　原
> 吳　椿　　張　昭　　閻志強

二、秘書處：

> 秘 書 長：吳　敢（兼）
>
> 副秘書長：及巨濤　　李凡民
>
> 秘　　書：李　健

三、工作機構：

(一)學術組：

> 組　　長：及巨濤（兼）
>
> 副 組 長：田秉鍔
>
> 組　　員：安啟傑　　劉志林　　胡冠勳　　吳安琳　　陳曉棠　　楊菁華
> 　　　　　胡永明　　殷志文　　縱　山

(二)會務組：

> 組　　長：李凡民（兼）
>
> 副 組 長：苗藝明　　曹克儉　　梁樹珊　　劉泗新　　徐天善
>
> 組　　員：吳興明　　劉　曉　　牟抒奇　　李保家　　董　德
> 　　　　　楊德根　　蔡可儉　　侯學忠　　劉德銀

附錄九：首屆國際《金瓶梅》學術討論會與會人員名單

丁肅，徐州市社會科學聯合會副主席；卜鍵，《紅樓夢學刊》編輯部副主任；于鳳樹，吉林大學圖書館副研究館員；及巨濤，徐州市文化局；馬征，四川省社會科學院文學所；王葳，中央人民廣播電台；王鴻，江蘇省文化廳副廳長；王汝梅，吉林大學中國文化研究所研究員；王志超，無錫市文化局二級編劇；王麗娜，北京圖書館參考研究部副研究員；王利器，國務院離休老幹部、教授；王啟忠，黑龍江省社科院《學習與探索》副研究員；王進珊，徐州師範學院中文系教授；王鴻蘆，中州古籍出版社副編審；鄧星雨，徐州師範學院中文系副教授；孔繁華，徐州師範學院學報編輯部編輯；盧興基，中國社會科學院文學所副編審；石昌渝，中國社會科學院文學所副研究員；葉桂桐，山東聊城師院中文系講師；田耒，華東輸油管理局經濟師；田秉鍔，徐州市文化藝術研究所助理研究員；申士堯，陝西教育學院中文系副教授；白維國，中國社會科學院語言所；甯宗一，南開大學東方藝術系教授；馮其庸，中國藝術研究院教授；李文煥，吉林大學學報主編；李時人，上海師範大學文研所副教授；李榮德，江蘇文藝出版社副總編；李培健，江蘇省文化廳劇目工作室一級編劇；李魯歌，西北大學中文系副教授；師飆，中山大學中文系講師；呂紅，安慶師院中文系講師；朱捷，揚州市職工大學副教授；朱雅芝，中國社科院文學所研究生；喬征勝，北京大學出版社副編審；任少東，百花文藝出版社編輯；劉輝，中國大百科全書出版社教授；劉世德，中國社科院文學所研究員；劉俊田，中央民族學院漢語系副教授；池本義男，日本大阪；許逸民，中華書局副編審；孫遜，上海師大文學研究所教授；孫言誠，齊魯書社副總編；杜學平，棗莊市嶧城區委副書記；杜維沫，人民文學出版社編審；楊揚，書目文獻出版社副編審；楊傳珍，棗莊市嶧城區委辦公室副主任；吳紅，成都晚報社主任編輯；吳敢，徐州市文化局局長；吳以徐，彭城大學；吳功正，江蘇省社會科學聯合會研究員；吳奔星，南京師範大學中文系教授；吳家鑫，中央民族學院外語系副教授；邱思達，百花文藝出版社；沈天佑，北京大學中文系副教授；沈悅玲，文化藝術出版社助編；張兵，復旦大學學報編輯；張俊，北京師大中文系副教授；張士魁，徐州師範專科學校中文系講師；張文建，文化部外聯局《文化交流》主編；張志春，花山文藝出版社副編審；張學峰，谷陽縣文化局局長；張遠芬，徐州教育學院院長；張國星，中國社科院文學所《文學評論》編輯；張桂澤，沛縣人民政府辦公室主任；張惠英，中國社科院語言所副研究員；張蕊青，江蘇省社會科學院文學所編輯；陳遼，江蘇省社會科學院文學所研究員；陳詔，解放日報主任編輯；陳珏，《中國比較文學》編輯部；陳立柱，物資部《金屬再生》雜誌社主編；陳東有，江西大學中文系研究生；陳昌恆，華中師範大學出版社講師；陳毓羆，中國社會科學院

文學所研究員；林辰，春風文藝出版社編審；苗壯，遼寧師範大學中文系副教授；茅廉濤，《文匯報》國內記者部主任；羅德榮，天津大學人文與社會科學系講師；周琳，江蘇文藝出版社編輯；周晶，齊魯書社編輯；周中明，安徽大學中文系副教授；周鈞韜，江蘇省社會科學院文學所副研究員；周續賡，北京師範學院中文系副教授；鄭雲波，東南大學社會科學系副教授；鄭慶山，克山師專中文系副教授；屈小玲，中國社科院研究生院研究生；孟進厚，鄖陽師專副教授；孟昭連，南開大學中文系助教；孟憲章，徐州教育學院中文系副教授；趙興勤，徐州師院中文系講師；袁世碩，山東大學教授；袁閭琨，遼寧人民出版社副總編輯；夏寫時，上海戲劇學院《戲劇藝術》主編；夏春豪，淮海大學副教授；夏震霏，文匯報社；顧青，中華書局古典文學編輯室助編；顧方東，中國新聞社記者；顧先覺，青海石油局研究院綜合室工程師；徐徹，遼寧人民出版社文史編輯室副編審；徐朔方，杭州大學中文系教授；唐樹凡，吉林文史出版社；閻志強，徐州師院學報副編審；閻增山，聊城師院中文系講師；梁冰，江蘇省戲曲學會會長；黃霖，復旦大學中國語言文學研究所副教授；黃玉仁，萬縣師專副教授；黃希堅，江蘇古籍出版社副編審；蕭欣橋，浙江古籍出版社總編輯；崔玉鐸，棗莊市政府史志辦公室主任；逯彤，天津泥人張彩塑工作室高工；彭飛，上海大學文學院副教授；蔣力，中國文化報記者；程青，新華通訊社《瞭望》週刊社記者；程毅中，中華書局編審；傅憎享，遼寧省社會科學院研究員；路秉傑，同濟大學建築系副教授；熊澄宇，中國戲劇出版社總編室主任；蔡厚示，福建省社會科學院研究員；蔡敦勇，江蘇省文化藝術研究所副研究員；薛汕，中國通俗小說研究會會長；穆廣彬，景陽崗酒廠書記；于潤琦，中國作協現代文學館館員；王若，大連市圖書館助理研究員；王連洲，臨清市一輕局工程師；裘蒂卓，新聞出版署圖書司；李巍，新華社江蘇分社記者；李伊白，中國社科院文學所《文學遺產》編輯；張小魯，齊魯書社發行部；張榮楷，臨清市城管局局長；周曼菲，江蘇人民出版社編輯；徐承德，新華日報社記者；常汝先，中國大百科全書出版社編輯；盛偉，山東淄博張店蒲松齡研究所副研究員；韓玉，吉林文史出版社編輯；魯肖雷，杭州大學中文系助教；魏同賢，上海古籍出版社編審；辛原，徐州市文聯原黨組書記；吳敢，徐州市文化局局長；邱鳴皋，徐州師範學院院長；陳德，徐州市人民政府接待處副處長；吳椿，徐州市人民政府外事辦公室副主任；丁肅，徐州市社聯副主席；張昭，徐州市文聯黨組書記；郭以根，徐州市廣播電視局局長；陳雨時，徐州日報社副總編輯；安敬傑，徐州市對外文化交流協會秘書長；劉志林，徐州市文化局藝術科科長；胡冠勳，徐州市博物館書記；吳安琳，徐州展覽館副書記；陳曉棠，徐州市文化藝術研究所；縱山，徐州市文化藝術研究所；殷志文，徐州市文化局藝術科；楊菁華，徐州市群眾藝術館；周廣喜，徐州市群眾藝術館；胡永明，徐州市文化局藝術科；李凡民，江蘇省柳琴劇團書

記；曹克儉，徐州市文化局新聞出版科副科長；苗藝明，徐州市文化藝術研究所副所長；劉泗新，徐州市人民政府外事辦公室科長；梁樹珊，徐州市人民政府接待處科長；劉曉，徐州市文化局藝術科副科級幹事；李健，徐州市文化局辦公室秘書；牟抒奇，徐州市文化局文化科；董德，徐州市文化藝術研究所；李保家，江蘇省柳琴劇團；劉德銀，徐州市演出公司；侯學忠，徐州市文化局；蔡可儉，徐州市文化局；楊德根，徐州市電影公司；王瑛，徐州市京劇團；吳黎虹，徐州市電影公司；張雷，徐州市衛生防疫站；滕慰欣，徐州市新華書店；韓峰，徐州市文化局。

附錄十：首屆國際《金瓶梅》學術討論會論文目錄

卜　鍵：縱欲與死亡——《金瓶梅》情節進程之剖析

丁　肅：《金瓶梅》語言三奇

馬　征：《金瓶梅》版本概說

大冢秀高（日）：懼內小說之流派

及巨濤：論《金瓶梅》的文學精神與歷史精神

王汝梅：《新刻繡像批評金瓶梅》初探

王進珊：張竹坡與黃景仁

王啟忠：古代小說中複製出的第一個家庭環境——《金瓶梅》家庭描寫的歷史價值

王利器：試論以小說解經

王麗娜、杜維沫：德國漢學家弗朗茨·庫恩與《金瓶梅》

王志超：論《金瓶梅》的性描寫

王鴻蘆：雖醜亦美——談《金瓶梅》諸女的自我意識

孔繁華：拙中藏智　冷眼待機——論李嬌兒

鄧星雨：《金瓶梅》藝術論

日下翠（日）：《金瓶梅》作品考——怎樣瞭解《金瓶梅》

白維國：從校勘看《金瓶梅》崇禎本的整理者

葉桂桐：從《續金瓶梅》看《金瓶梅》的版本與作者

田　耒：主題先行：《金瓶梅》文本缺憾的重要原因

田秉鍔：《金瓶梅》與華夏民族精神的第二次危機

石昌渝：《金瓶梅》53-57回辨

申士堯：論李瓶兒形象的矛盾性及悲劇

甯宗一：《金瓶梅》：小說家的小說

盧興基：中國十六世紀社會與《金瓶梅》的悲劇主題

米列娜（加）：張竹坡的理論體系

池本義男（日）：《金瓶梅詞話》之文獻分析略論

劉　輝：《金瓶梅》的歷史命運與現實評價——之一：非淫書辨

劉世德：《金瓶梅》所引《水滸傳》版本問題考察報告

馬克夢（美）：《金瓶梅》與明清小說對一夫多妻制之異議

呂　紅：《金瓶梅》的突破與失落

師　飆：《金瓶梅》所表現的「性」

朱傳譽（臺）：明清傳播媒介研究——以《金瓶梅》為例

吳　敢：《金瓶梅》的文學風貌與張竹坡的「市井文字」說

吳　紅：《金瓶梅》性文化意識的闡析

陳　遼：《金瓶梅》成書三階段說

陳　詔：《金瓶梅》諷喻萬曆宮闈寵幸事件嗎？

陳東有：論《金瓶梅》獨特的藝術思維指向

陳　珏：西方《金瓶梅》研究之研究

陳昌恆：由《水滸傳》的版本來推定《金瓶梅》的成書過程

陳毓羆：關於《金瓶梅》抄本的問題

陸大偉（美）：《金瓶梅》與中國公案文學

路秉傑：《金瓶梅》所反映的園林建築、傢俱特徵及地方性

沈天佑：一個發人深思的悲劇人物——潘金蓮

李時人：《金瓶梅》與中國文化

李文煥：《金瓶梅》的社會學價值

張　兵：《金瓶梅》的人欲描寫及其特徵

張　俊：明清小說裡的《金瓶梅》

張士魁：《金瓶梅》三「方」思辨錄

張遠芬：論蘭陵笑笑生

張學峰：《金瓶梅》發展了旅遊、振興了經濟

張惠英：《金瓶梅詞話》的語言和作者

張國星：性、人物、審美——《金瓶梅》雜談

孟進厚：《金瓶梅》研究小史

孟昭連：《金瓶梅》的諧謔因素及喜劇風格

孟憲章：《金瓶梅》的語言模式——兼論「山東方言論」

林　辰：李開先、屠隆都不是《金瓶梅》作者

楊　揚：《豔異編》與《金瓶梅》

楊傳珍、杜學平：《金瓶梅》作者賈三近說新佐證

周　琳：情欲、病欲、性欲——中國性文化發展軌跡

周中明：論《金瓶梅》十二項藝術創新

周鈞韜：吳晗先生《金瓶梅》研究的失誤

周續賡：論西門慶的性格特徵及典型意義

鄭慶山：《金瓶梅》補作縱橫談

苗　壯：關於《金瓶梅》人物塑造

屈小玲：論《金瓶梅》作者的價值觀

羅德榮：從尋找到謀殺——「潘金蓮命運軌跡」系列研究之一

柯麗德（美）：《金瓶梅詞話》中歌曲的索引

趙興勤：考察《金瓶梅》作者的新途徑

徐朔方：論《金瓶梅》的性描寫

袁世碩：《金瓶梅》與山東

夏寫時：《金瓶梅》與中國戲曲史

夏春豪：《金瓶梅》結構剖析

鈴木陽一（日）：作品還是作者？——關於《金瓶梅》的研究方法

梁　冰：《金瓶梅》與中國戲曲

顧先覺：嚴密的邏輯思維——《金瓶梅》特點之一

閻志強：《金瓶梅》評價新論

閻增山：李先芳與《金瓶梅》

浦安迪（美）：《金瓶梅》非集體創作

黃　霖：關於《金瓶梅》崇禎本的若干問題

逄　彤：關於彩塑作品「《金瓶梅》系列組塑」

梅　節（港）：論《金瓶梅》成書的上限

清水茂（日）：西門慶營造花園

傅憎享：情欲描寫移植錯位：《金瓶梅》非文人之作

魯　歌：《金瓶梅》作者不是馮夢龍

彭　飛：《金瓶梅》與儺戲

程毅中：《金瓶梅》與話本

雷威安（法）：《金瓶梅詞話》53、54 回的秘密

蔡敦勇：《金瓶梅》作者研究中的幾點質疑

熊澄宇：《金瓶梅詞話》與《金瓶梅傳奇》

穆廣彬：《金瓶梅》與中國酒文化

魏子雲（臺）：《金瓶梅》這五回

魏同賢：《金瓶梅》與「三言」

馬征、魯歌：《金瓶梅》作者王稺登考

田　耒：莫將癰疽作桃花——我看《金瓶梅》中的性描寫

裴蒂卓：《金瓶梅》及其研究資料出版綜述

張文建：《金瓶梅》在中國性文學史上的地位

陳立柱、董治俤、郝正新：評價俄譯本《金瓶梅》序文

學峰、學信：論《金瓶梅》的現實主義

胡德榮、戚雲龍：《金瓶梅》與徐州烹飪

盛　偉：琴瑟樂與金瓶梅

董　堯：張竹坡（紀實文學）

傅憎享：《金瓶梅詞話》誤釋歸因

附錄十一：首屆國際《金瓶梅》學術討論會大會發言名單

6 月 15 日上午（開幕式之後）

綜合內容

主持人：劉輝、浦安迪

  1. 王利器：試論以小說解經

  2. 浦安迪（美）：《金瓶梅》非集體創作

  3. 徐朔方：論《金瓶梅》的性描寫

  4. 魏子雲（臺）：金瓶梅這五回

  5. 日下翠（日）：《金瓶梅》作品考——怎樣瞭解《金瓶梅》

6 月 15 日下午

綜合內容

主持人：黃霖、清水茂

  1. 陳毓罷：關於《金瓶梅》抄本的問題

  2. 梅　節（港）：論金瓶梅成書的上限

  3. 黃　霖：關於金瓶梅崇禎本的若干問題

4. 陸大偉（美）：金瓶梅與中國公案文學

5. 甯宗一：金瓶梅：小說家的小說

6. 米列娜（加）：張竹坡的理論體系

7. 陳　遼：《金瓶梅》抄本的問題

8. 馬可夢（美）：作者的《金瓶梅》還是作品的《金瓶梅》

9. 及巨濤：論《金瓶梅》的文學精神與歷史精神

6 月 16 日上午

版本、成書、作者專題

主持人：王汝梅、魏子雲

1. 馬征（或魯歌）：《金瓶梅》作者王稺登考辨

2. 朱傳譽（臺）：明清傳播媒介研究：以金瓶梅為例

3. 周鈞韜：吳晗先生對《金瓶梅》作者王世貞說的否定不能成立

4. 雷威安（法）：《金瓶梅詞話》53、54 回的秘密

5. 王汝梅：《新刻繡像批評金瓶梅》初探

6. 張惠英：《金瓶梅詞話》的語言和作者

7. 白維國：從校勘看《金瓶梅》的崇禎本的整理者

8. 鄭慶山：《金瓶梅》補作縱橫談

6 月 18 日上午

思想藝術專題

主持人：周鈞韜、雷威安

1. 盧興基：中國十六世紀社會與《金瓶梅》的悲劇主題

2. 傅憎享：情欲描寫移植錯位：金瓶梅非文士之作

3. 張國星：性、人物、審美——《金瓶梅》雜談

4. 周續賡：論西門慶的性格特徵及典型意義

5. 吳　紅：《金瓶梅》性文化的闡釋

6. 周中明：論《金瓶梅》的十二項藝術創新

7. 孟昭連：《金瓶梅》的諧謔因素及喜劇風格

8. 大冢秀高（日）：懼內小說之流派

6 月 19 日上午

《金瓶梅》與中國文化專題

主持人：張遠芬、麥克馬洪

1. 清水茂（日）：西門慶營造花園

2. 王進珊：張竹坡與黃景仁

3. 彭　飛：《金瓶梅》與儺戲

4. 袁世碩：金瓶梅與山東

5. 揚　揚：《豔異編》和《金瓶梅》

6. 程毅中：《金瓶梅》與話本

7. 李時人：《金瓶梅》與中國文化

8. 張　俊：明清小說裡的《金瓶梅》

9. 夏寫時：《金瓶梅》與中國戲劇史

10. 池本義男：《金瓶梅詞話》之文獻分析略論

6 月 19 日下午

綜合內容

主持人：吳敢、馬可夢

1. 吳　敢：《金瓶梅》的文學風貌與張竹坡的「市井文字」說

2. 柯麗德（美）：《金瓶梅詞話》中歌曲的索引

3. 張遠芬：論蘭陵笑笑生

4. 卜　鍵：縱欲與死亡

說明：

1. 大會發言共安排 6 次，其中，第 1、2、6 次為綜合內容，第 3、4、5 次各有專題；

2. 此名單是考慮了發言者及內容的代表性並根據本人回執所報題目而提出的；

3. 倘有要求調整或申報增補發言者，請事先與會議秘書處聯繫；

4. 發言均不得超過 20 分鐘，至時將鳴鈴提醒，務請合作。

附錄十二：首屆國際《金瓶梅》學術討論會分組名單

第一組　作者、成書、版本

召集人：梅節、林辰

記　錄：趙興勤

于鳳樹、馬征、馬漢茂（西德）、馬泰來（美）、王汝梅、石昌渝、葉桂桐、白維國、李魯歌、劉輝、劉世德、米列娜（加）、孫言誠、芮效衛（美）、尾上兼英（日）、阿部兼也（日）、杜學平、楊傳珍、吳敢、吳曉鈴、張蕊青、陳遼、陳詔、陳昌恆、陳毓羆、林辰、周鈞韜、鄭慶山、趙興勤、夏震霏、徐徹、閻增山、浦安迪（美）、黃霖、黃玉仁、蕭欣橋、梅節（港）、韓南（美）、雷威安（法）、熊澄宇、蔡敦勇、

　　魏子雲（臺）、部分新聞出版界人士。

第二組　思想、藝術

召集人：陸大偉、閻志強

記　　錄：孟昭連

　　丁肅、卜鍵、川島郁夫（日）、王鴻蘆、日下翠（日）、孔繁華、鄧星雨、盧興基、申士堯、甯宗一、李文煥、李培健、呂紅、華格納（西德）、孫遜、孫述宇（港）、吳紅、吳功正、吳組緗、沈天佑、張兵、張國星、張惠英、陸大偉（美）、苗壯、茅廉濤、羅德榮、周中明、周續賡、屈小玲、孟昭連、柯麗德（美）、須藤洋一（日）、夏志清（美）、夏春豪、徐朔方、唐翼明（美）、閻志強、傅憎享、程青、魏同賢、部分新聞出版界人士。

第三組　金瓶梅與中國文化

召集人：大冢秀高、彭飛

記　　錄：張士魁

　　大冢秀高（日）、及巨濤、馬汀生（美）、馬幼垣（美）、馬克夢（美）、王葳、王鴻、王志超、王麗娜、王利器、王啟忠、王進珊、田秉、田秉鍔、史梅蕊（美）、馮其庸、李時人、李治華（法）、李榮德、李福清（蘇）、師飆、朱捷、朱傳譽（臺）、朱雅芝、喬征勝、任少東、劉俊田、池本義男（日）、許逸民、杜維沫、楊楊、楊沂（美）、吳以徐、吳奔星、吳家鑫、邱思達、沈悅玲、張俊、張士魁、張志春、張學峰、張遠芬、張桂澤、陳玨、陳立柱、陳慶浩（法）、陳東有、歐陽楨（美）、林偉平、周琳、周晶、鄭雲波、孟進厚、孟憲章、趙藝、趙天琪、荒木猛（日）、袁世碩、袁閭琨、夏寫時、顧青、顧方東、顧先覺、鈴木陽一（日）、郭豫適、唐樹凡、梁冰、黃希堅、黃瓊璠（美）、崔玉鐸、清水茂（日）、逸彤、彭飛、蔣力、程毅中、路秉傑、廖天琪（西德）、蔡厚示、薛汕、穆廣彬、部分新聞出版界人士。

說明：

1. 本名單以 1989 年 6 月 1 日前所收回執為據，按專題分編；

2. 小組內人名排列以姓氏（或譯名第一漢字）筆劃為序；

3. 小組召集人建議每組內、外各一人。

4. 受會議室限制，第一、二組人數較少，敬祈諒解。

5. 倘需調整組別，請與會議秘書處聯繫。

附錄十三：首屆國際《金瓶梅》學術討論會閉幕詞

女士們、先生們、朋友們：

　　首屆國際《金瓶梅》學術討論會經過五天的大會交流、分組討論與其它活動，今天就要圓滿結束了。在此，我代表中國《金瓶梅》學會及首屆國際《金瓶梅》學術討論會秘書處，向不遠萬里前來參加本次會議並作了積極貢獻的海外金瓶梅研究專家，向來自全國各地並積極支持本次會議召開的金瓶梅研究同行表示親切的問候；向對《金瓶梅》研究表示理解並給予支援的出版界、新聞界朋友表示衷心的感謝；向給予本次會議巨大支持並提供了各種便利的徐州人民和他們的領導人表示崇高的敬意。

　　本次會議是海內外金瓶梅研究者的第一次具有廣泛代表性的聚會。在短短五天的時間裡，共同的興趣和願望已使大家由聞名到相識，由相識到理解，搭起了一座平安、合作、信任的心靈之橋、學術之橋！正像不少朋友所說的：徐州之會，不是也不可能是一勞永逸地對《金瓶梅》的所有疑案尋出終極結論，重要的是開始，是參加，是研討，是交流。可以這樣說，本次會議既完成了它有限的學術使命，又完成了它無限的友誼使命。

　　在學術上，通過坦誠的交流，我們每一個與會者都能感受到，對《金瓶梅》的作者、成書、版本、思想、藝術和它在中國以至世界文學史、文化史上的影響等，都有了較比過去更清晰的認識。《金瓶梅》作為涵蘊深廣的文學名著，不單是中國人民的精神財富，而且也為世界人民所共有。本次會議，是一次《金瓶梅》研究者之間交流學識、共敘友情的盛會。學術問題的探討是無盡的，學人之間的友誼是長存的。中國古語云：「有朋自遠方來，不亦樂乎？」又云：「海內存知己，天涯若比鄰。」匆匆而來，又匆匆離去，我們心中有無限的悵惘之意。在這兒，謹向海內外的朋友們深情地道一聲：再見。來日方長，嘉會有期，祝各位朋友一路平安！

劉輝

1989 年 6 月 19 日於徐州市電影公司試片室

附錄十四：國際《金瓶梅》學術討論會綜述

　　首屆國際《金瓶梅》學術討論會於六月中旬在中國徐州召開，百餘名國內外專家、學者，聚集一堂，暢所欲言，各抒己見，就《金瓶梅》的作者、成書情況、創作藝術以及作者的創作動機等問題，進行了深入的討論。大會收到了近百篇論文。

一、關於《金瓶梅》的作者

　　綜合學術界多年來以及這次會議上發表的看法，關於《金瓶梅》的作者大約可分為三種類型：一是「累積型的集體創作」，最後由一人寫定。這一說法徐朔方先生在〈再

論《水滸傳》和《金瓶梅》不是個人創作〉（《徐州師範學院學報》1986 年 1 期）中作了詳細論證。他認為「《金瓶梅》和《水滸》一樣，都是民間說書藝人在世代流傳過程中形成的累積型的集體創作，帶有宋元明不同時代的烙印」。在這次會議上，陳遼先生在〈金瓶梅成書三階段說——兼談金瓶梅的作者問題〉中認為：「《金瓶梅》原來是評話，創作者是評書藝人」，他列舉了十條內證予以證明屬於第一階段。《金瓶梅》成書的第二階段出現了《金瓶梅詞話》，作者是「蘭陵笑笑生」，對原評話《金瓶梅》做了整理、加工和再創造。《金瓶梅》成書的第三階段是《新刻繡像批評金瓶梅》，作者是有很高文學修養的作家。蔡敦勇先生在〈《金瓶梅》作者研究中的幾點質疑〉中，贊同徐朔方先生的觀點，並從幾個方面作了補充，即「在同一著作中，有幾代語言同時運用，有對上幾代詞語的詮釋，有南北方言俗語的雜陳，這一切都有力地證明《金瓶梅詞話》是民間說書藝人在世代流傳過程中形成的累積型的集體創作。」

第二種類型是一人主作，其他人副作的。周鈞韜先生在〈吳晗先生對《金瓶梅》作者「王世貞說」的否定不能成立〉中進一步闡發了「王世貞及其門人著」的觀點。

第三種類型是作家個人創作的觀點。過去已經提出的作者名單有三十人之多。這次會上魯歌、馬征在〈《金瓶梅》作者王穉登考辨〉中認定《金瓶梅》作者是嘉靖間一巨公和大名士、王世貞門客、「蘭陵」人王穉登（1535-1614）。主要論據有：(1)王穉登最先有《金瓶梅》抄本，而且是有抄本者十二人之中唯一具有作者資格的人。(2)王穉登是古稱「蘭陵」的武進人，這與欣欣子在《金瓶梅詞話》序中所披露的該書作者是「吾友」「蘭陵笑笑生」正相契。(3)「笑笑先生」知〈哀頭巾詩〉與〈祭頭巾文〉係屠隆作，《金瓶梅》中引了這一詩一文，諷其拙劣及其作者的「才學」「人品」甚至「渾家」均甚低下；王穉登初與屠隆友善，後對屠隆之人品不滿。因此，「笑笑先生」與《金瓶梅》「笑笑生」、王穉登係同一人。(4)《金瓶梅》中的詩詞曲等，有大量語句和王穉登所輯《吳騷集》中的語句、意境相同或相近似。(5)王穉登《全德記》中的某些內容、用語和《金瓶梅》中的寫法相似或相同。在王穉登的詩文中，有些內容與《金瓶梅》中之所寫亦一脈相通。(6)王穉登的祖籍是山西太原，客籍是江蘇武進（蘭陵），後移居吳門（今蘇州），也到過北京、山東等地。《金瓶梅》中有吳語、北京、山東、山西話，反映有吳地、北京、山東等地的內容，這均與王穉登的情況相符。書中有些人物並非山西人，卻為什麼說了一些山西方言？作品中的故事主要安排在山東，也有東京、江蘇、浙江，但未安排在山西，為什麼作品中出現許多山西話和山西方言？這只能說明作者是祖籍為山西的王穉登。(7)王穉登與《金瓶梅》作者均鄙視南方人，具有中原正統觀念，因而兩者實係一人。(8)世傳《金瓶梅》係「嘉靖間大名士」「世廟時一巨公」所作，這也符合於王穉登身分。(9)世傳《金瓶梅》中有寓意，「指斥時事」，影射嚴嵩父子等權奸為王世貞之父

報仇，作者係王世貞門客，均與王穉登情況相合。(10)王穉登對「侯門一入深如海，從此簫郎是路人」兩句詩感觸甚深，《金瓶梅》中三次引用這兩句詩。魯歌、馬征的觀點已開始受到學術界的重視，被認為是關於《金瓶梅》作者問題的五大說之一。

美國普林斯頓大學浦安迪先生也持文人創作說，他在〈金瓶梅非集體創作〉的論文中說：「與其說《金瓶梅》是一部以說書底本為主，後來有文人添足的通俗文學作品，不如說是一種呈現成熟的小說文體形式的明末文人成就。在此最觸目的是，在那被視為比較接近於小說祖本的《金瓶梅》詞話裡，這一系列美學特徵都已備全，使之遠遠超出說書文藝的格局。」他還從「闡明《金瓶梅》的敘事美學上的幾種關鍵層次，即結構模式、意象映射、用詩用典、思想含義等，證明這驚人的獨創性的文章只能是一個胸中丘壑的文人所能煉成的」，「佈局構思之極巧妙處，與說書人信手拈來的口頭藝術不可同日而語」，「在小說中特別注意『空』的概念，……作者從色世歸空，轉入一種色與空相輔相成的境界。當然，說書人也會賣弄『色即是空』的濫調，但《金瓶梅》的作者如何把『空』『色』二字提到互相補充的最高境界，我認為只是一位明心見性的文人才能達到的文學成就。假如民間說書人能夠洞察到『色』『空』互成這一義理，他仍然不會以說唱文藝的形式把它表達出來。」

張惠英先生在〈金瓶梅詞話的語言和作者〉中提出了作者是臧晉叔的推測。

趙興勤先生在〈考察金瓶梅作者新途徑〉中認為，《金瓶梅》作者與明代著名思想家羅汝芳有密切關係。他通過考察發現，不僅《金瓶梅》所寫的人物、事件以及故事的地域範圍等與羅汝芳有關，而且「笑笑生」與「欣欣子」二名，也數見於其文集中。《金瓶梅》的作者，當是其周圍的落魄文士，「笑笑生」與「欣欣子」亦為同一人之化名。

二、關於《金瓶梅詞話》成書的時間

《金瓶梅》成書有「嘉靖說」和「萬曆說」，香港梅節先生在〈金瓶梅成書的上限〉中主張「萬曆說」。其根據是第六十八回安忱升州都司郎中，奉敕修理河道，他拜會西門慶時說到治河之難。說：「今瓜州、南旺、沽頭、魚台、徐沛、呂梁、安陵、濟寧、宿遷、臨清、新河一帶，皆毀壞廢圯，南河南徙，淤沙無水，八府之民皆疲弊之甚。」他根據史料考查，認為安郎中所說的「新河」之鑿成和「南河南徙」都發生在嘉靖以後，當時淮河被稱為南河，萬曆五年閏八月，由於黃河奪淮入海，淮河被迫南徙。《金瓶梅詞話》提到「南河南徙」，說明其成書上限不能早於萬曆五年八月。

三、關於笑笑生創作《金瓶梅》的動機

《金瓶梅》一書的價值，愈來愈為研究者肯定，否定了淫書論，肯定了它的歷史認識價值和藝術價值，論析了作者「有謂」「有意」「有所刺」的創作自覺，但作者創作《金瓶梅》的根本動機是什麼？為什麼那個時代產生了《金瓶梅》這個「自汙其世」作品？

田秉鍔先生在〈《金瓶梅》與華夏民族第二次精神危機〉中作了深入的探討，認為蘭陵笑笑生創作《金瓶梅》的原動力得之於作者對華夏民族第二次精神危機的感應。他在 1986 年著文，從小說史的縱向比較，申論出《金瓶梅》由「借水滸」到「反水滸」等一系列意向模式；這篇論文則是對《金瓶梅》創作機制探索的續篇。首先他將孔子編詩以淫為戒，《檮杌》記史以惡為戒與笑笑生著《金瓶梅》以醜為戒相較，由思想相近，推論三位編者的時代使命意識均導源於民族的精神危機。其次他從家族的精神的失落、男性權力的削弱、諸種關係的經緯交錯、信仰的自相矛盾等方面，論證了《金瓶梅》對民族精神危機的述錄。他認為，《金瓶梅》只是鋪排著笑笑生的感性發現，而一切錯雜無序的危機初兆又印證著：一種舊的理性，舊的價值觀念，正在悄然而起的商品經濟背景下，被金錢出賣；而那新的理性還沒有被舊理性的喪鐘喚醒。最後，他在界定了華夏民族第一次精神危機（春秋時期發生）與明中葉第二次危機異同的基礎上，指出蘭陵笑笑生是以「回到昨天」為理性歸宿來表現他的時代的。笑笑生既受到了帶有罪惡的歡娛色彩的新生活的吸引，又感受到這種鋪天而至的生活給予的精神創痛，於是，表現的激情與表現的憂鬱相糅合，化成了那難以言喻的一部書。《金瓶梅》便成了我們這個民族踏進資本主義門檻、怵然而退的一段記錄。

四、關於《金瓶梅》中的性描寫

　　從《金瓶梅》產生後，讀者對書中那些赤裸裸的性描寫評價就歧見迭出，此書屢屢遭禁的重要原因也正在於它的性描寫，被斥責為宣淫導欲、污染視聽、壞人心術的淫書，即使褒此書者，也不無遺憾地批評其佛頭著糞，白璧生瑕。近年來，學術界、文藝界對《金瓶梅》性描寫的評價發生了一些變化，有的人以西方的觀念意識分析中國的社會現象，認為《金瓶梅》中的性描寫與《十日談》中的同類文字一樣，顯示了人性的覺醒與解放，這在「天理」壓倒「人欲」的明代中後期具有反封建的進步意義；也有些人從一部作品是一個整體的觀念出發，斷言《金瓶梅》中的性描寫大都與深化主題、塑造人物和遞進情節相關，說寫性是為了批奸，寫性是為了示醜，寫性是為了戒淫等等。吳紅在〈金瓶梅性文化意識闡析〉中說：「性是人類的生命表徵，是人類重要的生命活力，性（性方式）也是文化，對性的問題以及它在文學中的反映，採取漠視或回避的態度，認為這才是文明的表現，乃是一種誤解，由此帶來的文化分裂，有目共見」，「中國古代文學作品中描寫人類性行為的並不少見，但像這樣明確地在作品中觀察和表現性和性問題對人物性格、命運發生影響的，《金瓶梅》確實是第一部。」並認為「這部古小說明顯的性文化意識，使這部明代中國產生的傑出小說，具有又一重不平凡的意義」。張國星先生在〈性・人物・審美〉論文中認為：「《金瓶梅》中的性描寫，是笑笑生刻劃人物性格心理、構架人物命運、完成其藝術目的的重要之筆，反映著作家的文化——藝術觀念，

是小說不可閹割的有機成分。對此，無論是崇禎本的批評，還是張竹坡的批評或文龍的批評，都曾有意無意地做過揭示。也就是說，在舊道德的衛護士以『淫穢』的惡謚撲殺小說時，古代的文學批評者仍沒有放棄審美的立場，否認所謂『淫』的形象的審美價值。」「《金瓶梅》——且不論它的價值尺度如何——把性作為提示人物性格心理、昭示其命運的重要藝術角度，這本身就是古代文學史上的一個重大的美學進步，一種突破性的貢獻。」他還進一步分析說：「在性描寫上，寫誰，寫多少，怎樣寫，笑笑生都經過了道德『分定』尺度的衡量，而這種判斷、描寫與小說人物命運的情節結構相聯繫，形成了《金瓶梅》創作美學精神上的道德宿命論特徵。」

日本池本義男先生在〈《金瓶梅詞話》之文獻分析略論〉中認為：「《詞話》的精華之一是有關性行為的寫實描寫。當時讀者是以濃厚的興趣和好奇來閱讀這本書的。然而人們都被這種描寫所捉弄，而對笑笑生的真正意圖並沒有理解，因此這本書就陷於淫穢書之列。如果把性行為刪除掉，那麼這個詞話就失去了實質的價值。」

與上述觀點相左的傅憎享先生在〈情欲描寫移植錯位——《金瓶梅》非文士之作〉中認為：「《金瓶梅詞話》百回書中，穢事有 45 回 72 處之多，即今人民文學出版社所刪除之近二萬字，這些情欲描寫東抄西錄，單一重複，而且粗製濫造與《如意君傳》《癡婆子傳》不同」，「只是著意於表層的外在行為，故而刪除也無傷大體，這些情欲描寫是說話人添加的『葷話兒』。」陳遼先生也認為《金瓶梅》是評書藝人而不是大名士創作的理由之一是「大名士、大作家在《金瓶梅》中如此不堪入目地描寫性生活是不可能的（低等文人、下流文人創作的小說才會這樣寫），但是評話藝人在說書中放肆地描敘性生活，卻是迎合小市民低級情趣的需要，也是他們低級趣味的表現。」田秉先生在〈莫將癩疤當桃花——我看《金瓶梅》中的性描寫〉中說：「把《金瓶梅》中的涉性文字與已經得到文藝界和廣大讀者一致肯定的中外文學名著中的同類描寫加以比較審視，發現前者與後者在精神意趣與形態表現上存在著幾乎是全方位的取向倒錯，這使我最終醒悟了《金瓶梅》性描寫的低劣所在。」他從六個方面闡述了對《金瓶梅》性描寫的否定性意見，認為《金瓶梅》的性描寫，「具有顯而易見的贅疣性和悖謬性，無論從它所承載的精神內涵看，還是就它所選擇的表現方式論，都基本上背離了藝術乃至生活的真善美，嚴重缺乏文學作品中健康性描寫所應有的啟示性與聖潔感，因此它是名著中的敗筆，不值得或不應當予以肯定」。又說：「《金瓶梅》中的性描寫，確有一些與突出作者意旨，展示人物性格，推進故事情節有關」，「遺憾的是，這類文字充其量能占全書同類描寫的十分之二、三，而其餘十分之七八的涉性筆墨，均與作品的主題、人物、情節相游離」，是「一種來路駁雜、拼湊而成的性描寫，恐怕很難說是作品的有機組成部分」，而且是「一種具有公式意味的『性場』俗套的簡單套用或機械遷移」，又「極少涉及人物的情緒、

心理和感覺，而更多滿足於性器官、性過程、性工具的展覽。這種描寫重心的傾斜，使得它在大多數情況下無形中斷了與人物性格天地和作品精神世界的連接，以致喪失了自身應有的文學和美學品格。而缺乏文學與美學品格的性描寫，無疑算不上文學作品的天然構成」。「那些裸露狂顛的具體寫性場面，在有意無意中產生了污染視聽，引人墜落的惡劣作用」，「最終無法進入神聖的藝術殿堂，而只能扮演著魯迅先生所抨擊的『著意所寫，專在性交』的『末流』小說的角色」。

五、關於《金瓶梅》的語言模式

清人「蠻」和近人魯迅、鄭振鐸、吳晗先生對《金瓶梅》的語言模式提出了「山東方言說」。爾後，附和者頗多。有的研究者在探討《金瓶梅》的作者時，又以「方言」為重要依據，肯定作者是山東人。孟憲章先生在〈論《金瓶梅》的語言模式〉中否定了「山東方言說」，認為《金瓶梅》的語言模式主幹是融官話、俗語於一爐，雖然其中的官話、俗語、行業語並非等量或等比。換言之，《金》書的語言是《金》書問世時代社會「層次語」的巧妙剪接、融匯和貫一，而不是「山東方言」，更不是偏執一隅的嶧縣「小方言」。他對第十二、三十一、七十九回作了粗略的分析統計，證明：官話，是這一模式主幹的主體部分，使用量最大，在這三回中都占著絕對的多數；俗語、行業語，是其輔助部分，有的回目使用多一些，有的回目使用少些，波動比較明顯，特別是行業語，波動更為顯著。其餘各回的語言實際也能充分證明這一點。並認為這種語言模式是作者根據創作的意圖而採用的，沒有官話作基礎，《金》書就難以使眾多的讀者都能看懂；沒有俗語、行業語作輔助，故事就難以通俗生動，人物就不能真正活起來。《金》書採用這種語言模式主幹，實在是中國小說語言的一大進步。

六、對張竹坡評點的研究

近年來，自吳敢先生把新發現的關於張竹坡的生平、家世、著述等材料公之於世後，學術界對張竹坡評點《金瓶梅》的研究取得了可喜的成績。吳敢先生出版了《張竹坡與金瓶梅》等兩本專著，在這次會議上，又提交了〈《金瓶梅》的文學風貌與張竹坡的「市井文字」說〉論文。加拿大多倫多大學米列娜在〈張竹坡的理論體系〉論文中說：「張竹坡成為中國十七世紀的重要的文學批評家，然而，張竹坡的評點通常被視作重新詮釋《金瓶梅》的引證材料，而張竹坡的文學思想本身卻未能引起學術界的充分重視。」她著重論述了三個問題，以展示張竹坡文學思想的理論價值。即張竹坡論作者的創作與讀者的接受；張竹坡論《金瓶梅》的有機統一性；張竹坡論《金瓶梅》的淺層意義到象徵意義的轉化。她強調要「從一個新的、不同的角度研究張竹坡的文學批評著作，即：將張竹坡的評點研究分析的中心論題，證實張竹坡的評點是一個完整的理論體系，其結構與中心思想均取自中國的哲學以及詩論、文論、畫論等歷史久遠的文學藝術理論。由此視

之，張竹坡的貢獻不在於首創這些新思想、新觀點，而在於他能不拘一格、有系統地將原有的理論思想融入他的《金瓶梅》批評巨著之中。由於張竹坡和其同時代的大批評家（如金聖歎、毛宗崗、李漁、陳忱等）有共同的思想和論點，張竹坡的批評實踐應當被看作是中國十七世紀新的學術思想、新的潮流的體現，這一新趨勢旨在為當時的文學新體裁小說發展一個新的理論，旨在提高通俗文學（戲劇、小說）的地位，使其與其他文學藝術體裁並駕齊驅」。

向大會提交論文的臺灣省和外國專家還有魏子雲〈《金瓶梅》這五回〉，美國馬克夢〈《金瓶梅》與明清小說對一夫多妻制之異議〉，美國陸大偉〈《金瓶梅》與中國公案文學〉，美國柯麗德〈《金瓶梅詞話》中歌曲的索引〉，日本大冢秀高〈懼內小說之流派——由小青傳到李漁〉，日本清水茂〈西門慶營造大觀園——大觀園的先驅〉，日本日下翠〈《金瓶梅》作品考〉，法國雷威安〈《金瓶梅詞話》53、54 回的秘密〉，蘇聯漢學家也向大會提交了論文。這些論文，都從不同的角度對《金瓶梅》作了深入的探索。

（孔繁華）

附錄十五：第四屆全國《金瓶梅》學術討論會籌備會議紀要

1990 年 6 月 15 日至 16 日，在江蘇徐州召開了第四屆全國《金瓶梅》學術討論會籌備會，參加此次會議的有劉輝、黃霖、吳敢、張遠芬、邱鳴皋、張明、許繼善、張榮楷、及巨濤、卜鍵、田秉鍔、劉文學、穆廣彬、張學峰、孔繁華、閻增山、張文德等人。

會議首先聽取了山東聊城、臨清、陽穀等地有關同志對會議籌備情況的介紹。大家認為，山東同志在學術會務準備諸方面都作了充分積極的努力，工作是出色的。建議原擬在山東臨清召開的「《金瓶梅》與臨清」專題學術討論會可擴展為全國第四屆《金瓶梅》學術討論會，並就該次會議的必要性、可行性進行了充分的論證。一致認為，鑒於一至三屆全國會議及首屆國際會議都是在一個寬泛的領域展開討論，而且已經形成了金學研究的熱潮。所以，在中國《金瓶梅》學會成立之後，就某些專題展開深入的研討，以求得金學研究的新突破，已是勢在必行。並且在會議之前，山東聊城和臨清的同志在聽取中國《金瓶梅》學會秘書處的意見後，已經為《金瓶梅》專題會議的召開做了大量艱苦細緻的工作。

為了開好第四屆全國《金瓶梅》學術討論會，與會者就若干具體問題進行了細緻的協商，並取得了一致意見，籌備會決定：

一、第四屆全國《金瓶梅》學術討論會暫定於 1990 年 10 月 20 日至 24 日在山東臨

清市舉行。

　　二、此次會議由中國《金瓶梅》學會、東昌《金瓶梅》學會、聊城師範學院和臨清市人民政府主辦，臨清市人民政府承辦，臨清市城管會張榮楷擔任總聯絡人。

　　三、此次會議的中心議題為《金瓶梅》的歷史地理背景，擬對《金瓶梅》與臨清，《金瓶梅》與運河文化、齊魯文化作深入系統的探討。

　　四、及時向中國《金瓶梅》學會會員通報會議情況，要求會員按主議題積極撰寫論文，儘量以新材料、新見解、新成果促成第四屆全國會議的圓滿成功。

　　五、會議召開之前，中國《金瓶梅》學會秘書處與臨清市相關人員保持經常聯繫。一般事務，則由臨清市相關人員全權處理。

　　六、中國《金瓶梅》學會會員及《金瓶梅》研究者在接到本紀要之後，請填寫徵詢意見表並寄給山東臨清市城管會張榮楷同志。然後，根據消息回饋情況由會議籌備組寄發正式會議通知。

　　此次籌備會還聽取了中國《金瓶梅》學會一年來的工作彙報，大家對國際《金瓶梅》資料中心的建設、《金瓶梅研究》的出版給予了肯定的評價，同時，就學會工作的某些方面也提出了合理建議。

　　與會同志認為，此次籌備會的召開不僅對該次會議具有重要意義，而且對學會工作也是一個有力的促進。

附錄十六：第四屆全國《金瓶梅》學術討論會與會人員名單

　　盛偉，《蒲松齡研究》主編、副研究員；王汝梅，吉林大學中國文化研究所室主任、研究員；張培儉，聊城地委宣傳部部長；高志超，聊城地區出版局局長、副教授；張榮楷，臨清市城管會主任；楊敬亭，臨清一中高級教師；袁闆琨，遼寧人民出版社副總編、編審；徐徹，遼寧人民出版社室主任、副編審；傅增享，遼寧省社科院研究員；王文光，大眾日報社記者；仲懷民，吉林大學出版社室主任、副編審；林之滿，《社會科學戰線》室主任、副編審；韓女，吉林文史出版社編輯；趙冰瑞，聊城師範校長；郭學信，聊城師範；高爽，山東畫院；陳原，人民日報社記者；杜維沫，人民文學出版社編審；王麗娜，北京圖書館副研究員；沈天佑，北京大學中文系副教授；陳昆琳，聊城地區文化局室主任；劉文學，聊城地區社科聯主席、副教授；王忠陽，聊城地區社科聯；付哲清，聊城報社主任；孫彥敏，清河縣委書記；呂新生，清河縣公安局副局長；楊志偉，聊城電視台記者；閻祿先，臨清市城建局室主任；殷黎明，臨清博物館館長；謝躍華，臨清棗花村社社長；王昭傑，光明日報社站長；王連洲，臨清市一輕局科長；吳敢，徐州市

文化局局長；及巨濤，徐州市文化局科長；田秉鍔，徐州文化藝術學校校長；張文德，徐州市文化局；侯學忠，徐州市文化局；楊風華，陽穀縣文化館；張學峰，陽穀縣文化局局長；穆廣彬，陽穀景陽崗酒廠書記；劉慶振，陽穀景陽崗酒廠；王崇山，臨清一中；魏聊，聊城市文物管理所；王一鳴，邢台師專副教授；顧方東，中國新聞社記者；玄述貴，台前縣縣誌辦公室主任、編輯；孫恕之，山東省顧問委員會常委；姚春才，山東省顧問委員會；解慶蘭，濟寧師專歷史系副教授；余岢，濟寧師專中文系副教授；蔡敦勇，江蘇省文化藝術研究所研究員；陳東有，江西大學中文系講師；黃希堅，江蘇古籍出版社室主任、副編審；周琳，江蘇文藝出版社編輯；陳昌恆，華中師大出版社講師、副主任；閻增山，聊城師院中文系講師；王連儒，聊城師院中文系；連殿中，山東電視台；蔣記錄，山東電視台；周鈞韜，江蘇省社科院文學所副研究員；丁立業，臨清縫紉機零件廠廠長；楊士學，臨清市保險公司書記；李恒聰，聊城地區文化局局長；朱希江，聊城地區文化局副局長、副研究員；葉桂桐，聊城師院；古今，聊城師院副教授；李培彥，聊城師院副教授；劉中光，聊城地委印刷所書記；宋培憲，聊城師院；胡朝河，山東省根協；許繼善，聊城地區政協主席；許水，聊城地區政協科長；張鴻魁，山東省社科院；閻廷琛，聊城地區行署副書記、副專員；耿迎新，聊城地區行署秘書；李炳信，聊城地區行署；郝明朝，聊城師院中文系；趙傑，清河縣政協副主席；王學奎，濟南畫院院長；林江，山東省社科聯主席；姚軍，山東省社科聯；張秀貴，聊城地區社科聯副主席；馬魯奎，臨清市博物館；董紹克，山東師大中文系講師；孟昭連，南開大學中文系室主任、講師；李博，聊城市政府辦公室秘書；朱興雲，聊城汽運公司科長；顧克利，長春電影製片廠；鄭頌，長春電影製片廠；王曉光，長春電影製片廠；張士魁，徐州師範學院中文系副教授；夏春豪，淮海工學院副教授；丁蕭，徐州市社科聯副主席；于潤崎，中國現代文學館；張濤，山東大學；魯歌，西北大學；馬征，四川省社科院；王鴻蘆，中州古籍出版社；葉閏桐，《貴州文史叢刊》編輯部；鄧伯康，中國市容報社主任；洪濤，中國市容報社記者；吳紅，成都晚報社編輯；周文斌，光明日報社記者；魏壽，北京作協編輯；劉俊田，中央民族學院中文系室主任、副教授；郭維元，臨清監察大隊主任；王洪臣，臨清博物館；杜明德，臨清市志辦公室主任；宋朝群，臨清市一中副校長、高級教師；李致餘，臨清市公安局政委；張明，聊城師院院長、教授；呂永燦，臨清市政協副主席；許鐵生，臨清市文化局局長；韓立群，聊城師院；張錫忠，聊城師院；劉大文，聊城師院；劉連庚，山東教育出版社副編審；焦會富，濟寧電視大學副教授；徐洪歧，濟寧市黨校副教授；潘書彬，臨清針織廠書記；王守華，臨清市委辦公室科長；劉輝，中國大百科全書出版社教授；王利器，人民文學出版社教授；楊揚，北京圖書館研究員；徐良瑛，中國文化報記者；楊傳珍，棗莊市嶧城區委辦公室主任；杜學平，棗莊

市嶧城區委書記；武興斗，棗莊市嶧城區委辦公室；王寶玉，臨清棉紡織廠；楊立傑，臨清農業銀行；常躍強，山東青年報社編輯、副主任；張遠芬，徐州教育學院院長、副教授；徐文軍，山東師範大學助教；李鴻政，徐州師範學院副教授；孔繁華，《徐州師範學院學報》編輯。

附錄十七：第四屆全國《金瓶梅》學術討論會綜述

全國第四屆《金瓶梅》學術討論會於 1990 年 10 月 20 日至 24 日在山東臨清市召開。此次會議由中國《金瓶梅》學會、東昌《金瓶梅》學會、聊城師範學院和臨清市人民政府聯合發起，中國金瓶梅學會理事、臨清市城管監察大隊主任張榮楷同志承辦具體會務工作。大會收到學術論文四十多篇，全國百餘名專家學者會聚一堂，共同就《金瓶梅》的歷史地理背景、《金瓶梅》與運河文化諸問題進行深入細緻地研討，並對書中涉及的若干地理問題進行實地科學考察。

一、《金瓶梅》的歷史地理背景

《金瓶梅》的歷史地理背景之謎一直困惑著金學研究者。過去，人們也曾對《金瓶梅》的地理環境，特別是對清河這一典型環境究竟是以哪裡為背景展開過討論，主要有四種看法：一丁〈《金瓶梅》的地理觀念與徐州〉認為書中的清河和臨清實指徐州；周維衍先生在〈關於《金瓶梅》的幾個問題〉中指出：「南清河縣是西門慶故事的主要地理描寫點」；梅節先生進一步指出「清河實指淮安」；王瑩〈《金瓶梅》地理背景為今山東臨清市考〉即「臨清說」，提出「名托清河，實寫臨清」的論點。

此次會議，王連州先生撰文〈《金瓶梅》臨清地名考〉與《續考》力主「臨清說」，並從三個方面加以論述：1.從臨清地理遺址和地名組合方面看，如臨清鈔關、臨清碼頭、臨清閘、廣濟橋、晏公廟等都是臨清實有之物。2.從風俗、名物考證方面看，獅貓是臨清特有之物，他如城磚御窯、手帕巷、檮子等亦然。3.從《金瓶梅》人物行動路線分析，「按書中人物的活動場景可繪出十八條行動路線，而十五條全在臨清境內，只有三條是從清河出發，故事本體還是回到了臨清」。經過實地考察，發現臨清有六十多處地名和景點與《金瓶梅》書相合，由此人們得到共識：《金瓶梅》中的清河是以臨清為背景展開情節的。至少，作者熟悉臨清或長期在臨清生活過。但小說不是歷史，這正如閻增山、古今、張榮楷等先生所說的那樣，「它假託清河之名，而以臨清為背景，但並不就是歷史上的臨清」，「是以臨清為『模特兒』而又概括和借用了其他運河城鎮的環境設置，再加上作者根據表達主題，刻劃人物的需要而創造出來的一個典型環境。」（《光嶽論壇·金學專輯》90.4）

二、《金瓶梅》與運河文化

　　《金瓶梅》是植根於運河文化沃土而茁長起來的一株藝術奇葩，沒有大運河就沒有《金瓶梅》。運河，這一黃金水道的嘩嘩流淌，喚起了人們商品意識的覺醒，帶來了人們思想觀念和價值觀念的更新。而《金瓶梅》則藝術地再現了大運河這一豐富的文化內涵。陳東有〈再論運河經濟文化與金瓶梅〉指出：「因而產生並發展了與傳統和周圍世界很大不同的思想觀念與倫理心態，有了對自身價值的考慮。在生活方式上出現了追求利欲和現實享樂的特徵，這一切構成了一種新的經濟文化範圍。《金瓶梅》就是在這種經濟文化氛圍中誕生的。寫的便是這個商業小社會中的人物和故事」。馬征〈《金瓶梅》與臨清及運河文化〉一文將《金瓶梅》所載負的運河經濟文化特徵歸結為五點：「開放性、變革性、傳統性、保守性及不穩定性」。田秉鍔〈《金瓶梅》與運河文化〉認為：「《金瓶梅》所表現的運河文化的底色不是商業文化或庶民文化，而是極權色彩極強的貴族文化……，表現了運河文化的歷史積澱：感染與同化。小說突破了一家一城的限制，表現了『人生大串連』，無疑提示了一種新的文化精神正在注入我們民族的肌體。所以《金瓶梅》是以家庭生活為代表，展示區域文化的小說。」陳昌恆〈略論《金瓶梅詞話》文化學研究〉一文引入文化場和場效應、主導文化和亞文化等概念，認為《金瓶梅》「文化場」的涵蓋面極為廣泛，它涉及哲學文化、商業文化、飲食文化、娼妓文化等等，而「場效應」則要探討在特定的文化場中各種文化是怎樣通過由外向內的向心運動來促使小說的產生，而小說又如何通過由內向外的離心運動最終定型的。最後，他提出了《金瓶梅》文化學的研究方法：「一是主位研究法，一是客位研究法。」

三、《金瓶梅》與山東方言

　　自清人蠻與魯迅、吳晗提出山東方言說，便成了人們長期聚訟的話題，附議者實多，而駁難者不鮮，然皆各執一端，絲毫沒有觸及語言的本質。傅憎享先生便意識到這一點，他在〈《金瓶梅》魯音徵實〉一文中指出：「甲謂此地方言，乙謂他地方言，丙進而謂是為共同語。因所據詞語，僅為方言特徵的一端，而不具備方言特徵的全般，故而難於斷定。欲明方言，先須對方言界說。准此討論，才有了同一的前提：方言，是漢語的地方變體，是區域局限性的語言，語音、詞彙、語法的特徵為此地所獨具，而為他地所無有。」准此，傅先生提出「魯音隱證和魯音顯證」二條例。在「隱證」條中以「推」、「黑」二字，說明「魯方音是構語的前提，是詞語賴以生成的生命基因。揭出潛隱的魯方音，一可以作為方音之硬證，又可以深化造語方式的研究」。在「顯證」條中認為「直書實錄的方音口語仍然殘留在《金瓶梅詞話》之中，率然書錄方音的『別字』成了方音的『活化石』，為人們保留了魯音的顯證。」即此可知，傅先生持「山東方言說」。張鴻魁〈臨清方言和《金瓶梅》〉用現代臨清方言和《金瓶梅詞語》進行對比研究，從語

音、詞彙、語法三方面找出對應規律，從而證實《金瓶梅》一書存在著大量的臨清方言。黑建文、王崇山等亦指臨清方言說，但證據不足。

四、《金瓶梅》的作者問題

破《金瓶梅》的作者之謎，一直是金學研究中的一個持續不衰的熱點。四百年來，人們總在尋尋覓覓，試圖發現「蘭陵笑笑生」的一些蛛絲馬跡，儘管結果總不盡如人意，但莘莘學子仍然不屈不撓。故而新說迭出，異彩紛呈。此次會議上，王連洲先生提出《金瓶梅》的作者是明末大名士臨清人謝榛，李洪政先生認為《金瓶梅》的作者是明代的徐州人王采，即書中的王采（王三官）。從而使《金瓶梅》的作者之說達五十五種之多。所有這些說法都有想象和臆測的成分，抓住一點不及其餘，於是見仁見智，歧見迭出，卻拿不出一個信而有徵的力證，因而很難令人信服。這也正如清代樸學大師戴震所說的「未至十分之見」，「所謂十分之見，必證之古而靡不條貫，合諸道而不留餘議。巨細畢究，本末兼察。若夫依於傳聞以擬其是，擇於眾說以裁其優，出於空言以定其說，據於孤證以信其通，雖溯流可以知源，不目睹淵泉所導；循根可以達梢，不手披枝疑所歧，皆未至十分之見。以此治經，失不知為不知之意，而徒增一惑，以滋識者之辨之也。」

（張文德）

附錄十八：第五屆全國《金瓶梅》學術討論會回執人員名單

王利器，北京大學教授；張兵，《復旦學報》編輯部編輯；陳遼，江蘇省社科院文學所研究員；甯宗一，南開大學東方藝術系教授；朱一玄，南開大學中文系教授；陳學振，齊魯書社社長；傅憎享，遼寧省社會科學院研究員；李忠昌，遼寧省社會科學院副研究員；吳敢，徐州市文化局局長；林辰，遼寧人民出版社評論室編審；吳曉鈴，中國社科院文學所研究員；魏同賢，上海古籍出版社編審；張炳森，河北省社科聯助理研究員；喬征勝，北京大學出版社副編審；梅節，香港海島文化事業有限公司副總經理、總編輯；黃岩柏，遼寧大學中文系教授；袁健，中州古籍出版社編輯；邢士武，棗莊市外事辦公室；楊傳珍，棗莊市嶧城區保密局局長；董紹克，山東師範大學中文系講師；孟進厚，鄖陽師專教務處副教授；敏澤，《文學評論》編輯部研究員；孟昭連，南開大學中文系室主任、講師；蕭欣橋，浙江古籍出版社總編、編審；黃霖，復旦大學中國語言文學研究所副教授；任篤行，齊魯書社編審；劉文學，聊城地區社科聯副教授；葉桂桐，聊城師院中文系講師；王連州，臨清市一輕局工程師；高越峰，遼寧大學中文系副教授；張明，聊城師院院長、教授；解慶蘭，濟寧師專歷史系副教授；余峃，濟寧師專中文系副教授；田秉鍔，徐州市文化藝術研究所；張慶利，綏化師專中文系講師；劉中光，聊

城師院副教授；周來祥，山東大學美學研究所教授；杜明德，臨清市志辦公室編輯；宋效永，黃山書社編輯；孫言誠，齊魯書社總編、副編審；大冢秀高，日本琦玉大學教養學部副教授；池本義男，日本大阪；胡世厚，河南省社科聯研究員；許繼善，政協山東委員會聊城地區工委主任；徐中玉，華東師大教授；王啟忠，《學習與探索》雜誌社副研究員；金聖斯，內蒙古大興安嶺《林業科技》編輯部編輯；羅德榮，天津大學人文系副教授；任少東，百花文藝出版社古編室副主任；卜鍵，中國藝術研究院講師；沈天佑，北京大學中文系教授；陸國斌，江蘇古籍出版社副總編；日下翠，日本關西大學；村景華，中國藝術研究院紅樓夢研究所副所長、副主編、副研究員；陳東有，江西大學中文系；魏子雲，臺灣教授；鄭志明，臺灣嘉義師院語教系副教授；楊揚，書目文獻出版社編審；張遠芬，徐州教育學院院長、副教授；孫玉明，《紅樓夢學刊》編輯部編輯；馬蘭，《社會科學戰線》編輯部副編審；周中明，安徽大學中文系副教授；屬平，遼寧師大中文系講師；楊敬亭，臨清一中高級教師；陳建生，徐州師院中文系講師；鄭慶山，克山師專副教授；王鴻蘆，中州古籍出版社副編審；劉國輝，人民文學出版社古典文學編輯室編輯；杜維沫，人民文學出版社編審；王麗娜，北京圖書館參考研究部副研究員；周琳，江蘇文藝出版社編輯；盛偉，淄博市蒲松齡研究所副研究員；閻增山，聊城師院中文系講師；侯忠義，北京大學圖書館副教授；王潤玲，北京大學出版社；姜守鵬，東北師大明清史研究所副教授；張鴻魁，山東省社會科學院副研究員；于潤琦，中國作家協會現代文學館館員；孫遜，上海師大文學研究所教授；梅慶吉，哈爾濱師大中文系講師；于盛庭，徐州師院中文系講師；魯歌，西北大學中文系副教授；馬征，四川省社科院文學所助理研究員；魏崇新，徐州師院中文系講師；石靜蓮，中國藝術研究院紅樓夢研究所編輯部主任；董文成，遼寧大學中文系副教授；劉世林，黑龍江省林業教育學院副教授；陸大偉，美國密西根大學助理教授；張俊，北京師大中文系教授；張榮楷，臨清《金瓶梅》學會會長；薛洪績，吉林省社科院文學所副研究員；李偉時，吉林省社科院文學所副所長、副研究員；林之滿，吉林省社科院文學所副研究員；王卓，吉林省社科院文學所助理研究員；宋欣，吉林省社科院文學所副研究員；蘇興，東北師大中文系教授；董皓，大連市明清小說研究中心秘書長；趙小光，國家教委社科司計畫處處長；湯蘭升，大連市藝術研究所副研究員；徐高潮，滕州市僑務辦公室助理編輯；何承桂，四川師院中文系系主任；張炳忠，新華書店首都發行所業務主任、經濟師；王枝忠，寧夏社會科學院副研究員；蔡敦勇，江蘇省文化藝術研究所研究員；王齊洲，荊州師專中文系；高守德，山東大學威海分校中文系副教授；趙興勤，徐州師院中文系講師；羅立群，安徽文藝出版社編輯；李風儀，大慶市委黨校副教授；葉閏桐，《貴州文史叢刊》編輯部副編審；劉輝，中國大百科全書出版社教授；周鈞韜，江蘇省社科院文學所副所

長、副研究員；張正吾，中山大學中文系教授；顧方東，中國新聞社記者；袁闔琨，遼寧人民出版社副總編、編審；常晶，遼寧人民出版社編輯；邵世強，四川辭書出版社副總編、副編審；胡經之，深圳大學國際文化系教授；陳益源，臺灣文化大學中文研究所博士班研究生；李豐茂，臺灣臺北；龔鵬程，臺灣臺北；李洵，東北師大明清史研究所教授；張曉春，吉林省委宣傳部文藝處副處長；鄭頌，吉林省委宣傳部文藝處；王志強，長春電視台總編室；葉樹人，國家新聞出版署圖書管理司副處長；崔文獻，吉林省教育音像出版社社長；車向新，吉林省教育音像出版社副社長；左振坤，北京婦女兒童出版社總編、編審；宋紹良，北方婦女兒童出版社社長、副編審；周航，北方婦女兒童出版社副總編、副編審；李亞斌，吉林文史出版社社長；唐樹凡，吉林文史出版社副編審；韓玉，吉林文史出版社編輯；徐吉征，時代文藝出版社社長；魏克信，時代文藝出版社總編、編審；許仲，長春出版社社長；李軍，長春出版社副總編、副編審；董輔文，長春出版社副編審、室主任；周寅賓，湖南師大中文系副教授；張弦生，中州古籍出版社編輯；陳東，中國新聞學院文史教研室副教授；趙明，青島大學中文系教授；苑新華，三聯書店編輯部副編審；傅美琳，陝西教育出版社總編；段憲文，三秦出版社總編；王志武，陝西師大中文系副教授；鄭閏，寧波師院中文系；遲乃義，國家新聞出版署圖書管理司；周克良，《大慶師專學報》編輯部副研究員；王翼奇，浙江古籍出版社副總編、副編審；蘇志中，北京大學出版社總編；張文德，徐州市文化局助理研究員；衛紹生，河南省社科院文學所；李伊白，《文學遺產》編輯部編輯；張國星，《文學評論》編輯部編輯；王玉哲，遼寧省出版發行信息中心副編審；廉正祥，四川文藝出版社副社長；李壽菊，臺灣碩士；李文學，時代文藝出版社副社長；周晶，齊魯書社室主任、副編審；孔繁華，《徐州師院學報》副編審；楊愛群，春風文藝出版社編輯；李微芬，中山大學中文系教授；屈小玲，中國藝術研究院；鄔玉蘭，成都出版社；絳雲，人民文學出版社古編室編輯；陳景河，中國作協吉林分會作家；張錫忠，聊城師院科研處處長；王基，開封師專副研究員；趙洪林，吉林文史出版社編輯；孫立川，海南師院中文系；吳紅，成都晚報編輯；高爽，曆城文化局；李延平，延邊廣播電台總編；高志忠，《牡丹江師院學報》編輯部主編、副教授；張本忠，棗莊市文化局局長；王善民，棗莊市《抱犢》編輯部副主編；廖淑芳，臺灣成功大學碩士；張松如，吉林大學中文系教授、名譽系主任；劉中樹，吉林大學教授、副校長；喻朝剛，吉林大學中文系系主任、教授；李文煥，《吉林大學學報》編輯部教授、校長助理；王汝梅，吉林大學中國文化研究所教授；孫維張，吉林大學中文系副教授；蕭澄宇，吉林大學中文系副系主任、副教授；于殿才，吉林大學校長辦公室主任；劉桂雲，吉林大學科研處處長；曹德本，吉林大學出版社總編輯、編審；張軍，吉林大學出版社副社長、副編審；仲懷民，吉林大學出版社副編審、

室主任；于鳳樹，吉林大學圖書館副館長、副研究員；柴明俟，吉林大學日本研究所副教授；梁希哲，吉林大學《史學集刊》編輯部副主編、副教授；趙樂生，吉林大學日本研究所教授；張惠英，中國社會科學院語言研究所副研究員；張學峰，陽穀縣文化局局長；穆廣彬，陽穀縣景陽崗酒廠書記；程天佑，吉林大學中文系總支書記、副教授；馮貴民，吉林大學中文系副教授；吳光正，吉林大學中文系副教授；殷義祥，吉林大學中文系副教授；楊春忠，吉林大學研究生院研究生；及巨濤，徐州市文化局；劉禹昌，武漢大學中文系教授；鄧瑞瓊，江蘇石油勘探局；薛賜夫，中國電影出版社副編審、總編助理；李福清，蘇聯科學院高爾基文學研究所通訊院士；种衍璋，錫盟電大文科教研室；牛志強，北京工人出版社編審；陳昌恆，華中師大出版社編輯；劉耕路，中央黨校文史部教授；謝孟，中央電大中文系；鍾優民，吉林省社科院文學所所長、研究員；何鵬，吉林大學中文系本科生；姚天雪，吉林大學中文系研究生；孟令政，白城市印刷廠廠長。

附錄十九：中華全國第五次《金瓶梅》學術討論會紀要

中華全國第五次《金瓶梅》學術討論會於 8 月 6 日至 10 日在長春吉林大學召開。吉林大學副校長劉中樹教授致開幕詞。來自臺灣、大陸各高等院校、科研機構和出版社的 150 餘位專家學者蒞會。會議收到論文百餘篇，學術著作 9 種。

近十年來，金學研究蓬勃發展，先後出版了《金瓶梅》的一些重要版本，並對作品進行了多方面的研究。年逾古稀的臺灣《金瓶梅》研究專家魏子雲先生說：「近十年來，大陸學者對《金瓶梅》研究日漸活躍，這方面的著述與日俱增，海峽兩岸的交流亦逐漸頻繁。」他希望海峽兩岸學者同心努力，共同切磋，將《金瓶梅》中眾多的問號得到解答，表達了海峽兩岸學者的共同心願。

與會者的共識

與會者回顧十年研究歷程，總結對《金瓶梅》重新評價取得的成果時，在對《金瓶梅》社會意義、美學價值、歷史地位的評價上已取得共識。

有的學者指出：《金瓶梅》是中國文學史上的一座巍巍昆侖；或曰：《金瓶梅》和《紅樓夢》是中國小說發展史上的兩個高峰。《金瓶梅》比《紅樓夢》早問世約二百年，《金瓶梅》作者是曹雪芹藝術革新的先驅，曹雪芹的創作繼承和發展了《金瓶梅》的藝術經驗，從繼承革新的角度評價，可以說沒有《金瓶梅》也就不可能產生《紅樓夢》。

就小說藝術描寫完整的家庭環境來看，有的學者指出：《金瓶梅》是古代小說複製出的第一個完整的家庭環境，爾後才出現了《醒世姻緣傳》《紅樓夢》和《歧路燈》等對完整的家庭環境出色的描寫。把《金瓶梅》放在中國小說發展史上看，就形象描繪多

種關聯式結構層面的完整家庭環境，具有得風氣之先的里程碑的歷史意義。

就《金瓶梅》人物性格塑造來看，有的學者指出：《金瓶梅》在小說史上占有獨特地位，在它之前的古典小說人物性格塑造基本上是類型化的，而在《金瓶梅》眾多的人物形象呈由類型化向典型化過渡的趨勢。有學者進一步指出：《金瓶梅》主要人物是具體的渾一的多面的真實的人物，而不是某種性格類型或觀念圖式，塑造出一個個具有立體結構的「性格」。《金瓶梅》中出現的一些人物是令人耳目一新的「這一個」，堪稱是作者的獨特的藝術發現。《金瓶梅》人物塑造藝術對此後的《聊齋志異》《醒世姻緣傳》《儒林外史》《歧路燈》《紅樓夢》等產生了直接而深遠的影響。似乎可以這樣說，經過《三國演義》《水滸傳》等書的醞釀準備，到了《金瓶梅》，中國古代小說的典範作品已由情節小說轉變為性格小說，這是中國小說藝術的一次歷史性飛躍。作者把如此重大而深刻的社會內容融匯到西門慶一家的日常生活中來，就形成一種「黃河之水天上來，奔流到海不復回」的氣勢，給人以巨大的整體感和歷史感，從而第一次為封建制度敲響了喪鐘。《金瓶梅》不愧為封建末世的百科全書式的作品。

有的學者探討了《金瓶梅》與明清詩文小說、明清豔情小說的關係。論者列舉明代小說十三種，引述二十多種豔情小說，《金瓶梅》均不在列，淫書的作者且不把《金瓶梅》視為淫書。明清時代「淫書」氾濫，《金瓶梅》既非始作俑者，也沒有那麼大的負面影響，理清《金瓶梅》與豔情小說的關係，可以洗刷「淫書」之惡諡，還可以探尋明清小說發展之脈絡，認清《金瓶梅》成書歷程，辨其功過，使它不再被視為色情小說，而是放在世界文學名著架上。

對於《金瓶梅》的不足之處，有的學者指出：《金瓶梅》主要是暴露黑暗，與《紅樓夢》相比，《金瓶梅》的描寫掩蓋了或壓抑了它自身蘊含的「詩意的光輝」，它重摹寫，少亮色。

對於《金瓶梅》的社會意義、認識價值，學者們指出，毛澤東特別注意作者對封建社會經濟生活的描寫。毛澤東說：「《東周列國志》寫了很多國內鬥爭和國外鬥爭的故事，講了許多顛覆敵對國家的故事，這是當時上層建築方面的複雜尖銳鬥爭。缺點是沒有寫當時的經濟基礎，當時的社會經濟的劇烈變化。揭露封建社會經濟生活的矛盾，揭露統治者和被壓迫矛盾方面，《金瓶梅》是寫得細緻的。」（轉引自逄先知〈記毛澤東讀中國文史書〉，見《光明日報》1986 年 9 月 7 日）毛澤東的評論，對當今的金學有啟示意義。研究《金瓶梅》反映的經濟領域中的矛盾鬥爭，可以說明我們形象地認識封建社會、瞭解歷史。有的研究明史的學者稱《金瓶梅》為明代嘉靖萬曆年間形象的商業史。

毛澤東對《紅樓夢》曾給予很高評價，引以為民族的驕傲。《金瓶梅》是《紅樓夢》的祖宗，在中國小說史與世界小說史上都占有重要地位，同樣也是我們民族的驕傲。《金

瓶梅》《紅樓夢》都是中華民族的寶貴文化遺產。

進一步探索《金瓶梅》的奧秘

　　《金瓶梅》是一部偉大的寫實小說，但卻是一部非常難讀的作品，是一部意象複雜、意蘊豐富、充滿矛盾的作品。它的很多奧秘，尚未得到揭示。這次學術討論會宗旨就是貫徹「雙百」方針，促進學術交流，在總結以往研究成果的基礎上，進一步研討《金瓶梅》的思想與藝術、時代背景、成書及問世後的影響，以推進《金瓶梅》研究的深化、提高。

　　《金瓶梅》有眾多的問號等待我們索解回答。金學界對它的研究存在較多分歧意見，幾乎在每一方面的具體問題上都有不同的看法，諸如作者、成書、版本、背景、思想、語言等，都有待於通過百家爭鳴，求得研究的深入。

　　（一）關於《金瓶梅》產生的社會背景及作品思想性質問題上存在分歧意見。這次研討會特邀明史研究專家學者蒞會，他們發表了關於《金瓶梅》歷史背景的看法，認為《金瓶梅》真實地反映了中國封建社會末期的面貌、特點，如封建吏治的腐敗、商業的畸形發展等。明代中期雖然在東南沿海地區出現了資本主義萌芽，但非常微弱，又局限於個別地區。《金瓶梅》沒有反映資本主義的萌芽，甚至可以說和資本主義萌芽完全沒有關係。有的學者與上述觀點不同，認為《金瓶梅》描寫的是中國16世紀新興資產者的夭亡。西門慶的縱欲無度是新興的商業資產者看不清社會發展方向，不知道自己怎麼辦才如此的。與此相關的，有的論文從倫理角度認為《金瓶梅》展示新生的倫理觀念，體現了追求個性解放的人文主義思潮。另有學者則認為西門慶是富商、官僚、惡霸三位一體的人物，其典型意義是：借西門慶以描畫世之大淨，以刻毒之筆展示晚明社會腐敗，是世紀末的悲哀，而不把西門慶看作新興資產者。認為西門慶是新興資產者的學者認為西門慶發家史帶有資本原始積累的歷史形態。這一分歧涉及《金瓶梅》的社會經濟背景，西門慶典型形象的特質及作品思想性質問題。50年代關於《紅樓夢》的研究出現了市民說、地主階級叛逆說和農民說的分歧。現在，關於《金瓶梅》的研討也遇到了這種問題。這一問題不僅是一部小說的問題，而是涉及如何認識中國末期封建社會歷史的問題，包括文化傳統、思想觀念的演變問題，必然會引起學術界廣泛的興趣與重視。

　　（二）關於《金瓶梅》成書過程兩說，仍各持己見。世代累積型的集體創作說主張者從方言俗語的繁雜、小說文本中的重複矛盾、整部作品中保留的說書人的「套話」（留文），進一步說明《金瓶梅詞話》不但不是出於作家個人獨立創作，甚至可以說根本就沒有任何文人作家插過手。持作家獨立創作說的學者進一步分析《金瓶梅詞話》的創作情況，認為全書由三部構成：前七十五回（前八十回去掉第五十三回至五十七回）；後二十回；補作五回（即五十三回至五十七回）。前七十五回是用第三人稱全視角來寫的，善於從整體

上發展上把握生活，表現出一種令人震驚的、無可奈何的幻滅感；後二十回則是一種列舉式的描敘，描寫下層社會比描寫上層社會要多一些，但並不能給人以完整的時代性的觀感。《金瓶梅》三部分的思想、藝術水準是有高下之分的。前七十五回的作者是一位已跨入近代小說門檻的，可與吳敬梓、曹雪芹並駕的小說巨匠。還有持非集體創作說的主張者認為《金瓶梅》是一部反映文人眼光的作品，《金瓶梅》作者借用話本修辭技巧，不過是一種「擬說唱體」的寫法。

（三）《金瓶梅》作者之謎仍是一些學者探討的重點。持世代累積型的集體創作說者認為：多提一個作者等於多罩上一層迷霧；層層環繞的迷霧，只能使作者之謎越顯得撲朔、難解。持作家獨立創作說者仍在執著地索解《金瓶梅》作者之謎。王穉登說的提出者認為：《金瓶梅》中王景崇的後人王招宣及其妻林太太、子王三官，應是王穉登家「族豪」醜類原型的藝術再現，並反駁了屠隆說的論據。屠隆說的支持者對其說進行了補正：《花營錦陣》「魚游春水」詞題寫者笑笑生、《山中一夕話》增訂者笑笑先生、《金瓶梅詞話》序所云蘭陵笑笑生即屠隆。《絳雪樓未刻稿》（天一閣藏手抄本）記屠大年（屠隆之堂侄）：「坐臥一樓三十載，著一奇書」。此奇書只有屠隆所得，並幫助完成此書。倘若此書果是《金瓶梅詞話》，屠隆即是改刪撰定者。

（四）關於《金瓶梅》版本。以前，我們只知道最早提到《金瓶梅》的資料出自清初作家丁耀亢，他在〈續金瓶梅後集凡例〉第四條云：「小說類有詩詞，前集名為詞話，多用舊曲。今因題附以新詞，參入正論，較之他作頗多佳句，不至有套腐鄙俚之病。」這次研討會上，有兩位專家學者的論文引述《幽怪詩譚》小引中提到湯顯祖賞《金瓶梅詞話》的資料，認為這裡所提及的即是現存之《金瓶梅詞話》。湯顯祖逝世於萬曆四十五年，《金瓶梅詞話》刊本刊刻不能早於萬曆四十一年以前。「小引」中的這條資料引起了與會學者的重視。

關於《金瓶梅》崇禎本較為罕見。適應學術研究的需求，經國家新聞出版署批准，山東齊魯書社於 1989 年 6 月出版崇禎本會校足本（以北京大學圖書館藏書為底本），後又由香港三聯書店於 1990 年 12 月重印，便於學者瞭解現存各種崇禎本的情況。浙江古籍出版社於 1991 年 7 月出版崇禎本校點刪節本（以日本內閣文庫藏本為底本），配李漁全集發行。兩種新出版的崇禎本在本次研討會上與學者們睹面，受到熱烈歡迎。關於崇禎本與詞話本的關係，會上有兩種意見：一種意見認為崇禎本是以現存《金瓶梅詞話》為底本改寫加評點的，它們之間是父子關係。崇禎本在版刻上保留了現存詞話本的因素。北大藏崇禎本第九卷題作「新刻繡像批點金瓶梅詞話卷之九」，日本天理藏本、天津圖書館藏本、上海圖書館藏甲乙兩種本第七卷題作「新刻金瓶梅詞話卷之七」，這是崇禎本據詞話本改寫的直接證明。此外，詞話本誤刻之字，崇禎本亦往往相沿而誤，如詞話本第三十九

回：「老爹有甚鈞語分付」，「鈞」為「鈞」之誤刻，北大藏崇禎本、日本內閣文庫藏崇禎本亦相沿。另一種意見認為現存詞話本為翻刻本，還有原刊本即「吳中懸之國門」的本子。今存翻刻詞話本與崇禎本之間不是父子關係，而是姐妹關係，它們都據詞話原刊本過錄修改。本次研討會有數篇論文探討了以上問題。關於現存詞話本四種的看法，一種意見認為同版；一種意見認為不同版。關於今存詞話本，有學者認為即最初刊本，另有學者認為是翻刊本，還有原刊本。研討會上會下爭論極為熱烈。

「金學」新趨勢

提交本次研討會的百餘篇學術論文按內容分，論《金瓶梅》人物、藝術成就、審美價值的約占四分之一，論成書、版本、背景及影響的約占四分之一，論作者與論語言的合在一起約占四分之一，論文化意義及其它方面的約占四分之一。從論文內容看，學者們的研究視角深入到了文本內部，力圖揭示作品的豐富內涵和藝術審美價值。《金瓶梅》作者之謎的探索雖然仍是一些學者探討的重點，但是限於材料，短時期內很難有新的開拓與進展。有的學者批評〈金瓶梅作者是賈夢龍〉一文立論輕率，提出該文生硬坐實對照小說地名、人名，未從《金瓶梅》文本實際出發。《金瓶梅》地名環境是一個藝術空間，並非現實的某地。

吳組緗先生在沈天佑著《金瓶梅紅樓夢縱橫談》一書序文中說：「我的管見，各種不同角度的研究，歸根到底都應是為了幫助人們讀懂這兩部書。」有一部分學者對這一意見極為重視，將繼續在基礎性研究工作上下工夫，目的是為說明讀者讀懂讀通《金瓶梅》。學者們正在撰寫的這方面的學術著作有：《金瓶梅女性世界》《金瓶梅人物悲劇論》《金瓶梅語言探秘》《金瓶梅注疏》《金瓶梅詩詞鑒析》《金瓶梅研究簡史》等。

從《金瓶梅》與傳統文化的關係角度的研究已引起重視。這次研討會論文有論《金瓶梅》與儒、釋、道的，有論《金瓶梅》的理欲觀的，有論《金瓶梅》中的家庭婚姻形態的，還有綜論《金瓶梅》是多元文化複合的結晶的。

學者們非常關心金學的健康發展。有的學者熱情坦率地認為《金瓶梅》研究也有誤區，和緩些說是「當代《金瓶梅》研究的幾點遺憾」，該文指出「急功近利，結論先行」就是遺憾之一。他希望研究者以科學的態度客觀地評價作者與作品。還有學者對今後的金學提出兩點積極的建議：一是要加強黨的領導，貫徹黨的學術方針，以進一步繁榮祖國的學術事業。二是要加強對毛澤東文藝思想的學習與運用，特別是要研究毛澤東對古典文學的論述，堅持運用歷史唯物主義分析研究《金瓶梅》及其它文學遺產。

研討會由吉林大學中國文化研究所王汝梅教授致閉幕詞。他祝願與會專家學者為金學，為弘揚民族文化優良傳統做出更多更大的貢獻。

（滋陽）

附錄二十：第二屆國際《金瓶梅》學術討論會籌委會第一次會議紀要

　　第二屆國際《金瓶梅》學術討論會籌備委員會第一次會議於 1991 年 1 月 26 日至 27 日在山東省棗莊市嶧城區（即嶧縣，古蘭陵）召開。參加會議的有劉輝、吳敢、黃霖、周鈞韜、張遠芬、蔡敦勇、及巨濤、卜鍵、黃希堅、卜繁華、夏春豪、張士魁、田秉鍔、張文德、孟繁成、杜學平、李鋒、呂飛舟、范宗平、徐太義、王春震、頓亞彤、李慶海、賈新章、王善民、齊賢清、劉鳳新、李芳園、許志強、徐高潮、孫啟民、張磊、楊傳珍等同志。

　　在中共棗莊市委、市政府的大力支持和熱情幫助下，會議開得熱情活潑，嚴肅認真，取得了圓滿成功。

　　這次會議對第二屆國際《金瓶梅》學術討論會的有關籌辦事宜議定如下：

　　一、第二屆國際《金瓶梅》學術討論會定於 1992 年 6 月 15 日至 20 日在山東省棗莊市嶧城區召開。此次會議由棗莊市文化局、嶧城區人民政府和中國《金瓶梅》學會主辦。為開好這次國際《金瓶梅》學術討論會，由中國《金瓶梅》學會、棗莊市和嶧城區等有關方面、部門聯合成立籌委會，籌委會下設辦公室，由孟繁成同志任辦公室主任，杜學平同志任辦公室副主任，並配備四名專職工作人員。會議的一切籌辦事宜均由籌委會研究決定，籌委會休會期間的具體會務工作由籌委會辦公室負責處理。

　　二、第二屆國際《金瓶梅》學術討論會的宗旨是：全面交流近幾年國內外《金瓶梅》研究的學術成果，增進國內外金學研究者的相互瞭解，加深友誼，從而把《金瓶梅》研究推向一個新的水準。

　　三、初步擬定邀請 45 位海外學者、90 位國內學者參加會議，同時邀請國內部分新聞出版界的代表列席會議。

　　四、凡出席會議的正式人員，必須按規定要求向籌委會提交一篇具有新論點的高品質論文（萬字以內），由籌委會學術組審定後確定出席資格（詳細規定見〈預備通知〉）。

　　五、會議期間將安排《金瓶梅》學術研究成果展，《金瓶梅》題材戲劇演出等文化交流活動。同時安排到古蘭陵（嶧縣）石榴園、曲阜的參觀遊覽活動。

　　六、計畫 1991 年 8 月中旬在長春召開的第五屆全國《金瓶梅》學術討論會議期間和 11 月中旬在山東省棗莊市嶧城區召開籌委會第二次和第三次會議，分段研究第二屆國際《金瓶梅》學術討論會的有關事宜。

　　會議期間，中共棗莊市委副書記秦堯基，市委常委、副市長王允琳等黨政領導到會看望了參加會議的人員，並與中國《金瓶梅》學會的負責人具體商定了有關事宜。

附錄二十一：第二屆國際《金瓶梅》學術討論會組織委員會名單

主任：孟繁成，棗莊市對外文化交流協會會長。副主任：李忠林，棗莊市對外文化交流協會副會長；褚慶方，棗莊市政府副市長；劉輝，中國大百科全書出版社教授；杜學平，嶧城區對外文化交流協會會長；張本忠，棗莊市文化局局長。成員：袁世碩，山東大學中文系教授；王汝梅，吉林大學中國文化研究所教授；張遠芬，徐州教育學院院長；魏子雲，臺灣教授；黃霖，復旦大學中國語言文學研究所副教授；吳敢，徐州市文化局局長；周鈞韜，江蘇省社科院文學所所長；趙恩法，棗莊市對外文化交流協會常務理事；吳曉鈴，中國社科院文學所研究員；王利器，北京大學教授；牛家義，嶧城區政府區長；范宗平，棗莊市文化局副局長。秘書長，范宗平（兼）；副秘書長，李慶海，嶧城區政府副區長。

附錄二十二：第二屆國際《金瓶梅》學術討論會與會人員名單

孟繁成，棗莊市對外文化交流協會會長；李忠林，棗莊市對外文化交流協會副會長；褚慶方，棗莊市人民政府副市長；劉輝，中國大百科全書出版社教授；杜學平，嶧城區對外文化交流協會會長；張本忠，棗莊市文化局局長；袁世碩，山東大學教授；王汝梅，吉林大學中國文化研究所教授；張遠芬，徐州教育學院院長；魏子雲，臺灣教授；黃霖，復旦大學中國語言文學研究所副教授；吳敢，徐州市文化局局長；周鈞韜，江蘇省社科院文學研究所所長；趙恩法，棗莊市對外文化交流協會常務理事；吳曉鈴，中國社科院文學研究所研究員；王利器，北京大學教授；牛家義，嶧城區政府區長；范宗平，棗莊市文化局副局長；李慶海，嶧城區政府副區長；白維國，中國社會科學院語言所副研究員；常汝先，中國大百科全書出版社文藝部副主任；卜鍵，中國藝術研究院副研究員；宋斌，人民日報社記者；盧興基，中國社科院文學所編審；王永安，人民日報群工部副主任；金香梅，燕山出版社編輯；張霽蒼，中國國際廣播電台記者；于潤琦，中國作家協會館員；鄭晉，中國建材工業設計學會副教授；王恂，中國建材報社副編審；陳永暉，中央人民廣播電台記者；李世華，北京宣武醫院副主任醫師；周續賡，北京師院副教授；陳文良，燕山出版社社長；王學仁，石家莊軍分區駐京辦主任；席小平，中國人口報副總編輯；孫念久，中國人口報山東記者站站長；吳建群，人民日報記者；馬良，中國社科院編輯；張小平，北京郵局；吳廣生，新華社國內部記者；楊林林，經濟日報主任記者；孫燕，中國文化報記者；蘇麗萍，光明日報記者；杜維沫，人民文學出版社編審；王麗娜，北京圖書館副研究員；趙玉昕，南開大學旅遊系教授；甯宗一，南開大學東方文化藝術系教授；羅德榮，天津大學人文系副教授；任少東，百花文藝出版社編輯；楊

彤，天津電子技校；逄彤，天津泥人張彩塑工作室高級美術師；孟昭連，南開大學中文系講師；傅憎享，遼寧省社會科學院研究員；楊愛群，春風文藝出版社編輯室副主任；厲平，遼寧師範大學講師；湯蘭升，大連市藝術研究所所長、副研究員；朱捷，揚州職工大學副教授；馮保善，江蘇古籍出版社編輯；蔡瓊，張家港市；周琳，江蘇文藝出版社編輯；王同書，江蘇省社科院文學所副所長；張蕊青，江蘇省社科院編輯；谷立兆，金陵之聲廣播電台主任記者；黃高德，金陵之聲廣播電台記者；唐曉瑜，江蘇省計經委；鄭慶山，黑龍江克山師專教授；李鳳儀，大連市委黨校副教授；于鳳樹，吉林大學副研究員；仲懷民，吉林大學出版社副編審；姚天雪，吉林大學中文系碩士研究生；趙傑，清河縣政協副主席；何香久，滄州地區文聯二級作家；田兵，貴州省文聯副主席；周中明，安徽大學中文系教授；呂紅，安慶師範學院講師；宋謀瑒，山西長冶師專教授；申士堯，陝西教育學院中文系副教授；魯歌，西北大學中文系副教授；陳東有，江西大學中文系講師；鄭閏，寧波師院副教授；陳先林，福州鐵路分局；馬征，四川省社科院副研究員；陳昌恆，華中師大出版社副編審；及巨濤，徐州市文化局副科長；侯學忠，徐州市文化局；李申，徐州師院中文系副教授；齊慧源，徐州幼師講師；馮子禮，運河師範高級講師；張士魁，徐州師院中文系副教授；吳以徐，彭城大學美術系講師；趙興勤，徐州師院中文系副教授；孔繁華，徐州師院學報副編審；夏春豪，淮海工學院語文系副教授；張文德，徐州市文化局助理研究員；孟憲章，徐州教育學院中文系副教授；田秉鍔，徐州市文化藝術研究所所長；宋學春，人民日報駐山東記者站記者；顧方東，中國新聞社山東記者站記者；劉德玉，新華社山東分社主任記者；朱文傑，新華社山東分社主任記者；張和勇，山東畫報社記者；梁永耀，大眾日報社編輯；楊國勝，大眾日報社記者；董振生，山東省臺辦處長；張鴻魁，山東省社科院副研究員；孫競昊，山東師範大學助教；周晶，齊魯書社編輯室主任；侯書良，山東文藝出版社編輯；孟祥中，山東省社聯副編審；楊樂堂，曲阜師大馬列部助教；劉中光，聊城師院中文系副教授；劉文學，聊城社科聯主席、副教授；張秀貴，聊城社科聯副主席；杜明德，臨清市志辦公室主任；張榮楷，臨清市政府城管會主任；呂永燦，臨清市政協副主席；房文君，臨清市人事局副科長；王玉玖，山東蘭陵酒廠工會主席；余岢，濟寧師專副教授；劉志敏，棗莊市文化局副局長；張晶，棗莊市戲研室主任、一級編劇；徐太義，棗莊市外事辦副主任；王宜勤，棗莊市總工會副主席；王裕安，棗莊師專校長；崔本廷，棗莊師專副書記；鮑延毅，棗莊師專教授；胡小林，《棗莊師專學報》副主編；王曉祥，棗莊師專副教授；申寶坤，棗莊師專副教授；李芳元，棗莊師專高級講師；李魯祥，棗莊師專講師；姚奇，棗莊時代雜誌社主編；許志強，棗莊市政協講師；田學超，《大眾日報》駐棗記者站站長；王善民，棗莊市文聯二級作家；李貴珍，山東電台駐棗記者站站長；李可，山東電

視台駐棗記者站副站長；趙邦正，棗莊電台記者；秦力林，棗莊日報記者；張濤，棗莊日報記者；楊傳珍，棗莊市文聯《抱犢》雜誌社編輯；徐高潮，滕州市僑辦；陳景河，吉林省作協；江月啟，南開大學旅遊系教授；陸大偉，美國密西根大學助理教授；維伯夫人，德國；伯爾納夫人，德國；李士勳，德國波鴻魯爾大學留學生；鈴木陽一，日本神奈川大學教授；荒木猛，日本長崎大學教授；賀瑛莉，法國東方大學；雷威安，法國波爾多第三大學系主任、教授；陳益源，臺灣清華大學講師；朱傳譽，臺灣天一出版社社長；梅節，香港海島文化事業有限公司總經理；李翰祥，香港錦西貿易有限公司總經理；陳喜蓮，香港錦西貿易有限公司董事。

附錄二十三：第二屆國際《金瓶梅》學術討論會綜述

第二屆國際《金瓶梅》學術討論於 1992 年 6 月 15 日在山東省棗莊召開。

中國黨和國家歷來堅持「百花齊放，百家爭鳴」的方針。建國以來，特別是改革開放以來，國內學術界開展了一系列的《金學》研討活動。自 1985 年全國首屆《金瓶梅》學術討論會在江蘇徐州召開以來，金學的研討活動比較活躍，國內已召開了五次全國《金瓶梅》學術討論會，並於 1989 年 6 月在徐州召開了首屆國際《金瓶梅》學術討論會。會前，成立了中國《金瓶梅》學會。這些活動，為研究工作提供了良好的條件，一大批中青年研究者脫穎而出，開創了《金瓶梅》研究的新局面。特別是首屆國際《金瓶梅》學術會議的成功舉辦，使金學形成了海內外連袂的新格局，掀起了全方位展開的熱潮。參加這次國際會議的代表計 150 餘人，分別來自亞、歐、美三大洲的七個國家和地區，共提交論文一百餘篇，對《金瓶梅》的版本、作者、流傳過程、評點、創作主旨、美學風貌以及《金瓶梅》中所反映的宗教、經濟、風俗等許多方面進行了研究和探索。

一、對《金瓶梅》早期刊本中詞話版系的三部書（北圖本、慈眼堂本、棲息堂本）究竟是不是同版的問題，學術界一直存有不同的看法。歸納起來有兩種意見：一種意見認為這三部書是同版，唯棲息堂本第五回末頁，因某種原因造成異版，但不能因此把全書視為異版。持此觀點的有日本大安株式會社，它在影印《金瓶梅詞話》例言中闡明了這種觀點。大陸學人黃霖先生、臺灣魏子雲先生、日本學者鳥居久晴先生等根據書的刻版樣式和梓行情況亦認定是同版。另一種意見是認為不是同版，儘管幾部書有許多酷似之處，但仔細核校仍可發現細微差別，不同程度地說明它們不是同版，而是三個相對獨立的版本。持此觀點的有大陸學人劉輝先生，他在〈金瓶梅成書與版本〉一文中指出，北圖本與慈眼堂本「經細校，雖然兩者版式、文字相同，皆為十卷，一百回，無圖，但文旁圈點有異，略有不同，說明它們並非同版，刊刻時間或稍有先後」。日本澤田瑞穗先生在

〈金瓶梅研究與資料〉中也是認為三部書不是同版。在這次會議上于鳳樹先生在〈談談《金瓶梅》版本〉中也認為不是同版。他從四個方面進一步比較、研究了慈眼堂本與北圖本的版本同異問題：(1)寫刻、字體、版面存在著差異。(2)圈點之不同。(3)回末空格數量、規格之不同。(4)字詞的差異。他認為，字詞的差異是版本同異的重要標誌之一，並舉出十二處重要差誤處，結論是不同版，如果是同版，則不會出現這些並非偶然的差異的。

另外，王汝梅先生針對「李漁評改《金瓶梅》」之說，提出了否定性的意見。他經過考證認為：僅據首都圖書館藏《新鐫繡像批評金瓶梅》的第 101 幅插圖背面的兩首詞署名「回道人題」，便認定回道人是李漁的化名，根據是不充分的。再者，清兩衡堂刊本《笠翁評閱繪像三國志第一才子書》序中關於《金瓶梅》的一段評論文字也不足為據，更不能據以說明李漁是《金瓶梅》的評改者。因為該序已被篡改過，是一篇真假參半的序文。第三，在「彭城張竹坡批評《金瓶梅》」刻本之後出現了多種翻刻本，其中有一種扉頁上端題：「康熙乙亥」年，框內右上方：「李笠翁先生著」，這是書賈慕其盛名，偽託「李笠翁先生著」，因為張竹坡在康熙乙亥年評點《金瓶梅》時，李漁已去世十五年，張竹坡評點的原刻本沒有「李笠翁先生著」，張竹坡在該書的「讀法」第 35 則中又說不要無根據地去猜測《金瓶梅》作者的姓名，顯然，「李笠翁先生著」不可能是張竹坡刻印時的原樣。

二、《金瓶梅詞話》是民間藝人說話的話本還是出於「大名士」手筆的「我國第一部文人獨創的長篇小說」？這個問題一直是學術界爭論的熱點。這次討論會上也擺出了兩種對立的觀點。周中明先生〈從語言文字看《金瓶梅》話本特色——兼評「世代累積型的集體創作說」〉一文，從《金瓶梅》「保存了話本小說的原始形態和風格」，「基本上未經刻書人和其他文人的修改潤色」，「刻於明代嘉靖年間的《清平山堂話本》，與經過馮夢龍加工修改的《三言》中相同篇章的比較之中」，「從明萬曆年間刻印的《金瓶梅詞話》與經過文人修改的明崇禎本《金瓶梅》的比較之中」，發現有許多相似之處，從而得出結論說：「從語言文字上確可證明《金瓶梅詞話》是基本上未經文人加工的說話人的話本」。傅憎享先生在〈《金瓶梅》話本內證〉中也是持這種觀點的，他從「話說說話」「云云何云」「看官聽說」「贊詞套語」「有詩為證」「口語上口」「話本正本」等方面，「證明著原初是話本，是說話人講述，藝徒強記的忠實耳錄。經過書坊的粗加工，走上閱讀的案頭。又經過崇禎本文人的精加工，便泯沒了說唱的特徵，遂產生了文人獨立創作的誤解。」但孟昭連先生在〈談《金瓶梅》中的人名諧音與成書〉中得出了與「話本說」截然相反的觀點，認為「《金瓶梅》絕非藝人創作的口頭說唱文字，而是一部文人創作的案頭小說作品」。他說：《金瓶梅》中如應伯爵（硬白嚼）、溫必古（溫屁股）這類人物的諧音命名，是為了表達含蓄而深刻的獨特諷刺效果，即既刻骨入髓

又含而不露，醜惡卑賤掩飾在莊重和文雅的表象下面，「這是作者煞費苦心創造出來的一種諷刺方式，而且也只能是一種書面文學的諷刺方式！正因為這種諷刺方式能產生雙重的藝術作用，所以屢為後來的文人作家所效法，甚至連曹雪芹這樣的高才都沒有例外」。諧音命名作為一種文學技巧而非語言技巧，「卻意外地為我們認識《金瓶梅》的成書問題提供了一條鐵的證據。」

　　三、對《金瓶梅》的文化思索是這次討論會的又一個重要內容。《金瓶梅》是一部社會史，也是一部文化史。蘭陵笑笑生以逼真的寫實手法，幾乎複製出十六世紀後半葉商品貨幣薰染下的城鎮市民生活的原貌，生動地表現了市民文化的生態和特徵。書中包容了諸多新的文化因數，展示了當時社會的商業意識、商品經濟、享樂哲學、女性覺醒、奴僕叛逆、大家族解體、官本位削弱以及道德標準、宗教情緒、風俗習慣、審美意趣等內容，都超前地表現了中國文化的發展趨向和潛在危機，或多或少地折光映照了中國文化和未來走向；而它的幾乎是突然地面世，又使明代的士大夫知識階層感到驚詫、愕然；但它卻使後人從一個重要角度，窺測和把握明代中期以來急劇變化的社會生活，有益於人們對中國傳統社會走向問題的思考。

　　孫競昊先生在〈一種沒有出路的市民文化〉中指出：《金瓶梅》所反映的「對財、色欲求的追逐，主導和規定了市民文化的旨趣和特質，耽樂縱欲的靡然風尚無益於創造新的生產方式和社會文明生長所必需的物質前提和精神憑藉，衝擊傳統踐踏傳統，又不能超越傳統，對這種市民文化的理解，必須將它納入它所產生和生存的社會結構中去。市民文化所蘊含的對人性異化的反抗只是一種非理性的生命衝動，無法產生對傳統社會革命性的摧毀和建設性的轉化」。他並以張竹坡的「洩憤」說為依據，認為笑笑生「把對社會的體驗和蘊含其中的精神氣質的感知，化為書中的人物及其活動，將自己反抗社會壓抑的異端意識，注入西門慶等人的荒淫無度的宣洩裡，求得痛快和歡暢。然而作者又看不到希望和光明，困惑無奈中只能從佛教輪回的結局裡尋求心靈的撫慰。這兩種心緒矛盾著，交織著。唯其如此，他才複製出市民生活和文化的生態原貌。……作為新生事物的市民文化沒有出路，便也宣告了傳統社會沒有出路，這就是《金瓶梅》給讀者的最大啟示。」

　　田秉鍔先生在〈《金瓶梅》與中國文化〉中提出了西門慶是一個「特殊的文化人」的看法，頗給人以啟迪。他說，「文化的載體是人，所以小說都是形象的文化史」，而西門慶則是一個「特殊的文化人」。在《金瓶梅》中像西門慶這樣沒有文化，卻偏偏又用他們的生活構成中國文化的某一側面，甚至領導了某種文化的新潮流，製造了某種文化景觀的人還大有人在。「西門慶雖然不是中國古代社會傳統的讀書而成就的文化人，但他以多向的文化追求，多元的心理展示，多方位的社交聯絡，多災多福的人生變奏，

騰躍於清河縣這個人生大舞台時，畢竟做出了他的文化建設和文化破壞。」「西門慶的文化水準只能算個半文盲。他用生命的軌跡顯示了傳統文化對人的塑造。他的生活是世俗的文化生活，所以他是比武松這個英雄更有文化內涵的文化人。中國文化是由無文化的文化人製造著、改造著、更新著，這確是我未讀《金瓶梅》時沒曾料及的。」

四、隨著學術界對《金瓶梅》文本研究的深入，對於書中所展示的宗教問題的研究也越來越深入。魏崇新先生的〈金瓶梅的宗教意識與深層結構〉的文章，可稱為這個研究領域中的力作。該文從《金瓶梅》創作中所表現的宗教意識入手，著重分析了宗教意識對《金瓶梅》的主題、人物及敘事結構的影響制約，認為：第一，《金瓶梅》懲人心、戒人欲的創作主旨主要源自佛、道兩教的宗教倫理；第二，《金瓶梅》對人物命運的關注，對人物性格的描寫，受著因果報應思想的制約與因果律的支配；第三，宗教的因果報應、輪回迴圈的思維形式，造成了《金瓶梅》開放與封閉交織的敘事模式，對《金瓶梅》的整體結構起著重要作用。總之，宗教意識給《金瓶梅》的創作帶來了新的創造，也帶來了明顯的局限。其因果報應的宿命論與僵死的宗教模式，對後來小說的創作造成不良影響。《金瓶梅》的續書，不論是《玉嬌李》還是《續金瓶梅》，都是受到這種宗教模式的啟發，沿用這一宗教輪回模式，撰結故事安排人物的，這說明因果迴圈的宗教思維定勢制約了一代中國古代小說家的創作。「但無論是創造還是局限，是開放還是封閉，蘭陵笑笑生以宗教意識與思維形式思索人生，敘述故事，給《金瓶梅》增加了哲理意味與宗教內涵，促進了古代小說的新變化，也使《金瓶梅》擺脫了《三國演義》《水滸傳》《西遊記》等長篇小說單線鬆散的結構形式，使長篇小說的結構更加系統化，更適合於表現紛紜複雜的現實生活，也更具審美性，這不能不說是中國古代小說創作的一種進步。」

余岢先生在〈金瓶梅佛道意識初探〉中認為，作者笑笑生在塑造的西門慶這個人物身上表現了佛道意識、輪回報應思想與現實人生的矛盾。他「以『性』作為起點，以『空』作結，不僅自己否定了自己，否定了實實在在的人生，還給人以淒迷縹緲之感，這是與世情小說勸人入世的宗旨相悖逆的」。西門慶實際上是一個「異教徒」，他「想以金錢為支點，為槓桿，來改造神佛以為我用」，他是「某一時期經濟文化和宗教文化相矛盾而又糅合而成的一個角色」。

五、近年來金學界對《金瓶梅》的價值進行了多方位的深入探討。尤廣才先生的〈《金瓶梅》研究與社會價值之探討〉，周金降、朱育英先生的〈從《金瓶梅》對官僚制度的揭露看明朝的滅亡〉等文章對《金瓶梅》的社會價值、政治價值做了較為深刻的討論，指出「明代已處於中國封建社會的衰落時期，而明代中後期官僚制度更是腐敗叢生，監察系統嚴重失靈，考核制度幾廢，官吏任用弊端百出，官吏結黨營私，貪污成風，政以

賄成，徇私枉法，惡無所懲，封建官僚制度的腐敗與黑暗到了如此程度，明代怎能不亡！」

在不少代表的發言中都肯定了西門慶這個人物所體現的新的價值傾向，認為他是一個新興的商人，是彪悍的充滿了野心的，也是為《金瓶梅》作者所基本肯定的一面。作者不無欣賞地描寫了西門慶善於經營、精於理財的本領，並讓他的願望一個接一個實現，肯定了他追求財富的思想行為，而且逐漸成為一種社會行為。而這正透露著人類文化發展和社會歷史進步的信息。周克良先生在〈一個概括晚明社會情態的平凡人〉文中認為，西門慶既是「集中概括晚明社會情態的奇特人」，也「還是一個周身帶有新色素的平常人」，因為「西門慶的觀念意識繼承和發展了宋代農民起義『不事神、佛、祖先』的思想」，「對傳統文化思想意識而言，這種觀念意識不能說不新」。在西門慶看來，人生無非私欲、錢財兩般，而這二者對人又是一律平等的，只要下功夫爭取，誰都能獲得，一旦獲得了豐富的錢財，欲望就會不斷得到滿足，而最終掌握平等自由的主動權。周克良先生的文章還說：商品經濟與平等交換的權利又是共存亡的，把西門慶的觀念意識放在馬克思的「商賦人權論」中去透視，不能不說是一種無意的、自然的吻合。比起《水滸》突出的人人生來平等的人權意識來，又不可同日而語。在商品經濟不發達的古代社會它確有較強的生命力，而《水滸》則無法實現，只是空想。「惟能如此，可見西門慶身上的新色素的光輝的一斑」。但是，西門慶的價值觀念並不都具有全新的意義，其中仍保留有相當濃厚的傳統思想，也有著封建末世社會中沒落階級沒落情緒的消極影響。

在討論這個問題時，不能不提到新近出版的王啟忠著的《金瓶梅價值論》一書。會上，這本書受到好評，認為給人以新意。作者不囿前人思路，採用了八個研究視角，對小說的多重價值進行了綜合性的剖析。在多重視角的交叉射線下，開掘出小說深處的價值意蘊。如分析小說的文化意蘊時，把小說的形態剖析、歷史比較和人文觀念研究結合起來，指出《金瓶梅》是世俗文化挑戰的歷史性成果。中國文學發展史本來是一部俗文學和俗文化向雅文學和雅文化不斷挑戰，兩者互相吸收、移植、同化為新的文學樣式和文化形態的過程。《金瓶梅》正是在近代文化嬗變時期以肯定私欲和追求個性自由的俗文化精神沐浴下，開拓了世俗言情小說的先河，它所描寫的市井生活和家庭瑣事更近於大多數庶民百姓的真實生活，它所運用的「山東土白」，包括一部分吳語鄉音，對典雅深奧的官方文言和書面化的白話，也是革命性的突破，這就使《金瓶梅》的價值研究，擺脫了單向褒貶的思路，而在多向思維的比較和互補中得到辯證綜合的深入。

作為文學名著的《金瓶梅》，早就被國外學人翻譯成為多種文字出版，受到高度的評價。值得高興的是，在這次會議上，德文全譯本的譯者奧托·祁拔的女兒維伯夫人、伯爾納夫人專程趕來參加會議，並將德文全譯本《金瓶梅》送給「國際《金瓶梅》資料中心」。這個全譯本是德文第一部全譯本。這個全譯本耗費了奧托·祁拔兄弟的半生心

血，二次世界大戰時，前三卷的印本乃至手稿焚毀於納粹主義者之手，祁拔兄弟又重新譯出，兩人合起來一共用了三十多年的時間全部譯完。幾經周折，終於於 1992 年將六卷本全部出版，其藝術價值獲得德國學術界的高度評價。這部書在德國書店裡被放在世界文學著名書架上。

（辛文）

附錄二十四：第六屆全國《金瓶梅》學術討論會與會人員名單

劉輝，中國大百科全書出版社教授；王利器，北京大學教授；寶成關，吉林大學行政學院教授；王同書，江蘇省社會科學院文學所副研究員；周晶，齊魯書社副編審；白維國，中國社會科學院語言所副研究員；朱世滋，燕山出版社副總編；孫玉明，中國藝術研究院紅研所助理研究員；盧興基，中國社會科學院文學所編審；舟揮帆，湖南省文聯《理論與創作》編輯部執行主編；張文德，徐州市文化局助理研究員；路秉傑，同濟大學建築系教授；張兵，《復旦學報》編輯；袁震宇，復旦大學教授；呂紅，新昆侖影業公司編劇；裘蒂卓，中國藝術研究院紅研所助理研究員；鄭向前，中國藝術研究院《紅樓夢學刊》編輯；卜鍵，中國藝術研究院紅研所副研究員；王啟忠，黑龍江省社會科學院研究員；樊維綱，杭州師範學院中文系教授；林冠夫，中國藝術研究院紅研所研究員；李魯歌，西北大學中文系副教授；劉娜，西北大學職員；及巨濤，中國《金瓶梅》學會秘書處副研究員；朱傳譽，臺北天一出版社社長；梅節，香港夢梅館總編輯；魏子雲，臺北市藝術專科學校教授；馮元娥，臺北市藝術專科學校教授；周中明，安徽大學中文系教授；吳敢，徐州市文化局局長；潘志義，黃山市徽州區西溪南供銷社；李健，徐州市文化局秘書；駕聖模，寧波師範學院中文系副教授；李燃青，寧波師範學院中文系教授；王肇亨，寧波師範學院中文系副教授；張榮楷，臨清市城委會主任；杜明德，臨清市史志辦副編審；內希玉，臨清市幹部；孫孝生，臨清市幹部；付金龍，臨清市幹部；孫遜，上海師範大學文學所教授；陳詔，《解放日報》編審；孔繁華，《徐州師範學院學報》副編審；趙興勤，徐州師範大學中文系副教授；沈悅苓，文化藝術出版社編輯；鄭閏，寧波師範學院中文系；苗壯，遼寧師範大學教授；胡明，中國社會科學院文學所副研究員；姚力芸，太原師範專科學校講師；牛貴琥，山西大學古典文學所講師；馬永勝，山西應縣；陳昌恆，華中師範大學出版社副編審；陳益源，臺灣文化大學講師；朱彰年，寧波師範學院院長；裴明海，寧波市文化局副局長；戚天法，寧波市文聯副主席；路水準，寧波市天一閣文保所所長；華長慧，鄞縣人民政府副縣長；周時曆，鄞縣縣委宣傳部副部長；吳和平，鄞縣人民政府辦公室主任助理；周靜書，鄞縣人民政府辦公室

科長；陳濟開，鄞縣接待辦公室科長；戴嘉庭，鄞縣縣委報導組；陳萬豐，鄞縣文管會辦公室主任；陳宏國，鄞縣電視台記者；胡小波，鄞縣電視台記者。

附錄二十五：求實求是，搞學術不搞騙術
——第六屆全國《金瓶梅》學術討論會側記

秋風送爽，金桔散發出芳香，第六屆全國《金瓶梅》學術討論會，於 1993 年 9 月 14 日至 19 日在浙江省鄞縣召開。

自 1985 年 6 月首屆全國《金瓶梅》學術討論會在徐州召開以來，先後在徐州、揚州、臨清、長春召開了五次國內會議，在徐州、棗莊召開了兩次國際會議。這次是由鄞縣人民政府和寧波師範學院承辦的第六屆全國討論會，在鄞縣黨政領導的關心和會議組委會的努力下，為代表們創造了一個良好的學術環境，為金學的大繁榮、大發展做出新的貢獻。

中國《金瓶梅》學會借首屆國際《金瓶梅》學術討論會在徐州召開之機，於 1989 年 6 月 14 日成立。在學會成立之前，已在徐州召開了兩次國內學術討論會，為學會的成立做了多方面的準備工作。學會成立後，積極組織了兩次國際學術討論會和兩次國內學術討論會。在這期間，學會組織了「《金瓶梅》題材戲曲展演」「泥人張《金瓶梅》大型彩塑展」等文化交流活動，拓寬了專業研究者的視野，使金學具有了社會文化學的意義。在 1990 年 2 月南京舉辦的「海峽兩岸明清小說金陵研討會」上，由於學會負責人的積極組織和部分會員的認真參與，使得金學首次成為海峽兩岸學者間正式會議交流論題，學會還組織了兩岸金學家的歡聚與專題交流等活動，聯絡感情，商定交流項目及具體計畫，取得了良好效果。1990 年 10 月在山東臨清召開了第四屆討論會，集中就《金瓶梅》的歷史地理背景、《金瓶梅》與運河文化等論題進行深入細緻地研討，並對書中涉及的若干地理問題進行了實地考察，取得可貴的成果。這是一次具有專題色彩的學術會議，它標誌著金學研究的科學化、專業化發展的進程。1992 年 6 月 15 日棗莊國際會議的召開，海外學者積極參考，使金學研究出現了海內外連袂共同促進、共同提高的新格局。

學會的另一件重要工作是創辦了《金瓶梅學刊》，後改名為《金瓶梅研究》，由學會主辦，江蘇古籍出版社出版。它是一本專業性的年刊，現已出版四輯。在編輯方針上，注重發表具有新材料、新思維、新觀點的文章，力求把學術的嚴肅性和成果的多樣性結合起來，並採用向學會會員、海內外研究機構免費贈送的方式，以便及時交流共用學術成果，促進了金學研究水準的提高，受到各方面的讚賞。

在學會開展的日常工作中，除積極關注會員的研究動向和研究成果外，還注意與會員保持必要的聯繫，通報必要的情況，注重與海外金學研究者的聯絡，多次接待國外來訪者。此外，還認真做好「國際《金瓶梅》資料中心」工作。該中心自 1989 年創建以來，克服了經費、收藏條件等困難，始終堅持正常的搜集材料、分類編目和聯絡交流工作。現在已收藏有關版本和研究專著 300 餘部，期刊及散頁資料 4000 餘份，並成立了資料中心管理委員會。資料中心於 1990 年 6 月正式開放，現已接待來訪者 1000 多人次。

總之，自《金瓶梅》學會成立以來，在學會理事會和會員的一致努力下，宣導和培育了求實求是的學風和團結奮進的會風，《金瓶梅》的研究取得了令人欣喜的成績。

本次會議發揚了過去優良的會風，認真地就《金瓶梅》的版本、作者、藝術價值等問題進行了熱烈討論，取得了一定的收穫。此外，這次會議還就《金瓶梅》研究隊伍的學風問題進行了熱烈的討論、認真的總結。代表們一致肯定了前些年《金瓶梅》研究取得的不容低估的成績，也批評了學術界存在的不正學風，一致提出要端正學風，發揚求實求是的學風。

代表們回顧了我國學術界自八十年代初，在改革開放時代精神鼓舞下，打破對《金瓶梅》研究的禁區，多方展開，深入發展，取得了可喜的成績。海外漢學界也造成了全球性的研討熱點。中國《金瓶梅》學會應運而生。它作為全國性的專題學術團體，得到海內外金學研究者的關心支援，得到國家有關部門和相關的地方政、企事業單位的督導扶持。學會積極開展工作，對推動金學與相關學術交流活動的有效展開和健康發展做出了貢獻。

大家指出，由於金學研究的深入，從多方面肯定了中國這部古典名著的不同凡響的價值，進一步澄清了《金瓶梅》是不是淫書的問題，因而推動了《金瓶梅》著作的出版，使得《金瓶梅》的多種版本得以重新問世；各類研究專著、資料彙編大量湧現，這反過來又為《金瓶梅》的研究提供了方便，出現了所謂的《金瓶梅》熱。

但是，一些研究者尖銳地指出，在今天出現的所謂《金瓶梅》熱中，也隱伏著一些令人不安的因素。在商品經濟大潮的衝擊下，學術研究隊伍中出現了一些不正之風，即不是踏踏實實以研究為目的，而是以賺錢為目的；不是一心一意搞學術，而是在很大程度上搞騙術。比如，一些臨時拼湊、率意編撰的《金瓶梅》專著，內容雜亂，錯誤百出，影響了金學的嚴肅性和得之不易的學術聲譽，令人遺憾不已。一些不法之徒，又利用社會獵奇心理，大量非法盜印《金瓶梅》並投入黑市，牟取暴利，已對圖書市場和民眾閱讀心理形成了危害。國內一些單位以工作需要為由，非法從境外進口了相當數量的《金瓶梅》，也為正常的金學研究和有關版本的出版帶來了困難。

有些研究者指出，前幾年國內有幾家出版社出版的《金瓶梅》存在著許多錯誤。首

先是校點中的錯誤，校點者把多處標點點錯。其次是勘誤中的錯誤，有的校勘者對原本中不清楚的字或有疑問的地方，不去下苦功夫，查找多種版本，認真校勘，而是率意添加刪改，弄得和原本面目全非；有的校勘者標榜自己參閱了多種本子校勘，其實不完全是這樣，仔細閱讀就會發現許多問題，大有欺騙讀者之嫌。這些版本中的錯誤，校點者、出版者不僅沒有及時改正，有的還一版再版，反復印刷發行，使謬誤流傳。這幾年先後由人民文學出版社、齊魯書社、浙江古籍出版社等出版了幾種刪節本和全本，以黃霖等人校點的由浙江古籍出版的比較好。

會上，代表們欣喜地得知，國內學者正認真地搞會評本，力爭出版一個較完善的本子，給金學提供一個可信的本子。因為版本是研究的基礎條件，有沒有可靠的版本，這是能否搞好研究工作的先決條件。

大家指出，學術是一件極嚴肅的事，考證必須有根有據，評論必須以理服人，研究必須注意歷史的、經濟的、文化的、政治的和倫理道德的多方面條件，也即用歷史唯物主義的態度和實事求是的精神去評價作品的各種價值，去研究作品中的人物，才有可能做出比較切合實際的評價，把研究推向深入，任何唯心主義的態度和形而上學的方法，都不可能把研究推向深入。

學風不正還表現在有的評論者在批評別人的時候不認真研究對方的觀點，或者斷章取義，想當然地亂加指責，既無據又無理，不能服人。看起來言辭激烈，實則內容空泛，蒼白無力，給人以賣弄之嫌，抬高自己打擊別人之嫌，恰恰反映出批評者的膚淺無知，與求實求是學風相去甚遠。魏子雲先生在發言中不無遺憾地指出：「我已出版的《金瓶梅》研究各書，大陸朋友擁有完完整整者，不止三、二人，惜乎未能對拙作提出質疑而批判，只是零零星星的斷章取義，作為資料，用之於文，成之於書，是以頗感失望。」

代表們對金學界的不正之風進行充分討論後，一致認為，這次《金瓶梅》學術討論會，既是一次認真的學術交流會，也是一次整頓學風的會議，進行批評與自我批評的會議。大家回顧了已經取得的成績，又檢點了研究工作中存在的問題，頭腦更加清醒，腳步更加踏實，這預示著《金瓶梅》研究將走上一個新的台階。大家謹慎地指出，《金瓶梅》研究是一個極為嚴肅的學術領域，在這一領域裡，我們只能提倡求實求是的學風與團結奮進的會風，提倡為弘揚民族優秀文化而不懈努力的精神，任何以贏利為目的，任何有損於社會健康心理的行為，都應受到嚴正的譴責。

（辛文）

附錄二十六：第三屆國際《金瓶梅》學術討論會與會人員名單

吳安琳，徐州市展覽館館員；吳敢，徐州教育學院院長、書記、研究員；張遠芬，徐州教育學院督導員、副教授；孔凡濤，徐州教育學院辦公室副主任；馬曉東，徐州教育學院辦公室秘書；孟進厚，鄖陽師專成教處處長、副教授；傅憎享，遼寧省社會科學院研究員；張國星，中國社科院文學所《文學評論》研究員；卜鍵，文化藝術出版社常務副社長、研究員；杜明德，臨清市政府副編審；苗壯，遼寧師大中文系教授；葉桂桐，煙台師院中文系教授；劉輝，中國大百科全書出版社教授；王麗娜，北京圖書館研究員；楊篤文，大同高專校長；殷憲，大同高專黨委書記；李青山，大同高專教務處長；翟綱緒，大同高專教授；袁海林，大同高專講師；李奉戩，大同高專副教授；夏東輝，大同高專副校長；李晉民，大同高專副教授；杜維沫，人民文學出版社編審；周中明，安徽大學中文系教授；惠百團，西安培華專校副教授；及巨濤，徐州市文化局二級編劇；魯歌，西北大學中文系副教授；劉娜，西安博覽書屋經理；黃強，江蘇科技報記者；許志強，棗莊市政協記者站記者；孟昭連，南開大學中文系副教授；鮑延毅，棗莊師專教授；馮子禮，運河師範高級教師；趙興勤，徐州師範大學中文系副教授；衛朝暉，雁北師院；趙誠煥，韓國慶州專門大學助教授；解正德，北嶽文藝出版社《名作欣賞》副編審；羅德榮，南開大學中文系教授；宋謀瑒，晉東南師專教授；潘慎，太原師專；姚奠中，山西大學教授；閻鳳梧，山西大學教授；牛貴琥，山西大學副教授；許建平，河北師大出版社副教授；李志剛，山東省勞動廳訓練中心講師；馬永勝，應縣文聯主席；李伊白，中國社科院文學所《文學遺產》副編審；李忠昌，遼寧省政法委編審；崔溶澈，韓國高麗大學副教授；李無忠，韓國高麗大學研究生；甯宗一，南開大學教授；周晶，齊魯書社副編審；梅節，香港夢梅館總編輯；陳昌恆，華中師大出版社編審；陳東有，南昌大學中文系教授、博士；楊小凱，中國大百科全書出版社副編審；潘承玉，紹興文理學院副教授；許振東，廊坊師專講師；馬巧英，太原大學教授；孫安邦，山西古籍出版社總編輯、編審。

附錄二十七：臨清市承辦第三屆國際《金瓶梅》學術討論會組織委員會組成人員名單

顧　　問：許繼善（聊城地區東昌《金瓶梅》學會會長），張效之（聊城師院院長）

主任委員：劉輝（中國《金瓶梅》學會會長）

副主任委員：

　　吳　敢（中國《金瓶梅》學會副會長兼秘書長）

　　　　李顯科（臨清市市長）

　　　　黃　霖（中國《金瓶梅》學會副會長）

　　　　許世水（臨清市委宣傳部部長）

　　　　王德義（臨清市副市長）

　　　　張榮楷（臨清市《金瓶梅》學會會長）

委　　員：

　　　　劉文學（聊城地區東昌《金瓶梅》學會副會長）

　　　　張秀貴（聊城地區社科聯主席）

　　　　鍾道純（臨清市政府辦公室主任）

　　　　丁保辰（臨清市公安局局長）

　　　　及巨濤（中國《金瓶梅》學會副秘書長）

　　　　卜　鍵（中國《金瓶梅》學會副秘書長）

　　　　許鐵生（臨清市文化局局長）

　　　　胡良起（臨清市財政局局長）

秘　書　長：及巨濤（兼）

副秘書長：卜鍵（兼）　　張榮楷（兼）

附錄二十八：
「第四屆國際《金瓶梅》學術討論會山東五蓮協商籌備會」會議紀要

　　「第四屆國際《金瓶梅》學術討論會山東五蓮協商籌備會」於 2000 年 8 月 15 日上午在山東五蓮縣山城賓館召開。參加籌備會的有中國《金瓶梅》學會劉輝、及巨濤、孔凡濤，山東大學王平，山東省《金瓶梅》文化委員會杜明德，山東省五蓮縣何子孔、劉祥亮、董福增、秦緒堯等。經過與會同志充分協商，達成以下共識：

1. 會議由中國《金瓶梅》學會、山東大學、山東省五蓮縣人民政府主辦。

2. 會議名稱為「第四屆（五蓮）國際《金瓶梅》學術討論會」。

3. 會議地點：山東省五蓮縣山城賓館。

4. 會議日期：暫定為 2000 年 10 月中旬。

5. 會議籌委會組成：

　　主　任：劉　輝

　　副主任：吳　敢、黃　霖、劉祥亮、王　平

　　委　員：卜　鍵、及巨濤、孔凡濤、李志剛、董福增、秦緒堯

　　　　籌委會連絡人為：

　　　　徐州：吳　敢、及巨濤、孔凡濤

　　　　濟南：李志剛

　　　　五蓮：董福增、秦緒堯

　　為便於開展各項籌備工作，籌委會責成中國《金瓶梅》學會組成學術組，五蓮縣人民政府組成接待組、宣傳組、保衛組、衛生組等，分頭具體落實各項會務事宜。

　　6. 會議經費：由五蓮縣人民政府負責與會代表的食宿、接送、會場、衛生、安全、遊覽等費用，以及 10 位特邀老同志的差旅費用，其他代表的差旅費自理。會議規模不超過 120 人。專場演出演職員（30 人）的食宿由五蓮縣政府負責，往返車輛自備。

　　7. 會議安排：會議日程由中國《金瓶梅》學會秘書處制訂，會議通知由學會秘書處發出，回執分別寄至學會秘書處和五蓮縣政府。有關會議的其他具體事宜由籌委會成員協商解決。

附錄二十九：第四屆（五蓮）國際《金瓶梅》學術討論會與會人員名單

　　劉輝，中國大百科全書出版社教授；黃霖，復旦大學中國語言文學研究所教授；吳敢，徐州教育學院院長、書記、研究員；魏子雲，臺北市安和路二段 74 巷二號四樓、教授；梅節，香港青衣島青華苑 E 座 3007 號、總編輯；陳慶浩，12，Rue Dumas 93800 Epinay s/s France、研究員；崔溶澈，韓國高麗大學中文系教授；甯宗一，南開大學東方藝術系教授；王汝梅，吉林大學文學院教授；袁世碩、嚴蓉仙，山東大學文學院教授；魏同賢，上海古籍出版社編審；王平，山東大學文學院教授；陳美林，南京師範大學文學院教授；陳詔，解放日報社新聞正高級職稱；杜維沫，人民文學出版社編審、專家委員；王麗娜，中國國家圖書館研究員；盧興基，中國社科院文學所編審；張慶善，中國藝術研究院《紅樓夢》研究所所長、研究員；李萬鵬，山東大學文學院教授；傅憎享，遼寧省社會科學院研究員；張國星，中國社科院文學所《文學評論》雜誌社副社長；及巨濤，徐州文化藝術學校校長、二級編劇；劉敏君，人民日報社海外版文藝部主任、主任記者；孫蕾，陽穀縣政府副縣長；劉光輝，陽穀縣旅遊局局長；劉洪軍，陽穀縣旅遊公司經理；陳東有，南昌大學文學院教授、研究生處處長；李善基，南昌大學文學院碩士生；胡華宏，南昌大學文學院碩士生；馬俊志，聊城市電業局統計師；王承丹，曲阜師範大學中文系副教授；張銀堂，山東大學威海分校中文系副教授；鮑延毅，棗莊師專教授；黃強，江蘇科技報編輯、記者；黃瑞珍，香港理工大學中文及雙語學系助理教授；張錦池，哈爾濱師範大學中文系教授；洪濤，香港城市大學語文學部；張金蘭，臺灣中央研究院研究

助理；何德隆，臺南藝術學院研究生；桑哲，山東省濟南市、編輯；董文成，遼寧大學中文系教授；殷黎明，臨清市博物館館長、館員；楊國玉，河北建築科技學院人文社會科學系副教授；盛偉，淄博市蒲松齡研究所所長、研究員；劉玉湘，淄博市蒲松齡紀念館副館長、副研究員；張進德，河南大學文學院副教授；于山大，北京石油學院附中教師；曹萌，鄭州大學文化與傳播學院教授；郭芳，青島社科院副編審；王希金，徐州教育學院；張東升，徐州教育學院；王偉，徐州教育學院；鄭倩，山東大學國際合作與交流處副處長；佟光武，山東大學國際合作與交流處處長、教授；徐顯明，山東大學副校長、教授；馮子禮，邳州市運河師範副教授；馬道遠，濰坊晚報社編輯；丁其偉，五蓮縣委統戰部副部長；杜明德，臨清市政府市志辦副編審；李志剛，濟南市五月花大酒店總經理；張廷興，山東省委黨校文史部副教授；張清吉，諸城市報社副編審；葉桂桐，煙台師範學院中文系教授；孫秋克，昆明高等師範專科學校中文系副教授；曾慶雨，雲南民族學院中文系副教授；刁統菊，山東大學民俗學研究所研究生；張勃，山東大學民俗學研究所研究生；山曼，煙台師範學院教授；符柯，濟南市迅達印務中心經理；巢貴南，濟南市；宋培憲，聊城師範學院副教授；閭增山，聊城師範學院副教授；劉中光，聊城師範學院教授；許建平，河北師大中文系副教授、復旦大學古籍所 2000 年博士研究生；范嘉晨，青島大學文學院中文系副教授；潘慎，太原師專教授；苗壯，遼寧師範大學教授；姜志信，《保定師專學報》編審、編輯部主任；何香久，滄州市文聯一級作家；張鴻魁，山東省社科院語文所研究員；吳波，南京師範大學博士生、副教授；李印元，陽穀縣政協辦公室文史辦主任；張學鋒，陽穀縣文化局原局長；曹保國，陽穀縣文化局局長；辛憲彬，陽穀縣文化局；王小舒，山東大學文學院副教授；孔慶水，曲阜師大日照分部副教授、副主任；李其鑾，棗莊市中區委黨史辦主任；伊琳娜，俄羅斯遠東大學中文系、山東大學留學生；葉蓮娜，俄羅斯遠東大學中文系、山東大學留學生；王祥林，棗莊市體改委；孫之梅，山東大學文學院副教授；趙炯，臨沂市財政學校副教授；陳力新，山東大學文學院；張國貴，臨沂市政協秘書；范正生，泰安師專中文系副教授；王恒展，山東師範大學中文系教授；石玲，山東師範大學中文系教授；徐文軍，山東師範大學中文系副教授；徐征文，臨沂市社聯主席；劉家驥，臨沂市政協副主席；鄒宗良，山東大學出版社副編審；李永祥，濟南教育學院中文系教授；楊彬，復旦大學博士生；竺青，中國社科院文學所《文學遺產》副編審；孫玉明，中國藝術研究院《紅樓夢》研究所副研究員；孔凡濤，徐州教育學院宣傳部副部長；趙天為，徐州教育學院中文系碩士生；周紅，徐州教育學院；馬衍，徐州教育學院中文系副教授；史春燕，徐州教育學院中文系碩士生；孫霞，徐州教育學院中文系碩士生；趙興勤，徐州師範大學中文系教授；孔繁華，徐州師範大學中文系教授；耿志明，徐州文化藝術學校辦公室主任；李春

璽，徐州文化藝術學校總務處主任；曹燁，徐州文化藝術學校財務處主任；余自信，棗莊日報社記者；文慶珍，山東省棗莊市；許志強，棗莊市政協記者站副站長；孟昭連，南開大學中文系副教授；高振中，北京市 166 中高級教師；張弦生，中州古籍出版社副總編、編審；張辰明，江蘇省梆子劇團會計；石鐘揚，安慶師範學院中文系教授；陳益源，臺灣中正大學中文系副教授。

附錄三十：第四屆國際《金瓶梅》學術討論會綜述

由中國《金瓶梅》學會、山東大學、五蓮縣人民政府聯合主辦的第四屆國際《金瓶梅》學術討論會於 2000 年 10 月 23 日至 25 日在中國山東省五蓮縣召開。本屆會議恰逢中國《金瓶梅》學會成立十週年，也是自首屆《金瓶梅》學術討論會舉行以來的第十屆，又恰是新舊世紀之交的一次盛會，所以意義非同尋常，不僅對《金瓶梅》這部巨著的研究本身，而且對學會的建設也尤為重要。這次會議的主要任務是：回顧《金瓶梅》研究歷程，展望《金瓶梅》研究前景，交流《金瓶梅》研究新見。來自法國、韓國、臺灣、香港及全國 14 個省市的 120 餘位專家、學者與會，共提交論文 105 篇，就《金瓶梅》的作者、成書、版本、語言、思想、藝術及金學的回顧與發展等方面進行了廣泛的交流和探討。現將會議討論情況綜述如下：

一、關於《金瓶梅》研究的回顧與展望

百年歷程，世紀之交，對於《金瓶梅》研究狀況的回顧與展望意味著學術上的繼往開來。中國《金瓶梅》學會副會長兼秘書長吳敢研究員〈20 世紀《金瓶梅》研究的回顧與思考〉是本屆會議受到廣泛讚揚的一篇力作。文章將 20 世紀的《金瓶梅》研究史劃分為 1901-1923，1924-1949，1950-1963，1964-1978，1979-2000 五個階段，認為：20 世紀的《金瓶梅》研究，自 1901 年至 1978 年，以 1924 年魯迅《中國小說史略》出版，標誌著古典階段的結束和現代階段的開始；以 1933 年北京古佚小說刊行會影印發行《金瓶梅詞話》，標誌著現代階段的正式啟動；以中國大陸、日本、臺港、歐美四大研究圈的形成，標誌著現代階段的全面推進；以版本、寫作年代、成書過程、作者、思想內容、藝術特色、語言風格、文學地位、理論批評、資料彙編、翻譯出版等課題的形成與展開，標誌著現代階段的研究水準。至此應當說，《金瓶梅》研究具有十分厚實的根基和無比開闊的前景。20 世紀後 20 年，中國大陸的研究一度消歇之後，以其巨大的潛力重新奔突洋溢，研究成果是前 80 年的幾十倍。這一時期，繼「紅學」之後的又一門顯學——「金學」形成，中國《金瓶梅》學會創建，金學同人聚首面商，團結合作，取得了豐碩的成果，湧現了大批新人。中國的《金瓶梅》研究，經過 80 年漫長歷程，終於在 20 世紀的

最後 20 年登峰造極，當仁不讓也當之無愧地走在了國際金學的前列。

學者們一致認為，新時期《金瓶梅》研究在版本研究、作者研究、方言學研究、文化學研究四方面取得了長足進展，今後的《金瓶梅》研究應從百家爭鳴的狀況逐漸趨向集中，各個層面的研究者都應相互尊重。南開大學甯宗一教授更提出了金學研究十二字：「毋需共同理解，但求各有體驗」，祈願金學研究者保持崇高的學術風度、學術胸懷。

韓國高麗大學崔溶澈教授則介紹了《金瓶梅》在韓國的傳播、翻譯及研究情況。

二、關於《金瓶梅》的作者

這是本屆會議討論的熱點問題，山東省諸城報社張清吉副編審〈《金瓶梅》作者丁惟寧考〉，沿著《金瓶梅》抄本「發源地」的追蹤這一線索，對其作者、作者的化名和成書年代等等作了一番探考，考證出《金瓶梅》最早是從山東諸城流傳出去的；作者是嘉靖、萬曆年間「早年叱馭，強仕懸車，盟堅泉石，性癖圖書」的丁惟寧；該書成書於萬曆二十二年（1594）；「蘭陵笑笑生」是丁惟寧的化名，「蘭陵」即指丁惟寧罷歸後隱居著書的九仙山；為該書作序的「欣欣子」「東吳弄珠客」分別為丁惟寧的友人鍾羽正、董其昌，而董其昌在其書刊刻時又化名「廿公」為之作跋。

有的學者從《搜神後記》中的神仙人物丁令威入手，為「丁惟寧說」提供了幾方面的例證。也有學者從抄本的流傳切入，提出否定意見，認為從丁惟寧的履歷介紹並不能看出他就是《金瓶梅》的作者，而從《金瓶梅》的詩詞看，其作者應是一位生長在山東的民間藝人。河北建築科技學院楊國玉副教授則另闢蹊徑，認為發現於山東諸城的「弄珠客思白」致丁惟寧書劄，為全面破解《金瓶梅》的創作之謎提供了重要契機。通過論證，他提出：《金瓶梅》抄本的最終源頭在諸城丁家，但丁惟寧只是《金瓶梅》的續作者，原作者乃是其父丁純。

此外，河北師範大學許建平副教授重申《金瓶梅》作者「王世貞說」，並從晚明喜俗厭雅的世風、文壇崇尚模擬的習氣，以及王世貞晚年的眼疾和「號癖」等方面論證了王世貞作為《金瓶梅》作者的可能性。而山東棗莊市政協記者站許志強副站長則提出，《金瓶梅》作者是古嶧縣的明代訓導賈夢龍。

有的學者通過對《金瓶梅》中岳廟、永福寺、獅子街等場所的考證，認為《金瓶梅》與杭州關係密切，其作者是杭州人的可能性很大。然而有學者認為，從《金瓶梅》中大量使用的流通範圍極小的蘭陵方言看，其作者應是土生土長的蒼山蘭陵人。同時也有學者認為作者是蘇北人，很可能是羅汝芳的追隨者。另有學者提出，「蘭陵笑笑生」只是書商的一個騙局，他不是《金瓶梅》的真正作者，而是《新刻金瓶梅詞話》一書的編校者。也有學者對此持否定意見。

關於《金瓶梅》作者的身分，還有「民間藝人」「下層文人」「文學素養較高的大

名士」等不同觀點，但大多數學者認為：「大運河文化」是對《金瓶梅》的很好定位。

三、關於《金瓶梅》的成書和版本

對於《金瓶梅》的成書，討論圍繞的是傳統的論題與觀點。成書方式的「個人創作說」和「集體積累說」各有所提，但未引起爭論。成書時間的「萬曆說」與「嘉靖說」則各有堅持。主「萬曆說」者重申吳晗先生的觀點，認為《金瓶梅》的成書時間在明隆慶二年至萬曆三十四年之間。主「嘉靖說」者則採取了獨特的視角，從考證忠靖冠與春宮畫入手，認為《金瓶梅》的成書年代在隆慶前後，上限不過嘉靖七年（1528），下限在嘉靖末年。

另有學者從《金瓶梅》的創作年代切入，注意到《金瓶梅》有數處紀年干支與所處的宋代故事編年大相齟齬，從而認為，「這些相對於宋代紀年而言的『舛誤』干支，正是《金瓶梅》的時代密碼之所在，其真正歸宿在明代。」並由此推斷出：《金瓶梅》前80回的創作年代自嘉靖二十三年（1544）至隆慶六年（1572），歷經 29 年，其作者的生年應不晚於正德十年（1515），卒年約在萬曆初年。

對於《金瓶梅》的版本，不少學者提出新見。

吉林大學王汝梅教授〈關於《金瓶梅》張評本的新發現〉，對大連圖書館新發現的張評本與吉林大學藏本作了細緻的考證和比較，判定：大連圖書館藏本為張竹坡於 1695年刊刻的初刻本。吉林大學藏本為據張評初刻本複刻，行款、版式、書名頁、序與初刻本相同，但對評語有文字加工與刪減，對小說正文文字上有改動，並判定吉大藏本的加工刊刻者為張竹坡的弟弟張道淵。

來自法國國家科學研究中心的陳慶浩研究員，介紹了《金瓶梅》現存四種「詞話本」的存藏及流傳情況，並進行比勘，指出：山西本、慈眼堂本、棲息堂本、京大殘本「皆同一版本，唯棲息堂本第五回末葉為後刻補入者」。並以山西本為主，論證了其與後來各種影印整理本間的關係。

煙台師範學院葉桂桐教授〈《金瓶梅》的版本與作者新論〉，從《金瓶梅》四種最有代表性的刻本入手，考證了三篇序跋的寫作時間，從而理清了四種《金瓶梅》刻本序跋出現的順序、分佈及四種刻本刻印之先後。提出：日本內閣文庫藏本刻於崇禎十四至十六年，為魯重民所刻，廿公跋亦出於魯氏之手；現存所謂「萬曆本」《新刻金瓶梅詞話》並不是刻於明萬曆年間，而是刻於清順治年間或康熙初年。

四、關於《金瓶梅》的語言研究

學者們一致肯定了新時期《金瓶梅》語言學研究取得的成果，認為對《金瓶梅》語言的研究，已經從語音、詞彙、語法等方面展開，進入到了一個新的研究階段。不少學者就研究方法發表意見，如：認為從方言角度研究《金瓶梅》文本，應將範圍縮小到人

物語言的圈子之內；研究中應注意聯繫明代方志中的相關語言現象；應注意研究文本中的特殊語彙和語法結構，避免過於寬泛等。傅憎享、魏子雲、鮑延毅、張鴻魁等學者從小處著眼，對《金瓶梅》中的「篩酒」「苦丁子鹹」「虛贊」「啜哄」等語言個案進行了研究。有的學者則通過對《金瓶梅》與《聊齋俚曲》《醒世姻緣傳》的語言比較，探討了《金瓶梅》產生的地域及作者問題。

五、關於《金瓶梅》的思想意義

學者們贊同《金瓶梅》是一部現實主義傑作的說法，但論述的角度是多側面的。

許志強認為：《金瓶梅》的思想價值和意義，隨著歷史的推移而有所不同，當前可以提出一個新論點——「懲貪說」。《金瓶梅》一書說明了一個道理，即凡貪戀酒色財氣者都沒有好下場，都是自取滅亡。《金瓶梅》的作者是西門慶走向腐敗、走向滅亡的真實記錄者，《金瓶梅》一書的現實意義隨著反腐敗的深入將愈來愈顯出其藝術的魅力。同時認為，《金瓶梅》作者展現西門慶的發跡史，提示出其腐敗、墮落的經濟根源和政治基礎，也深刻揭示了當朝必將崩潰、社會變革或變更不可避免的根本原因。

哈爾濱師範大學張錦池教授提出，《金瓶梅》的結尾是有深意的，旨在說明：「錢權交易必導致人對物欲和淫樂的貪求，導致官場的黑暗，導致時風的頹敗，而『富貴必因奸巧得，巧名全仗鄧通成』的結果，是於國則破，於家則亡，於個人則難以逃脫自我毀滅的命運。」這就是作品的主題思想。因而《金瓶梅》是人間喜劇，是明代中葉的「社會研究」。

此外，「《金瓶梅》是勇敢者敢於直面現實的一面鏡子」，「《金瓶梅詞話》本是一部以佛家思想講『世戒』的小說」，「《金瓶梅》通過對中國古代女性生存情態及其命運的描寫，真實、具體而又形象地表現了中國傳統社會文化中女性的整體失落」等命題的提出，皆富有新見，引人思考。

六、關於《金瓶梅》的創作藝術

甯宗一將《金瓶梅》上升到敘事學層次來觀照。認為《金瓶梅》是中國及世界小說敘事學中的新典型，屬「另類」小說，具有反主權、反文化霸權的性質。它以直呈式的寫作，不加掩飾地呈現生活的本來面目，只能閱讀，不能闡釋，與人沒有距離，是「永恆的真切」。以西門慶為核心構成了一個消極的生活場，而不靠完整的故事構成氛圍，因而《金瓶梅》是非常單純地直面生活實質。對此，有的學者持不同意見，認為《金瓶梅》並非「直呈式」寫作；而有的學者認為《金瓶梅》的敘事方式也由點滴積累，最後集大成。

有學者著眼於《金瓶梅》的藝術結構，歸納了三個主要特點：從小說開頭和結尾的故事來說，是以「悌」起，以「孝」結；從西門氏的盛衰過程來說，是以金興，以瓶盛，

以梅衰；從貫穿全書情節結構的主要線索來說，是以西門氏的盛衰為明線，以權奸們的榮辱為暗線，二者相輔相成。

另一些學者則從傳統的人物塑造藝術著手，分析了《金瓶梅》擅長於人物個性描寫的特色，討論了蘭陵笑笑生對李瓶兒的筆下情，回顧了人們對西門慶形象評論的歷史。

此外，本屆會議對《金瓶梅》的研究探討是多視角的。文化學角度，臺灣中央研究院研究助理張金蘭〈《金瓶梅》女性服飾與身分地位的關係〉列舉了《金瓶梅》提供的女性服飾的詳細資料，試圖從中找出明代女性生活的脈絡。傳播學角度，滄州文聯作家何香久介紹了《金瓶梅》在當代傳播過程中的幾種傾向，呼籲金學家們對讀者的引導。比較文學角度，臺灣中正大學陳益源副教授探討了《姑妄言》與《金瓶梅》一書的關係，並分析彼此的異同，以加深對《金瓶梅》文學、文化價值的正確認識。哲學角度，南昌大學陳東有教授指出，「反酒色財氣的節欲觀」這一說教意義的確定，使得《金瓶梅》作者在客觀上提出了一個永恆的哲學命題：人如何處理好表現在人自身上的人與自然的關係，這一永恆命題的提出，使作品產生了超越時空的文學魅力和哲學魅力，在今天仍不失其重要的歷史價值和重大的現實意義。

本屆會議氣氛熱烈，交流廣泛，大家共聚一堂，認真思考，暢所欲言，既繼承傳統，又富於創新精神，提出了許多具有啟發性、建設性的意見和建議。會議期間對丁公祠、九仙山的實地考察，使理論與實踐結合，收到了很好的效果。與會學者們一致認為，本屆會議圓滿、成功，在世紀之交召開這次盛會，對《金瓶梅》研究和學會建設都具有重要意義。在中國《金瓶梅》學會會長劉輝編審的宣導下，大家達成共識：團結協作，繼往開來，以嶄新的史料，嶄新的觀念，取得世所認同的嶄新的研究成果和學會建設的嶄新風貌，迎接新世紀的來臨！

（趙天為）

附錄三十一：第五屆國際《金瓶梅》學術討論會與會人員名單

王汝梅，吉林大學中國文化研究所教授、室主任；黃霖，復旦大學中國語言文學研究所教授、博導；許志強，棗莊市政協記者站站長；葉桂桐，煙台師範學院中文系教授；薛忠文，山東省社科院語言文學所；張明，山東省社科院語言文學所；曹振華，山東省社科院《東嶽論叢》雜誌社副編審；黃強，江蘇省廣播電視總台副研究員、主任；陳詔，解放日報主任編輯；杜明德，臨清市市志辦公室編審；曾慶雨，雲南民族學院中文系教授；孫秋克，昆明學院中文系副教授；霍現俊，河北師範大學文學院教授；楊國玉，河北工程學院社科部副教授；王枝忠，福州大學中文系系主任、教授；王平，山東大學文

學院教授、博導；姜志信，保定師專學報編輯部主任、編審；吳敢，徐州師範大學文學院教授；張兵，復旦大學《復旦學報》編輯部教授；翟綱緒，大同大學遼金文化研究所教授；向彪，懷化學院中文系副教授；韓曉，湖北大學文學院講師；莊逸雲，四川師範大學中文系講師；楊緒容，上海電視大學中文系副教授；褚半農，上海莘莊；胡金望，漳州師範學院科研處處長、教授；陳維昭，復旦大學中國語言文學研究所教授；趙興勤，徐州師範大學文學院教授；藤原美樹，日本福山大學工學部研究助手；荒木猛，日本佛教大學文學部教授；鈴木陽一，日本神奈川大學外國語學部中國語學科教授；程小青，福建工程學院社科系講師；魏遠征，安慶師範學院中文系副教授；齊慧源，徐州教育學院副教授；張文德，徐州師範大學文學院副教授；張銀堂，山東大學威海分校中文系副教授；吳兆路，山東大學中文系講師；松本靜夫，日本福山大學教授；王進駒，暨南大學中文系教授；何香久，滄州市文聯一級作家；王國棟，河間市文化館一級美術師；韓長青，北京麒麟畫院；呂淑湘，中國教育電視台負責人；呂書奎，中國教育電視台編導；崔石安，中國教育電視台攝像；劉世梅，煙台師範學院研究生；張燕榮，漳州師範學院研究生；侯效奎，大同供電公司教育培訓中心主任、高級經濟師；韓麗霞河南教育學院中文系副教授；趙素忍，河北經貿大學人文學院講師；岳文立，河北師範大學研究生；許建平，上海財經大學人文學院副院長、教授；王發曾，河南大學副校長、博導；張生漢，河南大學文學院院長；楊國安，河南大學文學院副教授、博士；張進德，河南大學文學院教授；張大新，河南大學文學院教授；曹炳建，河南大學文學院副教授；邢慧玲，河南大學圖書館副研究員；馬玉靜，河南大學文學院副教授；王利鎖，河南大學文學院副教授；黃丙申，河南大學文學院院辦主任；劉軍政，河南大學文學院講師；康俊平，河南大學文學院研究生；劉蕾，河南大學文學院研究生；智清清，河南大學文學院研究生；呂珍珍，河南大學文學院研究生；孫建傑，河南大學文學院研究生；任永安，河南大學文學院研究生；王景曉，河南大學文學院研究生。

附錄三十二：《金瓶梅》研究史上的新起點
——第五屆國際《金瓶梅》學術研討會綜述

　　經過較長時間的醞釀準備，由復旦大學、徐州師範大學、河南大學、中國《金瓶梅》研究會（籌）共同主辦，河南大學文學院具體承辦的第五屆國際《金瓶梅》學術研討會於 2005 年 9 月 16-19 日在座落於七朝古都開封的中原百年名校——河南大學隆重召開。出席會議的國內外金學專家學者共 60 餘人，會議收到學術論文 40 多篇，專著 10 餘部。

　　從與會情況來看，既有在金學領域卓有建樹的老一代學者，也有年富力強、辛勤耕

耘的中年專家，還有一大批在金學領域脫穎而出的青年新秀。既有國內高校及科研機構的專家教授，也有日本等金學重鎮的知名學者。金秋時節彙聚古都，中外學人共論「奇書」。

這次研討會是《金瓶梅》研究史上的一個新的起點，具有繼往開來的重要意義。

作為國家一級學會，原中國《金瓶梅》學會1989年6月成立以來，工作規範，活動正常，成績突出，受到學術界的一致好評，有力地推動了金學乃至古典文學學術研究的深入發展。然而，由於掛靠單位未能及時落實等原因，2003年6月原中國《金瓶梅》學會被民政部宣佈註銷，這無異於一聲悶雷，在學會內部以及社會上引起了強烈的反響。後經原學會負責人的艱苦努力，終於使學會的重新申辦登記工作有了眉目，有關部門亦同意暫可以中國《金瓶梅》研究會籌備委員會的名義開展活動。金學同人終於又可以歡聚一堂，繼續展開正常的學術交流了。本次會議在這樣的背景下順利召開，自然有著不同尋常的意義。

其次，成立了新的理事會，並補充了一批新人進入理事會，完成了學會理事會的新老更替。會議期間，中國《金瓶梅》研究會籌備委員會召開了第一次全體委員會，決心繼承中國《金瓶梅》學會和全體同人共同開創的金學事業，將《金瓶梅》研究推向一個新的境界。這對金學事業的發展繁榮、再創輝煌，無疑具有重要的作用。

再次，為以後學術研討會的正常舉行提供了契機。會議期間，幾家單位提出了承辦下屆會議的意向，說明自此金學研究將重新步如正常的軌道，金學同人重新找回了交流切磋的學術平台。

本次會議提交的論文，涉及「金學」的多個領域。既有新觀點的闡發，也有新材料的發現，還有從新的角度的突破。涉及的主要問題表現在以下方面：

首先是關於《金瓶梅》的作者問題。這是自《金瓶梅》問世以來一直困擾學術界且至今沒有得到解決的問題。到目前為止，《金瓶梅》作者的名單已經開列出60多種，但還沒有一家的說法為學界普遍接受。正因為作者問題的考索是研究《金瓶梅》的基礎工程之一，所以研究者才殫精竭慮，孜孜以求；也正因為研究者從不同的角度得出了不同乃至截然相反的結論，所以關於此問題的研究陷入了僵局。於是，有人提出應該將作者問題暫時擱置，提出目前不具備考證作者的必要條件，不如暫時存疑。為此，徐州師範大學的吳敢提交了〈與陳大康先生討論《金瓶梅》作者說〉一文。該文針對陳大康關於《金瓶梅》作者研究的質疑，從《金瓶梅》作者是否要考證，古代名著的作者如何認定、《金瓶梅》作者為何人以及「蘭陵笑笑生」是否《金瓶梅》的作者等角度提出了商榷和建議意見。

在目前所開列的《金瓶梅》作者的名單中，復旦大學黃霖力主屠隆說，在學術界有

相當大的影響。其主要根據之一就是屠隆用過「笑笑先生」的化名，而現存的最早刊本《金瓶梅詞話》作者署名是蘭陵笑笑生。《金瓶梅詞話》第五十六回的〈哀頭巾詩〉與〈祭頭巾文〉出自《山中一夕話》（即《開卷一笑》），此書卷一題「卓吾先生編次，笑笑先生增訂，哈哈道士校閱」，卷三卻題「一衲道人屠隆參閱」，可以認定笑笑先生、哈哈道士、一衲道人、屠隆均為一個人，一詩一文的作者正是屠隆。河南大學的邢慧玲提交了〈論《山中一夕話》的增訂者笑笑先生是徐渭〉一文。文章根據《續修四庫全書》所收《山中一夕話》的另一則材料，考證出《山中一夕話》的增訂者笑笑先生是徐渭：根據這則材料，徐渭在茅山遇到三台山人並託付手稿具有可能性；《山中一夕話》部分文章顯露出徐渭的個人特色；《山中一夕話》下集有 50 餘則笑話是徐渭根據《刻徐文長先生秘集十二卷》增訂的；最後還對《刻徐文長先生秘集十二卷》的版本問題做了辨析。

1999 年，潘承玉在《金瓶梅新證》一書中提出《金瓶梅》的作者是徐渭。河南大學胡令毅、邢慧玲提交的〈《金瓶梅》作者徐渭說新論〉認為潘的觀點之所以未被學術界普遍認同，主要在於其對一些相關問題的錯誤解釋。文中提出，《金瓶梅》中的主人公西門慶，如同蔡京、朱勔等等，也是有其實際生活中的原型作依據的，而這個原型，不是別人，正是嘉靖朝地位顯赫、「威權震東南」的一品大官、兵部尚書胡宗憲，因此可以說：《金瓶梅》是一部明寫開生藥鋪、後來又做了千戶官的西門慶，暗寫徐渭的幕主、大官胡宗憲的影射小說。

《金瓶梅》的成書時間，歷來有嘉靖說、萬曆說以及嘉靖與萬曆之間等說法，這也是金學史上一個重要且尚無定論的問題。山東大學王平的〈《金瓶梅》的早期傳播及其成書時間與作者問題〉對這部小說早期傳播的文獻進行了辨析，提出全書的完成就在萬曆三十四年（1606）年前後。上海財經大學的許建平在〈《金瓶梅》成書於萬曆初年新證〉中，從小說寫到交換時所用貨幣為銀子而無寶鈔入手，結合明代貨幣形式演變經歷的由銅幣時代到銀幣時代的五個階段，得出《金瓶梅》產生的時間可能在萬曆九年「一條鞭法」在全國推行之後或萬曆十四年「古錢阻滯不行」之後的結論。角度新穎，給人以耳目一新之感。美國學者韓南曾在〈《金瓶梅》探源〉中提出的《百家公案》中的〈港口漁翁〉（即第五十回的〈琴童代主人伸冤〉）是《金瓶梅詞話》第四十七回〈王六兒說事圖財　西門慶受贓枉法〉和第四十八回〈曾御史參劾提刑官　蔡太師奏行七件事〉的來源，針對這種說法，上海電視大學的楊緒容在〈從素材來源看《金瓶梅》的成書二題〉中將《百家公案》與《金瓶梅詞話》中同一故事的情節進行了詳細的比較與分析，認為它們屬於同一故事源流，不存在誰影響誰的問題，當然根據《百家公案》的成書時間來判定《金瓶梅詞話》的成書時間就顯得站不住腳。

《金瓶梅》現存三種版本：《新刻金瓶梅詞話》《新刻繡像批評金瓶梅》和《皋鶴堂

批評第一奇書金瓶梅》。目前所見的十卷本《新刻金瓶梅詞話》於 1932 年在山西介休發現，因卷首刊有東吳弄珠客作於萬曆丁巳季冬所作的序，因此被稱為「詞話本」或「萬曆本」。《皋鶴堂批評第一奇書金瓶梅》係清初彭城張竹坡根據《新刻繡像批評金瓶梅》而加以評點的本子，故稱「第一奇書本」，這已經成為學術界的共識。至於二十卷本《新刻繡像批評金瓶梅》，一般認為它是在「詞話本」的基礎上修改加工而成，刊行於明代崇禎年間，故有「崇禎本」之稱，因此二者應該說是「父子關係」。然而，不同的觀點也不絕如縷。如在「詞話本」發現兩年後的 1934 年，吳晗就根據一些筆記推斷萬曆丁巳本並不是《金瓶梅》的第一次刻本，在它之前已經有過幾個蘇州刻本或杭州刻本行世。韓南在七十年代也提出崇禎本系統並非源自詞話本系統，八十年代以後則相繼出現了《新刻金瓶梅詞話》不是初刻，而是二刻、三刻甚至是清初所刻諸多觀點。香港的梅節提出萬曆本與崇禎本是兄弟關係或叔侄關係，而不是父子關係。針對以上觀點，復旦大學黃霖提交的〈《金瓶梅》詞話本與崇禎本刊印的幾個問題〉，針對時下海內外學者有關《金瓶梅》詞話本的版刻及其與崇禎本的關係等一些看法，論證了現存最早的《新刻金瓶梅詞話》即是初刻本，它與崇禎本之間的關係即是「父子關係」，並對各崇禎本之間的關係問題，也作了一些辯說。文章通過對「新刻」一詞的辨析，結合明人的有關記載，得出「這部《新刻金瓶梅詞話》即是初刻本，刊成於天啟年間」的結論；又結合文本的避諱與卷題情況提出，目前所見的崇禎本必據目前所見的《新刻金瓶梅詞話》修改後成書，而後者不可能根據尚未問世的前者來校改，並就卷數、序跋、書名、異文、批語等問題進行了詳盡的辨析。楊緒容的文章則通過對《百家公案》《水滸傳》與「詞話本」「崇禎本」語言文字的對校，提出崇禎本直接在詞話本的基礎上修改，二者應該是「父子關係」。

《金瓶梅詞話》是一部「借宋寫明」的小說，這已經成為不刊之論。但它究竟反映的是明代何朝的史實，有正德、嘉靖、萬曆等不同說法。河北師範大學霍現俊與江蘇廣播電視總台的黃強就此問題撰文進行探討。霍現俊的〈從明代歷史人物看《金瓶梅詞話》所反映的時代〉考察了小說中涉及的 85 個明代真實的歷史人物，發現其中有 71 個人名完全采自《明武宗實錄》和《明世宗實錄》，另外 14 個來自明代其他史料，他們均為正德、嘉靖朝人。再證之以有關文獻記載及作品涉及的史實，證明《金瓶梅詞話》所反映的時代是正德、嘉靖而絕不是萬曆。黃強的〈從王東洲墓誌銘看金瓶梅反映的正德朝史實〉一文則以出土文物王東洲墓誌銘勘照明代歷史，校驗明武宗巡視臨清的事例，來考證《金瓶梅》的時代背景。發現王東洲墓誌銘記錄的事實與《金瓶梅》的有關描寫以及明武宗巡幸有著驚人的相似之處，從而得出《金瓶梅》反映的是明武宗正德朝的結論。

　　關於《金瓶梅》文本的研究，仍然是討論的重頭戲。提交的論文有河南大學張進德的〈略論《金瓶梅詞話》的教化傾向——兼說「金學」史上的「誨淫」與「教化」之爭〉、曹炳建的〈明代資本主義萌芽時期封建商人的典型〉、康俊平的〈《金瓶梅》中的讖言探微〉、智清清的〈《金瓶梅》中的夢境描寫〉，日本國福山大學藤原美樹等人的〈《金瓶梅》的居室內部和傢俱研究〉，徐州教育學院齊慧源的〈論西門慶的假親戚〉，漳州師範學院胡金望、張燕榮的〈西門慶精神生活的文化特徵〉，安慶師範學院魏遠征的〈歲時節日在《金瓶梅》中的敘事意義〉，瀋陽師範大學曹萌的〈《金瓶梅》張揚色情的傾向及其成因〉，山東陽穀縣文化體育局曹保國、張學峰的〈論《金瓶梅》的現實主義〉，昆明學院孫秋克的〈《金瓶梅詞話》考劄〉，吉林大學王汝梅的〈緬鈴的文化蘊涵〉，《解放日報》陳詔的〈晏公廟考——答臺灣魏子雲先生〉，四川師範大學莊逸雲的〈永福寺之謎〉等。

　　張進德在文章中指出，在《金瓶梅》研究史上，「誨淫」與「教化」兩派各執一詞，仁智所見各有其依據，但雙方的偏頗也不言自明。《金瓶梅》所流露出的濃厚的教化傾向並非文學史上的孤立現象，而是中國古典小說的共同特徵，有著深刻、複雜的思想文化背景。教化意識給小說帶來的成功是客觀存在的：《金瓶梅》的思想價值與其教化主旨相依相附，教化傾向的客觀存在使得《金瓶梅》的流傳有了堂而皇之的理由，使作品的創作意圖更加彰顯，對《金瓶梅》地位的確立亦起到了不可忽視的作用。然而，《金瓶梅》中的教化意識也給小說藝術上帶來了某種缺憾，有些教化文字幾乎成了藝術上的贅疣。受其影響，在後世的小說創作中出現了「教化變異」的情況，即借教化之名行宣淫之實，使作品的實際描寫與作者的自我標榜南轅北轍。這也從一個側面反映出教化以及教化與藝術描寫的關係之於小說創作的意義。

　　《金瓶梅》中的主人公西門慶是一個亦官亦商的形象，如何認識、評價這個典型，關涉著對小說主題的客觀認知。在上個世紀三十年代，吳晗等指出《金瓶梅》是「以批判的方法，暴露當時新興的結合官僚勢力的商人階級的醜惡生活」，也即認為西門慶是一個官商形象。但八十年代以後，出現了「西門慶是 16 世紀中葉我國封建社會末世資本主義萌芽時期的一個新興商人」，「早期資本者的雛形」，「中國式的初期資本家的形象」等觀點。西門慶究竟是封建商人還是新興商人，至今仍未達成共識。曹炳建的文章重申封建商人說。他認為，不論從財產來源還是經營模式，西門慶都不具備新興商人的性質，而更多地帶有封建商人的特徵。他雖然褻瀆封建政治，破壞封建秩序，但他破壞和褻瀆的卻正是封建政治、封建秩序中最符合民眾利益的部分。他固守封建等級制度和封建婚姻制度，以殘害女性為樂，和明代後期新興市民以及啟蒙思潮的思想家們都無共同之處，他所固守的，正是封建政治和封建秩序中最醜惡的部分。他放縱的性生活，非但不具備

絲毫的「人文主義精神」，反而是對人性的踐踏和背叛。他作為一個封建商人，是新興商人的遠祖，但卻不是新興商人本身。他在商業經營中表現出一些新經濟的因素，但這並不足以撐起一個「新興商人」的形象，他仍然只能是資本主義萌芽時期封建商人的典型。胡金望、張燕榮以西門慶的精神生活作為切入點，認為其精神生活的文化特徵是貪婪、占有、虛榮、殘忍。這種特徵的形成原因不能僅僅停留在富商、官僚、惡霸等社會地位和屬性層面上的探求，而應視為中華民族負面傳統文化（追求享樂、唯我獨尊、貪得無厭等）的形象載體。如同魯迅筆下的阿 Q 精神是民族劣根性的符號一樣，蘭陵笑笑生筆下的西門慶亦是中華民族樂生文化走向極端的代表。齊慧源則從西門慶的假親戚入手對這一人物進行分析，認為西門慶的這些親戚的親情是建立在金錢和勢力之上的，是一種相互勾結、相互利用的不正常的關係，透過他們作為親戚關係真真假假的表演，可以窺見他們在親情外衣下所進行的權錢交易，及其在交易過程中所表現出的私欲的膨脹和道德的淪喪，小說借此描寫表現了明末腐朽社會龐大機體的各個部分和各個層次，深入地描寫了西門慶封建官僚商人家庭的各個方面，刻畫了那個時代圍繞在西門慶周圍的各個階層的人物的生活及其精神面貌。雲南民族大學曾慶雨提交的〈論西門慶文本內界形象的他視角差異性〉則從一個新的視點來審視西門慶形象。她提出：文本批評如果是一種傳統旨趣上的話語，很難闡釋創作主體敘述中的矛盾情節和人物形成的根源。文章通過虛擬人物西門慶形象形成過程的分析，對文本中不同的敘事層次所形成的不同形象特質對比，並通過論證指出，人物形象特質形成與敘述主體的他視角的差異性有著緊密關聯。

魏遠征、康俊平、智清清等人的文章通過對作品局部描寫的分析來探討《金瓶梅》的敘事特徵。魏遠征認為，歲時節日作為特有的時間符號，積澱著豐厚的歷史文化內涵，它們在《金瓶梅》中具有特殊的敘事意義。節日的時間點使小說產生與自然節律有著密切聯繫的生活節奏與情感節奏，節日特有的節俗活動內容既是人物性格展示的載體，又是情節發展的重要輻射點。康俊平從小說中讖言的角度分析，認為讖言作為一種文學表現手段，被作者大量地運用：營建了全書的結構框架，實現了敘事結構上的預示和照應，突出了人物性格，深化了小說主旨，渲染了悲劇氣氛。智清清對《金瓶梅》中的 16 處夢境描寫作了「思夢」「預兆夢」「魂魄夢」「冤魂夢」的歸納分類後，進而探討它們所具備的「推動故事情節發展」「使人物性格更加鮮明」「深化小說主旨及其預示故事走向」等文學功能，並指出其對《紅樓夢》夢境描寫的巨大影響。

此外，藤原美樹等人以《金瓶梅》和《清宮珍寶皕美圖》為資料，對西門慶宅邸大廳和其妻妾居室內的傢俱進行了考察，認為傢俱與主人公的起居方式密切相關，從中可見明代富裕家庭禮儀中心場所大廳與女性居室的室內意匠，是如何與生活在那裡的人們意識與感覺相關聯；小說通過傢俱及室內裝飾的描寫，表現出了人物的社會身分以及生

活方式。孫秋克對刊於《金瓶梅詞話》卷首的四首詞及部分回首詩進行了考索，並對小說中「舞手」的意義、「醉鬧葡萄架」的意蘊進行了分析。莊逸雲對小說中與作品情節與主題關係密切的永福寺的來歷及與世俗生活的關係問題進行考察，提出永福寺的描寫實際上折射了中晚明時代宗教與世俗生活複雜的關係。陳詔結合正史記載、戲曲作品、方志以及筆記小說中的資料，對至今無解的「晏公廟」進行鉤稽考索後指出，晏公實際是子虛烏有的，在朱元璋的幻覺中經過一番附會誇大，以訛傳訛，又與現實生活中的老漁翁或晏戌仔聯繫起來，從而化為人們崇拜的水神；朱元璋之所以授意其臣子在各地修建晏公廟顯然有其政治目的，通過晏公顯靈的興論，進一步證明自己是得天之助的真命天子，有助於鞏固其統治地位。《金瓶梅》中寫到許多性具，其中「緬鈴」多次出現，至今學術界歧見迭出，王汝梅結合明代豔情小說與文人筆記的有關材料，對緬鈴的結構、功能、文獻記載作了較全面的考察，基本弄清了緬鈴的真面目。

　　《金瓶梅》的情色描寫歷來是倍受學術界關注並且極為敏感的問題，它對後世小說創作的巨大影響也是人們談說不盡的話題。曹萌在提交的論文中指出：《金瓶梅》張揚色情的傾向主要表現在結構佈局、回目設置、重複與色情有關的情節場面、細節描寫與反諷四個方面。造成這種傾向的主要原因是明代中葉社會風氣的轉變，反傳統、尚人欲、重個性的社會思潮的影響，士人放縱情欲的生活風貌。從《金瓶梅》張揚色情的描寫及其成因中可以見出這部作品真實地反映了當時的社會實況，其張揚色情傾向也有其特定的文化意義，即體現出情為性先的意向，體現出一定的對人尤其是對女性作為人的肯定。

　　將《金瓶梅》放在中國小說發展史的鏈條上來關照，更能昭示其成就與地位。徐州師範大學趙興勤的〈從《金瓶梅詞話》到豔情小說───一次小說史演進中的分流與畸變〉指出：以《燈月緣》《杏花天》《桃花影》為代表的豔情小說，與「世情小說之祖」《金瓶梅詞話》有著千絲萬縷的聯繫。豔情小說一方面蔓延了《詞話》的情色表徵，另一方面拋落了《詞話》的精神實質。它們的作者平面化了《詞話》的敘述空間，捨棄了笑笑生落筆的「快意的痛苦」。此類小說以拙劣不堪的情節結構、粗俗庸濫的內容鋪敘、形象單一的人物描寫、千篇一律的偽飾之詞，構築了一堵阻礙小說藝術發展的「灰牆」。豔情小說在「後《金瓶梅詞話》時代」的氾濫，恰恰反證了封建尾聲肉身的遮蔽與沉淪，反證了知識／話語個體對壓抑的釋放與反撥，反證了封建倫理秩序面對濁流時的頹弱與坍塌。同樣，也影射出士子在扭曲的時代症候裡的人格分裂與精神殊途。河北滄州市文聯何香久的〈《金瓶梅》與《儒林外史》〉從兩部小說中寫及的讀書人形象入手，認為它們都是通過自己的人物，把一個時代的社會形象具體而細微地刻畫出來，有異曲同工之妙。從兩書塑造的讀書人身上，不惟看到一個時代的輪廓與構成，而在這社會的眾生相中，流露了時代的脈息。從這個意義上說，《儒林外史》是最得《金瓶梅》心傳的一

部世情書。暨南大學王進駒的〈論《野叟曝言》對《金瓶梅》的仿擬和改造〉認為，隆慶時期產生的長篇小說《野叟曝言》一般只從「顯才學」角度審視，實際上其小說類型呈現著多元化的取向，承續《金瓶梅》的傳統亦為其重要的方面。書中比較豐富的人情世態描寫和大量的猥褻內容明顯受到《金瓶梅》的影響。而最重要的是《野叟曝言》對《金瓶梅》敘事結構上的借鑒和仿擬：以一個中心人物的人生經歷作為全書敘事的主脈，從家庭和社會兩個方面展開中心人物的人生過程，把人生命運、家庭社會、社會環境三者緊密結合起來。當然在借鑒和仿擬中又進行了很大的改造和創新。

　　在中國小說史上，再沒有一部作品比《金瓶梅詞話》的語言現象更複雜了。對《金瓶梅詞話》中運用的方言進行研究，也是「金學」研究中的一大亮點。它不僅對於語言學研究本身具有重大意義，而且對《金瓶梅詞話》作者的考索亦具不可忽視的參考價值。這方面的文章有上海電視大學褚半農的〈尚未進入研究者視線的詞語〉、何香久的〈《金瓶梅》中的滄州方言〉、山東棗莊市政協許志強的〈關於《金瓶梅》作者問題的圖例及方言小考〉、河北工程學院楊國玉的〈《金瓶梅》行用方言探原〉等。褚半農提出，《金瓶梅》作者使用的吳方言中，大量的是上海西南鄉下頭閒話，這些閒話至今還活在鄉下頭當地人的口中。由於語言的地域性，尤其是一些語義獨特的詞語，非本地人一時很難理解，於是在分析《金瓶梅》的語言現象時，研究者有意無意迴避了這些詞語。文章就小說中部分獨特的詞語的詞性、含義、用法等作了分析。何香久則提出小說中一些詮釋難度很大的方言，竟多屬於滄州方言，大都流行於滄州市東部和南部地區，其數量大約有 200 餘則，大大超過了北京方言和吳方言。這種現象不見得證明作者是滄州人，但起碼與此一區域的文化形態有著某種聯繫或與運河文化有一定關聯。許志強對明代蘭陵（《詞話》作者署名「蘭陵笑笑生」）、臨清博平（小說故事發生地）、夏鎮新河（小說中寫及的蘭陵鄰鄉）圖例進行了考察，結合《金瓶梅》中的常用方言為蘭陵方言，從而給作者為「賈夢龍說」提供了新證。楊國玉在文章中首先指出以往《金瓶梅》方言研究作中「單一方言說」與「複合方言說」存在的方法論的缺陷，提出用歷史文獻普查法來重新審視；接著對影響較大的「吳語說」進行檢討，予以全面否定；在對大量不同籍貫作家作品檢讀的基礎上，認為《金瓶梅》基本上以北方官話寫成，其中所用的方言確是單一的山東方言；最後在檢讀現存明代前後山東作家作品的基礎上，得出《金瓶梅》所用方言「出於山東東南部，按照明代建制，其地域主要包括兗州府東部和青州府南部的十數縣」的結論。

　　此外，福建工程學院程小青的〈關於文龍的《金瓶梅》批評〉對清代繼張竹坡之後對《金瓶梅》進行系統評點的文龍的美學思想與文藝觀點進行了探討，湖北大學韓曉的〈「西門慶房屋」辯正〉對張竹坡所寫〈西門慶房屋〉疏漏錯訛給予辨析，何香久的〈《綜

合學術本金瓶梅》整理紀要〉對其即將出版的《綜合學術本金瓶梅》作了通報。

　　與會專家學者一致認為：這次學術研討會安排緊湊，討論熱烈；大家以實事求是的態度、百家爭鳴的精神暢所欲言，各抒己見，學術創獲良多；會議繼往開來，其成果必將載入金學史冊。

（張進德　智清清）

附錄三十三：第七屆全國《金瓶梅》學術討論會與會人員名單

　　袁世碩，山東大學教授，山東省古典文學學會會長；黃霖，復旦大學中國古典文學研究中心主任；梅節，香港夢梅館；陳益源，臺灣成功大學中文系教授；鈴木陽一，日本神奈川大學教授；王汝梅，吉林大學教授；盧興基，中國社科院研究員；吳敢，徐州師範大學教授；何香久，滄州市政協副主席；秦樹明，北京麒麟書院院長；熊宗英，武漢大學；張鴻魁，山東省社科院研究員；王枝忠，福州大學教授；王長友，江蘇省社科院研究員；胡金望，漳州師範學院教授；徐文軍，山東師大副教授；宮效衛，齊魯書社社長；杜明德，臨清市市志辦；褚半農，上海市作協；黃強，江蘇電視台副研究員；董國炎，揚州大學教授；孟昭連，南開大學教授；楊春忠，聊城大學教授；閻增山，聊城大學教授；趙興勤，徐州師範大學教授；張文德，徐州師範大學教授；張弦生，中州古籍出版社編審；徐永斌，江蘇省社科院副研究員；魏文哲，江蘇省社科院副研究員；王立，大連大學教授；韓猛，《山東畫報》編輯；張進德，河南大學教授；潘慎，太原師範學院教授；曹炳建，河南大學副教授；周晶，齊魯書社編審；史小軍，暨南大學教授；霍現俊，河北師範大學教授；王振星，濟寧師院副教授；鄭鐵生，天津外國語學院教授；李奉戩，大同大學教授；王貴寶，河北工程大學副教授；楊國玉，河北工程大學副教授；陳維昭，復旦大學教授；吳波，懷化學院教授；張廷興，廣西大學教授；邢永川，廣西大學副教授；趙尊生，杭州市藝術創作中心一級作家；孫玉明，中國藝術研究院研究員；沈治鈞，北京語言大學教授；許志強，棗莊市政協；李其鑿，山東省《金瓶梅》文化委員會；文慶珍，棗莊市礦務局；程冠軍，中央黨校校刊社副主任；李志剛，山東省《金瓶梅》文化委員會秘書長；張清吉，山東省《金瓶梅》委員會副會長；王文清，聊城大學教授；宋培憲，聊城大學教授；鞏聿信，聊城大學教授；劉相雨，曲阜師大副教授；王平，山東大學教授；孫秋克，昆明學院教授；邢慧玲，河南大學圖書館副研究館員；齊慧源，徐州教育學院副教授；張蕊清，上海金融學院教授；周晴，濟寧學院副教授；劉緒良，臨清市《金瓶梅》研究會；邵明思，嶧城區作協主席；張繼德，嶧城區體育總會主席；賈傳科，嶧城區委宣傳部；周長利，嶧城區委宣傳部；孫忠強，嶧城區房管局；

張同勝，山東大學博士生；樊慶彥，山東大學博士生；趙彤章，棗莊市農業銀行；王祥林，棗莊市國資委；譚楚子，徐州市圖書館；石鐘揚，南京財經大學新聞系教授；張楠，徐州工程學院副教授。

附錄三十四：正視內困，回應外擾，期待金學事業中興繁榮
——在第七屆全國《金瓶梅》學術討論會閉幕式上的會議小結

本次會議已經有了很好的總結：中國《金瓶梅》研究會（籌）會長黃霖先生在本次會議論文集前言中，對各位師友的大作，已經做出簡明扼要的分析；兩次大會的主持人對發言要點均有深刻的評議；三個小組的召集人對討論情況亦有精彩的歸納；過一會中國《金瓶梅》研究會（籌）副會長王平先生的閉幕詞，還要對會議的全面情況，以及會務方面、禮節方面，做出周到得體的說明。我只想借此機會，談一點與會的感想。

本次會議是一次非常重要的會議！大家知道，此前，1985 年 6 月在徐州，1986 年 10 月在徐州，1988 年 11 月在揚州，1989 年 6 月在徐州，1990 年 10 月在臨清，1991 年 8 月在長春，1992 年 6 月在棗莊，1993 年 9 月在鄞縣，1997 年 7 月在大同，2000 年 10 月在五蓮，2005 年 9 月在開封，我國已經召開了 11 次《金瓶梅》學術討論會。連同這次總共 12 次會議（其中全國會議 7 次，國際會議 5 次）之中，1985 年首屆全國會議，1989 年首屆國際會議，1992 年第二屆國際會議，2005 年第五屆國際會議，與本次會議，這五次都是更為重要的會議。1985 年會議篳路藍縷，1989 年會議推廣擴大，1992 年會議名副其實，2005 年會議中興重起，均令人感慨萬千，記憶猶新。本次會議則是在召開之前，《金瓶梅》研究面臨著嚴重的內困外擾。所謂內困，指《金瓶梅》研究「山重水複疑無路」，如果不開闢新的研究領域，如果沒有新的史料發現，如果不用新的理論、方法、視野更新傳統，《金瓶梅》研究便會就地打轉，甚至步入歧途，至少也是難有重大成果與發展。這不能不引起人們的高度重視！所謂外擾，指《金瓶梅》研究正在遭到尖銳激烈的批評，甚至是攻訐。這不能不引起人們的格外應對。本次會議的及時召開，本次會議日程與內容的著意安排，本次會議會前會後會內會外的廣泛研討，特別是經過會議期間召開的中國《金瓶梅》研究會（籌）第一屆理事會第二次會議的熱烈討論，既梳理了內困，更審視了外擾，求同存異，集思廣益，金學界達到了空前的團結與振奮。所以說本次會議是一次非常重要的會議！

關於外擾，我還想多說幾句。《金瓶梅》研究近年是有人攻擊嘲弄，但包括《紅樓夢》，有哪一門學問不遭到攻擊嘲弄？《金瓶梅》研究是摻雜有不少偽學夢說，但包括《紅樓夢》，有哪一門學問沒有摻雜偽學夢說？對此大可不必驚慌失措！問題在於這些偽

學夢說是否是其主流，以及主流是否及時給予了批駁！我不敢說其他學界如何，我知道金學界偽學夢說不是主流，並且及時給予了批駁。在當今自由世界，有誰能制止這些偽學夢說！真正的金學家，沒有一個人會去製造偽學夢說，也沒有一個人會姑息遷就偽學夢說。原中國《金瓶梅》學會會長劉輝先生率先垂範，逢會必講，眾所周知。真正的金學界又有什麼責任呢？據我所知，《金瓶梅》作者研究中一些偽學夢說者，他們沒有或很少參加金學會議，他們大多也不是本會會員，他們的研究與真正的金學界又有什麼關係呢？至於陽穀縣建「金瓶梅文化旅遊區」，臨清市建「金瓶梅文化街」，黃山市西溪南鎮建「金瓶梅遺址公園」，棗莊市擬建「古嶧金瓶梅園」，均乃經濟開發項目，未必沒有經濟效益；即或社會效益短缺，又有那一位金學同仁能過問得了！真正的學人，多是善良敦厚的君子，他們聞過則喜，首先自省，這固然是一種美德，但也要看與自家有沒有關係，要看批評者是何居心！大風歌起，魚龍混雜，泥沙俱下，比類皆然，豈止我金學如此！相反，倒正說明金學是一門新興的顯學！我這樣說絕不是要各位師友放棄傳統美德，而是不願各位師友無辜代人受過！如果各位師友認同我前面的解說，那麼《金瓶梅》研究批評者的用意便值得檢討。對《金瓶梅》研究的批評，以劉世德、陳大康兩位先生最為激烈。他們的批評，多嘩眾取寵之嫌，少實事求是之意！他們是在貶低一大名著，是在嘲弄一門學問！金學同仁的所謂「反躬自省」，只能是一種姿態風度！我認為，金學界的當務之急，不是「清理門戶」，而是要回應這種貶低與嘲弄！以批評為武器貨假售私，其對學術的破壞性，對學人的傷害力，對世人的欺騙度，比製造偽學夢說，還要嚴重十倍！對此，黃霖先生在本次會議論文集前言中，在本次會議開幕詞中，在即將發表在《內江師範學院學報》的論文〈「笑學」可笑嗎？〉中，均已做出有力的回答，令人感佩！

關於劉世德先生的批評，我也想再說幾句。劉世德先生的講座〈《金瓶梅》作者之謎〉涉及至少三個學術原則問題：一、對《金瓶梅》的評價，二、對《金瓶梅》作者研究的認識，三、對「世代累積型」創作模式的看法。這裡且說第一個問題。劉講說「我個人對《金瓶梅》的評價不是很高（敢按：其後文說「《金瓶梅》不是偉大的作品」），所以我從來沒有發表過評價《金瓶梅》、研究分析《金瓶梅》思想和藝術的論文」。沒發表過，看來沒寫過；沒寫過，看來沒認真研究過。沒認真研究就下結論，看來劉先生像蒲松齡一樣，「把《金瓶梅》就叫做《淫史》」。劉先生大概不知道張竹坡評點《金瓶梅》有這樣一句名言：「凡人謂《金瓶梅》是淫書者，想必伊只知看其淫處也」。劉先生批評「強作解人這是當前我們學術界的一個大毛病」，但他說：「根據我的統計，到現在為止，關於《金瓶梅》作者是誰的猜測已經有五六十種之多」。在劉講之前，包括拙著《20 世紀金瓶梅研究史長編》在內，已經有很多師友統計出「有五六十種之多」，劉先

生是否也在「強作解人」呢？劉先生看來並未直接親自統計，只是說說而已，正像他說「當時在籌備《金瓶梅》學會，我參與了籌備工作」，事實上並沒有，也是說說而已。

關於《金瓶梅》作者研究，我亦想補說幾句。陳大康先生針對拙文〈《金瓶梅》及其作者蘭陵笑笑生〉，發了一通被劉世德先生引為知己的宏論，我曾回應一文，發在《金瓶梅研究》第 8 輯。陳文說《金瓶梅》作者研究「不科學」，劉講更進一步，說是「偽科學」，並嘲弄為「笑學」，說與「秦學」「無獨有偶」。劉先生沒有敢將「笑學」與「曹學」相提並論，看來他對《紅樓夢》比對《金瓶梅》有研究。我不贊同在一門顯學下再區分出二級學，所以不論是「曹學」「秦學」還是「笑學」，正面的稱謂都無必要，何況反面的嘲弄！我在拙文〈與陳大康先生討論《金瓶梅》作者說〉中說過，《金瓶梅》作者研究的主流應該得到充分肯定，其廣有影響的幾說，如王世貞、賈三近、屠隆、李開先、徐渭、王穉登等，對金學事業均有創造性的貢獻。《金瓶梅》作者研究是金學的主要支撐之一。《金瓶梅》作者研究又與《金瓶梅》成書年代、成書過程、成書方式等研究，還與《金瓶梅》文化、語言、內容、藝術、人物等研究，密切關聯。金學首先要熱起來，才能談到發展。從這一角度說，《金瓶梅》作者研究對金學的影響，遠遠超過其具體課題本身。我在拙文中說過：「不進入金學圈中，隔岸觀火，隔靴搔癢，是很難切中肯綮的」。這是當時對陳大康先生的反批評，現在也是對劉世德先生的反批評。劉、陳二位先生曾經是或者現在仍是一家相當單位的負責人，他們應當是領導藝術的體現者。一個有組織的單位，尚且需要注意調動大家的積極性，何況是雜亂無序的群眾團體，何況是漫無邊際的鬆散聯繫！陳、劉二位對《金瓶梅》作者研究的批評，貌似有理，而實無理，其原因蓋為：一不瞭解全貌，二不尊重事實，三不看其主流，四不注意影響。

我曾在拙著《20 世紀金瓶梅研究史長編》後記中表示想結束《金瓶梅》研究，而「用後半生的主要精力從事戲曲研究」。此絕非孟浪之言！人生苦短，應當儘量用其長項，補其空缺。我國的戲曲研究，一向兩途分道：一道是學院派，學力深厚但舞台生疏；一道是文化人，舞台裡手而學力不足。我畢竟是科班出身，又曾在文化系統分管戲曲多年，在戲曲藝術與音樂文學方面，有可能縫合兩途，搭橋鋪路。近五年來，我確實在戲曲文獻與戲曲格律方面做出了不少努力。但仍然沒能完全脫離金學。先是因為「非典」，原中國《金瓶梅》學會被註銷；接著劉輝會長病逝；隨後中國《金瓶梅》研究會（籌）成立，黃霖會長受命於危困之際，我欲罷不能，責無旁貸，這才不能不延續至今。但我已不是像當年那樣全力投入金學，對金學現狀，時有霧裡看花之感。感謝劉、陳二位先生，使我又和我熱愛的金學事業，和我親愛的金學同仁榮辱與共！山重水複之後，必是柳暗花明！祝願各位師友健康愉快！祝願金學事業興旺發達！

（2003 年 5 月 13 日於棗莊嶧城）

附錄三十五：第七屆（嶧城）全國《金瓶梅》學術研討會綜述

由中國金瓶梅研究會（籌）、山東省《金瓶梅》文化委員會和山東省棗莊市嶧城區人民政府共同主辦的第七屆全國《金瓶梅》學術研討會，於 2007 年 5 月 11 日至 13 日在棗莊市嶧城區隆重舉行。來自中國大陸、臺灣、香港及日本的 80 多位專家學者出席了本次會議。會議共收到學術論文近 50 篇，會前出版了《金瓶梅文化研究》第五輯。正如復旦大學教授、中國金瓶梅研究會（籌）會長黃霖先生在開幕詞中所說，這次會議是繼 2005 年第五屆國際金瓶梅學術研討會之後的又一次重要的金學會議，對於新史料的發現，運用新的理論和方法，開闢金學研究的新視野、新領域，培養壯大金學隊伍，澄清近來某些困擾人們的問題，都具有十分顯著的意義。現將會議情況綜述如下：

《金瓶梅》的作者、成書方式問題是一個老問題，學者們就此做出了新的有益的探討。許多學者的基本意見是，這部小說不是世代累積型作品，晚明文人的相關記載也反映其產生比較突然，是在較短時間內問世的作品，是在文人創作的基礎上出現的。山東大學袁世碩教授認為，《金瓶梅》是小說家獨立創作的作品，因為此前沒有發現任何前導性的作品，目前也未發現在成書之前其故事在社會上流傳的記載。但《金瓶梅》的作者應是一位下層文人，而不太可能是「大名士」「大手筆」。來自香港的著名金學家梅節先生在作者身分問題上，與袁世碩教授有大體一致的意見；但在成書方式問題上，梅節先生則主張「世代累積」說，而非完成於一人之手。他立論的依據主要有三點：其一是今本《詞話》的虎頭蛇尾結構，正是說書體文學的特徵，這與《三國志演義》《水滸傳》等世代累積成書的小說相似。其二在《金瓶梅》抄本出現前，其故事在民間講說的記錄至今還沒有發現，但在抄本出現後卻有。張岱《陶庵夢憶·不繫園》所記崇禎七年十月，杭州藝人楊與民「用北調說《金瓶梅》一劇，使人絕倒」便是明證。其三，對《金瓶梅》兩個系統的版本進行比較，可以發現此前應有一個藝人說唱本《金瓶梅傳》，在流傳、說唱過程中對此本不斷進行修飾加工，形成「累積」。

也有許多學者依然堅持「大名士說」，認為作者是說書藝人的觀點也不盡合理，直到現代，許多著名藝人都缺乏寫作能力，都需要有文人代筆，明代說書藝人創作的可能性就更小。加拿大多倫多大學胡令毅教授在其所提交的論文〈沈明臣和應伯爵〉中，重點研究了曾作過胡宗憲門客、與徐渭情況最相近的沈明臣，認為沈明臣不是大名士，沒有俗文學方面的成績，因此與「紹興老儒」「嘉靖間大名士」對不上號，徐渭才具備這些條件。胡先生從五個方面論證了沈明臣與小說中應伯爵的對應關係，正因如此，沈明臣更不可能是《金瓶梅》的作者。南開大學孟昭連教授、廣西大學邢永川副教授試圖通過對崇禎本《金瓶梅》詩詞來源的考證，探討該本的改編情況及改編者的有關情況。河

北師範大學的霍現俊教授對《詞話》本中明代同名同姓人物做了細緻考證，以期對作品中的諸多懸案做出更為準確的判斷。河南大學的邢慧玲副教授將《金瓶梅》與《金雲翹傳》作了比較，指出兩書均以歷史和原型為基礎經一定虛構而成，兩書內容和藝術表現手法都有相似之處，從而認為兩書的原創者均是徐渭。棗莊政協的許志強先生就《金瓶梅》與古蘭陵文化的關係做了較全面的論述。這些工作對於金學之謎的破解都具有一定的參考借鑒意義。

從語言角度考察《金瓶梅》的故事發生地及作者問題，是學術界經常採用的方法。山東省社會科學院張鴻魁研究員認為，校刊和詞語訓釋是《金瓶梅》研究的重要組成部分，用自己熟悉的方言去解釋《金瓶梅》中的詞語，很有必要，但一是不要以偏概全，二是要注意方言讀音，三是應進行音義形的綜合考察。上海市作協褚半農先生專就《金瓶梅》排印本在輯校時，將許多吳語詞徑改為能用普通話解釋的詞語問題，舉出許多具體的例子給予了說明。又發現在第五十六回中，應伯爵向西門慶舉薦水秀才時所念一詩一文，其中有幾個吳語詞，並就這一現象做了分析，這對於考證作者及故事發生地也具有重要意義。山東棗莊市文慶珍先生、山東師範大學張文國先生等專門挑選了幾個在魯南地區耳熟能詳的方言俗語做了分析，從而確定作者所生活的基本範圍。大多數與會者認為，《金瓶梅》中既有山東方言，也有吳語成分，其原因應與運河文化的特殊性有關。種種方言經過運河而向其他地區傳播，從而形成了這種特有的語言現象。因此，現在整理《金瓶梅》時，對於其中的方言應取慎重態度，不宜採用「徑改」的簡單做法。正由於《金瓶梅》中的方言有以上特點，所以用來證明作者為何處人時，就要考慮各種可能性。一個作者如果長期只在一個地區生活，一般只能熟悉這一地區的方言。但如果他在不同的方言區分別生活過很長時間，那他應當對這些地區的方言都有瞭解甚至比較熟悉。當他下筆寫作時，就可能同時出現他所生活過的幾個地區的方言，這樣一來就很難輕率地斷定他是某一地區的人。因此，方言研究應當走向科學化，使用電腦等現代技術，進行大規模的定性定量分析，或許會有新的發現。

河北工程大學楊國玉副教授在對《金瓶梅》的語詞進行微觀考察時發現，前 91 回的某些習慣用語到了後 9 回發生了諸多變化。如前 91 回有 8 處在描寫打人時，總是用「殺豬也似叫」，在後 9 回有一處卻是「猶如殺豬叫」。根據這一現象可以推知，《金瓶梅》前 91 回（不含第五十三至五十七回）當為原作，後 9 回則是出自另一人之手的續作。香港城市大學洪濤先生對《金瓶梅》中的雙關語、戲謔語、葷笑話的作用及其英譯問題做了深入探討，指出這些看似駢指的小玩意，大多都帶有強烈的諷刺意味，以十分活潑的語言形式展現了人間百丑圖。但把這些笑話翻譯成英語，則遇到了許多困難。洪濤先生結合幾種英譯本，對各種翻譯的得失做了細緻分析，這對於如何使《金瓶梅》更好地被國

外接受，無疑具有重要意義。

關於《金瓶梅》的思想內容，與會代表發表了許多頗有新意的見解。大連大學王立教授對盛行一時的成書復仇說做了跨文化探析，認為這些傳聞的共同母題核心，是對於復仇手段的關注，即以毒藥復仇。然而這種復仇方式恰恰不符合中國傳統的正義復仇方式，基本上不符合傳統的復仇邏輯。因此這很可能是利用域外傳來的非正規的復仇方式，來對世人痛惡的奸佞進行以毒攻毒的洩憤。河南大學張進德教授認為，《金瓶梅》是作者在承襲《水滸傳》的基礎上創作的一部長篇小說，作者之所以要借徑於《水滸傳》，是因為《金瓶梅》的作者要表現市民社會，就必須為自己的故事選定恰當的人物來做主角。於是，作為市井代表且有很高知名度的西門慶與潘金蓮，便成為了故事的主角。尤其是《水滸傳》中的武松殺嫂故事，在社會上流傳甚廣，其本身英雄、侏儒、潑皮與美女的糾葛潛存著強烈的審美效應。儘管《水》與《金》是性質不同的小說，但並不排除兩部小說在思想觀念上的相通，這也是《金》之所以借徑《水》的重要原因。

曲阜師範大學劉相雨副教授和楚愛華副教授，都對《金瓶梅》所描寫的家庭表示了關注。劉相雨分析了《金瓶梅》中的夫婦關係與儒家宣導的家庭倫理之間的關係，認為西門慶的家庭是一個帶有濃郁商業氣息的市井之家，儒家的家庭倫理觀念對這個家庭已經失去了維繫人心的力量。楚愛華則從父子關係的角度指出父親的缺失使西門慶甩掉了傳統理性對個體的鉗制力量，從而獲得了最大的生存空間，個人能力得到了極大的張揚。徐州圖書館譚楚子副研究員認為，《金瓶梅》的作者對欲望世界心馳神往之後，頓悟人生終究是一場荒誕的悲劇，汲汲以求的欲望原來毫無意義，於是重蹈永恆絕望的虛無之中，為世人留下了他直面人生的心路歷程，這正是《金瓶梅》的意義所在。

對《金瓶梅》的藝術特點和成就，與會學者也做了多角度的探討。山東師範大學杜貴晨教授從「拆字」這一文化現象入手，將《金瓶梅》中的「西門慶」曾被改名為「賈慶」，與《紅樓夢》將一個貴族家庭命名為「賈府」聯繫起來，從而證明了《紅樓夢》「深得《金瓶》壼奧」。徐州師範大學趙興勤教授對《金瓶梅詞話》的敘事策略做了文化解讀，認為《三國志演義》《水滸傳》和《西遊記》是一種詩性敘事，《金瓶梅詞話》的詩性已蕩然無存。但它以犀利的筆觸直逼人物內心深處，雖然遠離了詩意的暢想，但未嘗不是一次創作意識的擴展。山東大學王平教授分析了《金瓶梅》《醒世姻緣傳》和《紅樓夢》中婚俗描寫對刻畫人物性格、表達創作主旨、構思故事情節所起的作用，並比較了三部小說在這方面的異同，從而可以引發人們對某些懸而未決的問題做進一步思考。湖北大學韓曉先生指出，《金瓶梅》的空間設置和結構方式與《三國志演義》《水滸傳》等有很大的不同，其敘事空間主要由現實空間構成。對應於空間在橫向與縱向兩個維度上的關係，敘事空間的結構方式有重疊套盒式和平行板塊式兩種。從總體上來看，

《金瓶梅》的空間結構方式屬於重疊套盒式。這種集中而穩定的敘事空間不僅標誌著古代小說空間結構方式的成熟，也大大推動了古代小說理論中有關小說空間理論的發展。

不少與會者對《金瓶梅》中的女性形象表現出了濃厚的興趣，暨南大學史小軍教授、聊城大學宋培憲副教授對潘金蓮這一形象及其性格形成的多種因素作了細緻分析。史小軍認為，童年生活和婚姻生活的不幸是她複雜性格形成的重要因素。宋培憲則從分析《水滸傳》中的潘金蓮形象入手，指出這一角色所具有的類型學意義，《金瓶梅》實際上是延續發展了這一類型。山東師範大學研究生趙莎莎受到張竹坡「月娘為月」評點的啟發，將吳月娘的性格特點與月亮做了比較，肯定了小說的這一象徵手法。河南大學研究生王景曉、呂珍珍、王曉靜、黃春枝等也對《金瓶梅》中的女性形象表示了關注。王景曉分析了孟玉樓這一形象，指出孟玉樓的形象集中體現了作者告誡人們節制情欲的創作意圖。黃春枝分析了宋蕙蓮這一形象，指出宋蕙蓮作為奴婢，有其奴性的一面，又有倔強與反抗的一面；既有輕狂放蕩的弱點，又有善心未泯的長處。呂珍珍認為《金瓶梅》中的女性以性欲的滿足來張揚自我、實現自我，與此形影相隨的卻是極端個人主義和縱欲主義的惡性膨脹，她們在人性復蘇的同時又走向了人性的變異。王曉靜認為，《金瓶梅》對女性人體的物化描寫，一方面體現出一種對女性形體美和神韻美的追求，同時由於受到審美心理因素特別是男權中心文化的影響，女性人體又被當成了賞玩的對象。女性在強大的男權話語下，只能以男性的審美情趣為宗旨來塑造自身的美。這些觀點從女性視角出發，具有一定的啟發性。

在分析人物形象時，不少與會者注意運用比較的方法。如濟寧學院王振星副教授將《金瓶梅詞話》與《水滸傳》中的武松形象作了比較，認為《金瓶梅詞話》基本承襲了《水滸傳》的脈絡，武松這一濃墨重彩的人物雖然退居到了次要地位，僅僅承擔著情節結構的連貫推動作用，但其勇士的色彩並未褪去，作者在武松身上寄託了對男性人格的一些理想因數。濟寧學院的周晴副教授將《綠野仙蹤》中的溫如玉與《金瓶梅》中的西門慶作了比較，指出從總體上看這兩個人物區別很大，尤其是結局迥然不同。但在這相異之中，又有本質上相同或相通之處，即他們都走的是一條追求功名富貴、貪戀女色的縱欲享樂之路。西門慶貪財好色，最終縱欲而亡。溫如玉則幡然悔悟，最終回到了人生的坦途。因此，在闡釋生命與人生意義方面，溫如玉是西門慶的一個必要的補充。南京市電視台的黃強副編審指出，按照嚴格意義上的標準，《金瓶梅》中無清官，但是為什麼作者還一再強調陳文昭、楊時、曾雙序等是清官形象呢？這是因為與蔡京等大貪官相比，陳、楊等人可以算得上是清官。而要做一個真正的清官是極其困難的，因此他們都以悲劇命運作為結局，這是整個社會的悲劇。

《金瓶梅》的著名評點家張竹坡也是會議關注的熱點之一，徐州師範大學吳敢教授對

張竹坡研究狀況作了綜述，他將張竹坡研究史分為古代與現代兩個時期，現代時期又可分為六個階段：20 世紀 30 年代孫楷第、馬廉、韋利的資料收集與簡單考證；20 世紀 50 年代長澤規矩也、小野忍、鳥居久晴、澤田瑞穗的《金瓶梅》版本考證；20 世紀六七十年代柳存仁、芮效衛關於張竹坡生年的準確推斷與關於張竹坡《金瓶梅》評點的高度評價；20 世紀 80 年代初王汝梅、劉輝、葉朗、陳昌恆、蔡國梁、黃霖等對張竹坡身世的進一步追蹤與對張竹坡評點的詳細評論；緊隨其後吳敢訪得《張氏族譜》，張竹坡家世生平全面揭曉；其後 20 年張竹坡評點研究全面展開。揚州大學董國炎教授分析了張竹坡對吳月娘和孟玉樓兩個人物形象截然不同的評價，由此可以看出張竹坡關注的重點，在於一種立身處世的學問，這一學問可以概括為：安命待時、守禮遠害。復旦大學陳維昭教授認為，張竹坡的評點涉及《金瓶梅》的倫理價值觀念、敘事方法、情節線索和人物關係，其中最引人注目而且與傳統形式文論最具內在關聯的，是他的小說評點所蘊含的生命化觀念。

吉林大學王汝梅教授對曹雪芹之前的明清作家評《金瓶梅》做了梳理，認為《金瓶梅》的評論可以脂硯齋評點《紅樓夢》為界，分為前後兩階段。前一階段是把它與《三國》《水滸》《西遊》作比較、相比美，稱之為四大奇書之最。後一階段則把它與《紅樓夢》比較，有《紅樓夢》脫胎於《金瓶梅》之說。在脂硯齋之前二百年的《金瓶梅》批評，主要圍繞三個問題進行：《金瓶梅》的特點、作用和地位；創作上的別開新路與人物塑造；作者的遭際。這些批評實際上已承認《金瓶梅》作者是一位偉大的藝術革新家。廣西大學張廷興教授分析了明清豔情小說的分期以及《金瓶梅》產生的背景，指出《金瓶梅》在豔情小說史上的地位和影響。

許多學者在擴大「金學」研究領域問題上取得了共識，來自日本神奈川大學的鈴木陽一教授介紹了日本的《金瓶梅》研究現狀。日本學者在專題研究方面投入了很大精力，根據作品，參考其他文獻，研究貨幣、交通、服飾、飲食、音樂等等，都取得了一定的成績。中國紅色管理研究會的馮成略先生、山東省金瓶梅文化委員會的李志剛先生在這方面也做出了有益的嘗試，有關這方面的研究還有待深入展開。

在會議開幕式上，臺灣成功大學陳益源教授深情回憶了臺灣著名金學家魏子雲先生在金學方面的功績和他對金學事業的摯愛之情。魏子雲先生希望金學事業後繼有人，我們高興地看到，出席本次會議的既有老一輩學者，又有年富力強的中青年學者。因此完全有理由相信，金學事業將克服困難，取得更多更好的研究成果。

（王平）

附錄三十六：第六屆國際《金瓶梅》學術討論會與會人員名單

黃強，江蘇電視台副研究員；張鴻魁，山東省社科院研究員；褚半農，上海莘莊；楊國玉，河北工程大學社科部副教授；孫秋克，昆明學院教授；陳東有，江西省委宣傳部副部長、教授；周良平，合肥師範學院中文系；史小軍，暨南大學中文系教授；郭泮溪，青島大學《東方論壇》編輯部教授；潘文竹，青島大學《東方論壇》編輯部；曾慶雨，雲南民族大學中文系教授；譚楚子，徐州市圖書館；張清吉，諸城市檔案館副編審；吳敢，徐州師範大學文學院教授；宋培憲，聊城大學教育科學學院教授；霍現俊，河北師範大學文學院教授；齊慧源，徐州工程學院人文學院副教授；杜貴晨，山東師範大學文學院教授；孫琴安，上海市社科院文學所研究員；甯宗一，南開大學東方藝術系教授；王汝梅，吉林大學文學院教授；黃霖，復旦大學中國古代文學研究中心教授；許建平，上海財經大學文學院教授；何香久，滄州市政協副主席、一級作家；王平，山東大學文學院教授；馬文震，青海民族大學；邢慧玲，河南大學圖書館副研究館員；王立，大連大學語言文學研究所教授；楚愛華，曲阜師範大學文學院副教授；張進德，河南大學文學院教授；孟子敏，日本松山大學人文學部教授；胡金望，漳州師範學院中文系教授；劉相雨，曲阜師範大學文學院教授；張蕊清，上海金融學院學報編輯部，研究員；趙興勤，徐州師範大學文學院教授；程小青，福建工程學院文化傳播系副教授；閆增山，聊城大學文學院教授；石鐘揚，南京財經大學新聞系教授；李壽菊，臺灣；李志宏，臺灣師範大學國文系副教授；熊宗英，武漢大學；李萬鵬，山東大學文學院教授；孫玉明，中國藝術研究院《紅樓夢》研究所研究員；柳卓婭，淄博師專人文科學系助教；林驊，天津師範大學文學院教授；王枝忠，福州大學中文系教授；傅承洲，中央民族大學中文系教授；杜玉梅，山東省社科院語言文學所；葉桂桐，魯東大學文學院教授；田中智行，日本學術振興會特別研究員；潘志義，黃山市社科聯；周文業，首都師範大學高級工程師；黃婷，廣西師範大學出版社；李賓，上海辭書出版社；鍾明奇，華東師大出版社；楊彬，上海東華大學；聶付生，浙江工商大學人文學院教授；郭德民，商丘師範學院學報編輯部；范麗敏，濟南大學副教授；趙曉紅，上海大學影視學院；杜明德，臨清市市志辦；宮效衛，齊魯書社社長、編審；李正學，洛陽師範學院文學院副教授；甘振波，廊坊高級工程師；馮子禮，運河高等師範特級教師；楊緒容，上海大學文學院；趙莎莎，山東師範大學；李增波，諸城市人大原主任；劉曉林，湖南商學院教授；彭浩霏，中山市；徐志平，臺灣嘉義大學教授；高瞻華，青島深遠現代文化發展公司總經理；樊寶英，聊城大學文學院教授；鄭鐵生，天津外國語學院教授；于閏琦，北京現代文學館研究員；潘慎，太原師範學院教授；孫霞，文物出版社副編審；李桂奎，上海財經大學文學院副

教授；史春燕，徐州工程學院人文學院講師；張文德，徐州師範大學文學院講師；王軍明，徐州工程學院人文學院講師；曹炳建，河南大學文學院教授；薛蕾，河南大學文學院碩士生；張萃麗，河南大學文學院碩士生；魏文哲，《明清小說研究》編輯部副編審；徐永斌，《明清小說研究》編輯部副研究員；熊敏，雲南民族大學人文學院碩士生；李士勳，德國翻譯家協會；吳波，懷化學院教授；卜鍵，中國文化報總編輯；王燕，中國人民大學文學院副教授；王連仲，山東省社科院編審；趙傑，清河縣政協副主席；楊峰，曲阜師範大學文學院副教授；潘志義，黃山市徽州區；張明遠，山東大學文學院。

附錄三十七：開創金學新時代
——在第六屆（臨清）國際《金瓶梅》學術討論會閉幕式上的會議小結

第六屆（臨清）國際《金瓶梅》學術討論會像以往各屆會議（在本次會議之前，已經舉辦過 5 屆國際《金瓶梅》學術討論會與 7 屆全國《金瓶梅》學術討論會）一樣，是一次團結成功的大會。第六屆（臨清）國際《金瓶梅》學術討論會像 2007 年 6 月第七屆（嶧城）全國《金瓶梅》學術討論會一樣，是一次學術豐收的大會（第七屆全國《金瓶梅》學術討論會論文集《金瓶梅文化研究》第五輯收錄論文 42 篇，本次會議論文集《金瓶梅與臨清》收錄論文 46 篇，還不包括未收入論文集的近 20 篇單篇論文）。第六屆（臨清）國際《金瓶梅》學術討論會也是中國《金瓶梅》研究會（籌）委員（理事）到會最多的一次會議，是中國《金瓶梅》研究會（籌）理事會主要工作人員全部到齊的一次會議（如已經擔任黨政要職的陳東有副會長、卜鍵理事等均出席了本次會議）。第六屆（臨清）國際《金瓶梅》學術討論會還使各位金學同仁既感知了臨清的當代文明，又經過參觀領略了這座明清運河重鎮、古老商城的往昔風采。各位金學同仁親歷了本次會議，會上會下，交流廣泛，黃霖會長為本次會議論文集寫了要言不煩的序言，有 27 位師友做了大會發言，剛才各個討論小組的代表（第一組齊慧源，第二組霍現俊，第三組張進德）又介紹了各自討論的概況，已經用不著再去贅言總結。本人與會，也是感慨良多。下面便談談我與會的感知。

眾所周知，自有《金瓶梅》小說，便有《金瓶梅》研究。但真正的或曰現代意義上的《金瓶梅》研究，是進入 20 世紀以後的事。20 世紀以來的《金瓶梅》研究，約可區分為 1901-1923 年、1924-1949 年、1950-1963 年、1964-1978 年、1979-2003 年、2004 年迄今六個階段。2003 年以前五個階段的《金瓶梅》研究，以 1924 年魯迅《中國小說史略》出版，標誌著古典階段的結束和現代階段的開始；以 1933 年北京古佚小說刊行會影印發行《金瓶梅詞話》，標誌著現代階段的正式啟動；以中國大陸、日韓、臺港、歐美（美、蘇、法、英）四大研究圈的形成，標誌著現代階段的全面推進；以原中國《金瓶

梅》學會的成立，標誌著現代階段的集團運作；以版本、寫作年代、成書過程、作者、思想內容、藝術特色、語言風格、文學地位、理論批評、資料彙編、翻譯出版、文化傳播等課題的形成與展開，標誌著現代階段的研究水準。一門新的顯學——金學，已經赫然出現在世界文壇。為數可觀的「青年金學家」，其考證、評析、考論、新解、新證、索引、發微、新論，使得金學園林花團錦簇，成為中國金學寶塔十分耀眼的塔尖。一大批著述豐瞻的「中年金學家」，則是這座寶塔的雄偉塔身。中國金學寶塔的深厚塔基則由「老一輩金學家」營建，可謂源遠流長。中國的《金瓶梅》研究，經過 80 年漫長的歷史，終於在 20 世紀的最後 20 年登峰造極，當仁不讓也當之無愧地走在了國際金學的前列（參見吳敢《20 世紀金瓶梅研究史長編》）。

正當中國的金學如日中天之時，一場天災人禍使金學陷入極度困頓的境地。21 世紀初葉，法輪功的影響尚在延續，「非典」鋪天蓋地而來。就在此時，2002 年下半年，原中國《金瓶梅》學會接到國家民政部通知，要求在 2003 年上半年完成社團重新登記。學會秘書處立即著手此項工作，很快便按要求完成資產審計和書面申請。經民政部有關人員審查，僅缺少掛靠單位的一紙證明。但這成了一大難題。學會原掛靠單位——中國社會科學院，因為學會主要負責人均非該單位人員，以及其他顧慮，不再出具掛靠證明。學會負責人劉輝、黃霖、吳敢均曾多次面請或電請或函請有關人員幫助運作；學會副秘書長孔凡濤兩次晉京，請學會在京理事、會員，尤其是中國社會科學院的理事共同疏通，均未獲結果。劉輝、黃霖、吳敢商議決定轉找其他路徑。按民政部要求，掛靠單位必須是部級單位。於是劉輝向其主管部門——新聞出版署申請掛靠。劉輝因為重病在身，黃霖、吳敢因為「非典」不准進京，此事遂遭擱置。不料，2003 年 6 月 6 日，民政部發出41 號公告，宣佈取消中國《金瓶梅》學會等 63 個社團開展活動的資格。這無異於一聲悶雷，在學會內部以及社會上引起強烈的反響。2004 年 1 月 16 日原中國《金瓶梅》學會會長劉輝先生因病不幸逝世，更是雪上加霜！

原中國《金瓶梅》學會成立於 1989 年 6 月 14 日，經中華人民共和國民政部社證字第 1167 號《社會團體登記證》批准，准予註冊登記，社團代碼為 50001165-4，在《人民日報》1992 年 12 月 10 日第 8 版公告。原中國《金瓶梅》學會第一屆理事會，由卜鍵、及巨濤、王汝梅、盧興基、甯宗一、田秉鍔、孫遜、孫言誠、劉輝、吳敢、邱鳴皋、沈天佑、林辰、羅德榮、陳詔、陳昌恆、周中明、周鈞韜、徐徹、袁世碩、張遠芬、張榮楷、黃霖、彭飛、蔡敦勇等 25 人組成，劉輝為會長，吳敢、黃霖、周鈞韜、王汝梅、張遠芬為副會長，吳敢兼秘書長，卜鍵、及巨濤為副秘書長，聘請王利器、馮其庸、吳組緗、吳曉鈴、徐朔方為顧問。1993 年 9 月 16 日，原中國《金瓶梅》學會換屆選舉產生第二屆理事會，由卜鍵、及巨濤、王汝梅、王啟忠、盧興基、甯宗一、白維國、孫遜、

劉輝、呂紅、吳敢、沈天佑、李魯歌、張遠芬、張榮楷、林辰、羅德榮、陳詔、陳東有、陳昌恆、周中明、周鈞韜、周晶、苗壯、趙興勤、徐徹、袁世碩、黃霖、蕭欣橋、彭飛、蔡敦勇等31人組成，劉輝為會長，吳敢、黃霖為副會長，吳敢兼秘書長，卜鍵、及巨濤、孔凡濤為副秘書長。原中國《金瓶梅》學會成立以後，成功地舉辦了四次國際《金瓶梅》學術討論會、三次全國《金瓶梅》學術討論會。學會機關刊物《金瓶梅研究》也已經出版七輯。原中國《金瓶梅》學會有會員二百餘人，是工作比較規範、活動比較正常、成效比較突出的學術類國家一級學會。

　　不料，突然學會被註銷，群龍無首，金學事業受到很大損傷。為振興金學，經黃霖、吳敢協商，決定重整旗鼓，並仿社會通例，2004年2月26日遂以原學會秘書處名義，發函給各位理事，建議以「中國金瓶梅研究會（籌）」名義暫行工作，並由黃霖任籌委會主任、吳敢任籌委會副主任兼秘書長。該建議獲得原學會第二屆理事會的一致同意。經過黃霖先生努力，復旦大學同意作為研究會掛靠單位，並於2004年4月8日以復旦文〔2004〕2號檔，上報民政部。民政部接文後則堅持要教育部簽署意見。黃霖、吳敢因此於2004年7月16日在北京會齊，先後去教育部、民政部彙報。2005年9月17日晚，中國《金瓶梅》研究會籌備委員會在河南開封召開了第一次全體委員會議。第一次全委會決定，聘請馮其庸、徐朔方、魏子雲、梅節、甯宗一、盧興基、沈天佑、袁世碩、杜維沫、林辰、陳詔、王汝梅、許繼善、傅憎享等14人為顧問，以卜鍵、馬征、王平、白維國、葉桂桐、孫遜、孫秋克、許建平、何香久、吳敢、李魯歌、張遠芬、張鴻魁、張進德、張蕊青、楊緒容、杜明德、羅德榮、陳東有、陳昌恆、陳維昭、陳益源、周中明、周晶、苗壯、趙興勤、黃霖、曾慶雨、蕭欣橋、翟綱緒、潘承玉、霍現俊等32人為籌委會委員（即以後中國《金瓶梅》研究會理事），黃霖為主任委員（即會長），吳敢、王平、陳東有、何香久為副主任委員（即副會長），吳敢為秘書長（兼），陳維昭為副秘書長。目前中國《金瓶梅》研究會正在申辦登記的過程之中，在未准予登記之前，擬以籌備委員會名義暫行開展工作。

　　中國《金瓶梅》研究會（籌）成立以後，已經成功舉辦了兩屆國際《金瓶梅》學術討論會（2005年9月在河南開封召開的第五屆國際《金瓶梅》學術討論會、2008年7月在山東臨清召開的第六屆國際《金瓶梅》學術討論會）和一屆全國《金瓶梅》學術討論會（2007年6月在山東棗莊召開的第七屆全國《金瓶梅》學術討論會），並出版了一輯《金瓶梅研究》（第八輯）。金學隊伍因此重新集結，金學事業因此薪火相傳。

　　雖然，中國《金瓶梅》研究會（籌）和全體金學同仁，決心繼承原中國《金瓶梅》學會共同開創的金學事業，把《金瓶梅》研究推向一個新的境界和層面；但是，《金瓶梅》研究的成果與水準，卻未盡如人意。儘管，研究的成果也在不斷出現，研究的水準

也還維持在一個相當的高度，然如果長期小步移動，必然危機潛伏。這不能不引起有識之士的焦慮與思考。開創金學新時代，應當成為全體金學同仁的首要議題。愚見以為至少有五個方面的問題需要討論：

一、要吸引更多的青年學者參加到金學隊伍中來。原中國《金瓶梅》學會五位顧問，有四位（王利器、吳組緗、吳曉鈴、徐朔方）已經駕鶴西去；「老一輩金學家」如朱星、魏子雲、宋謀瑒等也為仙遊；「中年金學家」如劉輝、日下翠、鮑延毅等亦是作古，健在者年多望七，或者興趣轉移，無有金學新著，或者只是結集論文，匯總舊說；「青年金學家」亦基本已過知天命之年，事務繁重，大多僅能兼顧金學。近年來雖有少數青年學人寫有金學論文，但在金學隊伍之中，青年人所占比例太低。如果不能形成青年集群，金學將後繼乏人，無有陣容。但本次會議見到了新的氣象，本次會議論文集總收 46 篇論文，有 30 篇左右為新的金學朋友的著作，其中絕大多數是青年學人。應該考慮的是，不但要讓更多的青年學者參加到金學隊伍中來，而且要指導幫助他們攻堅金學疑難課題，形成專題，多發論文，多出專著。還有，金學同仁中的碩導、博導，要儘量爭取指導研究生以《金瓶梅》研究為畢業論文。據我所知，中國大陸以《金瓶梅》選題為碩士論文者，陳昌恆先生是第一人（1979-1982 年，其碩士論文題目是《論張竹坡關於文學典型的華神說》）。也可能是我孤陋寡聞，其後竟少有以《金瓶梅》選題為碩、博士論文者。但臺灣僅 1999-2007 年，就有博士論文 3 篇、碩士論文 22 篇，總 25 篇（據徐志平〈近十年來臺灣地區古典小說研究概況〉）。

二、要培育新的研究視角，熔鍛新的研究方法，開闢新的研究領域。回顧《金瓶梅》研究史，傳統的研究課題，因為長達百年的開掘，該說的話行將道盡，給人難乎為繼的感覺。譬如《金瓶梅》作者研究，如果沒有新的文獻發現，如果不用新的方法將全部已經用過的史料重新排列組合，確實再說也是白說。《金瓶梅》研究當然永遠需要堅守傳統陣地，穩紮穩打，日積月累，如同孫秋克先生提交本次會議的論文〈湯顯祖和《金瓶梅詞話》及其他〉對「臨川四夢」與《金瓶梅》關係的辨析，楊國玉先生提交本次會議的論文〈《金瓶梅》的謎底在諸城丁家〉對丁純、丁惟寧父子創作《金瓶梅》的考證，（日）田中智行先生提交本次會議的論文〈《金瓶梅》的人物描寫〉以第三十四回西門慶人物形象的「矛盾」為中心展開的闡釋等；但更需要用新視角、新方法、新理論做出新闡釋，如同曾慶雨先生提交本次會議的論文〈論《金瓶梅》敘事建構的思維特徵〉對小說敘事的剖析，（港）洪濤先生提交本次會議的論文〈《金瓶梅詞話》的外來樂器與民俗文化〉對相關問題的理解，譚楚子先生提交本次會議的論文〈肉欲與救贖張力場中的人生終極價值追問〉所做的宗教文化視野下的《金瓶梅》文本解讀等。

三、要大力發展《金瓶梅》文化與傳播的研究和應用。文化問題是近二十年「金學」

園林的一道新的景觀，是《金瓶梅》研究傳統方法的突破與擴大。1990 年，陳東有《金瓶梅——中國文化發展的一個斷面》一馬當先，正如其出版說明所言：「本書是『金學』的新成果。作者力圖跳出傳統的道德評價的樊籬，把《金瓶梅》這部名著放到大文化的背景裡去掂一掂分量，把它放回到文學的園地裡去品評其價值，從歷史、地理、政治、經濟、哲學、宗教、文學、藝術、科技、民俗和性等方面對它進行了交叉式的研究……可說是《金瓶梅》研究中的一部拓荒之作」。其後，僅專著就有三四十部之眾，近年更是與日俱增，如王啟忠《金瓶梅價值論》，甯宗一、羅德榮《金瓶梅對小說美學的貢獻》，霍現俊《金瓶梅新解》，陳家楨、周淑芳《金學視點：情感與亞文化》，侯會《食貨金瓶梅》，梅朝榮《讀金瓶梅品明朝社會》等，可說是構建出一座金學的「世界奇觀」。這些著述一般都能脫離評點式或印象式或考據式或單一式的傳統，而從宏觀的背景，採用多側面、全方位的研究視角，造成多角度多學科研究的格局，往往觀點新穎，令人喜出望外。本次會議論文集所收論文，屬於《金瓶梅》文化研究序列的，即多達 30 篇，亦均多新見。

關於《金瓶梅》的改編，雖然依託《金瓶梅》改寫或生發的小說不在少數，選取《金瓶梅》中數人或一事編劇上演的戲劇已有多部，創作在手的 40 集的、30 集的、20 集的電視連續劇腳本早在多年以前已經完成，好幾位著名導演躍躍欲試，有的甚至已經搭設出執導框架，但《金瓶梅》題材的影視製作迄無實現。其原因，不但官方有一些規定，即民間也是期望與疑慮並存，而金學界鼓吹呼籲者雖是多數，主張觀望等待的也占有不小的比例。香港的多部《金瓶梅》題材電影（如《金瓶風月》《金瓶雙豔》等），雖然使影壇累計出了六個「潘金蓮」（分別為李香蘭、張仲文、胡錦、汪萍、王祖賢、王思懿所演），但因為多係三級片，常使大陸同行談「金」色變。以至於《中國演員報》拿出半版篇幅討論「《金瓶梅》怎麼拍才安全」，其題前提要說：「《金瓶梅》小說的種種光環，為將要拍攝的《金瓶梅》電視連續劇賦予了很可能擁有最火爆的市場賣點；但是，如何有分寸地把握駕馭萬眾矚目的性筆尺度，更加令人特別關注和深沉思考。」其實，題材並無禁區，影視界一拍再拍的《紅樓夢》，不也有寫實模擬的性描寫文字？崑劇界一改再改的《牡丹亭》，不也有活靈活現的性渲染詞句？《金瓶梅》既然是一部如此偉大的作品，金學既然是一門如此輝煌的顯學，應當說，有必要也有能力更有可能寫好拍好《金瓶梅》影視劇，21 世紀應不再是這一題材領域的空白！建議中國《金瓶梅》研究會（籌）牽總號召相關師友，組成強大創作班子，用二、三年時間，拿出電視連續劇《金瓶梅》與電影《金瓶梅》的劇本力作；同時，會同有關影視製作單位，同期運作《金瓶梅》影視的申批與攝製事宜。應當堅信，《金瓶梅》文化研究，或者再分出一支《金瓶梅》傳播研究，不僅是金學的延續，而且是金學的新生。

　　四、要高度重視金學的宣傳普及工作。愚以為，金學存在有兩個嚴重的不相應：一是專家認識與民眾認識嚴重不相應。一方面，金學同仁在金學圈內津津樂道，高度評價；另一方面，廣大民眾在社會上談金色變，好奇有餘，知解甚少。二是學術地位與文化地位嚴重不相應。一方面，《金瓶梅》研究與其他學科分支一樣，在學術界實際擁有同等的地位；另一方面，《金瓶梅》的出版發行、影視製作等，又受到諸多限制。這種專家認識與民眾認識的脫節、學術地位與文化地位的失衡，固然有諸多社會原因，非金學界所能左右，但金學同仁亦非一籌莫展，無事可做。有一些可以縫合專家認識與民眾認識、溝通學術地位與文化地位的工作，金學同仁應當奔走呼籲，競相參與。譬如，電視講座，央視《百家講壇》走紅以後，地方台蜂擁而上，形成洶湧澎湃的學術普及、文化通俗的潮流。對於《金瓶梅》選題，儘管央視尚在猶豫，地方台如上海電視台《文化中國》欄目，即有意開講（2008年3月24日該欄目在南京召開「尋求學術明星南京座談會」，我應邀出席，他們即明確表示了這一意向）。不容置疑，易中天、于丹等人開創的文史現代評話，成為通俗文化大潮的潮頭。但其缺乏學術分量，亦是不爭的事實。建議中國《金瓶梅》研究會（籌）商請金學同仁，組織盛大陣容，以「群英會話說《金瓶梅》」為題，利用電視、網路，開闢學術普及新的途徑。

　　五、要堅持和維護《金瓶梅》研究的學術規範。《金瓶梅》研究過程中標新立異、弄虛作假、巧取豪奪、粗製濫造、東搭西湊、嘩眾取寵者固然時見其例，認真研究、層出創見、全面推進、精心梳理者自是主流。雖然瑕不掩瑜，但至少有兩點應當引起金學同仁的警惕：一是劉世德的「偽科學」說。劉世德先生2007年2月9日在北京現代文學館的演講〈《金瓶梅》作者之謎〉（後收入線裝書局2007年12月一版《明清小說——劉世德學術演講錄》），不承認《金瓶梅》是一部偉大作品，還只是不同的學術見解；但嘲弄金學為「笑學」，並斥為「偽科學」，就牽涉到學術規範問題。近年來，對《金瓶梅》研究的批評，以劉世德、陳大康兩位先生最為激烈。但他們的批評，多嘩眾取寵之嫌，少實事求是之意。譬如，關於《金瓶梅》作者研究，陳大康〈《金瓶梅》作者如何考證〉針對拙文〈《金瓶梅》及其作者蘭陵笑笑生〉，發了一通被劉世德〈《金瓶梅》作者之謎〉引為知己的宏論。陳文說《金瓶梅》作者研究「不科學」，劉講更進一步說是「偽科學」，並嘲弄為「笑學」，說與「秦學」「無獨有偶」。拙文〈與陳大康先生討論金瓶梅作者說〉認為，《金瓶梅》作者研究的主流應該得到充分肯定，其廣有影響的幾說，如王世貞、賈三近、屠隆、李開先、徐渭、王稚登等，對金學事業均有創造性的貢獻。《金瓶梅》作者研究是金學的主要支撐之一。《金瓶梅》作者研究又與《金瓶梅》成書年代、成書過程、成書方式等研究，還與《金瓶梅》文化、語言、內容、藝術、人物等研究，密切關聯。從這一角度說，《金瓶梅》作者研究對金學的影響，遠遠超過其具體課題本

身。因此，像「偽科學」說這樣打擊別人抬高自己的不規範的學術行為，金學界應當杜絕。二是「用人說為己說」。譬如，魏子雲《金瓶梅探原》（臺灣巨流圖書公司 1979 年 4 月一版）據《吳縣誌》考定馬仲良主權吳縣滸墅鈔關的時間在萬曆四十一年，否定了魯迅《中國小說史略》提出的《金瓶梅》初刻本「庚戌本」說，為《金瓶梅》的版本與成書時間研究，做出重要貢獻。後來有人撰文，另據《滸墅關志》得出同樣結論，卻在該論文集跋中說：「本書中的所謂新東西，……考定《金瓶梅》初刻本問世在萬曆四十五到四十七年之間，否定了魯迅先生的萬曆庚戌（三十八年）即有初刻本的權威論點」。

在臨清召開金學會議，這已經是第二次（棗莊也開過二次，即 1992 年 6 月第二屆國際《金瓶梅》學術討論會與 2007 年 6 月第七屆全國《金瓶梅》學術討論會；徐州開過三次，即 1985 年 6 月第一屆全國《金瓶梅》學術討論會、1986 年 10 月第二屆全國《金瓶梅》學術討論會、1989 年 6 月第一屆國際《金瓶梅》學術討論會）。1990 年 10 月 20-24 日在臨清曾經舉行過第四屆全國《金瓶梅》學術討論會。該次會議由原中國《金瓶梅》學會、聊城師範學院、東昌《金瓶梅》學會、臨清市人民政府聯合主辦。為開好這次會議，1990 年 1 月和 6 月，先後在聊城、徐州召開了兩次籌備會議。該次會議實到人員 135 人，來自全國 13 個省市。會議收到論文 40 餘篇，有近 20 位學人在大會發言。該次會議有一項極有意義的文化活動應該多說上幾句。1990 年 6 月 28 日臨清《金瓶梅》學會決定舉行「天下第一奇書」徵下聯活動，並在當天的《中國青年報》上登出上聯：奇天下，天下奇，無下奇書奇天下。後來共收到國內外應徵下聯 7800 餘條，經評選入選下聯為：絕千古，千古絕，千古絕唱絕千古。有趣的是，應徵此聯的竟有 235 人。最後只能以抽籤決定第一名 1 個，第二名 2 個，第三名 10 個。而第一名的獲得者竟然是內蒙古赤峰市一從事飲餐業的農民個體戶。該次會議有兩位人物令與會人員肅然起敬。一位是許繼善，出版有好幾本詩文集，格律詩寫得相當工整，禮賢下士，知人善任，沒有他的通解斡旋，便沒有該次臨清會議；一位是張榮楷，身患有糖尿病、心臟病、高血壓綜合症，幹起活來卻不捨晝夜，是一個名副其實的拼命三郎，外王內聖，剛柔相濟，沒有他的通力經營，便沒有該次臨清會議。現在，這兩位先生均已過世，但他們的音容笑貌，仍然活在金學同仁心中。

《金瓶梅》歷史地理背景「臨清說」，是最有影響的一說（這也是本次會議主要議題之一，杜明德、薛洪勳、黃強均提交了很見學術功力的論文）。現在的臨清市，是對《金瓶梅》研究作出重要奉獻的城市之一。借此機會，謹向臨清市委、市政府、市人大、市政協的領導，表示崇高的敬意和衷心的感謝！向關心支持本次會議的山東省、聊城市有關領導與新聞界朋友，表示崇高的敬意和衷心的感謝！向幫助本次會議豐富多彩（安排有文藝晚會、書畫筆會等活動）又圓滿成功的全體會務人員，以及臨清賓館與參觀景點有關人員，表示崇高的敬意和衷心的感謝！臨清市政協主席唐峰偉先生、臨清市政府副市長馬廣朋先

生、臨清市政協辦公室主任張建民先生、臨清市史志辦原主任杜明德先生等，對本次會議貢獻特多，尤其要向他們表示崇高的敬意和衷心的感謝！

本次會議期間（2008 年 7 月 10 日晚），召開了中國《金瓶梅》研究會（籌）第一屆理事會第三次會議。會議收到潘志義先生帶來的黃山市徽州區徽文化研究會寫給本次會議的賀信，以及黃山市徽州區政府計畫承辦一次金學會議的意向，認為可於 2009 年七八月間，由中國《金瓶梅》研究會（籌）與黃山市徽州區聯合主辦，在安徽省黃山市召開第七屆（黃山）國際《金瓶梅》學術討論會或第八屆（黃山）全國《金瓶梅》學術討論會。會議討論了臺灣成功大學中文系主任陳益源教授的提議，爭取於 2010 年能在臺灣召開一次金學會議。2008 年 7 月 11 日晚，河北省清河縣政協副主席趙傑先生專程趕來參加會議，也有於 2010 年在清河召開一次國際《金瓶梅》學術討論會的意向（會後何香久副會長將會同趙傑副主席去清河落實這次會議的召開）。會議收到日本荒木猛、鈴木陽一，臺灣陳益源，香港梅節，北京杜維沫、王麗娜，天津孟昭連等先生的賀信賀電。會議還討論了增補委員（理事）與接收新會員事宜，決定在適當時候增補幾位委員（理事），決定本次會議之後，寄發會員登記表給尚不是本會會員的各位與會同道。會議決定繼續編輯出版學會機關刊物《金瓶梅研究》，爭取年出一期。即將編輯出版的是第九輯（由臨清市政協資助出版，為第六屆國際《金瓶梅》學術討論會的論文專集），請各位師友賜稿！

各位師友，傳統的金學，加上以文化與傳播為標誌的新金學，仍然又回到那個古老的命題：說不盡的《金瓶梅》。讓我們再接再厲，為開創金學新時代而努力！

（2008 年 7 月 13 日於山東臨清）

附錄三十八：第六屆國際《金瓶梅》學術討論會綜述

第六屆國際《金瓶梅》學術討論會於 2008 年 7 月 10 日至 7 月 14 日在山東省臨清市召開。參加這次會議的專家學者，分別來自日本及臺灣、香港地區，與北京、上海、天津、河北、山東、遼寧、吉林、四川、河南、江蘇、浙江、安徽、江西、福建、湖南、廣東、山西、青海、雲南等省份，共 104 人。另外，還有《光明日報》《大眾日報》《齊魯晚報》《聊城日報》，以及山東電視台、齊魯電視台、聊城電視台等媒體記者近 20 人參加了會議。

為了開好這次國際學術討論會，於 2007 年 10 月 11-12 日，在臨清市召開了一次籌備會議。參加籌備會的有中國《金瓶梅》研究會（籌）的負責人與臨清市政府、市政協的負責人。在籌備會上，對開好這次會議進行了認真充分的討論，並達成了共識，寫成《會議紀要》。籌備會議決定在學術討論會前正式出版會議論文集，因此把論文的截稿時

間定為 2008 年 5 月 1 日，後又把截稿時間順延到 5 月 8 日。這期間共收到論文 49 篇，根據實際情況收進論文集的僅為 46 篇，隨後又陸續收到論文近 20 篇。

與會學者對論文的撰寫字斟句酌，反復推敲，筆者常常收到作者一次又一次發來的稿件，並標明以這次為準。直到論文集開印後還有作者提出要修改論文。這種孜孜矻矻做學問的精神是難能可貴的。會議論文集由齊魯書社出版，無論是書本裝幀還是論文品質都受到與會者的讚揚。

這次會議是中國《金瓶梅》研究會（籌）成立以來，規模最大的一次學術討論會，到會的委員（理事）最多的一次會議，也是研究會主要工作人員（會長、副會長）到會最多的一次會議。正如副會長兼秘書長、徐州師範大學教授吳敢先生在閉幕式上總結時所說，這是一次團結成功的大會，也是學術豐收的一次大會，是開創金學新時代的大會。學術討論會期間，與會人員十分興致地領略了臨清這座運河商業都會的往昔風采，及今日的名城風貌。會議期間還舉辦了京劇晚會和書畫筆會。整個會議安排得豐富多彩，會上會下進行了廣泛交流。小組討論既熱烈又認真，每位學者都各抒己見，對一些不同意見進行了激烈的辯論。大會發言的 27 位學者，從不同選題、不同視角發表了精闢的講話。正如會長、復旦大學教授黃霖先生在本次會議論文集的序言中所說，本次會議論文內容豐富而不乏有深度，有新見，有品質的文章，幾篇涉及《金瓶梅》性描寫及相關文章有一定深度，幾篇綜述類文章則多有參考價值，在一些有關名物、習俗等微觀考論中，像辯及簪子、妝花、簾子、外來樂器與巫卜等，都寫得扎實，且往往能小中見大。茲綜述如下：

一、黃霖先生在論文集的序言中指出，《金瓶梅》成書時「鑲嵌了不少前人的作品」，並以《金瓶梅詞話》第九十八、九十九回中的部分情節描寫與《喻世明言·新橋市韓五賣春情》中的相關部分相比較，指出把臨安府改寫成臨清州，把新橋改寫成臨清碼頭，除人名和地名不同外，其許多情節，如人物活動時的情景描寫，及相關數量詞等都是相同的。黃先生同時指出，作者進行鑲嵌的前提是，臨清這個明代運河上的重鎮，在笑笑生心目中具有舉足輕重的位置，因此就將它創作成了《金瓶梅詞話》中的一個重要的藝術環境。所以，今天我們研究《金瓶梅》，就很有必要研究小說與臨清的關係，從中可見臨清與運河文化怎樣對作者產生了影響，以及作者是怎樣創造了臨清這樣一個藝術環境。

因為學術討論會在臨清召開，所以薛洪勣、許建平、黃強、杜明德等先生寫了一組《金瓶梅與臨清》的文章，文章指出，在明代的「隆萬時期」，因京杭大運河的興盛，臨清遂成為聞名全國的商業都會與軍事重鎮，是南糧北調的儲糧中心，漕運鼎盛時期的儲糧為全國之冠，在全國有調劑餘缺的巨大作用。臨清還是明清兩朝營建和修繕宮廷及陵

寢的貢磚燒造地，至今在明十三陵建築群中隨處可見信息齊全的臨清磚。臨清是全國有
名的貨物集散中心，全國著名的徽商和山陝商人都活躍在臨清。如果說京杭大運河是漕
運和商業大道的話，毋庸置疑，京杭大運河也是戲曲、藝術大道，也可以說是文化大道，
這些對臨清的影響和臨清對運河文化的影響都是不可小視的。黃強先生考證，明正德十
四年（1519 年）九月七日明武宗皇帝到達臨清，一個半月後的十月二十二日才離開臨清。
「繁華壓兩京」一定有溢美的成分，但如果不是繁華，這個花花太歲怎麼會在臨清待一個
半月呢，所以，作者選擇的這個藝術環境是令人深思的。

　　二、吳敢、張翠麗、張進德、苗懷明等先生的綜述類文章，對《金瓶梅》的文學地
位、思想內容、藝術成就、成書年代、作者、版本、源流、文化等方面的論爭都做了較
全面的梳理，其藝術得失是顯而易見的。在這些論爭過程中有前輩學者，也有中青年學
者，青年學者也不乏其人，許多人在這場長時間的論爭中成長為著名的學者、學科帶頭
人，有的成為高級管理人才。中國《金瓶梅》研究會（籌）副會長、江西省委宣傳部常
務副部長、南昌大學教授陳東有先生是《金瓶梅》研究的中堅力量，也是用力甚勤，成
就最為卓著者之一。他在這次會議期間，回憶起十八年前在臨清召開的第四屆全國《金
瓶梅》學術討論會，不無感慨地說，「是《金瓶梅》研究成就了我」。其實，幾十年的
《金瓶梅》研究，成就了一大批學者，他們正活躍在科研、教學及其他行業，且是骨幹力
量。

　　張進德先生指出，要肯定一部小說的成就與價值，只有將其放在整個小說史乃至文
學史的鏈條上，才能使其貢獻得到實現，但這方面研究有重大突破的成果並不多。另一
方面，在小說史上的價值與地位在很大程度上取決於藝術成就，而恰恰在《金瓶梅》的
藝術成就的探討上，還有很大的研究空間。這些都是值得我們深思的問題。

　　三、胡衍南、趙興勤、王增斌等先生關於小說的轉軌轉型與《金瓶梅》研究方面，
都提出了引人思考的觀點。他們指出小說家的根本任務就是要傳達對人類經驗的精確印
象，同時又指出小說的流行依賴於廣泛的讀者大眾群的出現。而研究小說的學術團體，
更是為完善小說創作和傳播小說起到了推波助瀾的作用。通過研究小說，讓廣大讀者對
小說的政治背景、文化信息、民俗現象以及宗教哲學和藝術上的成就有了全方位的瞭解，
從而促進了小說的創作和發展。

　　苗懷明先生指出，中國小說初步具備現代小說的基本特徵，是從《金瓶梅》開始的。
鄭振鐸先生在評論《金瓶梅》時曾指出，「它是一部很偉大的寫實小說，赤裸裸的毫無
忌憚的表現著中國社會的病態，表現著世紀末的最荒唐的一個墮落的社會景象……於不
斷記載著拐、騙、姦、淫、掠、殺的日報上的社會新聞裡，誰能不嗅出些《金瓶梅》的
氣息呢？」鄭先生的這一段評說應該說是精當的，《金瓶梅》的眾多人物中，以蔡京、

西門慶為主線，賣官鬻爵，行賄受賄，顛倒是非，草菅人命的事比比皆是。西門慶因親家的案子受到株連，本該死刑，但西門慶一份厚禮送上去，主管本案的人把西門慶的名字改成賈慶，便不了了之。西門慶攀龍附鳳，給蔡京送了一份厚禮，竟然被任命為山東提刑所的副提刑、副千戶。正如《金瓶梅》中所說，「錢到公事辦，火到豬頭爛」。《金瓶梅》時代已經過去幾百年了，到鄭先生所處的年代裡，社會弊端仍然如此。鄭先生的評論又過了幾十年了，如今社會上以權謀利，以權謀私的職務犯罪依然屢見不鮮，前赴後繼。有的人以權力為槓桿，索賄、受賄，大肆侵吞財產；有的人利用權力養「二奶」多達數人，甚至數十人，和西門慶相比有過之而無不及。因此，有人提出，如果那些貪官早看看《金瓶梅》中那些貪贓枉法的先例，興許會從中吸取教訓，使那些貪污和行賄受賄及其賣官買官者有所收斂。

四、我們通常講要從宏觀和微觀上對《金瓶梅》進行全方位的研究，在過去的時間裡，許多學者把版本、作者、成書年代、文學地位等作為研究的重點，尤其是對作者的研究更是不斷地「推陳出新」，但至今莫衷一是。這次會議上有幾位青年學者從微觀入手，以《金瓶梅》中的簾子、簪子、巾帕等日常用品在不同場合的出現，及其對主人公的情緒和故事情節的變化所產生的影響，看到它們有著渲染和濃淡相宜的作用，對人物性格的襯托也有神來之筆的效果。如薛蕾〈《金瓶梅》中「簾子」意象的詩意之美〉一文說，簾子在《金瓶梅》中出現了 142 次，潘金蓮第一次出場時，便是「在簾子下嗑瓜子，一經把那一對小金蓮露出來」，看到這一情景，在讀者心目中，顯然有紅杏想出牆的感覺，以及寂寞難耐的意象。在獅子街，「金蓮在簾子下探出半截身子，口中嗑著瓜子兒，把嗑的瓜子皮兒，都吐在人身上。」一方面說明潘金蓮想在人多眾廣的元宵盛會上，借吐瓜子皮兒的小節「釣魚」，西門慶就是潘金蓮放簾子時，叉杆打落在西門慶頭上而成為姻緣的，另一方面也透露出潘金蓮並非大家閨秀的信息，在潘金蓮的內在氣質上顯然缺少這種教養。在這裡，讀者的品位，要比作者直白說出潘金蓮少教養要好得多。這就是文學的韻味。另外，惠蓮穿著怪模怪樣的衣服，站在簾子後，影影綽綽，若隱若現，是簾子給西門慶以似清非清的神秘感，勾引起西門慶的欲望，才有了西門慶私通惠蓮，使惠蓮以攀高枝開始，又以悲劇結束了她短暫的人生。也襯托出西門慶許許多多的人格缺陷，以及這個妻妾成群的家族中的強食弱肉的生活現實。潘金蓮與武松及陳經濟間的故事，也無不與簾子有關。《金瓶梅》中的許多人物在簾子前後頻繁閃現、復出、表白，使那些紛繁複雜的生活，越顯得微妙莫測，且使場景生動，並描繪出人物的命運軌跡。

又如張揚〈試論《金瓶梅》中的巾帕意象〉一文說，巾帕自古就有，但在《金瓶梅》人物中又特別賦予了定情和偷情的意義。如因西門慶娶孟玉樓而暫時受到冷落的潘金

蓮，在萬般無奈時寫了一首〈寄生草〉在手帕上，叫玳安捎給西門慶，以表達她的思念之情，並引起西門慶的重視。又如在潘金蓮和陳經濟的交往上，第一次送給陳經濟巾帕只是調情而已，第二次送巾帕則是因為有了形影不離的情感，第三次送巾帕則是因為事情敗露後，已無法繼續偷情，仍然表明他們的情真意切。

楊曉莉〈《金瓶梅》中的簪子描寫淺議〉一文說，簪子本是古時候男女頭上的一種飾品，但在《金瓶梅》中卻起著刻畫人物性格的作用。當西門慶和李瓶兒的私通被潘金蓮發現後，李瓶兒為了安撫金蓮，她叫西門慶給金蓮送去了一對壽字簪兒，金蓮接過來一看，卻是兩根番石青填地，金玲瓏壽字簪兒，乃御前所製，宮裡出來的，甚是奇巧。她看到如此精緻的簪子，先前的嫉妒氣憤早就煙消雲散了，竟然說，「既是如此，我不言語便了，等你過那邊去，我這裡與你兩個觀風。」潘金蓮出於嫉妒是極力反對西門慶和李瓶兒通姦的，當接到李瓶兒送的簪子後，竟然成了他們通姦的庇護者。陳經濟原本在花園裡拾得孟玉樓的一隻簪子揣在懷裡，恰巧被潘金蓮發現，也讓潘金蓮疑心頓起，也使讀者疑心重重。直到九十二回，孟玉樓改嫁跟李衙內到了嚴州，陳經濟利用這枚簪子要脅玉樓，於是發生了一起複雜又疑慮叢生的故事，最後讓惱怒的李通判把衙內和孟玉樓打發回棗強老家，失算的陳經濟吃了一回苦頭後，只好乞討回家。通過簪子刻畫出了陳經濟詭計多端，心術不正的小人形象。簪子除了定情外還有賞賜和人際交往中相互饋贈的用途。但在《金瓶梅》中卻起著寄託情感，刻畫人物性格，連貫和發展故事情節的作用。

五、關於《金瓶梅》中的性描寫的認識問題。正因為有性描寫，才使《金瓶梅》從一問世就遭到毀譽參半的命運，淫書的惡名蒙受了幾百年，直到近些年來淫書的惡名才有些鬆動，但對書中性描寫的得失仍在論爭之中。

這次會議上，杜貴晨先生引用荷蘭著名漢學家高羅佩的論述說「《繡榻野史》和《株林野史》，這兩部書在其作者在世時就已經在中國甚為流行，然而它們現在事實上已默默無聞。值得注意的是，現在很出名的小說在它們出版的時代都無人知曉。例如：偉大的色情小說《金瓶梅》，直到 1610 年仍知者甚少……，直至康熙時期才舉國聞名……，而像《金瓶梅》這樣具有真正文學價值的色情小說則益發出名，成為屈指可數的中國文學傑作。」杜貴晨先生因此呼籲「研究者對於作者應多一些尊重與信任，與其過分自信，還不如有些盲從。因為蘭陵笑笑生寫《金瓶梅》時，已早就是開門見山，點出了《金瓶梅》是一部『單說色情二字』的『色情小說』，至少作者本意是要寫成這樣一部書」。那麼，隨著要解決的便是「色情小說」算不算文學的問題。杜先生認為，《金瓶梅》是一部寫家庭、社會、世情的小說，更是中國第一部以情色為題材從「色情」角度認真探討人生問題的小說；也不是因為寫好了世情、家庭或社會才偉大，而是因為從「色情」

切入寫了這些，又寫得好，才偉大如斯；在一定的歷史背景下從《金瓶梅》出來，把一切禁忌打破，直面人生最後的隱私，可能是太過超前了，卻無疑是文學的一個大開拓；總之，色情可能不是文學中最重要的題材，卻是文學中不可缺少的題材。所以，以《金瓶梅》為色情小說即非巧立名目，又非強加於人，而是實事求是，理所當然。

譚楚子先生的〈肉欲與救贖張力場中的生命終極意義追問〉，寫得慷慨激昂，並詮釋了宗教哲學視野下的《金瓶梅》文本解讀和對作者創作心態的剖析。孫琴安先生關於〈《金瓶梅》中的性描寫及其評價〉一文指出，「現在，大多數評論者對《金瓶梅》中性描寫所持的否定態度，基本上都是從現在社會的性道德和對社會風化的利害關係出發的，然而，每一時代，每一社會的性道德和性觀念都只是暫時的，而《金瓶梅》中所描寫的有關性生活的事件和行為卻是永恆的」。因此，我們的任何評價都是軟弱的，暫時的，如手淫曾一直被視為是反常的，變態的性行為，而現在絕大部分心理學家和醫師都一致公認手淫是一種正常的性行為。青年學者柳卓婭在〈《金瓶梅》中的金蓮心態深層分析〉一文中，對潘金蓮短短的人生作了生平遭遇和心理特徵的深層剖析，她認為尤其是男權社會的男人們惡狠狠地把潘金蓮評定為「淫婦」，甚至「千古第一淫婦」是不公平的。她希望從人性角度來分析和探討，給潘金蓮，給《金瓶梅》，給性欲，給不完美的人性和人生以理解和寬容。這樣，對認識和評價文學作品將會有可能開拓和深化。

這一組文章中，還有石鐘揚先生的一篇〈流氓的性戰〉論西門慶的文章，則傳達了另一種聲音。他認為《金瓶梅》這部作品，給人印象最深的或許就是以西門慶為中心人物的種種性活動。在中國人的倫理觀念中，「萬惡淫為首」，而作者淋漓盡致地寫西門慶的變態性心理與性行為的性事，正是從人類生活的一個本質方面，揭示了封建末世官僚階級的沒落和腐敗。而那種從西門慶性事中看到「性解放」的觀點，或許有違《金瓶梅》的文本實際，而是難以站得住腳的。

六、會議論文中還有洪濤先生對外來樂器的考證，王平先生論巫術描寫，史小軍先生關於《金瓶梅詞話》後二十回的敘述風格，楚愛華先生關於房屋建築對小說敘事的意義，曾慶雨先生對敘事建構的剖析等文章，都有新的突破。另外，楊國玉、孫秋克等先生的作者考，以及孟子敏、增野仁從文字的使用看《金瓶梅詞話》的著錄者，霍現俊和趙素忍的宋、明同名同姓人物考，都在不同視角上進行了開拓性的研究。

這次會議影響最深的莫過於李壽菊先生關於〈魏子雲先生與金瓶梅研究〉一文，魏子雲先生是《金瓶梅》研究的開拓者，是我們的良師益友，正如李壽菊先生所說，魏先生是一位用全部生命來讀書、寫書的傳統文人，在一個遠離科舉的現今社會中，這類筆耕終身的讀書人鳳毛麟角。正如黃霖先生寫給魏先生的唁電所言，「魏先生是我一生中難得的良師益友，他品德高尚，重義崇理，待人真誠，對後生小子從不居高臨下，對落

難舊友，仍一如既往，是真君子。他治學勤奮，筆耕不輟，三十年治《金》，無人可比，涉足廣泛，碩果累累，是真學者……。先生將永遠活在我們《金》學朋友們的心中。」我想黃霖先生的這一評價，也代表了金學界所有同仁的心聲。

（杜明德）

附錄三十九：第七屆國際《金瓶梅》學術討論會與會人員名單

黃霖，復旦大學中國古代文學研究中心主任；吳敢，徐州師範大學文學院教授；王平，山東大學文學院教授；何香久，滄州市政協副主席；甯宗一，南開大學東方藝術學院教授；王汝梅，吉林大學中國文化研究所教授；盧興基，中國社科院研究員；許建平，上海交通大學教授；張進德，河南大學文學院教授；霍現俊，河北師範大學文學院教授；鄧紹基，中國社科院院士；鄭一民，河北省文聯副主席；侯忠義，北京大學教授；歐陽健，福建師範大學文學院教授；李增波，諸城市文學會會長；翁振軍，邢台市政協原副主席；胡衍南，臺灣師範大學國文系教授；陳靖騰，臺灣《金瓶梅》股份有限公司董事長；崔溶澈，韓國高麗大學中文系教授；禹春姬，韓國延世大學；宋真榮，韓國水源大學中文系；趙冬梅，韓國高麗大學中文系；鈴木陽一，日本神奈川大學教授；顧春芳，日本大阪府立大學教授；胡令毅，美國斯英摩大學教授；陳明達，浙江台州經濟師；程小青，福建工程學院副教授；苙攀，徐州師範大學文學院碩士生；楚愛華，南開大學文學院副教授；褚半農，上海莘莊，作家；杜明德，臨清市市志辦；樊慶彥，山東大學文學院；范麗敏，濟南大學；馮仲平，廣西民族大學；馮子禮，運河高等師範學校；付善明，南開大學文學院博士生；甘振波，廊坊市區調研研究所高工；高虹，河北省電視台；高振中，北京市第166中；苟洞，黃山市三涵《金瓶梅》研究所；顧克勇，浙江理工大學中文系；關祥可，河南大學文學院；管劍剛，邢台市民革市委；郭浩帆，濟南大學文學院教授；黃強，江蘇省電視台副主編；蔣宸，徐州師範大學文學院碩士生；雷勇，陝西理工學院研究生處副處長；李鏊，棗莊市市中區政協；李會芹，河南大學文學院碩士生；李士勳，北京朝陽區；李志剛，山東省《金瓶梅》研究會；劉佳，河北師範大學文學院博士生；劉銘，復旦大學中文系；劉洪強，山東師範大學文學院教授；劉書越，河北省社科院研究員；劉順超，邢台市名城辦公室；馬衍，徐州工程學院藝術學院教授；牛志威，河南大學文學院碩士生；潘慎，太原師範學院中文系教授；齊慧源，徐州工程學院人文學院教授；喬福錦，邢台學院教授；石鐘揚，南京財經大學新聞學院教授；史小軍，濟南大學出版社總編輯；宋培憲，聊城大學文學院教授；譚楚子，徐州市圖書館；王昊，吉林大學文學院教授；王寶玉，廣力文化傳播（北京）有限公司；王進駒，暨南大

學中文系教授；王軍明，徐州工程學院人文學院講師；王祥林，棗莊市新城區；王枝忠，福州大學教授；熊保瑩，河南大學文學院碩士生；徐永明，浙江大學中文系教授；許超，清河縣報社；許志強，棗莊市政協；楊峰，齊魯師範學院中文系；楊國玉，河北工程大學；楊榮國，河北省民協副主席；楊緒容，上海大學文學院副教授；葉桂桐，魯東大學教授；于碩，河北師範大學文學院研究生；于潤琦，北京中國現代文學館；曾鐘，滄州市《環渤海文化報》主編；張傑，陝西電視台高級編輯；張揚，河南大學文學院碩士生；張傳生，山東省電力集團；張明遠，齊魯師範學院中文系；張清吉，諸城市檔案館副編審；張廷興，濟南大學文化產業學院院長；張同勝，蘭州大學文學院副教授；張文德，徐州師範大學文學院教授；張弦生，中州古籍出版社編審；張銀堂，山東大學威海分校；趙福壽，邢台市文管處；趙傑，河北省清河縣政協副主席；趙興勤，徐州師範大學文學院教授；周華，五蓮縣委宣傳部；周遠斌，山東師範大學教授。

附錄四十：將《金瓶梅》研究推向新的層面
——在第七屆（清河）國際《金瓶梅》學術討論會閉幕式上的會議小結

第七屆（清河）國際《金瓶梅》學術討論會像以往各屆會議（在本次會議之前，在中國大陸已經成功舉辦過 6 屆國際《金瓶梅》學術討論會與 7 屆全國《金瓶梅》學術討論會）一樣，是一次團結成功的大會。第七屆（清河）國際《金瓶梅》學術討論會像第六屆（臨清）國際《金瓶梅》學術討論會與第七屆（嶧城）全國《金瓶梅》學術討論會一樣，是一次學術豐收的大會〔第七屆（嶧城）全國《金瓶梅》學術討論會論文集《金瓶梅文化研究》第五輯收錄論文 42 篇；第六屆（臨清）國際《金瓶梅》學術討論會論文集《金瓶梅與臨清》收錄論文 46 篇，會後另出版《金瓶梅研究》第九輯，收入論文 23 篇；本次會議論文集《金瓶梅與清河》收錄論文 44 篇、《金瓶梅論壇》收錄論文 13 篇，尚有十幾篇單篇論文〕。第七屆（清河）國際《金瓶梅》學術討論會也是近幾屆會議到會人數最多的一次會議，〔如第五屆（開封）國際《金瓶梅》學術討論會到會 70 人，第七屆（嶧城）全國《金瓶梅》學術討論會到會 80 人，第六屆（臨清）國際《金瓶梅》學術討論會到會 95 人，本次會議到會 116 人〕，代表性很強的一次會議〔與會人員來自 4 個國家，還有海峽兩岸，中國大陸來自 20 個省市。而法國波爾多第三大學雷威安教授、美國芝加哥大學陸大偉教授、日本琦玉大學大冢秀高教授、中國國際廣播電台義大利語專家唐雲教授等雖因故未能出席會議，均寫信表示遺憾與祝賀。中國大陸的出席人員，既有德高望重的老一代宿儒大家，如中國社會科學院院士、文學所原所長鄧紹基先生，中國《金瓶梅》研究會（籌）到會的幾位顧問甯宗一、王汝梅、盧興基先生，以及侯中義、歐陽健先生等；也有年富力強

的中年金學中堅；還有嶄露頭角的青年才俊。另外，梅節、杜維沫、王麗娜、陳東有、卜鍵、李申、胡金望、孫秋克、曾慶雨、張蕊青、王增斌、周文業等先生亦寫信或電話向大會致意〕。第七屆（清河）國際《金瓶梅》學術討論會還使各位金學同仁既感知了清河的當代文明，又經過參觀領略了這座明清運河重鎮、古老商城、區域中心的往昔風采。各位金學同仁親歷了本次會議，會上會下，交流廣泛；黃霖會長為本次會議論文集寫了綱舉目張的序言、作了得體有序的開幕詞；還有鄧紹基先生在開幕式講話中對《金瓶梅》研究的追溯與感言，以及近 30 位師友的大會發言，均很為簡晰恰切；剛才各個討論小組的召集人（第一組許建平，第二組張進德，第三組霍現俊）又介紹了各自討論的概況；會後趙傑、霍現俊先生還將寫出本次會議的報導與綜述，我僅談幾點與會的感想，並借此機會通報一些情況：

眾所周知，自有《金瓶梅》小說，便有《金瓶梅》研究。其《金瓶梅》第一奇書本的張竹坡評點與文龍評點，已經接近或者就是現代意義上的《金瓶梅》研究。而 20 世紀以來的《金瓶梅》研究，約可區分為 1901-1923 年、1924-1949 年、1950-1963 年、1964-1978 年、1979-2003 年、2004 年迄今六個階段。2003 年以前五個階段的《金瓶梅》研究，以 1924 年魯迅《中國小說史略》出版，標誌著古典階段的結束和現代階段的開始；以 1933 年北京古佚小說刊行會影印發行《金瓶梅詞話》，標誌著現代階段的正式啟動；以中國大陸、日韓、臺港、歐美（美、蘇、法、英）四大研究圈的形成，標誌著現代階段的全面推進；以原中國《金瓶梅》學會的成立，標誌著現代階段的集團運作；以版本、寫作年代、成書過程、作者、思想內容、藝術特色、語言風格、文學地位、理論批評、資料彙編、翻譯出版、文化傳播等課題的形成與展開，標誌著現代階段的研究水準。一門新的顯學——金學，已經赫然出現在世界文壇。中國的《金瓶梅》研究，經過 80 年漫長的歷史，終於在 20 世紀的最後 20 年登峰造極，當仁不讓也當之無愧地走在了國際金學的前列（參見吳敢《20 世紀金瓶梅研究史長編》）。

2005 年 9 月 17 日晚，中國《金瓶梅》研究會籌備委員會在河南開封召開了第一次全體委員會議。第一次全委會決定，聘請馮其庸、徐朔方、魏子雲、梅節、甯宗一、盧興基、沈天佑、袁世碩、杜維沫、林辰、陳詔、王汝梅、許繼善、傅憎享等 14 人為顧問，以卜鍵、馬征、王平、白維國、葉桂桐、孫遜、孫秋克、許建平、何香久、吳敢、李魯歌、張遠芬、張鴻魁、張進德、張蕊青、楊緒容、杜明德、羅德榮、陳東有、陳昌恆、陳維昭、陳益源、周中明、周晶、苗壯、趙興勤、黃霖、曾慶雨、蕭欣橋、翟綱緒、潘承玉、霍現俊等 32 人為理事，黃霖為會長，吳敢、王平、陳東有、何香久為副會長，吳敢為秘書長（兼），陳維昭為副秘書長。目前中國《金瓶梅》研究會正在申辦登記的過程之中。

中國《金瓶梅》研究會（籌）成立以後，已經成功舉辦了三屆國際《金瓶梅》學術討論會（2005 年 9 月在河南開封召開的第五屆國際《金瓶梅》學術討論會、2008 年 7 月在山東臨清召開的第六屆國際《金瓶梅》學術討論會、本次會議）和一屆全國《金瓶梅》學術討論會（2007 年 6 月在山東棗莊召開的第七屆全國《金瓶梅》學術討論會），並出版了二輯《金瓶梅研究》（第八、九輯）。金學隊伍因此重新集結，金學事業因此薪火相傳。

雖然，中國《金瓶梅》研究會（籌）和全體金學同仁，決心繼承原中國《金瓶梅》學會共同開創的金學事業，把《金瓶梅》研究推向一個新的境界和層面；但是，《金瓶梅》研究的成果與水準，卻未盡如人意。儘管，研究的成果也在不斷出現，研究的水準也還維持在一個相當的高度，然如果長期小步移動，必然危機潛伏。這不能不引起有識之士的焦慮與思考。如加拿大多倫多大學東亞文學系教授胡令毅先生在本次會議大會發言中，以中國古代小說（尤其是《金瓶梅》）作者研究為例，認為 20 世紀二三十年代先哲前賢已經解決的課題，未獲大踏步推進；尚未解決的課題，大多迄無結題。因此，將《金瓶梅》研究推向新的層面，應當成為全體金學同仁的首要議題：

一、擴大與加強中國《金瓶梅》研究會（籌）工作人員隊伍。2010 年 8 月 20 日晚在清河召開了中國《金瓶梅》研究會（籌）一屆四次理事會議，理事會決定，增補卜鍵、陳益源、陳維昭、許建平、張進德、霍現俊為副會長，洪濤、趙傑、石鐘揚、孟昭連、胡金望、王枝忠、董國炎、杜貴晨、王立、王進駒、傅承洲、吳波、張文德、史小軍、楊國玉、徐永斌、黃強為理事，霍現俊為副秘書長（兼）。這樣，中國《金瓶梅》研究會（籌）現有會長 1 人、副會長 10 人、理事 49 人、顧問 10 人、秘書長 1 人、副秘書長 2 人。我相信，在黃霖會長的指引下，在擴大與加強後的中國《金瓶梅》研究會（籌）領導團隊的帶領下，通過全體金學同仁的共同努力，《金瓶梅》研究必將產生新的氣象與成果！

二、要吸引更多的青年學者參加到金學隊伍中來。原中國《金瓶梅》學會五位顧問，有四位（王利器、吳組緗、吳曉鈴、徐朔方）已經駕鶴西去；「老一輩金學家」如朱星、魏子雲、宋謀瑒、沈天佑也為仙遊；「中年金學家」如劉輝、日下翠、鮑延毅、王連州，甚至青年研究者如及巨濤亦是作古，健在者年多望七，或者興趣轉移，無有金學新著，或者只是結集論文，匯總舊說；「青年金學家」亦基本已過知天命之年，事務繁重，大多僅能兼顧金學。近年來雖有少數青年學人寫有金學論文，但在金學隊伍之中，青年人所占比例太低。如果不能形成青年集群，金學將後繼乏人，無有陣容。但第六屆（臨清）國際《金瓶梅》學術討論會已經見到了新的氣象，那次會議論文集總收 46 篇論文，有 30 篇左右為新的金學朋友的著作，其中絕大多數是青年學人。第七屆（清河）國際《金瓶梅》學術討論會論文集《金瓶梅與清河》亦有 23 篇是青年學人的作品，分量過半，其

中近半數是新的金學朋友。應該考慮的是，不但要請更多的青年學者參加到金學隊伍中來，而且要指導幫助他們攻堅金學疑難課題，形成專題，多發論文，多出專著。還有，金學同仁中的研究生導師們，請儘量爭取指導研究生以《金瓶梅》研究為畢業論文。如王平、張進德、霍現俊、孟昭連、胡衍南先生等，均已經或正在指導博碩士研究生結撰《金瓶梅》研究方向的畢業論文。

三、要培育新的研究視角，熔鍛新的研究方法，開闢新的研究領域。回顧《金瓶梅》研究史，傳統的研究課題，因為長達百年的開掘，該說的話行將道盡，給人難乎為繼的感覺。《金瓶梅》研究當然永遠需要堅守傳統陣地，穩紮穩打，日積月累，如同歐陽健先生提交本次會議的論文〈《續金瓶梅》成書年代再討論〉關於丁耀亢順治五年至十一年構思動筆、順治十一年至順治十五年撰寫完成，順治十七年（1660）添加與《太上感應篇》相關的說教而最後成書的辨析；楊國玉先生提交本次會議的論文〈《金瓶梅》第五十三至五十七回「贗作」勘疑——從語詞運用的個性、地域特點看《金瓶梅》的「贗作」公案〉對《金瓶梅》這五回語言特徵進行考察，並從其在語詞運用方面所體現的個性化、地域性特點，對「贗作」問題予以的探查；王昊先生提交本次會議的論文〈「苦孝說」發覆〉對「苦孝說」是張竹坡這一「苦孝人」主體意蘊的特定投射，而在張竹坡《金瓶梅》評點中處於核心地位的認識等。但更需要用新視角、新方法、新理論做出新闡釋，如同趙興勤、趙韡父子提交本次會議的論文〈王孝慈藏本《金瓶梅》木刻插圖研究〉對插圖實為小說敘事有益補充的剖析（胡衍南先生指導的碩士研究生曾鈺婷的碩士論文即為《說圖——崇禎本《金瓶梅》繡像研究》，可謂異曲同工），范麗敏先生提交本次會議的論文〈結構主義視角下的《金瓶梅》文化探析〉對相關問題的理解，譚楚子先生提交本次會議的論文〈荒誕世界凡俗生靈汲汲神往之喜劇盛筵——《金瓶梅》性愛文本生命超越存在主義美學建構〉所做的美學視野下的《金瓶梅》文本解讀等。本次會議在學術上還有一個亮點，即《金瓶梅》作者研究，不但主張屠隆說的黃霖，主張王世貞說的許建平、霍現俊，主張徐渭說的胡令毅，主張盧楠說的王汝梅，主張李先芳說的葉桂桐，主張馮惟敏說的趙興勤，主張賈夢龍說的許志強、李鰲，主張丁惟寧說的張清吉、楊國玉、張傳生，主張白悅說的徐永明，主張蔡榮名說的陳明達，主張《金瓶梅》成書於陳繼儒手下的老儒的張同勝等群賢畢至；而且老說有新的闡發，如胡令毅的大會發言；新說有老的證據，如徐永明的大會發言。剛才所介紹的三個小組的討論，其最熱烈集中的話題之一，也是《金瓶梅》的作者研究。《金瓶梅》作者研究是最為難解的命題，也是眾說紛紜的命題，更是備受爭議的命題（即許建平在大會發言中所講的「瓶頸」）。我在此前兩次會議上所批評的劉世德、陳大康兩位先生對《金瓶梅》作者研究的偏見，他們固然言過其實，有嘩眾取寵之嫌；但作者諸說中標新立異、弄虛作假、東搭西湊、望文生義者，確亦時見其例。

甯宗一先生在大會發言中再次呼籲回歸文本，盧興基先生在大會發言中強調理論突破，均所言極是，將給與會人員以啟發。但《金瓶梅》研究中的所有課題均不宜擱置等待（如陳大康連甯宗一先生說的「蘭陵笑笑生是文化符號」都不承認，竟然主張停止《金瓶梅》作者研究）。《金瓶梅》作者研究既不能因噎廢食，更不能信口開河，要堅守學術規範。我主張繼續大力展開《金瓶梅》作者的科學研究（哪怕偶然產生附會與難免出現彎路），撥亂反正，正本清源，集腋成裘，曲徑通幽，籠罩在《金瓶梅》作者上的神秘面紗將會逐層剝落，《金瓶梅》作者研究必將會出現一個令人滿意的結果，並且由此知人論書，必將會對《金瓶梅》做出更為貼切的解讀。

四、要大力發展《金瓶梅》文化與傳播的研究和宣傳。文化問題是近二十年「金學」園林的一道靚麗的景觀，是《金瓶梅》研究傳統方法的突破與擴大。1990 年，陳東有《金瓶梅——中國文化發展的一個斷面》一馬當先。其後，僅專著就有三四十部之眾，近年更是與日俱增，如王啟忠《金瓶梅價值論》，甯宗一、羅德榮《金瓶梅對小說美學的貢獻》，霍現俊《金瓶梅新解》，梅朝榮《讀金瓶梅品明朝社會》，楊子華《金瓶梅文化新解》等，可說是構建出一座金學的「世界奇觀」。這些著述一般都能脫離評點式或印象式或考據式或單一式的傳統，而從宏觀的背景，採用多側面、全方位的研究視角，造成多角度多學科研究的格局，往往觀點新穎，令人喜出望外。本次會議論文集所收論文，屬於《金瓶梅》文化研究序列的，即多達 20 餘篇，亦均多新見。不容置疑，金學存在有兩個嚴重的不相應：一是專家認識與民眾認識嚴重不相應。一方面，金學同仁在金學圈內津津樂道，高度評價；另一方面，廣大民眾在社會上談金色變，好奇有餘，知解甚少。二是學術地位與文化地位嚴重不相應。一方面，《金瓶梅》研究與其他學科分支一樣，在學術界實際擁有同等的地位；另一方面，《金瓶梅》的出版發行、影視製作等，又受到諸多限制。這就是許建平發言中說的又一個「瓶頸」。面對這種專家認識與民眾認識的脫節、學術地位與文化地位的失衡，要高度重視金學的宣傳普及，大家去做工作，就可以逐步縫合專家認識與民眾認識、溝通學術地位與文化地位。近年來，黃霖、王汝梅、吳敢、張進德、史小軍等很多師友應邀在全國各地開設過不少《金瓶梅》講座，在一定範圍內起到了普及、宣傳《金瓶梅》與金學的作用。在第六屆（臨清）國際《金瓶梅》學術討論會上，我曾經呼籲金學同仁參與《金瓶梅》的影視創編與製作，臺灣《金瓶梅》股份有限公司董事長陳靖騰先生在大會發言中更是認為《金瓶梅》3D 電影是「中國最性感的品牌」「中華五千年文化的偉大復興要靠《金瓶梅》品牌」。我認為，《金瓶梅》文化研究，或者其分支《金瓶梅》傳播研究、《金瓶梅》影視研究、《金瓶梅》文化應用研究，不僅是金學的延續，而且是金學的新生。

五、關於本次會議之後學術會議的安排。陳益源在棗莊會議期間召開的中國《金瓶

梅》研究會（籌）一屆二次會議上，與在其大會發言中，以及其後的聯繫中，均曾講到適當時機可在臺灣召開一次金學會議。這將是增進海峽兩岸乃至國際學術交流的一次盛會，很遺憾他這次未能與會，研究會秘書處會後將再與之聯繫，希望能在 2011-2012 年舉辦。黃霖先生與鈴木陽一先生、崔溶澈先生商議，也有由中國《金瓶梅》研究會（籌）與日本中國小說研究會、韓國中國小說研究會在三國輪流聯合主辦中國古代小說（《金瓶梅》）高層論壇的打算。另外，經王平聯絡，山東省電力公司張傳生與山東省五蓮縣委宣傳部辦公室主任周華代表五蓮縣出席本次會議，建議 2011 年 8 月在五蓮召開第八屆國際《金瓶梅》學術討論會。中國《金瓶梅》研究會（籌）理事會一屆四次會議同意與五蓮縣聯合主辦該次會議，並擬在今年年底以前在五蓮縣召開一次籌備會議。張清吉偕同山東省諸城市人大原主任李增波參加本次會議，他在昨天大會插言中透露，也有適當時候在諸城召開金學會議的動議。「芙蓉亭、金玉緣」陳明達、夏吟伉儷參加本次會議，亦希望在浙江黃岩召開金學會議，並且懇請今年就能召開。清河縣委副書記、清河縣政協主席任山景先生更明確表示，今後每年都可以到清河來召開一次金學會議（看來我們一年一會已經沒有後顧之憂！）還有，此前幾天我與陳東有先生商議，希望能在江西（南昌、井岡山、廬山）召開一次金學會議，他也正在聯繫之中（看來中國《金瓶梅》研究會與各位金學同仁很受歡迎！）。

　　六、關於國際《金瓶梅》資料中心。國際《金瓶梅》資料中心自 1989 年創建以來，現已收藏有關《金瓶梅》的版本和研究專著 300 餘部，期刊及散頁資料 4000 餘份。自1990.6-2005.6，國際《金瓶梅》資料中心先後掛設在徐州市圖書館、徐州教育學院圖書館，共接待來訪學人 1000 多人次。但因為徐州教育學院與徐州其他高校合併組建徐州工程學院，我也因為年齡原因退離領導崗位，國際《金瓶梅》資料中心遂不能正常開放。2010 年 6 月徐州市張伯英藝術館建成開館，國際《金瓶梅》資料中心依託該館得以重新設立，不久即可開放。希望各位金學同仁出版專著、發表論文以後，能夠惠寄 1 部（篇）交國際《金瓶梅》資料中心收藏。中國《金瓶梅》研究會（籌）一屆四次會議決定繼續編輯出版學會機關刊物《金瓶梅研究》，爭取年出一期。即將編輯出版的是第十輯（由清河縣政協資助出版，為第七屆國際《金瓶梅》學術討論會的論文專集），請各位師友賜稿！

　　《金瓶梅》歷史地理背景「清河說」，是最為信實的一說（這也是本次會議主要議題之一，趙傑、喬福錦、趙福壽、許超、王連洲、于碩、霍現俊、許志強均提交了很見學術功力的論文）。現在的清河縣，不僅完滿地籌備、組織召開了本次會議，而且在《金瓶梅》文化研究與開發方面，也頗多實踐和方案，是對金學做出重要奉獻的城市之一。借此機會，謹向清河縣委、縣政府、縣人大、縣政協的領導，表示崇高的敬意和衷心的感謝！向關心支持本次會議的河北省、邢台市有關領導、專家與新聞界朋友，表示崇高的敬意和衷心的感

謝！向幫助本次會議豐富多彩（安排有書畫展覽、聯歡晚會、書畫聯誼等活動）又圓滿成功的全體會務人員，以及贊助單位、清河賓館與參觀景點有關人員，表示崇高的敬意和衷心的感謝！清河縣政協主席任山景先生、清河縣政協副主席趙傑先生與清河縣政協各位副主席先生等，對本次會議貢獻特多，尤其要向他們表示崇高的敬意和衷心的感謝！

各位師友，傳統的金學，加上以文化、傳播與影視為標誌的新金學，仍然又回到甯宗一先生的經典命題：說不盡的《金瓶梅》。鄧紹基先生在開幕式講話中說：「《金瓶梅》研究，也就是金學，正是朝著這樣一個昌盛繁榮的目標，在不斷地前進！」讓我們再接再厲，為將《金瓶梅》研究推向新的層面而努力！

（2010 年 8 月 22 日於河北清河）

附錄四十一：第七屆國際（清河）《金瓶梅》研討會綜述

2010 年 8 月 20-23 日，由中國《金瓶梅》研究會（籌）與河北省清河縣政府、清河縣政協在清河聯合舉辦了第七屆國際（清河）《金瓶梅》學術研討會，來自全國各地高等院校和科研單位以及港臺、韓國、日本、加拿大的 110 餘位專家學者參加了這次盛會。大會開幕式由清河縣人民政府縣長張萬雙主持，中共清河縣委書記冀東書和中國《金瓶梅》研究會（籌）會長、復旦大學教授黃霖先生分別致歡迎辭、開幕詞。中國社會科學院院士鄧紹基先生應邀與會並做了《金瓶梅》研究的追溯與感言的主題演講。

這次大會共收到論文近 70 篇。會議圍繞《金瓶梅》與清河、《金瓶梅》的思想藝術與人物、《金瓶梅》的作者與版本、《金瓶梅》中的風俗文化、《金瓶梅》的評本及對後世小說的影響等問題展開了熱烈而深入的討論，取得了豐碩的成果。

一、《金瓶梅》與清河的關係

《金瓶梅》故事的發生地，學界有種種不同的說法，也是多年來爭議較大的一大謎題。黃霖教授認為：清河與臨清都是被《金瓶梅》作為重要的藝術環境來表現的。《金瓶梅》本是「從《水滸傳》潘金蓮演出一支」。在《水滸傳》與《金瓶梅》中都寫到了清河縣。不過，在《水滸傳》中，武松雖是清河縣人，但他打虎後做了陽穀縣的都頭，潘金蓮與西門慶的故事，主要就發生在陽穀縣。但《金瓶梅》的作者將故事的發生地作了很大的變動，武松變成了陽穀縣人氏，後做了清河縣的都頭，西門慶家的故事，主要就在清河縣搬演，清河就成了《金瓶梅》故事展開的最主要的藝術環境。作者為什麼作這樣的變動，從解放前的姚靈犀起，有各種各樣的推測。但不管怎樣，從《金瓶梅》創作的藝術環境來看，清河無疑是西門慶、潘金蓮等活動的最集中、最重要的一個城市。學者趙傑從清河歷史上的隸屬關係、地理方位、唐宋運河之城以及清河的幾度興廢和明代清河縣

城至今殘存現狀的角度加以探討，認為清河的城裡城外是演繹《金瓶梅》市井大戲的主
要舞台。學者許超從明初清河縣方言文化的形成、發展以及與《金瓶梅》之關係進行溯
源性研究，認為《金瓶梅》社會故事背景、地理環境和習俗風情均取材於河北省東南部
京杭大運河之濱的清河縣。趙福壽先生認為《金瓶梅》作為一部偉大的現實主義文學作
品，其創作與清河一代的運河文化密不可分。這可以從相關文獻記載和它所反映出的真
實時代背景、歷史地理背景、運河文化背景得到解析。已故學者王連洲先生在〈河北清
河是《金瓶梅》的藝術中心〉一文中說：「《金瓶梅》託名的清河是指一個藝術化清河
而言，其藝術中心即今河北清河縣城。這個藝術化清河是《金瓶梅》中人物活動的主要
背景，有了它才能把人物活動的範圍擴延到全國其他地方。」霍現俊教授（河北師大）等
也探討了《金瓶梅》與清河的關係，強調無論是作為故事中的生活原型，還是雜取各處
被藝術化的「清河縣」，《金瓶梅》這部曠世奇書都與清河有著割不斷的聯繫。許志強
先生則辨析了《金瓶梅》故事發生地與《金瓶梅》故事發生地的背景這兩個不同的概念。
認為清河縣是故事的第一發生地。

　　有些學者從經濟社會與文化發展的戰略層次上，提出「清河文化」的概念並以此確
立《金瓶梅》研究之學術定位。喬福錦教授（邢台學院）認為，近古清河市鎮商業社會文
化研究，可以《金瓶梅》研究作為切入點。《金瓶梅》與清河的關係，文本中有明確記
載。宋元以降清河市鎮經濟與社會文化，正是《金瓶梅》等古代小說產生的歷史背景。
如果說中國古典小說領域的《金瓶梅》研究，側重點在文藝性方面，史學界包括清河地
方的《金瓶梅》研究，則應側重於近古主要是明清時期的城鎮商業社會文化研究。從社
會史角度觀，《金瓶梅》小說之背景研究，與清河歷史文化研究是同一個課題。《金瓶
梅》文本不僅僅是「小說」存在，也是清河市鎮商業文化研究的特殊史料。從社會史史
料的角度看待《金瓶梅》，由「文化清河」研究的學術視域所決定；從社會文化史角度
界定《金瓶梅》研究，亦是以「清河文化」研究為依託而作的學術定位。這樣的學術定
位，不僅可以提升《金瓶梅》研究之文化品位，也是「野史小說」研究與清河地域歷史
文化研究的最佳結合點。

二、《金瓶梅》的思想藝術與人物形象研究

　　《金瓶梅》的思想藝術與人物形象研究也是這次會議的熱點之一。在傳統文化觀念
中，「五倫」關係是人們必須遵從的行為規範，也是處理人與人之間關係的基本準則。
五倫中包括了親情、友情和愛情這些根植於人性深處的人類最基本的情感，也是古今中
外文學家歌頌的永恆主題。然而，這種頌「情」傳統在世情小說《金瓶梅》中卻遭到了
徹底的顛覆。張進德教授（河南大學）認為，《金瓶梅》刻意表現的是「親情」之淡、「友
情」之偽、「愛情」之假。這是當時社會現實的反映，有著複雜的社會文化背景，同時

也從一個側面對作品的創作意圖給予了詮釋。《金瓶梅》賦予了西門慶一個無父無母、無叔伯無弟兄的無根家庭，這無疑具有濃重的象徵意味。馬瑜、楚愛華博士（南開大學）認為，父親的缺席，使西門慶輕鬆地甩掉了傳統理性對個體的限制力量，個人能力得到極大的張揚，使他在經商中輕鬆擺脫「重義輕利」等傳統儒家人格的限制和困擾，以獲利為出發點靈敏地按照市場規律做生意，因此獲得了大量的商業利潤；讓他自由無礙地靠金錢來組織自己的社交圈，從而在官場、商場和風雲場左右逢源平步青雲。此外，父親的缺席還意味著西門家庭缺少凝固家庭成員的向心力量，黏合家庭成員的不是建立在宗法血緣基礎之上的傳統倫理道德，而是金錢支配之下的勢利之交。但最終不可避免地陷入沉淪的深淵。《金瓶梅》圍繞西門慶的發跡變泰及其家庭的興衰，廣闊而深刻地再現了明代人情世態。人們在利益的驅動下，到處攀親戚，拉關係，拜乾親之風頗為盛行。對此，齊慧源教授（徐州工程學院）從經濟、社會、宗法的角度分析了這一現象，指出所謂的「親情」，不是以「血緣」為紐帶，而是靠「利益」來維繫。在商品經濟衝擊下的明代，商品意識滲透在人際關係中，在人們的交往中處處閃現著交換意識和利義觀念。而官商勾結、權錢交易又都是在「結義」的形式下進行的。「熱拜乾親」的現象也是中國封建社會宗法制度的一種遺風。范麗敏博士（濟南大學）以結構主義的獨特視角探討了《金瓶梅》故事講述的模式及模式之下內蘊的深層結構，從而達到對某種共同的文化精神或心理即「價值」的認識。認為：一，《金瓶梅》和宋元時代及其後的同類小說存在著共同的「語法」，即「耽淫（或好色）亡身（身危）」模式，儘管其「講法」各有不同，但其基本「語法」是不變的；二，《金瓶梅》中的人物存在著二元對立關係，其深層結構是商品經濟條件下扭曲的男女情愛關係——男人通過金錢占有女人，女人通過男人占有金錢；三，對生命價值與意義的終極追問，表達的是在宋元以來商品經濟高度發展和明中後期「心學」思潮流行的背景下人物放縱本能後精神上的無所皈依感。

《金瓶梅》是中國小說史上第一部直接反映現實的作品，但以何種藝術方式反映現實，學界卻有不同的看法。霍現俊教授（河北師大）等認為，《金瓶梅》反映現實的獨特的方式是「借宋寫明」即「借前代寫當代」並以類似「新聞標題詞」式的手法而不是對事件的完整敘述，這種獨創性構思，在中國小說史上，《金瓶梅》是第一部，可能也是惟一的一部。其次，《金瓶梅》「借宋寫明」在人物設置上也有其不同於其他小說的獨特方式：一是作者選取了明代正德、嘉靖兩朝85個真實的歷史人物以表明作品反映的時代；二是選取宋代人物時都是有針對性的，具有明顯的影射作用；三是作者盡可能選取宋、明同名同姓人物並將其「行事」相互雜糅，這些同名同姓人物表達了作者多種創作意圖。《金瓶梅》中描寫了大量婚姻以外的非公開的偷情通姦的情節即「偷情」故事。史小軍教授（暨南大學）從偷情故事的角色選擇及其意圖、偷情故事的時空設置、偷情故

事的敘述手法及其效果等角度，細察作者對這些名堂繁多的「偷情」故事所採取的不同的敘述策略，可以窺見作者在藝術構思方面的良苦用心，從而有助於更加真切地理解這部被譽為「第一奇書」的小說的主旨及文化意蘊。譚楚子先生（徐州圖書館）認為《金瓶梅》中性色文本並非單純用於色欲之「諷喻」或「戒懼」，而是無意識或不自覺中傳遞著創作者的審美情趣，構建著創作者的生命哲學超越指向：肇始於中國文化深層結構中的陰陽交泰天人合一的華夏樂感超越情懷，縱欲床笫美媛與嘯傲山水林泉心靈同構直抵生命極境的審美訴求，將縱情肉欲的現世歡樂體驗提升至當下形而上統治地位的生命哲學價值取向。另外，牛志威對《金瓶梅》中的生日敘事藝術進行了探討，認為生日的設置和利用具有組織結構、引導敘事、展開情節、創設情景、引發事件等功能，在小說的敘事中發揮了極為重要的作用。

關於人物形象，韓曉副教授（湖北大學）認為《金瓶梅》中出現了不少貪官污吏形象，巡按山東的監察御史宋喬年就是其中較為引人注目的一個。小說通過他與西門慶的頻繁交往，生動而深刻地揭露了封建社會權錢交易的骯髒與罪惡。宋喬年在歷史上真有其人，《金瓶梅》的作者借用了宋喬年這個名字與人物的大致情況，加以潤色發揮，創造了一個典型的貪官污吏形象，並將歷史上的宋喬年與小說中的宋喬年做了進一步的對比。石鐘揚教授（南京財經大學）探討了男權主義下潘金蓮御夫術的藝術精神。認為這是女性的一種自衛手段，是她們抗爭意向的反映，是對男權世界的反抗。熊保瑩重點探析了《金瓶梅》中的秀才群像，認為是明代中後期才學荒疏、人品散漫的下層知識分子的典型。從這些秀才形象中，可以窺見明代下層知識分子的經濟地位、社會地位和道德狀況。經濟地位的低下影響到他們的社會地位，道德的淪喪又將他們推向更加尷尬的境地。這與不合理的科舉制度、發達的商品經濟、浮華奢靡的社會風氣都有著重要關係。對《金瓶梅》中的媒婆群像、韓愛姐形象、武松形象及西門慶形象在《金瓶梅》中的作用及意義都有進一步的開拓。

三、作者版本評點研究

《金瓶梅》的作者、版本（主要是詞話本、崇禎本和張評本）一直是「金學」研究的熱點，學者投入的力氣最大，爭議也最多。尤其是作者，新說不斷，人們從不同的角度試圖解決這一最大難題。但客觀說，在沒有確鑿證據的前提下，離這一問題的真正解決恐尚有不小距離。張同勝博士（蘭州大學）提出《金瓶梅》的作者為「陳繼儒手下老儒說」，認為晚明的大名士陳繼儒不僅養著一些窮老耆儒集撰成書，而且他本人奉行的是貴生、學「生」的思想，繼而論證了陳繼儒使老儒「尋章摘句，族分部局，刺取其瑣言僻事，薈萃成書」與《金瓶梅》的「集撰」式創作方式是完全相同的，在此基礎上，他又發現了小說創作的指導思想與陳繼儒的人生哲學思想完全一致，從而得出「《金瓶梅》成書於陳

繼儒手下的老儒」這一結論。徐永明博士（浙江大學）從白悅的婚姻生活、白氏家族的家庭生活、白悅與其他曲家的交往等材料出發，分析推斷出《金瓶梅詞話》的作者為江蘇武進作家白悅的結論。另外，陳明達先生提出《金瓶梅》的作者為明浙江黃岩人蔡榮名，可備一說。這些探討，應該說都是有益的。對《金瓶梅》作者原有說法的重新檢討，也是這次會議的一個亮點。蔣宸〈《金瓶梅》作者「徐渭說」辨〉針對《金瓶梅新證》的主要觀點進行了駁難，認為《金瓶梅》中所寫的「清河」不是紹興，《金瓶梅》序跋的作者欣欣子、廿公等人真實身分無法考知，「故事背景改在清河」與「山陰」沒有任何聯繫，徐渭晚年的詩不能證明其寫過「名含『瓶梅』的小說」，「徐渭是《金瓶梅》作者」的說法缺乏可信服的文獻依據。小說作者的考辨需講求實證，不能為了證成己說而無中生有、曲解證據、附會周納。簡單地與歷史真實「對號入座」，以此「索隱探微」。《金瓶梅新證》的研究頗多穿鑿，這種研究方法與基本的學術準則相悖，因此結論就很難令人信服。盛鴻郎先生〈徐渭自己說：《金瓶梅》的作者不是他〉一文將《徐渭集》中有關涉及《金瓶梅》最為明顯的詩文一一摘錄出來，讓徐渭自己證明《金瓶梅》的作者不是他，而是蕭鳴鳳。胡令毅教授（加拿大多倫多大學）針對《金瓶梅》作者研究存在的問題提出了自己的看法：過分強調虛構性而忽略真實性；過分強調商業娛樂性而忽略政治性；過分強調集體創作而忽略文人的獨創性等。認為《金瓶梅》是西門慶家的大帳簿，是「真人真事的傳記」。

　　陳益源教授（臺灣成功大學）等〈《金瓶梅詞話》徵引詩詞考辨〉是一篇角度極為獨特的論文，從表層看，探討的是《詞話》徵引詩詞的來源，其徵引的作品有《水滸傳》、宋元話本、元明文言小說及元明戲曲等，並詳盡分析了《詞話》徵引詩詞的抄錄特色和方式。該文實際關注的卻是《金瓶梅》的作者及其成書過程：從《詞話》引用詩詞水準不高明來看，似乎留有集體創作的特徵。

　　關於《金瓶梅》的版本。趙興勤教授（徐州師大）等對王孝慈藏本《金瓶梅》木刻插圖進行了系統論述。他認為，在《金瓶梅》的傳播史上，圖像大約是一個容易為研究者忽略的問題。王孝慈藏本木刻插圖，其藝術表現內容主要包括情色表現、世情表現、民俗表現以及市井表現。值得注意的是，刻工（畫工）們除了借助情色表現招徠讀者外，其實還隱含了對小說核心內容的攫取、世風丕變下的人情世態等在內的一個無聲的敘事系統，呈現出獨立的批評意義。從這個意義上講，插圖實在為小說敘事的有益補充。崇禎間《金瓶梅》插圖的出現，在藝術學、詮釋學、文獻學、傳播學等方面，都具有一定的意義。楊國玉副教授（河北工程大學）對《金瓶梅》第五十三至五十七回是否為「贋作」的公案進行了深入探討。「贋作」的公案，是由明人沈德符在《萬曆野獲編》卷二五中的一段記述引出的。沈德符的「贋作」之說是否可信？其所指對象究竟是萬曆本，還是

崇禎本？抑或是此前更早的一個可能的初刻本？他就現存的兩個版本（詞話本、崇禎本）的第五十三至五十七回的語言特徵進行考察，從其在語詞運用方面與其他各回的區別所體現的個性化、地域性特點的角度系統梳理後，得出結論說：《金瓶梅》萬曆本的第五十三至五十七回與其他各回的習慣用語不同，又確實「時作吳語」，足證這五回確如沈德符所說，是「陋儒補以入刻」的「贗作」。同時有助於解決另外兩個問題：一是現存《金瓶梅》萬曆本應是初刻本。二是崇禎本第五十三、五十四回保留了萬曆本原作，但已不完全是原作面貌，而是崇禎本的評改者像對其他各回一樣，對此進行了一番加工改作。

　　《金瓶梅》的評本研究，既涉及崇禎本，也涉及張評本。王汝梅教授（吉林大學）對崇禎本《金瓶梅》第二十七回的校注可謂別開生面。從眉批分析了人物性格，從引用《如意君傳》的文字斷定了《金瓶梅》的成書上限，從具體詞語的校勘探究了晚明的風俗狀況和史實等，涉及版本、評點的理論價值等眾多方面。楊彬博士（東華大學）認為崇禎本批評在「世情論」「人物論」及「文法論」上都顯示出了其獨特的理論價值。在明清小說評點歷史上，應是不可輕忽的一環。潘慎教授（太原師範學院）對張評本引用的詩詞進行了探源，通過與原作校核，發現存在失律落韻、胡亂篡改等嚴重錯誤。從而認定《金瓶梅》的作者不會出自名士之手，而應是一位說書的江湖藝人。張竹坡在〈金瓶梅閒話〉〈金瓶梅寓意說〉〈金瓶梅讀法〉及回評、夾批中多次闡述孟玉樓為作者「自喻」之說，對此，王進駒教授（暨南大學）認為，「自喻說」缺乏切實可靠的依據和嚴密合理的論證，難以成立。但它蘊含著古代文學創作和批評的深遠傳統，體現了明末清初小說創作發展的新趨勢，是張竹坡痛感於身世遭遇，將創作化為批評的一種特殊表達，有其獨特的意義和影響。對張竹坡的另一理論支點「苦孝說」，王昊教授（吉林大學）以「苦孝說」具體文本為闡釋中心，運用「互證法」，探析了「苦孝說」創作論、主題論和結構論三方面內涵，它是張竹坡這一「苦孝人」主體意蘊的特定投射，在張竹坡的評點理論中處於核心地位。宋真榮博士（韓國水原大學）對韓國梨花女子大學所藏《金瓶梅》的版本系統進行了認真梳理，從版心可以斷定該書實際是「皋鶴堂批評第一奇書金瓶梅」的第一奇書本，並與大連圖書館本、韓國收藏的其他第一奇書本做了細緻比較，這對我們認識該版本的形成過程和流入韓國的過程以及對當時的出版和流通文化的瞭解具有很大的幫助作用。

四、《金瓶梅》的傳播影響及其他研究

　　《金瓶梅》問世後對明清小說創作產生的巨大影響也是這次會議討論的重點之一。歐陽健教授（福建師大）提交本次會議的論文〈《續金瓶梅》成書年代再討論〉關於丁耀亢順治五年至十一年構思動筆、順治十一年至順治十五年撰寫完成，順治十七年（1660）添加與《太上感應篇》相關的說教而最後成書的辨析，對理清作者的寫作過程，瞭解作品

的內在意蘊，確立在小說史上的座標等具有啟發意義。胡衍南教授（臺灣師大）對《三續金瓶梅》進行了全方位的解讀。認為《三續金瓶梅》的寫作動機一在彌補《金瓶梅》之遺憾，二在矯正《續金瓶梅》《三世報隔簾花影》之過度。其情節則是承襲《金瓶梅》而別開生面，卻也時見不少敗筆。從其所呈現的世情內容來看，很明顯地偏向市井色彩，雖未達到《金瓶梅》《紅樓夢》的水準，但確實要較才子佳人小說豐富。而且，其人物性格具有雅化的傾向。張弦生編審（中州古籍出版社）認為《金瓶梅》在市井人物描寫上，給《野叟曝言》以影響，但二書的差異巨大。在小說觀念上，夏敬渠比蘭陵笑笑生要陳腐得多。在性事描寫上，二書都有過濫的傾向，但《金瓶梅》的性事描寫在一定意義上是明末啟蒙思想對封建正統的沖決，而《野叟曝言》的性事描寫則是理學家變態的性心理的幻想，是清代從明末啟蒙思想倒退的特有的文化現象。《野叟曝言》對《金瓶梅》是顛覆而不是繼承。劉銘博士（復旦大學）則探討了《歧路燈》和《金瓶梅》之間血脈相連的關係。《歧路燈》在題材、結構、諷刺藝術和人物塑造等方面都對《金瓶梅》進行了繼承和發展，因此它取得了較高的藝術成就。

關於《金瓶梅》的傳播和接受及其價值取向，王平教授（山東大學）以 1949 年建國前為例進行了系統梳理。認為對《金瓶梅》的價值取向呈現出肯定與否定兩種截然不同的態度。肯定了《金瓶梅》的審美藝術價值、倫理教化價值和社會認識價值，否定其價值的則主要因為其淫穢描寫，並分析了產生差異的主客觀兩方面的原因，這對更好地把握和實現《金瓶梅》的多重價值，避免價值取向的扭曲具有重要意義。崔溶澈教授（韓國高麗大學）、禹春姬教授（韓國延世大學）對韓國 20 世紀《金瓶梅》的翻譯及傳播史做了簡明扼要的勾勒。首先探討了 20 世紀 50 年代韓國出現的第一本《金瓶梅》翻譯的社會背景及文人心理；其次，逐一介紹了自 1955 年韓國最早的《金瓶梅》翻譯本到 2009 年近 30 種各式各樣翻譯本的情況，其中包括全譯本、節譯本、改作本、插圖本等形式；第三，《金瓶梅》翻譯類型分析。尤其提到最近 20 年來韓國出現了由專家翻譯的理想的《金瓶梅》全譯本。並且希望《金瓶梅》的翻譯和研究在韓國仍然要繼續發展，需要學界更加努力。洪濤教授（香港中文大學）以東吳弄珠客「《金瓶梅》序」為個案探討美國翻譯家芮效衛的《金瓶梅》翻譯藝術。芮效衛譯本屬於典型的學術性翻譯，除了譯文本身值得研究外，書中的注釋也有助於其他學者做學術研究，這是芮譯本最突出的特色。他將弄珠客《序》包含的豐富信息如作品命名的本意、作者意圖及讀法等介紹到英語世界，在《金瓶梅》傳播史上是值得重視的一個環節。鈴木陽一教授（日本神奈川大學）介紹了日本的《金瓶梅》研究概況，特別談到《金瓶梅》在江戶時代對日本的影響，包括對小說創作、通俗文學以及思想的影響。日本學者對《金瓶梅》的各種版本搞得很清楚。而不同年齡段的學者對《金瓶梅》的研究方法也不同，年青學者多用西方敘事學理論研究，

而年長學者則主要探討《金瓶梅》中詩詞的來源。

　　關於《金瓶梅》的文化研究，這是近 20 年金學園林的一道靚麗的景觀，是《金瓶梅》研究傳統方法的突破與擴大。許建平教授（上海交大）認為《金瓶梅》產生的時代是經濟崛起而文化衰微的時代，是農耕文明向工商文明呈現轉型的時代。《金瓶梅》及時描寫了這一轉型態勢中出現的衝突和裂變，流露出作者對這一轉型態勢的憂慮：經濟的崛起如果失去向上文化的支撐和導領就會迷失方向，喪失動力乃至墮入穀底。楚愛華博士（南開大學）等以西門慶一家的服飾裝扮為透視視窗，以《明史·輿服制》等文獻為參照，可以看出作品對西門慶家族的服飾描寫，實際隱含著明代禮法社會的鬆動，是當時新的市民階層、新的時代文化信息對傳統倫理道德的衝擊和否定。另外，還有不少學者探討了《金瓶梅》與南京風物、與徽州飲食文化以及《金瓶梅》中的石榴文化、宗教信仰等，角度新穎，大大拓展了《金瓶梅》的研究空間。

　　針對《金瓶梅》作者諸說中標新立異、弄虛作假、東搭西湊、望文生義的無序狀態，甯宗一教授（南開大學）再次呼籲回歸文本，主張在沒有確鑿的資料和證據下，把「蘭陵笑笑生」這個明顯的筆名認作是一個天才的象徵，無須被還原為一個實在的某某人。他還以《金瓶梅》研究為例論述了古代小說的研究方法：縱橫馳騁於中外文學之間，古今貫通，上下左右求索，采摭群言，熔種種方法於一爐，從而提煉出真知灼見。盧興基研究員（中國社會科學院）在大會發言中強調理論突破，認為《金瓶梅》是中國近代文學的曙光，所言極是，這些意見將給金學界以有益的啟發。

　　這次會議還有一個突出的亮點就是孫秋克教授（昆明學院）所提交的〈徐朔方先生的《金瓶梅》研究〉一文，文章認為：在徐朔方先生畢生的學術研究中，《金瓶梅》是其一生用力最多的作品。《金瓶梅》研究是徐朔方先生「世代累積型集體創作」理論體系的一塊基石，也是其不斷探索以盡力完善理論的典型。徐先生的《金瓶梅》研究圍繞成書和寫定者兩個方面展開，並旁及其他小說乃至戲曲，進一步為《金瓶梅》在中國小說史上的地位進行定位。《金瓶梅》的內容主旨、藝術形象和創作方法、張竹坡批評《金瓶梅》，海內外學者的成果等等，都在徐先生的研究範圍之中。老一輩學者這種數十年如一日致力於學術發展的精神，是我們的寶貴財富，我們理應繼承他們的精神和事業。此文可視之為對徐朔方先生的最好紀念。

　　在閉幕式上，中國《金瓶梅》研究會（籌）副會長兼秘書長吳敢教授（徐州師大）做了〈將《金瓶梅》研究推向新的層面〉的總結發言。在簡要回顧了自中國《金瓶梅》研究會（籌）成立後舉辦學術會議及日常工作後，著重談了六個方面的問題：一、擴大與加強中國《金瓶梅》研究會（籌）工作人員隊伍；二、要吸引更多的青年學者參加到金學隊伍中來；三、要培育新的研究視角，熔鍛新的研究方法，開闢新的研究領域；四、

要大力發展《金瓶梅》文化與傳播的研究和宣傳。五、關於本次會議之後學術會議的安排。六、關於國際《金瓶梅》資料中心。總結言簡意賅、切中肯綮，富有前瞻性與鼓舞性。最後，吳敢先生希望金學同仁再接再厲，努力開創《金瓶梅》研究的新局面，將《金瓶梅》的研究推向更高層面。

（霍現俊）

附錄四十二：第八屆國際《金瓶梅》學術討論會與會學者名單

陳益源，成功大學中文系教授；耿立群，臺灣國家圖書館漢學研究中心《漢學研究》執行主編；王三慶，成功大學中文系特聘教授；林明德，中華民俗藝術基金會董事長；康來新，中央大學中文系教授；黃錦珠，中正大學中文系教授；朱鳳玉，嘉義大學中文系教授；謝明勳，中正大學中文系教授；鄭阿財，南華大學文學系教授；徐志平，嘉義大學教務長；戴華，成功大學人文社會科學中心主任；龔顯宗，臺灣中山大學中文系教授；顏美娟，高雄師範大學國文系教授；林登順，臺南大學國文系主任；吳敢，江蘇師範大學文學院教授；曾淑賢，臺灣國家圖書館館長；鍾宗憲，臺灣師範大學國文系教授；王國羽，中正大學圖書館館長；張進德，河南大學文學院教授；陳玉女，成功大學文學院副院長；沈寶春，成功大學中文系主任；霍現俊，河北師範大學文學院教授；黃霖，中國《金瓶梅》研究會會長，復旦大學中國古代文學研究中心主任；梅節，香港夢梅館負責人；林保淳，臺灣師範大學國文系教授；洪濤，香港中文大學翻譯系助理教授；王瓊玲，中正大學中文系教授；王平，山東大學文學院教授；陳俊啟，中正大學中文系副教授；崔溶澈，高麗大學中文系教授；胡衍南，臺灣師範大學國文系教授；李壽菊，德明財經科技大學通識教育中心副教授；徐秀榮，里仁書局總編輯；高美華，成功大學中文系副教授；李豔梅，南華大學通識中心副教授；阮南，越南國家大學人文社會科學大學東方學系中華學部主任；石鐘揚，南京財經大學新聞學院教授；陳維昭，復旦大學中國古代文學研究中心教授；孫秋克，昆明學院人文學院教授；張蕊青，上海金融學院研究員；胡令毅，美國諾威治大學教授；禹春姬，韓國延世大學博士候選人；王汝梅，吉林大學文學院教授；王進駒，暨南大學中文系教授；史小軍，暨南大學中文系教授；杜明德，臨清市史志辦編審；范麗敏，濟南大學文學院教授；張文德，江蘇師範大學文學院教授；許建平，上海交通大學教授；曾慶雨，雲南民族大學人文學院教授；程小青，福建工程學院文化傳播系副教授；楊國玉，河北工程大學副教授；楊緒容，上海大學中文系教授；趙興勤，江蘇師範大學文學院教授；朱嘉雯，佛光大學文學系助理教授；李志宏，臺灣師範大學國文系教授；林雅玲，高雄師範大學國文系教授；高桂惠，政治大

學中文系教授；傅想容，成功大學中文系博士生；劉淑娟，吳鳳科技大學通識教育中心
副教授；鄭怡庭，臺灣師範大學東亞學系助理教授；謝文華，政治大學中文系博士生。

附錄四十三：第八屆國際（臺灣）《金瓶梅》研討會綜述

2012 年 8 月 24-27 日，由臺灣成功大學人文社會科學中心與臺灣圖書館漢學研究中
心、臺灣師範大學國文系、中正大學圖書館、復旦大學中國古代文學研究中心、中國金
瓶梅研究會（籌）等在臺灣聯合舉辦了第八屆國際（臺灣）《金瓶梅》學術研討會，來自
中國大陸、臺灣、香港各地高等院校和科研單位以及美國、韓國、越南等 60 餘位專家學
者參加了這次盛會。

會議分別在臺北、嘉義、臺南三地舉行，通過網路報名，約 400 餘人聆聽了大會報
告並參與了分組討論。

8 月 24 日上午在臺北圖書館舉行了隆重的開幕式，開幕式由中國金瓶梅研究會（籌）
副會長、臺灣成功大學中文系陳益源教授主持。臺灣國家圖書館館長兼漢學研究中心主
任曾淑賢女士、臺灣師範大學國文系鍾宗憲教授、中國金瓶梅研究會（籌）副會長兼秘
書長、江蘇師範大學吳敢教授分別致辭。開幕式上另一重要議程是舉行了《金瓶梅》研
究大師魏子雲教授寄贈友人書信手稿暨相關文物以及大陸學者有關《金瓶梅》研究論著
的捐贈儀式。

中國《金瓶梅》研究會（籌）會長、復旦大學黃霖教授，香港夢梅館負責人梅節先
生分別作了〈「金學」史上的一座里程碑——追念魏子雲先生〉〈關於《金瓶梅》作者
問題〉的專題演講。黃霖先生在文章中追念了與魏子雲先生 20 多年交往的點點滴滴，概
括了魏子雲先生的為學為人。為學方面：從較早的 1984 年 3 月 10 日魏先生寫給他的信
中大致可勾勒出魏先生研究《金瓶梅》的主要內容與思路：第一步是關於《金瓶梅》成
書的研究；第二步是關於《金瓶梅》作者的研究。魏先生用自己的研究成果證明，自有
《金瓶梅》以來，他是第一個撰寫《金瓶梅》專著的學者，且其數量之多，至今無人可以
與他比肩，他又是第一個能花了二、三十年的時間去專心致志地研究《金瓶梅》的學者，
使「金學」真正成為一門學問。其成績、其影響，可謂一時能籠罩全球。毫無疑問，他
是我們「金學」史上的一座里程碑。為人方面：黃霖先生認為，魏先生是他一生難得的
良師益友。魏先生品格高尚，重義崇理，待人真誠，對後生小子，從不居高臨下，對落
難舊友，仍一如既往，是真君子，是一個難得的忠厚長者，是一個堂堂正正的讀聖賢書
走聖人路的人。

這次大會共收到論文近 40 篇。會前輯印了《金瓶梅國際學術研討會論文集》，會後

擬正式出版。

這次會議探討的話題幾乎涉及《金瓶梅》的方方面面，諸如《金瓶梅》的作者和版本、素材來源、主旨、藝術特色與人物形象、《金瓶梅》中的風俗文化、《金瓶梅》的評本、傳播接受及對後世小說戲曲的影響等問題展開了熱烈而深入的討論，取得了豐碩的成果。

一、作者版本研究

關於《金瓶梅》作者的探討是「金學」界最熱門的話題，也是「金學」研究者下功夫最多最大的難題。香港夢梅館負責人梅節先生作了〈關於《金瓶梅》作者問題〉的專題演講。梅節先生主要是從文本角度來談《金瓶梅》作者的，他結合自己近三十年校點《金瓶梅詞話》的體會，重申作者「藝人說」，認為書中穿插葷笑話、性故事、流行曲及引錄《水滸傳》《大宋宣和遺事》《寶劍記》等俗文學材料，是出於吸引聽眾的需要；全書前七十九回豐腴多姿，後二十一回全無精彩，虎頭蛇尾，是說書體的特徵，人物對話的分解，書啟體「下書」的應用及敘述人稱的轉換等，表明《金瓶梅》的敘述結構是說聽結構，因而今本《詞話》是說書藝人的記錄底本，本書的地理背景「清河」應為淮揚地區的「南清河」，亦即說書藝人的設場所在。

這次會議關於《金瓶梅》作者的探討，與以往不同的最引人矚目的突出亮點是研究路數方式的轉變。高雄師範大學國文系林雅玲教授〈《金瓶梅》建築書寫論析〉一文，表面是論析《金瓶梅》中建築佈局的，實則探討的是《金瓶梅》作者問題。該文通過對西門府邸宅第建築、建物裝置擺飾、園林亭池書寫的論析，再與萬曆年間才子佳人傳奇相比較，認為《金瓶梅》作者蘭陵笑笑生應是一個具有涵養的文化士人，但不是文化頂端的風流名士。上海交通大學許建平教授〈王忬「偽畫致禍」真偽考辨——以《清明上河圖》為中心〉則是對「偽畫致禍與王世貞作《金瓶梅》」這一傳統公案的重新檢討。自 20 世紀 30 年代吳晗著文否定「偽畫致禍」真實性以來，學界大多接受這一結論而幾不見撰文質疑，許文詳盡梳理了萬曆年間有關「偽畫致禍」史料的源流變化並與王世貞《弇州山人四部稿》相關文字對比，以新近發現的明代朱之瑜〈書小李將軍畫軸後〉作為佐證，進一步確證明人筆記所載「偽畫致禍」說的真實性，為王世貞作《金瓶梅》增添了新的籌碼。

《金瓶梅》的各種版本（主要是詞話本、繡像本和張評本）之間的關係和刊刻時間亦是本次會議學者熱議的焦點之一。美國諾威治大學胡令毅教授〈批評本《金瓶梅》初刻時間考〉，系統梳理分析明代與《金瓶梅》有關的干係人物後認為，最早出版的《金瓶梅》為批評本而不是詞話本，由馬仲良贊助刊印，出版地點為吳中（蘇州），出版單位為「本衙」（即馬仲良所任職的滸墅關鈔關衙門），出版時間為馬榷吳關之時（即 1613 年至 1614 年年

初之間），最晚不會過萬曆四十二年的二月或三月。從避諱角度判定版本的刊刻年代亦是學界常用的方法之一，但若只從整體而不顧及每個具體時段的實際情況，往往會發生偏差。河北工程大學楊國玉副教授〈明代帝諱與《新刻金瓶梅詞話》刊本的諱字問題——從帝諱角度對現存「萬曆本」刊刻版次及年代的梯次考證〉則糾正了不少失誤，這是一篇很見功力的文章，該文從明代帝諱制度的有關史料入手，佐證於明代刻本、抄本中的帝諱實例，再結合《金瓶梅》刊本中的諱字，最後得出結論說：《金瓶梅》刊刻必在萬曆四十五年十二月至四十八年七月（最晚十二月）之間，現存《金瓶梅》刊本確是《金瓶梅》的原刊本，也是惟一刊本，其刊成面世最早約在萬曆四十六年下半年。從「敘事者」的角度比較「詞話本」與「崇禎本」《金瓶梅》的不同，這種新的探討方式給人以不少新的啟發。嘉義大學中文系徐志平教授〈《金瓶梅詞話》與崇禎本《金瓶梅》敘事者之比較〉一文，從故事內及故事外敘事者的角度以及敘事者干預等層次，分辨不同敘事者之間在思想觀念上的不同，最後證明無論在敘事者的多元運用、還是敘事者的思想觀念，崇禎本都要比詞話本更勝一籌，但也不能否定詞話本的價值。兩個版本的《金瓶梅》各具擅場，都是值得珍惜的瑰寶。

二、《金瓶梅》的主旨思想與藝術研究

蘭陵笑笑生為什麼創作《金瓶梅》，他在作品中表達了什麼主旨？崇禎本出於什麼目的對詞話本進行了改寫，又表達了什麼思想？等等，也是這次會議關注的熱點之一。臺灣師範大學國文系李志宏教授〈一樣「世情」，兩種「演義」——詞話本與說散本《金瓶梅》題旨比較〉認為，傳統研究中對詞話本和說散本《金瓶梅》題旨的分析有混同一談的情形，忽略了因部分改寫而造成表述重心轉移的問題。兩種版本的「世情」表面為一，但關注點實際有所不同：詞話本著重「情色」議題，而說散本著重「財色」議題；詞話本展現出情色為禍的歷史意識，而說散本在天道迴圈中體現出空色的人生哲思；詞話本體現出特定的政治諷喻思想，而說散本相對消解了政治因素，構建一場人生如夢的荒謬鬧劇。雲南民族大學曾慶雨教授〈論《金瓶梅》創作主體意識的價值及其影響〉認為《金瓶梅詞話》的出現，標誌著小說創作意識從自在走向自覺，由隨意走向專注，這不僅反映出創作主體由群體而個人，更因接受方式由聽到看的轉變，創作意志的體現也由群體性倫理道德趨同性選擇，走向了個性化審美心性訴求的經驗性表達。

《金瓶梅》中有大量偷窺與竊聽的情節，作者的真實意圖是什麼，這是一個值得深入探討的問題。暨南大學中文系史小軍教授〈論《金瓶梅》中的偷窺與竊聽〉認為「偷窺與竊聽」的描寫具有增強小說故事性、增強人物形象的豐富性和增強小說戲劇性等文學功能，與偷情故事一樣具有敘事策略。如果說一般場景的偷窺與竊聽是出於好奇或者爭鬥需要的話，那麼，對於他人性愛場景的偷窺與竊聽則是對自我性壓抑的轉移或是變態

的宣洩和補償。《金瓶梅》是一部全面真實反映當時社會生活的「世情書」，但其反映社會的方式卻不同於其他小說，是以「諧謔」的「笑」的方式反映了嚴肅的社會問題。江蘇師範大學文學院張文德教授〈試論《金瓶梅》的諧謔藝術〉認為《金瓶梅》是集笑話、院本、調笑、自嘲於一體的「笑」的藝術寶庫，以諧謔調侃的方式達到諷諭現實的創作目的。其諧謔手法多為語意雙關、諧音比附、笑話譏嘲等，具有很強的諧謔功能與喜劇效果。

三、《金瓶梅》人物形象研究

　　這次會議所提交論文給人突出印象的是關於《金瓶梅》人物形象研究，共七篇。綜觀這些論文，無論是對某一個人物研究，還是對某一類人物研究，多不是從單一的角度就人物論人物，而是運用多種理論的綜合交叉研究。濟南大學文學院范麗敏教授〈潘金蓮、西門慶姓名來源稽考〉認為潘金蓮的得名應來自於話本小說〈刎頸鴛鴦會〉入話中的女主角步非煙名字的音轉，而西門慶則來自於同作品中的朱秉忠名字的音轉，這是由中國早期白話小說創作特點和規律決定的。吳鳳科技大學劉淑娟副教授〈父權凝視下的女性情欲——《金瓶梅》中潘金蓮之媚道再詮釋〉以女／性能動主體及身體權力的視角和觀點重新檢視潘金蓮的女性情欲：認為潘金蓮在傳統父權社會結構中以附屬地位的他者角色謀求一己的幸福並尋找一己的情欲出口，既給自己也給他人造成了災難性的悲劇，凡此種種，皆不能片面地稱之為「女性色情狂」，而應視之為在父權凝視下為求自保的悲哀行徑。而潘金蓮極盡所能運用身體權力施展情欲，除了找到自己及自己存在的位置和權利外，還以此回應父權社會的凝視與宰製，透露出「回眸凝視」的曙光。南京財經大學新聞學系石鐘揚教授等〈「虎中美女」與「紙虎兒」——封建婚姻制度下的潘金蓮〉則從潘金蓮、武大、西門慶三人關係中探討潘金蓮婚姻悲劇的原因，即封建社會都是以男性為中心通過封建婚姻制度賦予男性視女性為私有財產的權力，即使處於社會最底層的無能之輩武大，也絕不容他人染指，這也是「虎中美女」潘金蓮與人間真虎西門慶為什麼在「紙虎兒」武大面前退避三舍的真正願意所在。中正大學中文系黃錦珠教授〈《金瓶梅》的女性人物書寫——以二「蓮」為例〉從女性人物與所處環境的互動關係著手，以潘金蓮、宋蕙蓮兩位女性人物為例，借由兩人的相似與相異處，重新觀看女性人物的行為與性格表現，並清楚顯現環境對於人物行為的影響力。福建工程學院文化傳播系程小青副教授〈《金瓶梅》春梅人物塑造得失談〉認為春梅與潘金蓮、李瓶兒一樣，是貫串全書的重要角色之一，擔任起結構全篇的作用。但綜觀全書，春梅從出場到終場，其性格、行為前後呈現明顯的不統一，她在後半部的表現與前面的描寫有某種「斷崖式」的落差，這是《金瓶梅》人物形象受笑笑生主觀設想過度影響的結果。

　　對某一類人物綜合分析的論文有山東省臨清市市志辦杜明德編審的〈金瓶梅中的幫

閒——一群寄生在社會上的黑勢力〉和佛光大學文學系朱嘉雯助理教授的〈女巫群像
——《金瓶梅》暨明清小說中特殊職業女性形象析論〉。前者認為《金瓶梅》對平民中
出現的幫閒人物描寫得淋漓盡致，他們對各級官員巴結逢迎，討好貼食，對平民百姓則
欺壓並助紂為虐，他們寄生在腐敗官員身邊，迎風吹火，阿諛奉承，是黑勢力的幫兇。
為本來就黑暗的社會推波助瀾，最終形成黑勢力。西門慶的十兄弟就是典型的幫閒之流。
後者認為《金瓶梅》暨明清小說中特殊職業女性即「三姑六婆」，隨著明代通俗文本的
蓬勃興發與戲曲小說裡男女傳情主體發展的需要，她們的形象愈趨底下和粗俗，文人對
她們幾乎是一致性地帶有相當激烈的貶抑與歧視，因此，她們的惡劣形象便大量出現在
筆記與小說之中，對她們的負面評價亦隨處可見。

四、《金瓶梅》評點研究

　　《金瓶梅》的評本研究，既有對評本的整體宏觀探討，也有對某一評本的微觀論析。
中國《金瓶梅》研究會副會長兼秘書長、江蘇師範大學文學院吳敢教授〈《金瓶梅》評
點論略〉是一篇對《金瓶梅》所有評本評點的最細緻深入的梳理，該文以晚明至民國為
限，清晰列舉了共六人次評點本的評者、評點形式、評點條目、評點字數以及對各評點
本評點理論做出了實事求是的評價。對在中國小說批評史上占有重要地位的繡像本評
點、張竹坡評點、文龍評點給予了更多關注。認為繡像本的評點起到了導讀作用，為其
後張竹坡的評點不僅開啟了端緒，而且規整了方向。而張竹坡的評點，上承金聖歎、下
啟脂硯齋，在很多方面把中國小說理論向前推進了一大步，尤其是張竹坡在明清小說評
點中第一個使用了專論的形式，從而使中國小說理論健全了自己的組織結構體系。復旦
大學中國古代文學研究中心陳維昭教授〈從張竹坡的「奇酸說」到李斗的《奇酸記》〉
認為張竹坡在評點本的開頭專立〈第一奇書非淫書論〉一篇，力辯《金瓶梅》非淫書，
其策略就是把《金瓶梅》的創作意旨崇高化為「作者滿懷一腔苦孝、奇酸」，其旨在於
提升《金瓶梅》的道德品位，卻很大程度上游離於情色故事之外，他是王世貞著《金瓶
梅》這一說法的始作俑者。而李斗的《奇酸記》傳奇脫胎自張竹坡的「苦孝說」，其真
正意圖是把《金瓶梅》的情色故事搬上舞台，警懲意旨反倒成了一種敘事策略。劇中「二
十四解」和「一十把滾」兩出，以獨特的歌舞形式處理原小說中的感性描寫，可謂是別
開生面。昆明學院人文學院孫秋克教授〈張竹坡評點《金瓶梅》之史稗比較芻議〉認為
中國古代小說與史傳關係密切，史傳在敘事藝術、人物塑造、創作題材、創作方法等方
面，都對小說產生了深刻影響，同時也形成人們在接受上以小說為歷史，在批評上以史
傳比小說的思維習慣。張竹坡評點《金瓶梅》繼承並發展了金聖歎史稗比較的理論和方
法，深中肯綮地指出《史記》和《金瓶梅》的異同，對小說理論的發展起到了推動作用。
但有時卻又把《金瓶梅》與《史記》等同起來，對讀者產生了嚴重誤導，張竹坡評點中

史稗比較論的缺陷，無論是從中國小說史發展方面，還是從他所繼承的批評家方面來看，都是難以避免的。

五、《金瓶梅》詮釋傳播研究

不同時期不同階層的人們在對《金瓶梅》的詮釋過程中，其價值取向始終是一個值得關注的問題。山東大學文學與新聞傳播學院王平教授等認為：明清兩代特別強調《金瓶梅》的倫理教化性質，20世紀則更重視其認識價值。對於《金瓶梅》的淫穢描寫，20世紀的詮釋者也能夠以較為客觀的態度予以評析。這種情況的產生有主客觀兩方面的原因：詮釋者的文學觀和道德觀是主觀方面的原因；《金瓶梅》內容自身的複雜性及社會文化思潮是客觀方面的原因。對這種現象和原因做出實事求是的分析和論述，對於更好地把握和實現《金瓶梅》的多重價值，避免價值取向的扭曲具有重要意義。

《金瓶梅》的不同譯本及其傳播情況，是這次會議論文的一個突出亮點。吉林大學文學院王汝梅教授〈滿文譯本《金瓶梅》敘錄〉從「滿文譯本的版本」入手，進而探討了滿文譯本的譯者、譯本序文的漢譯問題、譯本的底本以及據滿文譯本轉譯的蒙文本等系列問題。而該文對和素在滿文《金瓶梅》序文中提出《金瓶梅》的作者為盧柟這一說法又做了進一步的補充和完善。

越南國家大學人文社會科學大學阮南教授〈魚龍混雜──文化翻譯學與越南流傳的《金瓶梅》〉從文化翻譯學出發，集中考察了《金瓶梅》1969年之前在越南的痕跡、接受《金瓶梅》的越南現代文化背景、1970年阮國雄越譯本的底本並從讀者反應的角度來看越南傳播的《金瓶梅》的相關情況，比如至今越南讀者還沒有真正欣賞曾被稱為第一奇書的《金瓶梅》，他們所讀的實際上是被「潔淨」化後改寫的《金瓶梅》文本。韓國高麗大學中文系崔溶澈教授等〈《金瓶梅》韓文本的翻譯底本及翻譯技巧〉認為：韓文本《金瓶梅》出現於韓國光復之後，六十年來出版有二十多種譯本，譯本的類型有報紙連載、全譯本、節譯本、重譯本及改寫本等。不同類型的譯本都有不同的來源和底本：有的來自日文節譯本，有的來自中文刪節本，情況頗為複雜。除此外，該文還進一步考察了韓國的譯者和讀者的一些情況。

臺灣師範大學東亞學系鄭怡庭助理教授和香港中文大學文學院翻譯系洪濤助理教授都是針對 Clement 和 David Roy 兩家《金瓶梅》英譯本展開相關問題討論的。前者在〈原汁原味還是走味──論 Clement 與 David Roy 英譯《金瓶梅》中的鹹濕描寫〉以兩人的翻譯風格入手，進而以性愛為例，探討了兩人翻譯風格的主要差異，並以勒弗菲爾翻譯即為「重寫」「操縱」的理論，探討「贊助者」（譯者個人背景、譯者所處的文化背景、當時的社會風氣、發表譯作的刊物等）如何造成兩個版本的差異以及兩個版本呈現出截然不同的面貌。後者在〈《金瓶梅》的文化本位觀念與仇外話語的英譯〉一文中認為：《金瓶梅》

所體現的內外分際及由此衍生的仇外話語，比如地域的南與北、本地與外地、國族對峙（包括接受語境中的民族對峙）等，在《金瓶梅》傳世之後，整理者（謂不同時期的《金瓶梅》版本）以及 Clement（以張竹坡評本為翻譯底本）與 David Roy（以詞話本為翻譯底本）兩位翻譯家的英譯本中對這些仇外話語都有不同程度的信息調整，其原因是多方面的、耐人尋味的，但他們的著眼點大概都是為了方便西方讀者順利解讀《金瓶梅》。

六、《金瓶梅》語言研究及其他

河南大學文學院張進德教授〈也談《金瓶梅詞話》中的「不如不年下」〉一文以《詞話》第六十八回西門慶所言「不如不年下」一語作為探討對象，認為崇禎本、張評本及當今各種整理本因不解此語，都做了妄改。後人在解釋此語時，或理解錯誤，或語焉不詳，給理解文本造成了新的困難。張文聯繫此句的語言環境，又佐證於明清的通俗小說，認為西門慶這句話的意思是雖然幫對方辦了事，卻使得對方多次感謝，猶如過年麻煩事多還不如不過年一樣，這個忙還不如不幫。暨南大學中文系王進駒教授〈從「耶嚛」的使用談《金瓶梅》的有關問題〉認為《金瓶梅》中使用「嚛」字是受到此前戲曲散曲特別是李開先及其弟子門客編創作品的影響，但把「耶」和「嚛」合起來成為「耶嚛」一詞則是《金瓶梅》的首創，「耶嚛」在意義用法和讀音上都有特殊性，它有可能反映了某個地區方言的實際，也有可能是為了構擬一個特殊的時空環境和描摹人物口吻性情而創造的詞語，雖說目前還不易判斷「耶嚛」到底是寫實還是創擬的性質，但它仍然值得我們注意，從中或可探討一些比較重要的問題。

《金瓶梅》與其他小說戲曲的關係關涉到《金瓶梅》的素材來源、真實信息的表達、文體特徵等等諸多問題。江蘇師範大學文學院趙興勤教授〈陳經濟棲身晏公廟故事由來及其他〉詳盡考察了《金瓶梅詞話》第九十三回陳經濟晏公廟出家故事與《花影集》之關係，進而從家庭倫理難以維繫之隱憂、對家庭衰敗原因的反思、「天命」與「人事」之辯等方面，探討《詞話》對《花影集》價值取向的認同與接納。認為《詞話》在創作過程中，不僅吸納並改造了《水滸傳》乃至宋元話本的許多情節，還從同時代的小說中採擷素材，且對其所蘊含的價值指向、哲學思想多所接納，這對追索《詞話》作者思想演化的軌跡大有助益。河北師範大學文學院霍現俊教授〈於諧謔處透露真信息——《金瓶梅詞話》引入《寶劍記》《抱妝合》意圖新探〉認為：《詞話》引入了大量劇曲，這些劇曲的插入具有多種多樣的功用和意圖。其引入的《寶劍記》和《陳琳抱妝合》除了具有像引入其他劇曲的目的和意圖外，還具有透示真實信息的特殊作用：一是透示《詞話》的地理背景是京師北京；二是暗射西門慶的原型是明武宗，而且是以諧謔的方式在不經意間透露的。上海大學文學院楊緒容教授〈演本還是讀本——從《金瓶梅詞話》看《西廂記》在萬曆時期的傳播形態〉認為在《詞話》本中，《西廂記》主要以演本形態出

現，而且多次敘及演唱王實甫《西廂記》的情形，僅有一次敘及演唱李日華《南西廂》。據此可以大致瞭解明嘉靖萬曆年間《西廂記》演本形態特徵：演唱者以戲班歌伎為主，折子戲多於整本，雜劇多於南戲；雖說《詞話》中所錄《西廂記》多被描述成演本，但大都有文本為依據，在本質上屬於文本，這說明至遲在明代中後期，戲曲已開始以文本流傳。中正大學中文系謝明勳教授等〈從《西廂記》到《金瓶梅》——萬曆文風之轉變對豔情小說推展之關係試論〉是一篇結合《金瓶梅》探討文學與政治、時風關係的文章，作者通過對萬曆時期政治氛圍的考察，思索當時人心向背與文風的表現軌跡，特別是在《西廂記》流行風氣的影響下，豔情小說出現的主要緣由，《金瓶梅》正是在此文學風潮影響下乘勢崛起。

政治大學中文系高桂惠教授〈《金瓶梅》禮物書寫初探〉從禮物書寫的目的意圖角度切入，認為西門慶向蔡京祝壽這一個人和集體的行動，不能以「賄賂」簡單帶過，其禮物經濟的社交性意義往往轉換為職務資本與社會資本和象徵資本。而禮物在身體資本的變化中，指向了潘金蓮的受辱以及掠奪性格和可憐孤獨樹的處境，也透露了西門慶的愧疚，李桂姐的厭勝之術，並以頭髮的饋贈說明通向死亡的反諷。而男女私情的信物饋贈，不僅充斥著亂倫的春秋之筆，更有透過有心人的「心」這一自我中心象徵，回應官能的存在意義以及更清晰地碰觸自我主體性的「社會關係」及其界限等問題。

這次會議論文還涉及《金瓶梅》與其續書的關係問題。臺灣師範大學國文系胡衍南教授〈論《金瓶梅》及其續書「秋千」意象運用〉認為「秋千」是中國文學常見的意象，多半在寒食、清明佳節作為婦女或兒童的遊戲出現。《金瓶梅》以西門慶的家庭生活為敘述中心，自然觸及這一傳統娛樂。但《金瓶梅》中寫秋千既有寫實的理由，也有意在言外的指涉，學界很少有人注意到詞話本、崇禎本兩個版本寫秋千存在的差異。而《金瓶梅》的兩部續書《續金瓶梅》和《三續金瓶梅》一樣寫到了秋千，非但用心不同，而且效果各異，若對照清代其他世情小說對這一意象的運用，可以發現各個作者的不同匠心。臺灣成功大學中文系博士生傅想容〈宗教與家國——《續金瓶梅》「李師師」形象及其意涵〉以丁耀亢《續金瓶梅》中李師師為探討對象，借由丁耀亢在小說中的巧妙對比，延伸出其「家國興亡」之論，以明其「勸世苦心」。而從金兵入侵前後，丁耀亢賦予「李師師府」獨特的空間隱喻，一方面用以串連小說人物和情節，一方面也從「因果流傳」體悟到更深刻的宗教意涵，作為其易代感懷後的自我反思與自我調適。

臺灣德明財經科技大學通識教育中心李壽菊副教授〈魏子雲先生手稿典藏建構研究〉是一篇非常獨特的論文，該文以金學研究大家魏子雲先生捐贈圖書館約五千件手稿資料如何典藏為探討中心，作者花費了大量的時間和精力，將魏子雲先生 4071 封書信、1830 件創作手稿、236 件影音照片、58 件翰墨等完成了紙本典藏分類歸檔與數位典藏建檔工

程，使其典藏效益具有數位化、完整化、史料化及透明化功能，以彰顯名人手稿的治學過程和為人典範，同時，亦可為後學提供一個全方位的研究淵藪。

特別值得一提的是，大會為每一篇發表的論文都安排了特約討論人，對論文進行全方位的詳盡評說並寫有書面意見。發表人對特約討論人及其他與會人員的提問及質疑給予即興回答。這種互動方式，既調節了會場活躍氣氛，又在爭辯中促使論辯雙方更加深入全面思考。限於文章篇幅，茲不一一縷述。

閉幕式由中國《金瓶梅》研究會（籌）副會長兼秘書長、江蘇師範大學吳敢教授和中國《金瓶梅》研究會（籌）副會長、臺灣成功大學中文系陳益源教授共同主持，由阮南、石鐘揚、陳維昭、孫秋克、張蕊青、胡衍南教授先後引言，大家希望海峽兩岸金學同仁再接再厲，努力開創《金瓶梅》研究的新局面，將《金瓶梅》的研究推向更高層面。

（霍現俊）

附錄四十四：第九屆國際《金瓶梅》學術討論會與會人員名單

侯忠義，北京大學教授；孔書敬，北京大學教授；孫玉明，中國藝術研究院《紅樓夢》研究所所長、研究員；石磊，中國社會科學院《文學遺產》編輯；周文業，首都師範大學中國傳統文化研究中心教授；張慶民，首都師範大學文學院教授；高振中，北京第166中學高級教師；杜改俊，北京外國語大學文學院博士；張義宏，北京外國語大學文學院博士；甯宗一，南開大學文學院教授；孟昭連，南開大學文學院教授；鄭鐵生，天津外國語大學教授；付善明，天津理工大學法政學院博士；黃霖，復旦大學中國語言文學研究所所長、中國《金瓶梅》研究會（籌）會長；許建平，上海交通大學古代典籍與中國文化研究中心主任、中國《金瓶梅》研究會（籌）副會長；褚半農，上海市作協作家；張蕊青，復旦大學出版社；羅劍波，復旦大學學報編輯部；朱崇志，同濟大學人文學院副院長；李桂奎，上海財經大學人文學院教授、副院長；楊彬，上海東華大學人文學院副教授；孫超，上海政法學院博士；李輝，中國美術學院上海設計院副教授；王汝梅，吉林大學中國文化研究所教授，王昊，吉林大學文學院教授；王立，遼寧師範大學教授；雷會生，遼寧師範大學學報主編；康建強，吉林省白城學院副教授；胡吉星，遼寧鞍山師院副教授；王增斌，山西大學文學院教授；張同勝，蘭州大學中文系副教授；雷勇，陝西漢中學院副教授；何香久，河北省滄州市民建市委主委、市政協副主席、中國《金瓶梅》研究會（籌）副會長；曾鐘，河北省滄州市《環渤海文化報》主編；霍現俊，河北師範大學文學院教授、中國《金瓶梅》研究會（籌）副會長；張國培，河北師範大學文學院博士；楊國玉，河北工程大學社科部教授；許超，清河縣文聯原主席；陳

金鎖，高邑縣政協原主席；趙傑，清河縣政協原副主席；邢國紅，河北省政協印刷廠廠
長；甘振波，河北省廊坊市區調研究所高工；袁世碩、嚴蓉仙，山東大學文學院教授；
王平，山東大學文學院教授、中國《金瓶梅》研究會（籌）副會長；樊慶彥，山東大學
文學院講師；劉佳，山東大學文學院博士；石玲，山東師範大學文學院教授；劉洪強，
山東師範大學文學院博士；張傳生，山東電力報社原社長；姜鐵軍，山東電力報社首席
編輯；李志剛，山東《金瓶梅》文化委員會秘書長；張廷興，濟南大學文化產業學院教
授；王連仲，山東省社科院研究員；范麗敏，濟南大學文學院教授；楊峰，濟南市齊魯
師院中文系副主任；張明遠，濟南市齊魯師院中文系副教授；姜維楓，山東農業幹部管
理學院外語系教授；周遠斌，青島大學文學院教授；紀麗真，中國海洋大學出版社副教
授；蔡連衛，青島農業大學人文學院博士；葉桂桐，魯東大學中文系教授；宋培憲，聊
城大學教育科學學院教授；杜明德，臨清市市志辦原主任；李增坡，山東省諸城市原人
大主任；張清吉，山東省諸城市檔案館；王夕河，山東省諸城市教育局；王祥林，山東
省棗莊市新城區；劉相雨，曲阜師大文學院教授；黨月異，德州學院中文系教授；趙新
波，德州市華夏古籍書店總經理；王光福，淄博師專中文系教授；呂祥華，濟寧學院中
文系副教授；孔凡貞，濟寧學院中文系副教授；吳敢，江蘇師範大學文學院教授、中國
《金瓶梅》研究會（籌）副會長兼秘書長；趙興勤，江蘇師範大學文學院教授；高淮生，
中國礦業大學文法學院教授；黃強，南京江蘇電視台副研究員；徐永斌，南京市《明清
小說研究》常務副主編；魏文哲，南京市《明清小說研究》編輯部主任；王思豪，南京
市《明清小說研究》編輯；姜建，江蘇省社科院文學研究所所長、研究員；董國炎，揚
州大學文學院教授；石鐘揚，南京財經大學新聞系教授；馮子禮，江蘇邳州運河高等師
範學校教授；李申、廖麗珠，江蘇師範大學教授；張文德，江蘇師範大學文學院教授；
鞠小勇，江蘇師範大學文學院碩士生；齊慧源，徐州工程學院人文學院教授；王軍明，
徐州工程學院人文學院講師；譚楚子，徐州市圖書館研究員；陳明達，浙江黃岩化工公
司經理；張進德，河南大學文學院教授、中國《金瓶梅》研究會（籌）副會長；尚福星，
河南大學文學院碩士生；祝慶科，河南大學文學院碩士生；李娟娟，河南大學文學院碩
士生；張弦生，鄭州市中州古籍出版社編審；謝定均，焦作市河南理工大學學報主編；
張燕萍，河南教育學院學報主編；苟洞，安徽黃山市徽州區三涵《金瓶梅》研究所所長；
方盛漢，安慶師範學院文學院；韓曉，湖北大學文學院博士；金霞，湖北大學文學院博
士；歐陽健，福建師大文學院教授；程小青，福建工程學院副教授；楊式榕，福建工程
學院副教授；周鈞韜，深圳市文聯原秘書長；曾慶雨，昆明市雲南民族大學中文系教授；
鄒華，昆明市雲南民族大學中文系博士；莊逸雲，成都市四川師範大學文學院教授；徐
永生，四川自貢市廣播電視台高級編輯；馮仲平，南寧市廣西民族大學文學院教授；賀

根民，廣西師範學院文學院副院長；陳益源，臺灣成功大學中文系教授、中國《金瓶梅》研究會（籌）副會長；徐志平，臺灣嘉義大學人文學院教授；胡衍南，臺北市臺灣師範大學國文系教授；李志宏，臺北市臺灣師範大學國文系教授；陳靖騰，臺灣《金瓶梅》股份有限公司董事長；鄭湘蓁，臺灣《金瓶梅》股份有限公司總經理；許雅貴，臺灣高雄師範大學博士生；鈴木陽一，日本神奈川大學副校長、教授；李旼靜，韓國留學生；山東大學俄羅斯留學生 4 人。

附錄四十五：金學萬歲
——在第九屆（五蓮）國際《金瓶梅》學術討論會閉幕式上的會議小結

第九屆（五蓮）國際《金瓶梅》學術討論會像以往各屆會議（在本次會議之前，在中國已經成功舉辦過 8 屆國際《金瓶梅》學術討論會與 7 屆全國《金瓶梅》學術討論會）一樣，是一次團結成功的大會。第九屆（五蓮）國際《金瓶梅》學術討論會像第八屆（臺灣）國際《金瓶梅》學術討論會一樣，是一次學術豐收的大會〔第八屆（臺灣）國際《金瓶梅》學術討論會論文集收錄論文 47 篇；本次會議論文集收錄論文 76 篇，尚有近 10 篇單篇論文〕。第九屆（五蓮）國際《金瓶梅》學術討論會也是大陸近幾屆會議到會人數最多的一次會議，〔如第五屆（開封）國際《金瓶梅》學術討論會到會 70 人，第七屆（嶧城）全國《金瓶梅》學術討論會到會 80 人，第六屆（臨清）國際《金瓶梅》學術討論會到會 95 人，第七屆（清河）國際《金瓶梅》學術討論會到會 116 人，本次會議到會 126 人〕，代表性很強的一次會議〔與會人員來自 4 個國家，還有海峽兩岸，中國大陸來自 22 個省市。中國大陸的出席人員，既有德高望重的老一代大家名家，如中國《金瓶梅》研究會（籌）的幾位顧問袁世碩、甯宗一、王汝梅先生，與侯忠義、歐陽健、周鈞韜先生等；也有年富力強的中年金學中堅；還有嶄露頭角的青年才俊。〕。

13 年前，世紀之交，第四屆國際《金瓶梅》學術討論會在五蓮召開。在中國金學史上，那是一次至關重要的會議。20 世紀金學的回顧與 21 世紀金學的展望，成為當時的首要議題。一大批著名專家學者如魏子雲、梅節、袁世碩、陳美林、張錦池、魏同賢、杜維沫、盧興基、陳詔、甯宗一、劉輝、王汝梅、黃霖、張慶善、苗壯、陳慶浩、崔溶澈等與會，留下了廣多的文壇掌故、金學花絮。今天在座的已經年富力強、廣有影響的學術骨幹，當年還是二三十歲初出茅廬的年輕人。如今，魏子雲、劉輝駕鶴西去，數量可觀、著述甚豐的師友，如陳美林、張錦池、魏同賢、杜維沫、盧興基、陳詔、周中明、蕭欣橋、張遠芬、苗壯、李魯歌、馬征、張鴻魁、陳昌恆、周晶等，已很難見到他們的身影。原中國《金瓶梅》學會副會長周鈞韜先生大隱於市 20 年，如今重出江湖。出席第

七屆（清河）國際《金瓶梅》學術討論會並在開幕式上致辭的中國社會科學院榮譽學部委員鄧紹基先生，2013 年 2 月 9 日（壬辰除夕）給我發拜年短信曰：「心順處便是天堂——錄元曲名家王實甫曲語賀癸巳年禧」，2013 年 3 月 25 日竟魂歸道山！東北的兩位元老級金學家傅憎享、林辰久無音訊，恐怕也凶多吉少。原中國《金瓶梅》學會和中國《金瓶梅》研究會（籌）的顧問如王利器、吳組緗、吳曉鈴、徐朔方、沈天佑、許繼善已經仙遊；「老一輩金學家」如朱星、宋謀瑒也已辭世；「中年金學家」如日下翠、王啟忠、鮑延毅、王連州，甚至青年研究者如及巨濤、許志強亦是作古。世事滄桑，命途多舛，事業無量，生命苦短，秉燭遊學，倒履交友，喟然長嘯，感慨系之！

第九屆（五蓮）國際《金瓶梅》學術討論會使各位金學同仁既感知了五蓮的當代文明，又經過參觀領略了這座魯東重鎮的秀麗景色。各位金學同仁會上會下，交流廣泛。黃霖會長為本次會議作了綱舉目張、得體有序的開幕詞。35 位師友的大會發言，均很為簡晰恰切；剛才各個討論小組的召集人（第一組張蕊青，第二組曾慶雨，第三組李桂奎）又介紹了各自討論的概況。會後還將寫出並刊發本次會議的報導與綜述。會議論文也將在會後正式編輯出版。我僅談幾點與會的感想，並借此機會通報一些情況：

一、2005 年 9 月 17 日，中國《金瓶梅》研究會（籌）在河南開封成立，決定聘請馮其庸、徐朔方、魏子雲、梅節、甯宗一、盧興基、沈天佑、袁世碩、杜維沫、林辰、陳詔、王汝梅、許繼善、傅憎享等 14 人為顧問，以卜鍵、馬征、王平、白維國、葉桂桐、孫遜、孫秋克、許建平、何香久、吳敢、李魯歌、張遠芬、張鴻魁、張進德、張蕊青、楊緒容、杜明德、羅德榮、陳東有、陳昌恆、陳維昭、陳益源、周中明、周晶、苗壯、趙興勤、黃霖、曾慶雨、蕭欣橋、翟綱緒、潘承玉、霍現俊等 32 人為理事，黃霖為會長，吳敢、王平、陳東有、何香久為副會長，吳敢為秘書長（兼），陳維昭為副秘書長。

2010 年 8 月 20 日，在河北清河召開了中國《金瓶梅》研究會（籌）一屆四次理事會議，決定增補卜鍵、陳益源、陳維昭、許建平、張進德、霍現俊為副會長，洪濤、趙傑、石鐘揚、孟昭連、胡金望、王枝忠、董國炎、杜貴晨、王立、王進駒、傅承洲、吳波、張文德、史小軍、楊國玉、徐永斌、黃強為理事，霍現俊為副秘書長（兼）。這樣，中國《金瓶梅》研究會（籌）有會長 1 人、副會長 10 人、理事 49 人、顧問 10 人、秘書長 1 人、副秘書長 2 人。

2013 年 5 月 11 日，在山東五蓮，中國《金瓶梅》研究會（籌）召開一屆六次理事會議，決定增補徐志平、胡衍南、李志宏、范麗敏、李志剛、張傳生、王昊、高淮生、謝定均、齊慧源、程小青、王增斌、馮子禮、張弦生、高振中、甘振波、褚半農為理事。如此，則中國《金瓶梅》研究會（籌）現有會長 1 人、副會長 10 人、理事 66 人、顧問 10 人。

　　我相信，在黃霖會長的指引下，在擴大與加強後的中國《金瓶梅》研究會（籌）領導團隊的帶領下，通過全體金學同仁的共同努力，《金瓶梅》研究必將產生新的氣象與成果！

　　二、王平兄將本屆會議論文集區分為版本、作者、成書，藝術、敘事、人物，思想、社會、風俗，金學、比較、語言，文化、傳播、其它五大類，現試細分一下：屬於金學者有甯宗一，周鈞韜，吳敢，馮子禮，高淮生，黃強，王思豪，張義宏、杜改俊等8篇；屬於版本者有黃霖，王汝梅，侯忠義、孔書敬，周文業等4篇，而且集中探討的是崇禎本；屬於成書者有董國炎，楊國玉，王增斌，付善明等4篇；屬於作者者有歐陽健，葉桂桐，張弦生，張傳生，張清吉，苟洞，邢慧玲，劉洪強，盛鴻朗，古今等10篇；屬於語言者有李申、廖麗珠，孟昭連，許超，褚半農，甘振波，張傳生等6篇；屬於思想者有李志宏，譚楚子，周遠斌，樊慶彥、劉佳，鞠小勇等5篇；屬於文化者有王立、雷會生，胡金望、莊丹，陳靖騰，康建強等4篇；屬於人物者有石鐘揚，范麗敏，徐永斌，程小青，尚福星，張豔新，付善明等7篇，而且集中探討的是潘金蓮；屬於性事者有胡衍南，徐雅貴，宋培憲，胡吉星，張國培等5篇；屬於比較者有徐志平，杜貴晨，趙興勤，周鈞韜，陳國學，譚楚子，李娟娟等7篇；屬於翻譯者有洪濤，高振中（2篇）等3篇；屬於評點者有賀根民1篇；屬於其它者有霍現俊（雪獅子貓等），張進德、祝慶科（繼承），張同勝（收繼婚），雷勇、蘇騰（賦），齊慧源（手工藝），李輝（建築），王祥林（典當），黃強（鬆髻），朱文元（菊花酒），王永莉（巫術），張傳生（區劃）等11篇。金學的所有課題方向，幾乎都有涉及。

　　雖然可能掛一漏萬，我仍然願意揀取若干精彩片段，並各加八字評語，與師友共賞。譬如，黃霖〈《金瓶梅》「初刊」辨偽略記——從「大安本」說起〉，先論證十卷線裝的「大安本」是冒充初刊的盜版。從而談及崇禎本中自稱「原本」的內閣文庫本、張評本中形形色色的裝作原刊初版的本子均非真正的初刊原本，從而說明越是打扮成「初刊」「原本」模樣的本子，越有可能是假的。鍥而不捨，必有所獲。

　　王汝梅〈讀天津圖書館藏《金瓶梅》崇禎本劄記〉，將崇禎本流變過程清理為：第一代：王孝慈藏本；第二代：天圖本【上圖乙本】、北大本【上圖甲本】、吳藏抄本、殘存四十七回本；第三代：內閣本【東大本】（減縮版）、首圖本。邏輯嚴謹，條理清晰。

　　侯忠義〈崇禎本評語中的「世情畫卷」〉，研究《金瓶梅》崇禎本評點，認為該評點對書中描寫的小人物、財主、妓女、侍妾、官員，作了精彩而深入的評論，從而肯定了《金瓶梅》是一部揭示明代社會「世情畫卷」的現實主義傑作。評點原著，兩相映照。

　　歐陽健〈「笑學」「曹學」的觀念與方向〉說：「笑學」的要義有二，或曰有兩種「笑笑生觀」：首先是「論世」，一種觀點認為，笑笑生是嘉靖間人；一種觀點認為，笑

笑生是萬曆間人。其次是「知人」，主要的分歧為王世貞說與非王世貞說。周鈞韜先生嘗試著將兩種「笑笑生觀」融合起來，提出了時代背景「嘉靖說」，成書年代「隆慶說」，初刻本問世年代「萬曆末年說」，就將年代問題統一起來了；又提出作者「王世貞及其門人聯合創作說」、《金瓶梅》成書方式「過渡說」，就將作者問題統一起來了。他認為《金瓶梅》既不是藝人集體創作，也不是文人獨立創作，而是從藝人集體創作向文人獨立創作發展的過渡形態，既大量保留對前人作品的移植、借抄，又開始直面社會大量擷取創作素材，實可概括古代小說演進的規律。他山之石，可以攻玉。

徐志平〈人情小說的雜語現象——從《金瓶梅》到《躋春台》〉，考察代表人情小說始末的《金瓶梅》《躋春台》二書，認為各種語言交雜，各種意識相互對話，尤其對於低下階層思想意識的反映，確保了那些思想意識不會在歷史上消失。以《金瓶梅》為始，雅俗文化不斷在人情小說中交會，經歷了數百年的發展，最後在《躋春台》這裡做了一個差強人意的結束。橫面剖析，縱向關照。

杜貴晨〈《紅樓夢》是《金瓶梅》之「反模仿」和「倒影」論〉，認為《紅樓夢》對《金瓶梅》的承衍或《金瓶梅》對《紅樓夢》影響的研究，是兩部名著間歷史與美學聯繫的探討與釐清。「反模仿」本質上也是一種模仿。《紅樓夢》對《金瓶梅》的「反模仿」，使其形象體系包括立意、結構、人物等「大處」和總體，「乃《金瓶梅》之倒影」：《紅樓夢》「談情」，是青春版的《金瓶梅》；《金瓶梅》「戒淫」，是成人版的《紅樓夢》；《紅樓夢》「以情悟道」，賈寶玉是迷途知返的西門慶；《金瓶梅》「以淫說法」，西門慶是不知改悔的賈寶玉。其他林黛玉與潘金蓮、薛寶釵與吳月娘、襲人與春梅等，皆具此等「倒影」關係，乃兩書大旨迥異而然。金書紅書，紅學金學。

董國炎〈試論《金瓶梅詞話》「說書體」問題的爭議〉，從說書藝術諸多方面分析《金瓶梅詞話》，認為不可能是書場產物，不可能是說書藝人的創作。《金瓶梅詞話》中含有大量詩詞歌曲，其文學史價值應當肯定。白話小說中詩詞韻文基本屬於文言形式，文言詩詞與不斷發展的白話散文的矛盾，直接影響到聽講和閱讀接受效果。解析文本，洞察成書。

馮子禮〈「梅」開「瓶」外淯香臭，「金」囿「塔」內賞孤芳〉：《金瓶梅》是最貼近生活的一部古典名著，在當今社會的審美接受中出現了嚴峻的美醜不分現象，而金學研究對此卻熟視無睹，這種脫離現實囿於象牙塔內考證作者版本等的孤芳自賞現象，應該引起學界重視。人在書中，意在書外。

楊國玉〈新見《金瓶梅》抄引明文言小說素材考略——兼談周禮《秉燭清談》《湖海奇聞》的佚文〉，新發現了被《金瓶梅》抄引的四篇明代短篇文言小說，不僅拓展了我們對《金瓶梅》素材來源的認識，而且也為追尋久已散佚的明周禮《秉燭清談》《湖

海奇聞》二書的佚文提供了寶貴線索。披沙揀金，洞幽察微。

張義宏、杜改俊〈美國《金瓶梅》研究的歷史與現狀〉，說《金瓶梅》是美國明清小說研究的熱點領域之一。從 20 世紀 60 年代起，美國《金瓶梅》研究在文獻、文本、文化三個方面均取得了一定的突破性成果，形成了自身的學術理路與研究特色，同時中西文學觀念與文化傳統的差異使其又存在一些偏頗甚至誤讀，此均可為國內《金瓶梅》研究的深入發展提供反思與借鑒。學理相通，中外互補。

本次會議的論文多有上乘之作，因時間關係，不能盡舉，實為抱歉，然吉光片羽，足見學術水準之一斑。以上例舉，給人的啟發之一，是要培育新的研究視角，熔鍛新的研究方法，開關新的研究領域。回顧《金瓶梅》研究史，傳統的研究課題，因為長達百年的開掘，該說的話行將道盡，給人難乎為繼的感覺。《金瓶梅》研究當然永遠需要堅守傳統陣地，穩紮穩打，日積月累，但更需要用新視角、新方法、新理論做出新闡釋。

三、20 世紀 80 年代以來，不少報刊曾經開設有「《金瓶梅》研究」專欄（版），譬如《徐州工程學院學報》開設「《金瓶梅》研究」專欄，吳敢主編，自 2007 年第 3 期至 2010 年第 6 期，共 10 個專欄，發表論文 31 篇。《環渤海作家報》（《環渤海文化報》）開設「《金瓶梅》研究專版」，黃霖主編，何香久主辦，自 2007 年 8 月至 2012 年 6 月，共 30 個專版，發表論文 100 篇。各位已經聽到《河南理工大學學報》常務副主編謝定均先生的發言，該刊在校方的有力支持下，有意自 2003 年第二期起開辦「金學論壇」，優稿優酬，擬著力創建名欄名刊，我幫助該刊擬了一個今明兩年約稿方案，已經或就要送達相關各位師友。第一輯由黃霖、侯忠義、周鈞韜、高淮生與我打頭，將於近月重頭推出。謹請各位師友按約賜稿，踴躍投稿，廣為關注，幫助該刊把這一金學陣地打造成報刊著名欄目！

四、關於《金瓶梅》研究史，1995 年高雄復文圖書出版社出版的王年双《金學》，2003 年文匯出版社出版的拙著《20 世紀金瓶梅研究史長編》與即將出版的拙著《金瓶梅研究史》之外，另有不少師友發表了很多單篇論文。以學案形式研究金學史，也是一條可行的路徑。各位已經聽到中國礦業大學文法學院高淮生教授的發言，高淮生先生繼《紅學學案》（第一輯）出版以後，擬撰述《金學學案》。《金學學案》第一輯擬撰寫黃霖、劉輝、魏子雲、徐朔方、梅節、甯宗一、王汝梅、吳敢、周鈞韜、卜鍵十篇專章，請相關師友予以參助！

五、關於《金瓶梅》的影視創作攝製。《金瓶梅》既然是一部如此偉大的作品，金學既然是一門如此輝煌的顯學，應當說，有必要也有能力更有可能寫好拍好《金瓶梅》影視劇，21 世紀應不再是這一題材領域的空白！徐州市圖書館譚楚子先生提交本會的 50 集電視連續劇《金瓶梅》，是一個具有較好框架、頗具修訂餘地的本子，建議中國《金瓶

梅》研究會（籌）給予相當的重視，牽總號召相關師友，會同有關影視製作單位，同期運作《金瓶梅》影視的申批與攝製事宜。

六、中國《金瓶梅》研究會（籌）成立以來，已經成功舉辦了 1 次全國會議（第七屆全國《金瓶梅》學術討論會）、5 次國際會議（第 5-9 屆國際《金瓶梅》學術討論會），編輯出版了學刊《金瓶梅研究》3 輯和相關論文集 3 部，像其前身中國《金瓶梅》學會一樣，是團結比較廣泛、工作比較規範、活動比較正常、成效比較突出的學術類國家（准）一級學會。中共十八大一個重要信息是群團設立程式的簡化，我們應該利用這一有利時機，儘快正式成立中國《金瓶梅》研究會。為了這一目標的實現，研究會應當更為規範有效的工作。舉辦會議，出版學刊，暢通聯絡管道，建立學術檔案，均要堅持不懈，精益求精。要充分發揮研究會的作用，讓研究會成為一面旗幟。要廣泛團結金學同仁，發揮集體的優勢。利用學術會議召開理事會，應當成為慣例。

七、建議學術會議每兩年左右召開一次，河南理工大學有意向承辦第十屆國際《金瓶梅》學術討論會，河南大學也保留召開該次會議的機會，何香久副會長也有在河北滄州舉辦一次金學會議的願望。該次會議是否安排在 2015 年更為合適？《河南理工大學學報·金學論壇》屆時已經出版十輯，應該產生了相當影響，而該校位於雲台山下，風景秀麗，也具有很大的號召力。1985 年在徐州舉辦了首屆全國《金瓶梅》學術討論會，2015年是該次會議召開 30 周年，在徐州如能召開第十屆國際《金瓶梅》學術討論會，將格外有紀念意義。如最終成議，將會提前發出預備通知。

八、計畫設立「中國作家協會《金瓶梅》研究版本庫」，具體由副會長何香久先生負責運作。中國《金瓶梅》研究會（籌）已從原中國《金瓶梅》學會接收有「國際《金瓶梅》資料中心」，均為紙質文本。如果該版本庫成議，則中國《金瓶梅》研究會（籌）也有了電子文本的資料中心。謹請各位師友鼎成！

《金瓶梅》作者「丁惟寧說」，是可以深入探討的一說（這也是本次會議議題之一，王平、張弦生、張傳生、張清吉、劉洪強均提交了很見學術功力的論文）。現在的五蓮縣，不僅完滿地籌備、承辦召開了本次會議，而且在《金瓶梅》文化研究與開發方面，也頗多實踐和方案，是對金學做出重要奉獻的城市之一。借此機會，謹向五蓮縣委、縣政府的領導，與五蓮山旅遊風景區管委會的領導，表示崇高的敬意和衷心的感謝！向關心支持本次會議的海內外專家、同仁與新聞界朋友，表示崇高的敬意和衷心的感謝！向幫助本次會議豐富多彩（安排有文化座談、書畫聯誼等活動）又圓滿成功的全體會務人員，以及飛天賓館與參觀景點有關人員，表示崇高的敬意和衷心的感謝！五蓮縣委常委、副縣長、五蓮山旅遊風景區黨工委書記遲玉國先生，山東大學教授、中國《金瓶梅》研究會（籌）副會長、山東省《金瓶梅》文化委員會會長王平先生，河北師範大學教授、中國《金瓶梅》研究

會（籌）副會長霍現俊先生，山東電力報社原社長張傳生先生，山東省《金瓶梅》文化委員會副秘書長李志剛先生，五蓮山旅遊風景區黨工委副書記、常務副主任王曾平先生，五蓮山旅遊風景區管委會副主任李本亨先生等，對本次會議貢獻特多，尤其要向他們表示崇高的敬意和衷心的感謝！

　　各位師友，甯宗一先生在提交會議的論文中說：「不要『走出文學』，不要『離開經典』，《金瓶梅》的審美研究有著廣闊的空間。這個領域時時刻刻檢驗我們的耐性和真功夫。我們可以大展身手的領域可能就是最有魅力的小說藝術，讓我們睜大眼睛找出《金瓶梅》的藝術！讓我們通過一部小說的研究提升我們的靈性、悟性和詩意。」本次會議的成功召開，再次驗證了甯宗一先生提出並為眾多師友回應的經典命題：說不盡的《金瓶梅》。黃霖先生去年在臺灣曾有一副題詞曰：金學萬歲！讓我們再接再厲，為攀登萬歲金學的新高度而努力！

（2013 年 5 月 13 日於山東五蓮）

附錄四十六：第九屆（五蓮）國際《金瓶梅》研討會綜述

　　2013 年 5 月 10-14 日，由中國金瓶梅研究會（籌）、山東省《金瓶梅》文化委員會與山東省五蓮縣五蓮山旅遊風景區管委會在五蓮聯合舉辦了第九屆（五蓮）國際《金瓶梅》學術研討會，來自全國各地高等院校和科研單位以及港臺、日本、韓國、俄羅斯的 130 餘位專家學者參加了這次盛會。大會開幕式由中國金瓶梅研究會（籌）副會長兼秘書長、江蘇師範大學吳敢教授主持，中共五蓮縣委書記兼人大主任馬強和中國金瓶梅研究會（籌）會長、復旦大學黃霖教授分別致歡迎辭、開幕詞。山東大學終身教授袁世碩先生，中國作協副主席、著名作家李存葆將軍，港臺代表臺灣成功大學陳益源教授，海外代表日本神奈川大學副校長鈴木陽一教授應邀致辭。

　　黃霖先生在開幕詞中認為這次在五蓮舉辦《金瓶梅》學術會議具有特別的意義。他不僅對會議論文做了整體評價，而且對具有開拓創新的論文做了精要準確的點評。最後特別強調指出：《金瓶梅》的研究必須立足於現實，服務於社會，有用於當世。在《金瓶梅》的現實社會接受美學中出現了嚴重的美醜不分問題的情況下，金學學者必須在美與醜、是與非之間做出判斷和抉擇，必須以《金瓶梅》為鏡子，走向光明，而不是墮入地獄。

　　這次大會共收到論文 80 餘篇。圍繞《金瓶梅》的作者、版本、思想內容、文化價值、藝術展現、人物形象、傳播影響、研究現狀等問題展開討論，取得了豐碩的成果。

一、《金瓶梅》版本作者素材來源研究

　　《金瓶梅》的版本、作者研究是「金學」的傳統領域，研究成果甚豐，成就卓著。在版本方面，這次會議多圍繞崇禎本而展開；而關於作者，這次會議又提出一些新見。

　　在《金瓶梅》出版史上，有不少以營利為目的的偽造初刊、原刊本，給讀者和研究者都帶來了不小的麻煩。復旦大學黃霖教授認為他2013年3月在臺灣見到的十卷線裝「大安本」是冒充初刊的盜版，進而認為崇禎本中自稱「原本」的內閣文庫本、張評本中以形形色色的裝作原刊初版的本子均非真正的初刊原本，從而說明越是打扮成「初刊」「原本」的本子，越可能是假的。

　　崇禎本會校本自初版以來，在回首詩詞來源考證、評改者之謎、眉批形態等方面，都取得了豐碩的成果。吉林大學王汝梅教授通過對崇禎本之天津圖書館藏本的款式、版片、正文等研究後，認為天圖本應早於北大本，北大本據天圖本翻刻重印。天圖本、北大本都留有詞話本的基因，與詞話本是父子關係而不是兄弟關係。

　　臺灣師大胡衍南教授對比分析崇禎本與詞話本第七十二回到七十九回中的性描寫，包括性描寫中的飲食、服飾及其它，發現崇禎本對詞話本的刪減在客觀上有明顯的藝術失誤，崇禎本於性描寫上的刪節辜負了詞話本原來的苦心。

　　首都師大周文業教授介紹了《金瓶梅》崇禎本系列中的東京大學藏本，並借用數位化方式與該系列中的北大藏本比較，發現兩種版本之間有不少差異，可以說走在了小說研究數位化道路的前列。

　　山東省諸城市檔案館張清吉先生認為《金瓶梅》作者為諸城丁惟寧，並以「柱史丁公祠」碑文拓片內容佐證此觀點。山東大學王平教授在肯定丁惟寧說的同時，提出這種觀點還存有一些疑點，通過對董其昌與《金瓶梅》，丁耀亢《續金瓶梅》及《三降塵寰詩》，《金瓶梅》抄本的早期傳播三個方面仔細考證，對丁惟寧說的論據進行辯證，提出質疑，認為持這一論點的研究者需進一步挖掘資料，才能尋找出合理的解釋。

　　煙台師院葉桂桐教授等將明人關於《金瓶梅》作者諸說當作一個體系，提出翟鑾更符合明人傳聞中的《金瓶梅》作者的條件。其他如盛鴻郎、邢慧玲、張傳生、許超、甘振波、褚半農先生等，或補充舊說，或從方言角度探析，這些，都不同程度地推進了《金瓶梅》的作者研究。

　　南開大學孟昭連教授認為《金瓶梅》方言研究過分注重詞彙而忽視語音，而《金瓶梅》語言的口語化特徵決定了它比《明史》等文言作品更能夠反映歷史生活的「原貌」。

　　《金瓶梅》的素材來源方面，河北工程大學楊國玉教授又發現有四篇明代短篇文言小說被《金瓶梅》抄引了其中六首詩。這一事實不僅可以進一步拓展我們對《金瓶梅》素材來源的認識，而且也為追尋可能對《金瓶梅》的成書發揮過重要作用卻久已散佚的明周禮《秉燭清談》《湖海奇聞》二書的佚文提供了寶貴線索。

二、《金瓶梅》思想內容文化價值研究

《金瓶梅》所反映的明代史實、世情風俗、思想文化研究是「金學」一道靚麗的風景線，近二十年取得了豐碩的成果，本次會議論文從多角度再現了明代中期方方面面的社會現實。

北京大學侯忠義教授在崇禎本的評語中發掘出「世情畫卷」，認為崇禎本的評語涉及到了各階層的人物，包括小人物的辛酸和血淚、財主的斂財和揮霍、妓女的生存和人性、侍妾的爭寵和衝突、官員的受賄和枉法。這些評語尖銳、深刻，肯定了《金瓶梅》是一部描寫明代社會「世情畫卷」的現實主義傑作。河北師大霍現俊教授認為《詞話》表層敘述的是一個普通商人的家庭故事，但在文本中卻插入明正德嘉靖時期大量的軍國大事，揭示了重大的社會政治主題。他以「雪獅子」貓、「南京沈萬三、北京枯柳樹」為例加以分析，前者揭示了嘉靖朝養貓成風的史實，後者則暗示了嘉靖時北虜俺答經常騷擾京城、特別是嘉靖二十九年八月的「庚戌之變」的史實。

上海交大許建平教授著重提出了《金瓶梅》的文化價值，認為這種價值顯示著民族文化的深層本質，由於它所敘述和思考的問題在今天仍繼續著，且在今後的社會發展和現代化過程中還會繼續，故而不僅有著當下的社會應用價值，而且有著恆久的意義。當下論《金》遭譏的文化環境並未根本改變。愈是如此，闡明《金瓶梅》的文化價值便愈顯得格外必要和極為重要。

《明清小說研究》編輯部常務副主編徐永斌編審提出《詞話》在一定程度上觸及到了文士治生問題，小說所描寫的幾個主要文士形象，如新科狀元蔡蘊、進士安忱、秀才溫必古等在不同程度上都參與了一定的治生活動。兩位新科進士採取到西門府上打秋風這種治生手段，兩位秀才屬於科考無名的下層文士，他們面臨生活艱辛的窘境，採用到西門府上處館這種治生途徑。這反映了宋明時期文士的真實生活狀態。小說還揭示出促使文士治生的社會根源，透露出科舉制度和好貨食利、道德淪喪等風氣給社會帶來的巨大衝擊。

漳州師院胡金望教授等認為《金瓶梅》展現了新的士商關係，而這種新的士商關係正是陽明心學的產物。

河南大學張進德教授等以孟玉樓、李瓶兒在改嫁時都繼承了財產為例，認為這呈現出一種迥異於傳統社會財產繼承模式的情狀，這種現象折射出明代中葉金錢肆虐背景下傳統女子經濟地位和貞節觀念悄然發生的變化，具有進步思想的文人對封建桎梏下女性的同情，以及「財婚」現象對於傳統婚嫁觀念的衝擊。蘭州大學張同勝副教授則詳盡分析了《金瓶梅》中的收繼婚問題並探討了其原因，認為這與《金瓶梅》「集撰」式成書方式有關，並推知小說中的收繼婚敘事所依據的應是蒙元時期的相關話本。

學人朱文元先生以中醫視角窺探《金瓶梅》中的酒文化特色，並提倡借菊花酒以弘

揚傳統文化。陝西理工學院雷勇教授等在《金瓶梅》近百篇的賦作中發現了明代市民的節慶習俗、飲食、起居等生活百態。學人王永莉梳理了《金瓶梅》中的巫術描寫並分析其敘事及文化價值。

學人王祥林探究《金瓶梅》中的典當描寫，推知明代典當行業的情狀。徐州工程學院齊慧源教授著眼於《金瓶梅》中的手工藝製作描寫，為明代手工藝製作水準以及工藝品的商業化情況的研究提供了材料。江蘇電台黃強先生解讀出《金瓶梅》中的明代時尚之一——鬆髻的社會審美取向。

中國美院上海設計院李輝副教授復原《詞話》中的西門慶住宅，再現明代中晚期市井宅院空間形態。文章不僅拓展了中國建築史研究的視角，也為金學的相關研究提供了專業性較強的資料。

「性」是金學不可回避的一個問題。臺灣高雄師大許雅貴博士考證《金瓶梅》中的淫器，指出淫器書寫在人物塑造、反映社會現實等方面都起到一定作用。鞍山師院胡吉星副教授認為《金瓶梅》中大量的性描寫是一場「身體狂歡」的大戲，與當時的社會思潮息息相關。濟南大學張廷興教授認為《金瓶梅》中的性文字是市民性觀念與性精神釋放的折射。聊城大學宋培憲教授發現《金瓶梅》中近三十個人物的死亡都與性有關，認定《金瓶梅》是寫性的小說。河北師大博士生張國培分析了《金瓶梅》中的男風情節及其功用，認為同性性描寫在推動故事發展、人物個性塑造上起到了有益的作用。

三、《金瓶梅》的藝術及人物形象研究

對《金瓶梅》藝術及人物形象的探討也是這次會議的一大熱點。南開大學甯宗一教授以飽滿的熱情提倡《金瓶梅》的研究應回歸小說的藝術世界，呼籲不要「走出文學」，不要「離開經典」，深信《金瓶梅》的審美研究有著廣闊的空間，應睜大眼睛找出《金瓶梅》的藝術，通過對一部小說的研究提升我們的靈性、悟性和詩意！

臺灣師大李志宏教授立足於「演義」的觀點之上，探討《金瓶梅詞話》敘事生成的意識形態，發掘敘事深層結構中的道德觀念、價值態度和文化精神。認為《金瓶梅詞話》寫定者追究北宋朝政衰敗的主因，不僅具有高度的歷史意識，並且意圖藉情節編排以達到闡釋歷史的目的。

《金瓶梅詞話》是否為「說書體」也是金學界長期爭議的問題之一。揚州大學董國炎教授指出「說書底本」派的疏忽之處是沒有從說書藝術或者說書藝人的角度觀察分析問題。關於《詞話》的書場表演方面至今沒有文獻材料可以作證，小說本身回與回之間通常不設置懸念、人物性格複雜多變、語言高度個性化等方面的特點與說書體特點相左，可以認定此書不可能是說書體。

天津理工大學付善明博士則認為《金瓶梅》為擬話本之傑構，開創了獨具特色的生

活流敘事。青島大學周遠斌教授認為《金瓶梅》敘事取法於《春秋》，但性描寫繁富，文本上存在漢大賦「勸百諷一」式的悖謬。白城學院康建強副教授從數理角度分析《金瓶梅》的「一元化生」敘事方式，彰顯出《金瓶梅》的獨特性。認為這種特殊性正是《金瓶梅》與眾不同的創作思維、敘事姿態及敘事操作方式造成的。

「潘金蓮」形象是這次會議討論的重點。南京財經大學石鐘揚教授認為潘金蓮的悲劇是封建妾媵制度造成的，《金瓶梅》是第一部寫妾婦生活的長篇小說。濟南大學范麗敏教授等深入挖掘潘金蓮形象的成因，以期能夠更客觀地評價此形象。其他如張豔新、張明遠、程小青等先生從不同的角度探討了潘金蓮的悲劇命運及其成因。

小說應該是不同語言構成的藝術體系，臺灣嘉義大學徐志平教授對比考察代表人情小說始末的《金瓶梅》《躋春台》二書，認為它們同樣具有豐富的雜語性。以《金瓶梅》為始，雅俗文化不斷在人情小說中交會，最後在《躋春台》裡做了一個差強人意的結束。

雲南民族大學陳國學先生對比《金瓶梅》與《醒世姻緣傳》，認為兩書都描繪了一批有悖於傳統的女性角色，編織出晚明性別話語的變遷圖景。徐州市圖書館譚楚子研究員則呼籲大陸《金瓶梅》研究應建構一種體現其文論話語內在邏輯體系結構的批評範式。

山東師大杜貴晨教授提出《紅樓夢》是對《金瓶梅》的「反模仿」，如此「反模仿」使其形象體系、立意等「大處」和總體，「乃《金瓶梅》之倒影」：《紅樓夢》「談情」，是青春版的《金瓶梅》；《金瓶梅》「戒淫」，是成人版的《紅樓夢》；《紅樓夢》「以情悟道」，賈寶玉是迷途知返的西門慶；《金瓶梅》「以淫說法」，西門慶是不知改悔的賈寶玉。其他林黛玉與潘金蓮皆具此等「倒影」關係，這正是二書主旨迥異造成的。

太原師範學院王增斌教授從小說本身發展的角度出發，認為《金瓶梅》實現了從古代准小說階段的傳奇故事到近現代「純粹」意義上的小說的飛躍，中國小說從《金瓶梅》開始以一種獨具的面目走上了自己的發展道路。

山東大學樊慶彥、劉佳博士從易學文化角度，為文本解讀提供了新的闡釋路徑。廣西師院賀根民教授認為張竹坡的評點充滿繪畫元素，強化了古典小說理論的詩性智慧。

四、《金瓶梅》的傳播影響、研究史及其它

江蘇師大吳敢教授總結了明清時期的《金瓶梅》研究狀態。認為自有《金瓶梅》小說，便有《金瓶梅》研究，明清兩代的筆記叢談便已帶有研究《金瓶梅》的意味。文章從點評、序跋、評點以及其他引錄等六個方面加以探析總結，指出諸多評點已是名副其實的《金瓶梅》研究。雖然真正的或是現代意義上的《金瓶梅》研究是進入 20 世紀以後的事，但明清時期的《金瓶梅》研究具有發凡起例、啟導引進之功。福建師大歐陽健教授提倡「不預設結論，不宥於成見」的學風，「笑學」與「曹學」都應以先弄清時代再確定作者為方向。

　　深圳市文聯周鈞韜研究員認為魯迅先生將《金瓶梅》定位為世情書具有開創意義，但對初刻本問世年代、作者絕非南方人以及「打破說」等都存在失誤。對《金瓶梅》性描寫的評價，也失之於平庸。明清小說編輯部王思豪副研究員認為《秋水堂論金瓶梅》的學術理路頗具特色，啟示良多。中國礦業大學高淮生教授認為「金學」需有「史」可鑒，才能找到發展方向，試圖撰作《金學學案》，構建全新的《金瓶梅》研究史。運河高師馮子禮教授認為當代社會對《金瓶梅》的接受存在美醜不分的嚴峻問題，金學界應做出正確引導。北外張義宏、杜改俊先生則梳理了美國《金瓶梅》研究史，認為在資料、理論、角度等方面皆可作為國內《金瓶梅》研究的借鑒。

　　江蘇師大趙興勤教授探討分析韓小窗改編自常時節故事的子弟書〈得鈔傲妻〉，認為其融進了自己對人生的感受與對人情冷暖的理解。大連大學王立教授和遼寧師大學報雷會生主編探討滿清子弟書中的《金瓶梅》題材，發現其帶有鮮明的地域情味和民族風情，體現出滿族下層文人的貧困體驗與生存價值思考。雲南民大曾慶雨教授認為《金瓶梅》故事的戲曲創作演繹與民間說唱演繹，在清代的流播過程說明，如何解讀《金瓶梅》是與時代的精神風貌，表現的藝術形式，文本創作者的修養層次，社會文化消費趨勢等緊密相關。

　　香港中文大學洪濤教授指出《大中華文庫》中的漢英對照本《金瓶梅》存在較大問題，尚需改進。北京市 166 中學高級教師高振中先生詳細介紹芮效衛及其英譯本《金瓶梅》，給予高度評價。

　　江蘇師大李申教授考證了《金瓶梅詞話》第四十五回「虛簀」一詞，進一步論證了「虛恭」說的合理性，並對「虛囂」說提出兩點質疑。

　　此外，山東師大劉洪強博士考證了丁耀亢《西湖扇》傳奇中「宋娟」的真偽，山東電力報社張傳生先生考證了五蓮《柱史丁公祠》內的文獻，從外圍為《金瓶梅》的相關研究提供了資料。

　　在閉幕式上，吳敢先生做了題為《金學萬歲》的激情澎湃的總結發言。簡要回顧了自中國金瓶梅研究會（籌）成立以來所舉辦的學術會議及日常工作，並重點談了七個方面的問題和設想：一、對有創意的論文以「八字訣」的形式做了簡要精確的點評；二、鼓勵金學研究者積極向設有《金瓶梅》研究專欄（版）的報刊投稿；三、邀請金學學人參助《金學學案》的寫作出版工作；四、建議金學會對《金瓶梅》的影視製作給予重視；五、為《金瓶梅》成為正式學會而繼續不懈努力，使之成為一面旗幟；六、關於本次會議之後學術會議的安排；七、計畫設立「中國作家協會《金瓶梅》研究版本庫」。最後，吳敢先生希望金學同仁再接再厲，再創輝煌，為攀登「萬歲金學」的新高度而努力！

　　五蓮縣委副書記、縣長杜江濤先生，五蓮縣委常委、副縣長、五蓮山旅遊風景區黨

工委書記遲玉國先生出席了閉幕式。杜江濤先生在閉幕詞中祝願金學會與五蓮縣一起，共同創造美好的未來！

（霍現俊　張國培）

後　記

　　索引，舊稱通檢、備檢、引得、韻編、串珠等。20世紀三四十年代是中國索引發展的高峰時期。燕京大學1928年成立哈佛燕京學社，哈佛燕京學社1931年成立引得編纂處，編有引得多種，如《毛詩引得》《荀子引得》《三十三種清代傳記綜合引得》《清代書畫家字號引得》《魏晉南北朝史研究論文書目引得》等。當時著名的索引還有葉聖陶編纂的《十三經索引》、王重民等編纂的《清代文集篇目索引》、開明書店編纂出版的《二十五史人名索引》等。1930年錢亞新發表《索引和索引法》，1932年洪業發表《引得說》，標誌著具有中國特色的現代索引理論、技術的誕生。索引的種類繁多，按照索引款目的標目，可分為著者索引、題名索引、語詞索引、主題索引、分類索引、引文索引、文獻序號索引和代碼索引等。

　　《金學索引》即循此思路而編纂。學術論文篇目索引、學術著作書名索引、博碩士論文篇目索引即題名索引，學刊索引實際也是論文篇目索引，而學會索引、會議索引則為主題索引。

　　《金瓶梅》研究專題索引，最早見於（日）澤田瑞穗所編《金瓶梅書目稿》（1959年5月日本天理社油印，後改名《金瓶梅研究資料要覽》，1961年6月日本名古屋采華書林油印，後增補再版，名《增修金瓶梅研究資料要覽》，1981年早稻田大學中國文學會印）。中國第一部金學專題索引，是宋隆發編〈《金瓶梅》書目〉（載《出版與研究》第54期，1979年9月16日）。大陸金學之有索引，始於1989年首屆國際《金瓶梅》學術討論會。徐州師範學院（今江蘇師範大學）徐瑞潔、李菀編，大會秘書處印之《金瓶梅版本及研究論著、資料目錄索引》，曾廣受與會者歡迎。延安大學中文系資料室武鳳蘭編《金瓶梅研究論文目錄索引》，1990年4月12日印行，1991年6月25日擴編，書名《六十年金瓶梅研究論文索引》，當年亦頗有影響。

　　拙著《20世紀金瓶梅研究史長編》（文匯出版社2003年1月）有兩個附錄，一個是〈20世紀《金瓶梅》研究專著敘錄〉，趙天為編，吳敢訂；一個是〈20世紀《金瓶梅》研究論文索引〉，馬衍編，吳敢訂。這兩個附錄占了該書一半的篇幅，可見「長編」之名副其實。21世紀以來，新的金學論著、新的金學論文層出不窮，又有王雪雲編《金瓶梅研究資料索引（2000-2008）》（《金瓶梅研究》第九輯，齊魯書社2009年3月），史春燕編《金

瓶梅研究資料索引（2009-2012）》（電子文本），曹震編《2008 年金瓶梅研究資料索引》《2009 年金瓶梅研究資料索引》（中國古代小說網），高振中編《30 年金瓶梅及其研究書錄》（《金瓶梅研究》第十輯，北京藝術與科學電子出版社，2011 年 7 月）等。其後，史春燕、廖凱蘋、胡衍南、洪濤與中國古代小說網上一位網友幫助檢索海峽兩岸的博碩士論文，胡衍南幫助檢索臺灣金學論文，趙天為幫助檢索香港金學論著、論文，這才有本《金學索引》的完成與完善。謹此並致謝意！

2012 年第八屆國際《金瓶梅》學術討論會在臺灣召開之際，我曾編著〈中國《金瓶梅》學會與中國《金瓶梅》研究會（籌）〉〈《金瓶梅研究》編輯出版志略〉〈中國召開的全國與國際《金瓶梅》學術會議〉三篇文章，提交給陳益源，用供與會師友備覽。這三篇文章後來由苗懷明、習斌分別挂到中國古代小說研究網與明清文學研究網上，遂得以廣泛傳播。

這六個索引，不能說搜羅淨盡，尤其是博碩士論文與港臺的金學論著、論文，尚有待跟進。但其大約超過了百分之九十五的分量，已經完全可以籍此做出各種專題的準確的定性定量分析。

本索引中的附錄，均係當年史料，此番收集，一仍其舊（只有個別明顯誤寫有所訂正），以保真存實，難免會有錯漏，敬希鑒諒！

呼籲金學界各位師友繼續給予補充訂正！期盼《金學索引》能夠對金學提供開卷有益的參酌！

吳敢
2014.4.9 於彭城敏寶軒

國家圖書館出版品預行編目資料

金學索引（下編）

吳敢編著.－ 初版.－ 臺北市：臺灣學生，2015.06
面；公分（金學叢書第 2 輯；第 30 冊）

ISBN 978-957-15-1679-0 (精裝)

1. 金瓶梅 2. 研究考訂

857.48021   104008108

金學索引（下編）

編　著　者：吳　　　　　　　　　敢
主　　　編：吳　敢、胡　衍　南、霍　現　俊
出　版　者：臺　灣　學　生　書　局　有　限　公　司
發　行　人：楊　　　　　雲　　　　　龍
發　行　所：臺　灣　學　生　書　局　有　限　公　司
　　　　　　臺北市和平東路一段七十五巷十一號
　　　　　　郵 政 劃 撥 帳 號：00024668
　　　　　　電　話：(02) 23928185
　　　　　　傳　眞：(02) 23928105
　　　　　　E-mail：student.book@msa.hinet.net
　　　　　　http://www.studentbook.com.tw

定價：精裝 30 冊不分售
　　　新臺幣 45000 元

二 〇 一 五 年 六 月 初 版

金學叢書 第二輯

❶ 徐朔方 孫秋克 《金瓶梅》研究精選集

❷ 甯宗一《金瓶梅》研究精選集

❸ 傅憎享 楊國玉 《金瓶梅》研究精選集

❹ 周中明《金瓶梅》研究精選集

❺ 王汝梅《金瓶梅》研究精選集

❻ 劉輝《金瓶梅》研究精選集

❼ 張遠芬《金瓶梅》研究精選集

❽ 周鈞韜《金瓶梅》研究精選集

❾ 魯歌《金瓶梅》研究精選集

❿ 馮子禮《金瓶梅》研究精選集

⓫ 黃霖《金瓶梅》研究精選集

⓬ 吳敢《金瓶梅》研究精選集

⓭ 葉桂桐《金瓶梅》研究精選集

⓮ 張鴻魁《金瓶梅》研究精選集

⓯ 陳昌恆《金瓶梅》研究精選集

⓰ 石鐘揚《金瓶梅》研究精選集

⓱ 王平 趙興勤 《金瓶梅》研究精選集

⓲ 李時人《金瓶梅》研究精選集

⓳ 孟昭連《金瓶梅》研究精選集

⓴ 陳東有《金瓶梅》研究精選集

㉑ 卜鍵《金瓶梅》研究精選集

㉒ 何香久《金瓶梅》研究精選集

㉓ 許建平《金瓶梅》研究精選集

㉔ 張進德《金瓶梅》研究精選集

㉕ 霍現俊《金瓶梅》研究精選集

㉖ 曾慶雨《金瓶梅》研究精選集

㉗ 潘承玉《金瓶梅》研究精選集

㉘ 洪濤《金瓶梅》研究精選集

㉙ 金學索引（上編）——吳敢編著

㉚ 金學索引（下編）——吳敢編著